Martha Grimes

Martha Grimes est née à Pittsburgh (Ohio). Après des études de lettres à l'université du Maryland, État où elle a vécu toute son enfance, elle suit les cours du très réputé atelier d'écriture de l'université d'Iowa, dont elle sort avec le titre de docteur ès lettres. Elle a longtemps enseigné l'anglais avant de se consacrer pleinement à l'écriture. Dès son premier roman, *L'énigme de Rackmoor* (Presses de la Cité, 1991), ses enquêtes policières, qui se situent en Angleterre où elle effectue les nombreux séjours nécessaires à ses repérages, portent la griffe du commissaire Richard Jury et de son complice Melrose Plant. Seuls *La jetée sous la lune* (Presses de la Cité, 1994), *Le meurtre du lac* (Presses de la Cité, 1999), *Le crime de Ben Queen* (Presses de la Cité, 2003) et *Un monde impitoyable* (Presses de la Cité, 2006) ne comportent aucun de ces deux personnages. Son sens très fin de la psychologie et son habileté à recréer l'atmosphère propre aux romans policiers britanniques « classiques » lui ont valu de trouver une place de choix parmi les auteurs contemporains de romans policiers. En 2008, elle a publié *Les fantômes du palace* aux Presses de la Cité. Son dernier roman, *Le paradoxe du menteur*, est paru en janvier 2009 chez le même éditeur.

DISPARITION

DU MÊME AUTEUR

CHEZ POCKET

LA JETÉE SOUS LA LUNE

UN MONDE IMPITOYABLE

Les enquêtes d'Emma Graham :

LE MEURTRE DU LAC

LE CRIME DE BEN QUEEN

LES FANTÔMES DU PALACE

Les enquêtes de Richard Jury & Melrose Plant :

LE MAUVAIS SUJET

L'ÉNIGME DE RACKMOOR

LE COLLIER MIRACULEUX

LE VILAIN PETIT CANARD

L'AUBERGE DE JÉRUSALEM

LA NUIT DES CHASSEURS

LE FANTÔME DE LA LANDE

LE CRIME DE MAYFAIR

LES CLOCHES DE WHITECHAPEL

MEURTRE SUR LA LANDE

LE MYSTÈRE DE TARN HOUSE

LES MOTS QUI TUENT

L'AFFAIRE DE SALISBURY

UNE HAINE AVEUGLE

L'ÉNIGME DU PARC

L'INCONNUE DE LA CRIQUE

LE JEU DE LA VÉRITÉ

DISPARITION

LE SANG DES INNOCENTS

MARTHA GRIMES

DISPARITION

Traduit de l'américain
par Philippe Safavi

PRESSES DE LA CITÉ

Titre original :
THE GRAVE MAURICE

Le papier de cet ouvrage est composé de fibres naturelles, renouvelables, recyclables et fabriquées à partir de bois provenant de forêts plantées et cultivées durablement pour la fabrication du papier.

ISBN : 978-2-266-16209-8

Au petit Will Holland,
âgé de près d'un an,
et à ses grands-parents,
Virginia et Scott

« Il m'a dit où va toute l'eau qui court,
M'a habillé doucement dans mes petits habits. »

Robert PACK, *The Boat*

« Les souvenirs bourdonnent-ils
à leurs oreilles telles des mouches ?
Ils agitent la tête. Le crépuscule déborde des ombres.
Été après été, tout s'efface,
Les starting-gates, les foules, les cris…
Il ne reste que les prés tranquilles,
Inscrits dans les registres, leurs noms perdurent ; ils

S'en sont délestés et se tiennent paisibles,
Ou galopent de ce qui doit être de la joie ;
Pas de jumelles pour les voir franchir la ligne,
Pas d'étranges prophéties chronométrées :
Seuls le palefrenier et son fils
Viennent le soir avec des brides. »

Philip LARKIN, *At Grass*

Prologue

De loin, le cheval paraissait d'un blanc pur mais, de plus près, on se rendait compte que c'était un ton étouffé, plus proche de la couleur d'une aube hivernale, un blanc ombré, presque bleuté, comme de la neige. Le jour se levait à peine, c'était l'heure préférée du garçon. Il aimait tous les chevaux de l'écurie, mais celui-ci tout particulièrement.

Le cheval à la robe pâle le regarda s'approcher à travers la brume, sa bride et sa selle sur le bras.

Oh non, pas lui. Où était passé ce jockey qui savait vraiment monter ? Où étaient les rubans, les bouquets de roses, les cris et les hourras ? Où était la fille, celle qui le tenait mieux que ce garçon, celle dont les doigts serraient les rênes comme des pétales de chrysanthème ? Il faut dire qu'il s'y connaissait, en mains – celles du garçon, de l'entraîneur, du jockey, de la fille. Elle, ce devait être une pouliche déguisée. Il n'aurait su dire pourquoi, mais il était sûr qu'elle n'était pas humaine.

Le garçon arriva à sa hauteur, donna quelques tapes sur son encolure puis la lissa. Il lui tendit une poignée de morceaux de sucre et lança le plaid sur son dos. Ils sortirent dans l'allée et traversèrent le pré en direction de la piste. Le garçon portait toujours la selle, ne voulant pas monter avant d'être arrivé sur place. Le terrain d'entraînement du haras se trouvait au pied d'une colline. Ce galop du petit matin était le point fort de leur journée.

De ta *journée.*

Le garçon et le cheval n'avaient que quelques années d'écart – quatorze et seize ans – mais le cheval (le garçon en était conscient) avait infiniment plus de talent, même si ses jours de champion étaient derrière lui. Tout en sachant que c'était une chimère, le garçon espérait que le cheval lui survivrait. Lui, il avait survécu à son père, mort pendant une course, désarçonné par sa monture. Chaque fois qu'il repensait à son père, il avait du mal à l'imaginer autrement que dans sa casaque en soie bleu et or. Il avait été célèbre. Mais Samarkand, le pur-sang qu'il s'apprêtait à monter, était entré dans la légende.

Le garçon, qui se prénommait Maurice, se demandait souvent si Samarkand avait la nostalgie des champs de courses, du martèlement assourdissant des sabots, des cris et des bravos de la foule se pressant dans les hippodromes les après-midi d'été, de l'excitation qui régnait dans le périmètre réservé aux vainqueurs, le fameux « cercle du vainqueur ».

Il se souvenait très nettement du jour où, petit, il avait vu son père remporter la Gold Cup d'Ascot sur Samarkand. Il se revoyait avec sa cousine Nell, bondissant de joie sur place comme deux bouchons de champagne. L'année d'avant, pour ses débuts à Newmarket, Samarkand avait créé l'événement, sidérant tout le monde. Dans la dernière ligne droite, il s'était littéralement envolé. Déjà rapide, il avait soudain redoublé de vitesse, distançant ses adversaires de plus de trois cent cinquante mètres.

Cette démonstration totalement inattendue avait laissé le père de Maurice bouche bée, même après qu'ils s'étaient tous réunis dans le cercle du vainqueur.

Le propriétaire du haras, qui était également le grand-père de Maurice, restait lui aussi sans voix. Seul l'entraîneur semblait trouver la performance de Samarkand parfaitement normale. Quand les gens venaient lui taper dans le dos en disant « Bravo, bravo », il ne le prenait pas pour lui. Les admirateurs se pressaient pour serrer la main du jockey tandis que des guirlandes de fleurs pleuvaient sur le cavalier et sa monture comme si elles tombaient du ciel.

Mais le moins vaniteux et le plus digne de tout le cercle du vainqueur, c'était Samarkand lui-même.

Samarkand n'était pas un simple cheval, c'était un des plus grands sprinteurs de l'histoire du turf. On murmurait son nom dans le même souffle que celui de Red Rum ou de ce cheval américain connu pour être une vraie bête : on avait beau lui rajouter des charges, il finissait toujours premier… Forego.

Tu ne vas pas remettre ça !

Samarkand avait couru toutes les grandes courses et remporté pratiquement tous les grands prix. Pas seulement dans son propre pays, mais aussi aux États-Unis : Churchill Downs, New York, le Derby, le Belmont, et le beau Hialeah Park.

Maurice s'interrogeait souvent sur les pur-sang. Cela s'imprimait-il dans leur cerveau… les événements, les courses, le cercle du vainqueur ? Il ne doutait pas que Samarkand se souvenait de leurs tours de piste quotidiens, mais les faits saillants étaient-ils enregistrés, marqués au fer rouge dans sa mémoire ? Conservait-il des visions de bonheur, de foin ? Des souvenirs de Newcastle ou de New York, de Doncaster, de Cheltenham, d'Hialeah, les couleurs, les soies, les roses ?

… les échassiers roses, les soleils éclatants et les couleurs qui se précipitaient vers lui, en partie cachées par ses œillères, tout un panorama de couleurs et de visages, de bravos et de cris. Coincé contre la lice (il

avait horreur de ça), il attendit une ouverture puis, quand elle se présenta, s'y précipita.

La liberté. Plus rien devant, plus rien sur les côtés. Même les hourras mouraient avant de parvenir à ses oreilles.

Pour le moment, ils avaient un kilomètre de galop à faire. Maurice savait que Samarkand pouvait le parcourir en à peine plus d'une minute. Il l'avait déjà fait.

Alors qu'ils ralentissaient après la dernière ligne droite, Maurice remarqua une silhouette sur la colline qui les suivait à la jumelle. Ce ne pouvait pas être l'entraîneur, il n'arrivait jamais si tôt. Ce devait être Roger, son oncle. Il venait parfois contempler la piste avant de partir pour son hôpital à Londres.

Pas Roger. Mauvaises mains.

Samarkand ne semblait pas souffrir de la perte de son agilité d'antan, de sa démarche superbe et de l'orchestration virtuose des mains et des jambes de son ancien jockey. Il semblait toujours aussi disposé, si on lâchait les rênes, à donner tout ce qu'il avait dans le ventre pour ce gamin trop grand de seize ans, comme il l'avait fait pour son père. Ils continuèrent à galoper autour du turf sans battre de record. Cela n'avait pas d'importance.

Dans leurs souvenirs, ils volaient.

Les boursicoteurs

1

Vingt mois plus tard

Melrose Plant examina les alentours plutôt sinistres du pub The Grave Maurice et se demanda s'il était fréquenté par le personnel du Royal London Hospital, de l'autre côté de la rue. Apparemment, il leur servait de cafétéria annexe car il reconnut un des médecins à l'autre bout du bar.

Alors qu'il se trouvait toujours sur le pas de la porte, le médecin finit son demi d'une traite, attrapa son manteau et se dirigea vers la sortie. Parvenu à la hauteur de Melrose, il le salua d'un bref signe de tête en esquissant un vague sourire, comme s'il cherchait à le remettre.

Melrose s'installa au bar, à la place que l'autre venait de libérer, comblant le vide. Il remarqua une femme non loin, une vraie beauté – rayonnante, brune, hautes pommettes. Il ne pouvait distinguer la couleur de ses yeux sans avoir l'air de lorgner mais ils étaient grands et écartés. Elle discutait avec une autre femme aux cheveux blond foncé. Celle-ci tournait le dos à Melrose et buvait une boisson pâle, probablement du chardonnay, breuvage dont l'omniprésence, tout comme les innombrables bars à vin qui essayaient de vous en refiler, laissait

Melrose perplexe. La brune, Dieu merci, buvait une brune, comme il se doit. Un bon point pour elle. Le barman, un Indien barbu, posa à Melrose une question absconse dont il supposa qu'elle devait signifier « Qu'est-ce que ce sera pour vous ? » mais qui, inexplicablement, semblait contenir le mot « drogue », ou « dogue », comme dans « Vous prendrez bien un peu de drogue ? », ou encore « Alors, on promène son dogue ? ». N'ayant pas de dogue, Melrose commanda une Old Peculier.

The Grave Maurice n'était pas loin de ce qu'on pourrait qualifier de « bouge ». Melrose regarda autour de lui en évaluant les lieux, satisfait. Pour une raison étrange, il aimait bien les bouges. Il s'y sentait chez lui. Le barman inintelligible, la fenêtre condamnée, la table bancale, le miroir crasseux, la clientèle à l'avenant. Les deux femmes à côté sortaient du lot. Elles étaient bien habillées, la brune plutôt élégante, tailleur noir bien coupé et bijoux discrets. La blonde, dont il venait d'apercevoir le profil, semblait connaître (et même comprendre) le barman qui, avec son turban de guingois, avait décidément un air canaille. Il vint remplir leurs verres, servit une autre bière à Melrose puis disparut à nouveau. La brune reprit le fil de la conversation. La blonde se contentait d'écouter.

Elles parlaient d'un certain Ryder, ce qui attira aussitôt l'attention de Melrose car c'était le nom du médecin qui venait de sortir. Une des femmes l'avait probablement reconnu. Il fut très surpris de l'entendre qualifier de « pauvre vieux ». La blonde, presque à voix basse, demanda à la brune ce qu'elle voulait dire par là.

Melrose tendit l'oreille.

Malheureusement, la brune aussi baissa la voix et les détails se perdirent. Il distingua uniquement le mot « disparition ». Elle se pencha sur son verre et ajouta autre chose d'inaudible.

En revanche, il entendit :

— … sa fille. C'était dans les journaux.

La blonde parut abasourdie.

— Mais ça s'est passé quand ?

— Ça doit faire presque deux ans maintenant. Mais on ne sait pas…

Le reste de sa phrase se perdit.

La brune haussa légèrement les épaules, non pour relativiser l'importance de ce qu'elle venait de dire mais plutôt dans un geste de lassitude. Peut-être une lassitude devant le malheur. Si elle était médecin elle aussi, cela se comprenait.

Puis elle dit :

— … son frère était mon… tué…

La blonde émit un son de compassion.

— C'est affreux. A-t-il…

Si seulement elles pouvaient cesser ça, parler distinctement pour murmurer l'instant suivant ! Melrose, tout en se répétant qu'il n'entendait leurs bribes de conversation que malgré lui, aurait naturellement pu prendre sa bière et aller s'asseoir à une table. Il l'aurait sans doute fait si elles avaient remarqué sa présence, si près derrière elles. Mais il était trop intrigué par ce qu'elles avaient à dire sur la fille du médecin. Cela semblait fascinant. Ce « pauvre vieux » laissait présager un drame et il en raffolait. Les histoires tristes des autres vous rendaient heureux d'être vous-même et pas eux. Oui, c'était plutôt morbide.

Puis il entendit quelque chose à propos d'une assurance et la brune se mit à parler d'Amérique du Sud et d'un climat plus chaud.

Elle semblait projeter un voyage, ce qui n'intéressait pas du tout Melrose. Il voulait en savoir plus sur la personne disparue. De temps en temps, la blonde se tournait pour reprendre sa cigarette dans le cendrier sur le bar et il pouvait presque capter plusieurs phrases d'affilée.

— … la fille du docteur ?

La brune acquiesça.

— Oui. Pour lui, ça ne finira jamais… Il ne pourra jamais faire son deuil.

— Je déteste cette expression, dit la blonde avec un petit rire.

(Melrose était prêt à l'épouser sur-le-champ. Il applaudit intérieurement. Lui aussi, il l'avait en horreur.)

— Je veux juste dire que ce n'est pas terminé, que ça reste en suspens.

La blonde n'était pas d'humeur pour une discussion sémantique. Elle descendit de son tabouret en disant :

— Ça ne l'est jamais, de toute manière.

— Quoi donc ? demanda la brune.

— Terminé. Tout reste toujours inachevé.

— Peut-être. Pauvre Roger, soupira la brune.

Roger Ryder, c'était bien de lui qu'il s'agissait, se dit Melrose. Quand la blonde le surprit à les observer et à les écouter, elle lui adressa un demi-sourire triste. Il fit semblant de ne pas s'en apercevoir, quoiqu'il fût difficile de ne pas remarquer cette bouche, ces cheveux. Il paya sa bière et descendit de son tabouret à son tour.

La fille de Roger Ryder. Deux ans plus tôt, il lui était arrivé quelque chose et ce n'était pas la mort. Si elle était morte, il aurait fait son deuil. Elle avait disparu. S'était-il passé quelque chose en Amérique du Sud ? Non, ce devait être une autre histoire sans aucun rapport. Les journaux avaient parlé de cette disparition, mais Melrose n'aurait pas besoin de consulter les archives du *Times*.

Roger Ryder était le chirurgien de Richard Jury.

2

Au cours de la semaine qui venait de s'écouler, Melrose Plant avait passé plus de temps dans la chambre d'hôpital de Jury que n'importe où ailleurs. Jury était resté trente-six heures dans le coma. Il y avait sombré juste après que Melrose l'avait retrouvé étendu sur ce dock, comme s'il avait relâché tous ses efforts pour s'accrocher à la vie à présent que quelqu'un d'autre était là pour s'en charger à sa place. En fait, c'étaient Melrose et Benny qui l'avaient découvert. Ou plutôt, Melrose, Benny *et* Sparky. Surtout Sparky. Car c'était bien ce dernier qui avait flairé sa trace et lui avait sauvé la vie. Sparky avait été le chien du jour, le chien des chiens, un héros parmi les héros. Cela dit, si Benny ne l'avait pas cherché le long du Victoria Embankment, Richard Jury ne serait plus de ce monde.

Le docteur Ryder avait déclaré : « Ça ne fait pas un pli, vingt minutes plus tard et… », concluant par une moue résignée.

L'infirmière de Jury, Mrs Ball, avait dit (à d'innombrables reprises) : « Vous en avez de la chance, mon garçon ! » tout en arrachant de force les oreillers de sous ses épaules pour pouvoir les tapoter.

Ce qui, pour autant que Melrose pouvait en juger, était tout ce qu'elle savait faire. Rien ne l'insupportait plus que d'entendre parler de « chance » à propos d'une catastrophe. Si ses membres avaient été arrachés et qu'il ne lui était resté qu'un bras, non, non... disons même qu'il ne lui soit resté qu'un moignon, Mrs Ball aurait dit : « Vous en avez de la chance ! Au moins, il vous reste ce moignon de bras. Ç'aurait pu être pire. »

Dès qu'elle fut sortie dans un crissement d'uniforme amidonné, Melrose s'approcha du lit et remit les oreillers sens dessus dessous.

— Qu'est-ce que tu fabriques ? s'énerva Jury. Tu crois que je n'en ai pas déjà vu assez avec les minauderies de cette infirmière de malheur ?

— Je ne fais que te les raplatir. Tiens.

Toujours aussi optimiste, l'inspecteur Wiggins soupira dans son fauteuil :

— Ça ne sert à rien. Elle va revenir les tapoter.

— Et crotte ! bougonna Melrose.

Il repartit s'asseoir sur sa chaise pliante. Wiggins occupait l'unique fauteuil, dont il profitait au maximum tout en fouillant dans une corbeille de fruits envoyée par les collègues de New Scotland Yard.

— On peut savoir ce qui te met de si mauvais poil ? Ce n'est pas toi qui es alité, que je sache.

Melrose regardait par la fenêtre.

— Ton infirmière me rappelle une de mes nurses.

— Ah ! Vous faites une régression à l'âge de la nounou. Ce n'est pas très adulte, tout ça.

L'air plutôt condescendant de Wiggins lui venait de ce qu'il avait lui-même récemment fait un séjour à l'hôpital (mais certainement pas pour avoir intercepté une balle). Il tendit un livre à Jury.

— C'est Mr Plant lui-même qui me l'a apporté quand j'étais au Royal Chelsea Hospital.

À l'entendre, on aurait dit qu'il lui transmettait un souvenir de famille.

— Ça devrait vous plaire. Ça parle plus ou moins de notre situation.

« Notre » situation ? pensa Jury en le remerciant.

— *La Fille du temps*, lut-il à voix haute. De Josephine Tey.

Il examina la couverture, se demandant quel rapport elle pouvait avoir avec « leur » situation. Puis il se tourna vers Melrose.

— Finalement, tous les deux, vous tirez bien mieux profit que moi de mon séjour à l'hôpital. Toi, tu en profites pour régler tes comptes avec les agressions de ton passé, et vous…

Il se tourna vers Wiggins.

— … vous pouvez revivre à loisir votre aventure hospitalière.

— Allons, allons…

Mrs Ball était déjà de retour.

— … on ne doit pas s'agiter et s'énerver comme ça.

Elle tendit à Jury une tasse en plastique avec une paille.

— Buvez-moi ça, vous vous sentirez tellement mieux.

Il fit la grimace.

— Je me sens déjà tellement mieux.

— J'ai eu une tasse comme celle-ci, dit Melrose. Quand j'avais trois ans. Sauf que je savais boire sans paille, moi.

— Comme c'est mignon, vos amis sont venus vous tenir compagnie…

Jury regarda autour de lui.

— Mes amis ? Quels amis ?

L'infirmière s'en prit à nouveau à ses oreillers.

— Qu'est-ce que vous pouvez gigoter, vous ! Regardez-moi dans quel état vous mettez votre lit !

Elle ressortit.

Pour Wiggins, qui avait la tête à la Tour de Londres sans pour autant l'avoir encore perdue, c'était comme si les cinq dernières minutes n'avaient pas eu lieu. Il était dans les cachots de la forteresse avec Josephine Tey et *La Fille du temps*.

— Il vous faut vous mettre quelque chose sous la dent pendant que vous êtes ici. Vous avez besoin de vous occuper l'esprit.

— Pourquoi ? Il n'était pas si occupé que ça, avant.

Ne relevant pas, Wiggins poursuivit :

— Ça parle d'un inspecteur de police qui est à l'hôpital et un ami lui apporte des livres, dont un sur Richard III et les princes enfermés dans la Tour de Londres. Vous vous souvenez de cette histoire ?

— À dire vrai, oui. C'est assez connu.

Wiggins pointa un doigt vers le livre :

— Cet inspecteur lit le livre et, au bout d'un moment, décide que cette histoire sur Richard faisant assassiner les princes, ça ne tient pas debout. Il effectue alors quelques recherches, demandant à sa petite amie de lui apporter d'autres bouquins, et il finit par trouver une explication radicalement différente. Ingénieux comme idée… Enfin, je trouve.

— Si j'avais une petite amie, j'en ferais peut-être autant.

Jury fit courir les pages contre sa paume. Il n'aimait pas les romans policiers, surtout quand ils impliquaient des membres de la royauté. Aussi en vint-il à l'essentiel :

— Ça finit comment ?

Wiggins ne l'entendait pas de cette oreille.

— Vous n'avez qu'à le lire.

Il ricana comme devant un enfant alité et désobéissant.

— J'ai aussi pensé que je pourrais vous tenir au courant de l'évolution d'une de nos enquêtes en cours afin de vous faire travailler un peu les méninges…

— Ah ! fit Melrose en inclinant sa chaise vers le mur et en croisant les bras sur sa poitrine. Dans ce cas, j'ai autre chose pour te creuser la cervelle. Écoute un peu ça !

3

Maurice se levait toujours de bonne heure, aux premières lueurs du jour, avec la nature. Il faisait froid, il y avait du givre sur les fenêtres, des croûtes de neige sale au pied des arbres, des herbes gelées qui coupaient comme des éclats de verre, mais il aimait ça. Cela dit, il devait reconnaître que s'il était si matinal, c'était surtout pour limiter le risque de croiser quelqu'un, d'être vu ou de devoir parler à qui que ce soit. Il était trop tôt pour son oncle Roger, qui restait parfois dormir la nuit. Quand cela lui arrivait, il aimait bien se poster au bord de la piste et regarder son neveu faire travailler les chevaux.

Quelques nuits plus tôt, au cours du dîner, Roger avait déclaré :

« J'ai un patient intéressant, un commissaire de police, de Scotland Yard, rien que ça ! J'ai pensé que… Je ne sais pas… »

Il avait émis un petit rire forcé.

« Je devrais peut-être lui raconter ce qui s'est passé. Naturellement, il le sait sans doute déjà… Et puis, ça fait presque deux ans…

— Dis-lui, l'avait interrompu Maurice. Raconte-lui tout. »

Il ne faut pas laisser tomber, se répéta Maurice. On ne doit pas baisser les bras.

— Pas vrai, Sam ?

Il lança la couverture sur le dos de Samarkand, puis la bride et la selle. Le pur-sang lui poussa l'épaule du museau comme pour dire « Alors, on y va ou quoi ? » et Maurice le fit sortir du box. La marche de l'écurie au terrain d'entraînement était la meilleure partie de la journée de Maurice, mis à part, naturellement, la galopade elle-même.

Il n'y avait pas cours car c'étaient encore les vacances de Noël, mais plus pour longtemps. Il n'avait rien contre l'école, ayant toujours été un enfant discipliné. Cela venait sans doute de s'occuper des chevaux, d'observer George Davison, l'entraîneur, de suivre le travail des cavaliers d'entraînement et des jockeys, d'avoir admiré son père sur Samarkand des années plus tôt. Samarkand et Dan Ryder… C'était ce que les chroniqueurs sportifs appelaient « un couple idéal ».

Il songea à son père. Ailleurs qu'en selle, il n'avait rien d'idéal. Maurice avait une fois entendu les lads dire dans son dos : « Dommage qu'il ne soit pas un cheval, il n'y a que sur le turf qu'il vaut quelque chose. Pas étonnant qu'elle l'ait plaqué. »

Maurice consacrait une énergie considérable à essayer de ne pas haïr sa mère. Elle n'avait rien d'une faible femme. Elle avait su tenir tête à son mari quand elle l'avait voulu. Elle était… Maurice chercha le mot… indécise. Oui, indécise. Elle n'avait jamais semblé savoir ce qu'elle voulait. C'était un défaut singulier, dangereux aussi. Marybeth était menue, ravissante et américaine. Qu'il s'agisse d'avoir un enfant, de quitter New York, de choisir une robe ou un restaurant, c'était toujours la même indécision. Elle appartenait à cette catégorie des « laissons faire et attendons de voir venir », plus paresseuse que prudente. En tout cas, elle n'avait rien d'une aventurière. Ça, c'était le propre de son père.

Apparemment, elle était partie sans états d'âme. Comme si son propre fils n'était qu'un climat peu propice auquel elle souhaitait échapper. Maurice le tenait en grande partie des bribes de conversation surprises entre son grand-père et Roger. Maurice comprenait son oncle. Il était gentil. Distant, mais gentil. Compte tenu des vingt derniers mois, cette distance était plus que compréhensible. Maurice lui-même se sentait coupé de tout. En outre, la culpabilité pesait si lourd sur ses épaules depuis la disparition de Nell qu'il ne pouvait chercher de réconfort auprès de personne.

« C'est un peu bizarre, docteur Ryder, non ? Pourquoi votre fille venait-elle dormir ici ? »

La peau autour des lèvres de Roger était livide, fine et froissée comme du papier. Il inspira en émettant un râle rentré, comme si sa source d'oxygène avait été coupée.

Maurice avait suivi son oncle Roger et les inspecteurs de police dans les écuries. Il se tenait sur le seuil, dans l'ombre, écoutant, espérant entendre prononcer son nom comme si, à force, cela la ferait revenir.

Toute la nuit durant, le grand-père resta assis auprès de Roger, un bras autour de ses épaules.

Maurice se tint en retrait, assis sur les marches de l'escalier, regardant entre les barreaux de la rampe, tendant l'oreille, cherchant à entendre prononcer son nom.

4

— Vous avez l'air très en forme ce matin, commissaire.

Le docteur Ryder examina une nouvelle fois la feuille de température de Jury et lui sourit.

— Vous êtes coriace.

— Tant mieux, mais vous ne me dites pas que j'ai de la chance d'être en vie ? Mrs Ball me le rappelle une bonne dizaine de fois par jour.

Ryder se mit à rire.

— Non. Personnellement, je ne crois pas que prendre trois balles dans le ventre soit une chance. Mais vous vous sentez mieux, n'est-ce pas ? Je veux dire psychologiquement autant que physiquement.

— Absolument. Quand est-ce que vous me renvoyez dans les bas-fonds pour que j'y remette un peu d'ordre ?

— Je pense que vous pourrez sortir d'ici deux ou trois jours. Mais pour ce qui est de reprendre du service, j'ai bien peur que Scotland Yard ne doive attendre plusieurs semaines. Pourquoi, vous vous ennuyez tant que ça ?

Jury lui tendit *La Fille du temps*.

— J'ai ça pour tuer le temps. C'est un flic coincé à l'hôpital qui tente de résoudre le mystère historique du meurtre des neveux de Richard III. Malheureusement, comme il y parvient, ça ne me laisse plus grand-chose à faire.

Jury sentait que le docteur Ryder hésitait. Il lançait des regards vers la porte mais ne partait pas.

— Quelque chose ne va pas ?

Ryder sourit, essayant de masquer son anxiété.

— Je me demandais simplement… si vous aimeriez plancher sur une vraie affaire. Des faits, pas de la fiction.

Il s'assit dans l'unique fauteuil et posa la feuille de température sur le sol.

— Bien sûr. Dites-moi tout.

— Il s'agit de ma fille. Vous en avez peut-être entendu parler. C'est arrivé il y a un peu moins de deux ans. Elle a disparu.

L'espace d'un instant, Jury ferma les yeux. Bien que Melrose Plant lui eût rapporté l'histoire entendue dans le pub, il ne s'y était pas préparé. Disparaître. Existait-il un mot plus impitoyable, plus accablant que celui-ci ? Il lui glaçait le sang.

— C'est affreux. Quel âge a-t-elle ?

Il devait s'efforcer de la conserver dans le présent.

— Aujourd'hui, elle en aurait dix-sept. Elle en avait quinze quand c'est arrivé. Je vous le dis tout de suite : ce n'est pas une fugue.

Ryder, d'une voix dont Jury devina qu'elle serait toujours tremblotante quand il parlerait d'elle, lui fit un compte rendu de ce qui était arrivé.

— C'était déjà insupportable mais le pire, ce fut d'attendre une demande de rançon qui n'arriva jamais. Nous ne savions plus quoi penser.

— C'est déconcertant, en effet. Mais où… pardon, vous pourriez me passer un peu d'eau, s'il vous plaît ? J'ai la bouche sèche en permanence.

— C'est une réaction au traitement. Ça ne devrait pas durer.

— Et sa mère, où était-elle ?

— Sa mère est morte.

— Je suis navré.

Jury hésita avant de demander :

— Vous êtes bien sûr qu'elle n'est pas partie d'elle-même ?

— Non, elle ne s'est pas enfuie.

Roger se frotta une joue, un tic nerveux.

— Je sais que n'importe quel parent en dirait autant, mais Nell était une enfant heureuse. Contrairement à Maurice... c'est le fils de Danny... qui ne s'est jamais remis du départ de sa mère. Pourquoi Nell n'aurait-elle pas été heureuse, après tout, compte tenu de la vie qu'elle menait ? Pour la plupart des enfants, grandir dans un haras, c'est plutôt idyllique.

Les idylles, pensa Jury, avaient la fâcheuse habitude de se heurter tôt ou tard à la réalité, s'il s'agissait vraiment d'idylles. Roger Ryder ne semblait pas du genre à se laisser abuser par les apparences mais, en tant que père, il n'était probablement pas très objectif. Les parents les plus aimants et les mieux intentionnés ne voient pas toujours ce qu'ils ont sous le nez. D'ailleurs, on ne peut pas leur reprocher d'ignorer ce qui se passe dans la tête et le cœur de leurs enfants.

Roger se leva et s'approcha de la fenêtre. Il appuya un bras contre son montant et pencha son visage vers la vitre comme s'il espérait que son reflet lui apprendrait quelque chose de plus. Mais il ne dit plus rien.

— Comment Nell a-t-elle pris la mort de sa mère ?

— Elle a bien réagi, plutôt calmement.

Non, sans doute pas. Elle faisait seulement semblant.

— Votre belle-sœur a quitté le domicile conjugal ?

Roger acquiesça.

— Oui, le départ de Marybeth ne m'a pas vraiment surpris. Pour ne rien vous cacher, je ne crois pas qu'il ait surpris Danny non plus. À mon avis, ce n'était qu'une potiche, vous savez, une jolie chose de plus qu'on promène dans le cercle du vainqueur, qui accepte quelques fleurs, fait de gracieux sourires puis tire sa révérence. Danny a toujours été entouré par tout un tas de femmes. Son charme les attirait. Il était extravagant, cherchant sans doute à combler le vide que la plupart d'entre nous remplissent avec la nourriture, le tabac, l'alcool. Un jockey doit tirer un trait sur tout ça. Il n'a pas droit à une seule mauvaise habitude. Il était toujours en train d'essayer de perdre un kilo de plus. Ce n'est pas une vie très drôle, je vous assure. Alors, il cherchait sans doute à compenser par d'autres plaisirs. Marybeth semblait totalement indifférente à Maurice, qui était et est toujours un enfant adorable. C'est juste qu'il est terriblement triste. Si triste que ça en devient parfois irritant.

Jury crut percevoir un sous-entendu qui n'avait pas grand-chose à voir avec « adorable » et beaucoup avec « irritant ». Ce pouvait être de la jalousie, de l'envie, ou une colère refoulée. Sa fille Nell avait disparu alors que le fils de son frère extravagant et fantasque était toujours là. Tous ces sentiments étaient enfouis sous une épaisse couche de culpabilité et de honte.

— Votre fille habitait chez son grand-père ?

— Oui, c'est lui qui l'a voulu ainsi. Il était ravi d'avoir ses petits-enfants autour de lui. Danny vivait à Chiswick mais Maurice passait presque tout son temps au haras. Il faut dire qu'avec nos carrières respectives nous n'étions pas assez souvent à la maison. Le haras, lui, offre un environnement de rêve pour les enfants.

— Et vous ?

Roger fit non de la tête.

— Je suis obligé d'habiter Londres à cause de mon travail. Mais je passe pratiquement tous les week-ends au haras.

Il sourit avant d'ajouter :

— Je suis un « petit veinard », comme dirait Vernon.

— Vernon ?

— Mon demi-frère.

— Qu'est-ce qu'il veut dire par là ?

— Que mon père prenait à sa charge les responsabilités de ses fils. Mais il ne le pensait pas vraiment.

Roger sourit et regarda à nouveau par la fenêtre.

— Quand Papa s'est remarié, Vernon faisait partie de la corbeille de mariage. Sa mère, Felicity Rice, était une femme extrêmement gentille mais étrangement incolore par rapport à Maman, qui avait été très belle. Je n'ai jamais compris Felicity ni Papa. Sauf que je sais que pour lui ce n'était pas le démon de midi. Felicity n'était pas vraiment la petite minette sexy. Elle est morte, aujourd'hui, elle aussi.

— Mais qu'est-ce qui vous fait sourire, alors ?

Jury devinait l'adolescent pointant le nez sous le masque du chirurgien.

— Ce n'est pas Felicity mais Vernon qui me fait sourire. Il sait dire des choses très directes sans être blessant, si vous voyez ce que je veux dire. Vernon est très intelligent, très ambitieux et très riche. Il vit dans un luxueux penthouse dans le nouveau quartier branché des Docklands. Et il est généreux. Il a prêté de l'argent à Papa il n'y a pas longtemps. Nous croyions… enfin, Papa croyait qu'il avait un acheteur pour un de ses yearlings, un poulain dont il espérait un million et demi. Puis l'acheteur s'est rétracté. Papa savait qu'il en trouverait un autre mais, en attendant, il avait besoin de fonds pour…

Jury l'interrompit :

— Un million et demi de livres sterling pour un poulain qui n'a pas encore fait ses preuves ?

Roger se mit à rire.

— Oh ça, ce n'est rien ! Les pur-sang de course sont un marché très lucratif. En outre, le poulain en question était un fils de Beau Rêveur. Vous en avez déjà entendu parler ? Vous le connaîtriez si vous vous intéressiez aux courses. Personne n'a jamais vraiment douté que ce cheval donnerait un jour des résultats.

— Quand même, vous parlez d'un placement à risque !

— C'est toujours le cas. C'est un métier hasardeux, mais qui peut rapporter gros.

— Votre frère Vernon, que fait-il dans la vie ?

Roger lui adressa un large sourire.

— De l'argent.

5

Jury ouvrit sur la tablette le dossier que Wiggins lui avait apporté.

— Un entretien enregistré avec le docteur Ryder, dit-il. Mené par l'inspecteur divisionnaire Gerard, de la police du Cambridgeshire. En gros, Nell Ryder, quinze ans, a été enlevée au haras Ryder la nuit du 12 mai 1994. C'est-à-dire il y a vingt mois. Elle dormait dans la stalle d'un cheval nommé Aqueduc. Il était malade, fiévreux. Il arrivait souvent à la jeune fille de passer la nuit dans l'écurie pour veiller un cheval souffrant.

INSP. GERARD : Vous êtes un homme riche, Mr Ryder, n'est-ce pas ?

R. RYDER : Non, je suis aisé.

INSP. GERARD : Le haras Ryder, dans ce cas. Votre père est un homme riche.

R. RYDER : Intrinsèquement ? Oui. Ça dépend de la façon de voir les choses. En termes de liquidités, c'est-à-dire d'espèces sonnantes et trébuchantes, non. En termes de cheptel, à savoir de pur-sang, très.

INSP. GERARD : Peut-il lever des fonds facilement ?

R. RYDER : Je ne sais pas. Probablement. Je sais que son beau-fils a beaucoup d'argent et qu'il n'hésiterait pas à l'aider.

INSP. GERARD : On peut donc s'attendre à une demande de rançon.

— Suivent des questions relatives aux activités du chirurgien : il dormait, pas de témoins. Il est outré, naturellement, d'être considéré comme un suspect. Des questions sur la mère de Nell. Décédée. Sur son oncle, Dan Ryder, mort également.

INSP. GERARD : Votre frère était le célèbre jockey Dan Ryder, n'est-ce pas ?

R. RYDER : En effet. Un des meilleurs. Il a monté les pur-sang de notre père dans toutes les courses importantes de ce pays, en Europe et aux États-Unis. C'était un grand jockey.

INSP. GERARD : Il est mort…

R. RYDER : En France, lors d'une course près de Paris, à Auteuil. Jeté à bas de son cheval.

INSP. GERARD : Vous parlez d'une vie… toutes ces privations pour quelques minutes d'excitation. Et puis, ils ne font que penser à la bouffe, encore la bouffe, toujours la bouffe. Lester Piggott vivait exclusivement de champagne et d'une feuille de laitue. (Pause.) Excusez-moi, Mr Ryder, je me laisse parfois emporter.

Jury releva la tête avec un sourire.

— « Emporter », ça me plaît, ça. Apparemment, ce Gerard a un cousin jockey. J'aime sa description. Suivent des questions sur les épouses Ryder. Celle du médecin est morte, elle s'appelait Charlotte. Celle du jockey, Marybeth, vit quelque part en Amérique. Enfin, sa première femme. Il s'est remarié après être parti s'installer à Paris. C'est là-bas qu'elle vit mais, comme aucun des Ryder ne l'a jamais rencontrée, ils ne savent pas si c'est une Parisienne de souche ou une Anglaise expatriée.

Jury referma le dossier et s'enfonça dans ses oreillers.

— Et la rançon ? demanda Melrose. Qu'est-ce qui s'est passé ?

Il avait réussi à s'emparer du fauteuil, laissant Wiggins se tortiller sur l'impitoyable chaise pliante.

— Apparemment, il n'y a jamais eu de demande de rançon.

— Comment ?

— Ils l'ont enlevée, point. Fin de l'histoire. En tout cas, en ce qui concerne la police du Cambridgeshire. Oh, ils ont bien remué ciel et terre pour la retrouver mais ça n'a rien donné. Naturellement, en l'absence de demande de rançon, l'affaire a été traitée comme une disparition plutôt que comme un kidnapping.

— C'était peut-être le cheval qui les intéressait, suggéra Melrose. C'est quoi son nom, déjà ?

— Aqueduc. Il vaut son pesant d'or, surtout pour la reproduction. Je me suis posé la même question. Je suppose que, quand un animal disparaît avec un humain, on présume toujours que c'était l'humain qui était visé.

— Ils ne s'attendaient peut-être pas à trouver la fille avec le cheval. Tu penses qu'ils l'auraient emmenée pour la faire taire ?

— C'est très possible.

Jury jeta un nouveau coup d'œil au rapport de la police du Cambridgeshire.

— Ryder possède un tas de pur-sang très précieux : Beau Rêveur, Mauvais Genre…

— Mauvais Genre, pas mal comme nom. Bizarre pour un cheval.

— Que dire alors de Biscuit de Mer ? intervint Wiggins. Vous savez d'où ce cheval a tiré son nom ?

On pouvait faire confiance à Wiggins pour connaître les subtilités de tout ce qui comportait « biscuit » dans son nom. Il était justement en train d'en manger un.

— Il y avait ce cheval baptisé Hard Tack, un nom qui renvoie aux galettes infâmes mais faciles à conserver que les marins emportaient en haute mer. Vous voyez le lien ? Hard Tack – marin.

Jury et Melrose le regardèrent sans réagir.

— Dans « Biscuit de Mer », « mer » renvoie aux marins et « biscuit » à une version moins dure du *hard tack*. C'est plutôt astucieux, non ?

Jury et Melrose continuèrent à le dévisager en silence, l'air affligés.

Wiggins se replongea dans les pages de son calepin.

— Depuis la disparition de Nell, le haras Ryder n'est plus tout à fait ce qu'il était. C'est presque comme si elle avait été l'âme de cet endroit. Elle l'était peut-être pour son grand-père. Mais il y a aussi eu la mort de Dan Ryder. Non seulement ce fut une perte personnelle, mais également un coup dur financier pour la maison. Quand il chevauchait ce fameux Samarkand, ils étaient virtuellement imbattables.

— Quelle est leur source principale de revenus ? Les prix ?

— Non, l'élevage. Ryder possède toute une écurie de pur-sang qui n'ont plus l'âge de participer aux courses mais qui valent très cher pour la reproduction.

— Des propriétaires conduisent leurs juments au haras Ryder et payent pour leur plaisir ?

— Un moment de plaisir en compagnie d'un étalon comme Samarkand vaut une petite fortune. Un propriétaire peut cracher entre cent mille et deux cent cinquante mille livres sterling pour le privilège de faire saillir sa jument une fois par an.

Melrose se redressa d'un bond.

— Un quart de million ? Pour ce prix-là, je vous le fais moi-même !

— Qui paierait une telle somme pour tes services ? demanda Jury. Donc, les bénéfices rapportés par les étalons reproducteurs s'élèveraient à combien ?

Wiggins feuilleta à nouveau son calepin.

— En 1992, par exemple, cela a représenté plus de cinq millions.

Ce fut au tour de Jury de se redresser brusquement.

— Quoi ? Et ça, juste pour les saillies ?

Wiggins hocha la tête.

— Oui, rien que pour la reproduction.

— Et les prix remportés lors des courses ?

— À lui tout seul, Samarkand… il y a dix ans de cela… a rapporté un million huit.

— Pas étonnant qu'on appelle ça « le sport des rois », dit Melrose.

— Naturellement, il faut aussi tenir compte des frais, reprit Wiggins. C'est une activité extrêmement coûteuse. Il faut beaucoup de personnel, parmi lequel bon nombre de gens hautement qualifiés, des jockeys, des cavaliers d'entraînement, des vétérinaires, des entraîneurs, des palefreniers… Ils coûtent cher. Arthur Ryder ne s'entoure que des meilleurs. Le salaire de son entraîneur s'élève à un quart de million par an, ce qui n'est pas excessif dans la profession. Ça revient cher et c'est risqué, tout comme l'élevage en général, sauf qu'un fermier n'a pas besoin de faire assurer chacune de ses vaches ni chaque carré de rutabagas. Assurer Samarkand, pour ne citer qu'un exemple, revenait à deux millions. Toutefois, Arthur Ryder n'est plus au sommet de sa forme depuis qu'il a perdu d'abord son fils Dan, puis sa petite-fille Nell. Les revers financiers, les blessures des chevaux… toutes sortes de problèmes semblent s'accumuler sur ses épaules.

Jury se laissa retomber dans ses oreillers, fermant les yeux.

— « Ils ne viennent pas seuls, en éclaireurs, mais par bataillons. »

— Pardon ?

— « Les ennuis approchent. » Claudius.

Comme pour confirmer ses dires, Mrs Ball entra dans la chambre.

Elle croisa les bras sur sa poitrine et toisa Melrose et Wiggins d'un regard torve.

— Vous deux, vous êtes restés suffisamment longtemps pour aujourd'hui. Et puis, je vous avais prévenus, il…

Elle sourit de mauvaise grâce à Jury. C'était plutôt une grimace.

— … ne doit pas s'occuper d'enquêtes de police. Il est censé se reposer, pas vous écouter lui rebattre les oreilles. Vous n'avez pas l'air de vous rendre compte qu'il s'est trouvé à l'article de la mort, et si on a pu le récupérer par la peau des fesses cette fois, il n'aura peut-être pas toujours autant de chance.

Si elle lui disait encore une fois qu'il avait failli mourir, il ne pourrait se retenir de la frapper. Ayant réchappé d'un cheveu, le malheureux patient devait encore sentir que ce cheveu pouvait être arraché d'un instant à l'autre. *Tu n'es pas encore sorti d'affaire, mon garçon. À ta place, je réciterais une petite prière de plus ce soir.*

— C'est ridicule, déclara Melrose. Il n'a jamais eu l'air plus pimpant. On ne croirait jamais qu'il s'est pris plusieurs balles. C'est parce que vous l'avez si bien soigné.

L'infirmière se retrouva en plein dilemme. Elle ne voulait certainement pas minimiser son rôle.

— Même avec les meilleurs soins, on ne peut jamais être sûr qu'un patient s'en sortira.

Jury, Melrose et Wiggins soupirèrent à l'unisson.

6

Pour ce qui était de « faire » de l'argent, Vernon Rice connaissait effectivement son affaire. Il avait monté sa propre société d'investissement dans la City et faisait circuler les capitaux. Autant les siens que ceux de ses clients. Son dada, c'étaient les start-up. Toutefois, il mettait en garde ses investisseurs contre les plus volatiles, un conseil qui n'était pas toujours suivi. Il était sidéré de voir à quel point les gens étaient imprudents avec leur argent, prêts à s'en départir dès qu'ils flairaient une affaire qui semblait prometteuse (mais ne l'était probablement pas), tels des limiers sur la piste d'un renard.

Les jours de Vernon (et une bonne partie de ses nuits) gravitaient autour de l'argent. Sa petite société dans la City était son affaire la plus lucrative. Elle était composée de lui-même, de sa réceptionniste Samantha et de ses deux jeunes assistants, Daphne et Bobby. Ils suivaient pour lui les rapports boursiers du jour, l'informaient sur les humeurs du marché et boursicotaient un peu pour leur propre compte. Il les avait tous les deux ramassés dans la rue, pour ainsi dire, et ne l'avait jamais regretté.

Quand Vernon était tombé sur elle un beau jour au croisement de Threadneedle et d'Old Broad Street, à deux pas de la Bourse, Daphne lui avait paru quelque peu désorientée. Elle ne bougeait pas, ne se mêlant pas au flot des piétons qui traversaient soit une rue soit l'autre. Ses anglaises noires débordaient de sous une casquette en laine grise qui lui moulait le crâne et était surmontée de deux petites oreilles grises pointant vers le devant. Ses boucles, son visage lisse et ovale, ses grands yeux marron et… bien sûr… les oreilles la plaçaient, selon les estimations de Vernon, dans une tranche d'âge allant de douze à trente-deux ans.

Elle allait probablement croire qu'il la draguait mais il décida de courir le risque, incapable de résister tant à son apparente inertie qu'aux oreilles de souris.

« Excusez-moi, ne croyez pas que je veuille vous faire des propositions malhonnêtes mais vous semblez avoir… euh… quelques difficultés à vous diriger. Je veux dire par là… c'est plus que l'habituel “Quelle est la rue que je dois prendre ?”, plutôt : “Dans quelle ville me trouvé-je donc ?” J'ai pensé que je pourrais peut-être vous aider. »

Vernon poursuivit quelques minutes dans la même veine, s'empêtrant dans ses explications sur la difficulté dans laquelle elle semblait se trouver et ce pourquoi il se proposait de l'aider. Finalement, il s'essouffla de lui-même tandis qu'elle ne bougeait toujours pas, fixant les fantassins venant du London Bridge et se répandant partout, bien trop nombreux, du moins de l'avis de T. S. Eliot.

Il lança même T. S. Eliot dans le lot pour faire bonne mesure avant de se taire.

Elle attendit, le regardant en plissant les yeux. Puis elle demanda :

« Ça y est ? Vous avez fini ? Terminé ? Vous avez vidé votre sac ? Plus rien à dire ? *Basta* ? *The end* ? C'est emballé ? »

Il acquiesça, puis s'apprêta à ajouter quelque chose quand elle l'arrêta d'un geste de la main.

« Non, c'est au tour du reste du monde. Il y a environ cinquante kilomètres de ça, vous m'avez demandé, du moins est-ce ce que je crois avoir compris, pourquoi je n'allais pas dans une direction ou une autre. La réponse est : elles sont pareilles, les deux directions, si bien que je vois pas l'intérêt de choisir. Je ne peux donc pas traverser. C'est une sorte de tournant existentiel. Je ne peux aller ni dans un sens ni dans l'autre.

— Euh… »

Il hésitait, se demandant s'il avait à nouveau le droit de parler. Comme elle ne l'avait pas poussé sous un bus à impériale quand il avait émis son « Euh », il supposa qu'elle l'y autorisait.

« Et si vous ne traversiez ni l'une ni l'autre ? Si vous… »

Elle le regarda à nouveau en plissant les yeux comme s'il avait été un nain de jardin égaré dans la grande ville.

« Je viens de passer toute ma pause déjeuner à vous expliquer pourquoi.

— Non, non, je voulais dire : pourquoi ne pas rebrousser chemin ? »

Vernon lança un regard par-dessus son épaule.

« Pourquoi ne pas repartir par là d'où vous êtes venue en suivant ce même trottoir sur lequel vous êtes déjà ? Il y a un café à quelques dizaines de mètres d'ici. Je serais ravi de vous offrir un cappuccino ou un crème. »

Elle réfléchit.

« J'ai horreur de l'un comme de l'autre, mais un café tout bête ne serait pas de refus.

— Allons-y. »

Ils s'assirent au comptoir devant deux cafés tout bêtes, celui de la demoiselle agrémenté de cinq sucres (il les avait comptés). Vernon lui demanda où elle habitait :

« À Disneyland ?

— À Clapham, ça revient au même.

— Où travaillez-vous ?

— Nulle part. Vous savez, cette "période de ressourcement entre deux pièces" dont parlent toujours les acteurs ? Eh bien, je me ressource entre tenir le bar chez George et faire la vendeuse chez Debenham.

— Vous y connaissez quelque chose en marché boursier ?

— Bien sûr. Mon portefeuille est fractionné de quinze manières différentes.

— C'est cette vie de "petite fille aux allumettes" qui vous rend si sarcastique ? »

Daphne sembla apprécier cette image. Elle rit, un peu comme d'autres éternuent, un ah-ah-ah-ah-ah-ah qui se finit en petite explosion.

« Je vous pose la question parce que je pourrais peut-être vous proposer un job.

— Ça m'étonnerait. »

Elle but son café et examina les lettres faussement Liberty de l'enseigne. Vernon ne se laissa pas démonter par sa réponse.

« Vous avez, euh… le sens des chiffres ? »

À en juger par les petites oreilles de souris, ça ne devait pas être son genre.

Elle tenait sa tasse des deux mains, fronçant légèrement les sourcils.

« À vrai dire, oui. Je suis plutôt bonne dans ce domaine. Les mathématiques étaient ma spécialité à la fac.

— Vous êtes allée à quelle université ?

— Oxford.

— Oxford ! Vous ? »

Elle se tourna vers lui avec son regard plissé.

« Ce n'est pas parce que ma casquette a des oreilles que je suis idiote ! »

Vernon lui offrit le poste sur-le-champ. Qu'elle refusa aussi sec.

Finalement, à force de pourparlers, il parvint à la convaincre de venir travailler pour lui, tout en sachant qu'elle pouvait s'avérer une calamité et lui vendre toutes ses parts de British Telecom dès que l'action fléchirait d'un chouïa. Mais il trouvait son humour caustique tonifiant. Et il adorait cette foutue casquette.

Pour Bobby, cela avait été une tout autre affaire.

Bobby (qui pouvait lui aussi avoir entre douze et trente-deux ans) lui était rentré dedans en skateboard dans le hall de son immeuble. Il lui raconta qu'il était venu livrer un document (il agitait une enveloppe en papier bulle en guise de preuve). Après l'avoir renversé, il lui tendit la main pour l'aider à se relever tout en déversant sur lui un torrent d'excuses. Sa dialectique de l'excuse, si l'on peut dire, préparant le terrain à des excuses futures, si besoin était.

« Vous travaillez pour une messagerie qui utilise des skateboards ?

— Non, mais mon vélo a eu un accident, alors j'utilise ma planche en attendant qu'il soit réparé. Surtout, ne le leur dites pas.

— Moi ? On m'arracherait les deux bras que je ne dirais rien. »

Bobby lui demanda pour quelle compagnie il travaillait et lorsque Vernon lui eut répondu qu'il gérait sa propre société d'investissement, il lui demanda s'il pouvait lui recommander un bon fonds de couverture et ce qu'il pensait d'une nouvelle boîte appelée Sea'n'Sand.

« Comment connaissez-vous Sea'n'Sand ? »

C'était un tout nouveau voyagiste qui se consacrait exclusivement aux croisières et aux stations balnéaires. Vernon supposait qu'il devait son succès immédiat à un département de relations publiques efficace, à une bonne publicité et au fait qu'il n'offrait absolument rien de nouveau en matière de destinations et de services.

Bobby haussa les épaules.

« Tout comme vous, j'imagine. Personnellement, je crois qu'ils vont se planter. »

Bobby poursuivit en expliquant à Vernon qu'on ne pouvait plus vraiment compter sur le Dow Jones. Il ne menait plus la danse, trop alourdi par l'industrie.

« Je veux dire… où est Yahoo ? Où est Macintosh ? Où sont toutes les hautes technologies ? »

Bobby était un trader au jour le jour, du genre qui vérifiait toujours la santé financière des boîtes dans lesquelles il investissait. « Toujours. » Il ne prêtait aucune attention aux gourous de la finance façon Hortense Crampon (un nom qui offrait à ses concurrents une gamme inépuisable de sobriquets), qu'il compara à un pneu Michelin avec une sérieuse fuite.

Pendant que les informations contenues dans l'enveloppe en papier bulle moisissaient, Bobby poursuivit sa logorrhée. Il demanda à Vernon ce qu'il pensait de Qu'est-ce-que-vous-dites.com, une nouvelle société réputée prometteuse qui venait de se lancer dans la guerre du portable en commercialisant des téléphones pour les malentendants. Elle devait fusionner avec Rappelez-les.com.

« Vous êtes forcément au courant, non ? Même si c'est prétendument top secret. »

Non seulement Vernon n'était pas au courant mais il regrettait amèrement de ne pas l'avoir su plus tôt. Zut ! Bobby lui confia qu'il comptait vendre à court terme si la fusion se confirmait, car les manipulateurs d'image de Rappelez-les auraient tôt ou tard quelques difficultés avec les pubs de Qu'est-ce-que-vous-dites montrant des pépés et des mémés jouant avec leur téléphone.

« Vous vous rappelez Planet Hollywood ? » dit Bobby.

Il illustra son propos en décrivant une spirale descendante du bout de l'index.

« Si j'avais su », soupira Vernon.

Bobby, serrant sa planche sous un bras et son enveloppe sous l'autre, était intarissable. Il était aussi bavard que Vernon le jour où il avait rencontré Daphne. C'est pourquoi il lui offrit un poste. Contrairement à Daphne, Bobby accepta aussitôt.

Vernon aurait pu leur offrir un bureau à chacun mais ils insistèrent pour rester ensemble. Il l'appelait Daffy, elle le surnommait Booby. Ils se disputaient à propos de tout, des actions cotées en cents, des appels publics à l'épargne, des ventes à découvert. En fait, ils se chamaillaient sans arrêt. « Et alors ? disait Vernon à Samantha. Qu'ils se chamaillent, tant qu'ils sont brillants. »

De leur côté, ils pensaient que Vernon marchait sur l'eau. Il les avait sauvés d'une vie à renverser des gens en skateboard et à rester coincée éternellement à des coins de rue.

Vernon vivait seul dans un penthouse qui occupait tout le dernier étage d'un immeuble d'appartements dominant la Tamise, avec des murs blancs et trois cheminées, rempli de meubles anguleux et épurés signés Le Corbusier, Mies van der Rohe ou d'autres designers suédois ou allemands très sérieux. À trente-six ans, il ne s'était jamais marié. Il aimait la compagnie des femmes, de deux femmes plus précisément, dont une certaine Janet, une belle brune qui s'imaginait que leur mariage était écrit dans les cartes ou dans les étoiles. Il ignorait comment elle s'était mis cette idée en tête dans la mesure où il n'y avait jamais fait la moindre allusion et qu'il n'en était pas question. L'autre femme était une prostituée de haut vol nommée Taffy, qu'il préférait en fait à Janet, en tout cas sur le plan sexuel, ce qui était aussi bien vu qu'il la payait cinq cents livres pour deux heures de son temps. Taffy était blonde et dorée. Elle avait le goût et la souplesse d'un caramel au beurre salé. Et elle était très créative (à ce prix-là, elle pouvait l'être).

Vernon aimait sa vie. Il aimait rentrer chez lui pour retrouver ses murs blancs, ses meubles épurés, ses parquets lustrés, l'aquarium encastré dans un mur qu'il avait payé trente mille livres, flanqué de toiles de Pollock et de Hockney. Son chat surveillait cet agencement. Vernon savait que la position en apparence détendue de Barney – sa queue enroulée autour de son torse, ses pattes repliées sous sa poitrine – masquait un esprit sans cesse occupé à trouver une solution pour rentrer dans cette grande boîte en verre. Il avait trouvé Barney traînant le long du fleuve près du pub The Town of Ramsgate. Le chat avait sans doute connu des jours meilleurs, quand les contre-allées étaient pleines de poubelles remplies d'anguilles en gelée. Vernon admirait l'autosuffisance des chats, ils n'étaient pas tout le temps en train d'aboyer pour qu'on les laisse sortir. Pour Barney, « sortir » signifiait passer dans le patio, d'où il pouvait observer la Tamise et la nuit. Le patio était d'un luxe et d'un exotisme absolus. Il y avait des palmiers, des hibiscus et des arbres fruitiers. Sans être jardinier, Vernon s'en occupait très bien et les fleurs et les arbres étaient florissants. Ce devait être grâce au mauvais temps londonien qui, le plus souvent, se limitait à un épais brouillard ou à la bruine, si bien que les plantes étaient vaporisées plutôt que battues par la pluie.

Janet n'aimait pas les chats, elle les trouvait sournois.

« Au contraire, disait Vernon, ils sont parfaitement directs dans leur manière de transgresser les règles et de voler les crevettes dans ton assiette.

— Tu sais très bien ce que je veux dire. »

En réalité, non. Rien ne l'irritait autant que le fait qu'elle considère « Tu sais très bien ce que je veux dire » comme une réponse.

À cette heure de la soirée, il se préparait toujours une cruche de manhattan s'il était d'humeur Art Déco, ou de martini américain s'il avait envie d'un apéritif. Il était justement en train de finir de touiller son cocktail. Il tapota la longue cuillère contre la cruche et versa sa préparation dans un verre à pied dans lequel il avait placé une rondelle de citron translucide. Il goûta. C'était frais et vif, tranchant comme une lame.

Au cours des dernières semaines, tout en sirotant son premier martini du soir, il avait médité sur sa nouvelle start-up « point com ». Il avait assisté à plusieurs réunions des Alcooliques Anonymes, non pas pour lui mais pour voir ce qu'ils vendaient, et Dieu sait qu'ils savaient vendre ! Le succès phénoménal de l'association n'avait rien d'étonnant. Leur formule pouvait se résumer à ceci : un, le salut ; deux, se faire des amis partout, dans toutes les villes, tous les pays du globe ; trois, retrouver son enfance. Ces trois choses au minimum, mais bien d'autres encore. Les membres arrêtaient probablement de boire parce qu'ils n'en avaient plus le temps.

Abandonnerait-il ses deux martinis d'avant le dîner pour que quelqu'un d'autre prenne ses décisions à sa place ? Lui certainement pas, mais beaucoup de gens, oui. C'était ce qu'offrait AA, outre d'interminables soirées pour apprendre à s'accepter soi-même sans personne pour vous asticoter, vous pousser à boire, entrer en compétition avec vous ou vous chercher des poux dans la tête. En prime, vous récupériez un papa sous la forme d'un parrain, perspective absolument terrifiante pour Vernon – non pas qu'il n'aurait pas aimé retrouver son père mais parce qu'il refusait de dépendre de qui que ce soit.

Il trouvait intéressant que n'importe quel alcoolique à qui l'on aurait demandé « Qu'est-ce que vous désirez le plus au monde ? » puisse répondre sans hésiter : « Un verre ! » Mais, au fond, c'était pour se masquer ce qu'ils souhaitaient réellement plus que tout : le salut, Papa, s'accepter soi-même quoi qu'il arrive, une ou toutes ces choses à la fois. Vernon supposait qu'elles se fondaient l'une dans l'autre comme la Stoly et le vermouth sec.

Il avait décidé de baptiser sa nouvelle start-up Ça-ne-tient-qu'à-toi.com.

L'argent lui procurait la même poussée d'adrénaline qu'à Arthur Ryder quand il voyait Aqueduc remporter la Gold Cup de Cheltenham, non pas une mais deux fois, la seconde avec un handicap de dix kilos. Pourtant, il ne parvenait pas à convaincre son beau-père que ses revenus quadrupleraient en transformant le haras Ryder en société et en lançant un premier appel public en vendant des saisons de, par exemple, Beau Rêveur ou Samarkand.

« Ça te rapporterait des millions, Art.

— Vernon, je n'ai pas besoin de millions. »

Vernon était trop gentil pour rappeler à Arthur que, deux mois plus tôt, il avait été bien content de trouver près d'un million.

« Mais écoute, Arthur… Regarde ce qu'ils ont fait aux États-Unis avec des chevaux comme Sicaire de Seattle. Rien qu'en une saison de monte, ils ont ramassé trois quarts de million. Multiplie ça par le nombre de saillies que peut faire un étalon comme Aqueduc. Puis multiplie-le encore par le nombre d'étalons que tu as au haras. »

Arthur était en train de faire sa tournée du soir des écuries, Vernon à ses côtés. Il secoua la tête :

« Vernon, c'est comme ça que tu gagnes ta vie ? Pourquoi ne pas jouer au poker ?

— Parce que c'est plus drôle. Et je suis en train d'essayer de t'aider. Que penses-tu du *foal sharing* ? C'est très en vogue actuellement.

— Le *foal sharing* ? Tu voudrais que je vende mes poulains en parts ? Je t'en prie ! »

Vernon cherchait sincèrement à l'aider et à diminuer ses soucis d'argent. Cela dit, il serait tellement amusant de faire entrer certains des étalons du haras en Bourse ! Toutefois, au cours des vingt derniers mois, il avait eu une raison plus importante encore : changer les idées à Arthur afin qu'il cesse, ne serait-ce que quelques instants, de penser à Nell.

Il n'avait encore jamais vu Arthur Ryder arrêté net dans son élan auparavant. Même la mort de son fils Dan n'y était pas parvenue. À présent, il était pétrifié, incapable d'agir. Roger de même. En dépit du fait qu'il côtoyait la mort tous les jours, souvent sous sa forme la plus crue, le chirurgien ne parvenait pas à admettre la disparition de sa fille. Tous deux, Arthur et Roger, fixaient depuis trop longtemps le même espace vide. Peut-être, pensait Vernon, trouvaient-ils un réconfort à partager la même léthargie.

D'emblée, il avait tenté de prendre les choses en mains. « Les choses » incluaient de répondre aux questions de la police, Arthur et Roger n'étant capables que de balbutier oui, non et peut-être. Ensuite, il avait engagé le meilleur détective privé de Londres, Leon Stone, connu pour sa capacité à se fondre dans le décor tel un caméléon. Dix-neuf mois plus tôt, dans l'appartement de Vernon, assis dans un profond fauteuil en cuir de l'autre côté d'une table basse en verre et acajou, le privé avait écouté le courtier lui exposer toute l'histoire puis conclure :

« Ce ne peut pas être l'argent qui les intéresse. Ça fait près d'un mois maintenant.

— Pas nécessairement, avait répondu Stone. Il se peut qu'ils aient initialement prévu de demander une rançon mais qu'il se soit passé entre-temps quelque chose qui les a fait changer d'avis. »

Vernon se pencha en avant vers Stone.

« Ça signifie qu'on doit prendre en compte dans nos recherches tous les cas de figure susceptibles de leur avoir fait changer leurs plans. Merde, mais c'est impossible ! »

Stone le calma d'un geste de la main.

« J'aurais dû ajouter qu'il est peu probable qu'ils aient changé d'avis. Comme vous l'avez dit, s'ils n'ont pas demandé d'argent, c'est sans doute que ce n'est pas ce qui les intéresse. »

Il demanda à Vernon s'il y avait la moindre raison de penser que le père ou le grand-père de la fille avait une responsabilité dans l'affaire.

Vernon fut indigné, sans doute parce qu'il s'était déjà posé la question.

« Vous voulez dire qu'ils auraient pu organiser son enlèvement ? Certainement pas !

— Ça s'est déjà vu. »

Au cours des dix-huit mois suivants, Leon Stone n'avait pas chômé, c'était certain. Il avait mérité ses considérables honoraires. Il s'était rendu chez tous les éleveurs du Cambridgeshire et d'ailleurs, même si le Cambridgeshire était indubitablement le cœur des courses et de l'élevage de chevaux.

« Qu'est-ce qui vous fait penser que le responsable possède un élevage ?

— La proximité, d'une part. La connaissance des membres de la maisonnée d'Arthur Ryder, de l'autre. Il se peut que Ryder ait été en conflit avec d'autres propriétaires. Imaginons le scénario suivant, Mr Rice : un ou plusieurs malfaiteurs s'introduisent au haras Ryder pendant la nuit, ou plutôt non, disons qu'ils s'y sont rendus pendant la journée un peu avant de passer à l'acte afin d'évaluer la situation. Il se peut aussi que la personne ait déjà été sur place, un employé par exemple : garçon d'écurie, cavalier d'entraînement, entraîneur. Il y a aussi le vétérinaire. J'ai une liste de tous ces gens. Ensuite, remontons au jour de l'enlèvement. Quelqu'un s'introduit dans l'écurie, on ignore encore pour quelle raison exacte…

— Vous voulez dire que Nell n'était peut-être pas visée ?

— C'est possible. Quoi qu'il en soit, si la fille était bien la cible, la personne devait savoir qu'elle avait l'habitude de dormir dans l'écurie quand un cheval était malade. Cela limiterait certainement la liste des suspects aux membres de la famille, aux amis et aux employés, non ? Mais il y a une autre possibilité : que les malfaiteurs soient venus pour une tout autre raison et que Nell se soit trouvée en travers de leur chemin. Peut-être a-t-elle vu quelque chose et l'ont-ils emmenée avec eux parce qu'elle représentait une menace.

— Vous pensez qu'ils sont venus pour le cheval ? »

Leon Stone haussa les épaules.

« C'est également possible. Peut-être pas nécessairement pour voler un cheval, mais pour faire quelque chose à un cheval ou à des chevaux. Il y a là-bas des étalons qui valent une vraie fortune.

— Outre Samarkand, il y a Beau Rêveur, Mauvais Genre, Aqueduc et Monnaie de Singe (ce dernier ayant été baptisé, selon Arthur, en l'honneur de Vernon). Personne n'a vu de voiture ou de van mais je suppose qu'ils devaient avoir un véhicule.

— Je pense qu'on a affaire à une personne agissant seule et qu'elle n'a pas eu besoin de voiture ni de van.

— Elle devait forcément avoir un moyen de locomotion. »

Stone esquissa un petit sourire.

« Elle avait Aqueduc, évidemment. »

7

Il était sujet à des crises d'angoisse, particulièrement quand il était à l'extérieur, sur un terrain qui n'était plus ferme ni familier. Quand cela lui arrivait, Maurice prenait un cheval, n'importe lequel pourvu qu'il semble avoir envie d'un bon galop ou d'une longue promenade dans les sentiers cendrés qui s'étiraient sur des kilomètres autour du haras.

Après Samarkand, son second choix était Beau Rêveur, un élégant étalon qui secouait sa crinière et cambrait le cou comme pour se débarrasser de lui ou de n'importe qui n'étant pas Nell. Les chevaux adoraient Nell.

Beau Rêveur s'était toujours senti condamné à décrire des tours de piste sur trois kilomètres et quelque comme s'il n'était bon qu'à ça. Il ne faisait que tolérer le cercle du vainqueur, dans lequel il se retrouvait souvent. Cela dit, il aimait bien les fleurs, les couronnes de roses jetées autour de son encolure, les sourires, les éclats d'or tout autour de lui. Il les méritait amplement. Cela lui était arrivé si souvent qu'il se demandait s'il restait des courses qui méritaient d'être gagnées.

À présent, il était de nouveau avec ce garçon qui était, au fond, meilleur que certains des autres qui le montaient. Il l'aimait bien. Mais il savait déjà ce qui allait se passer, ce qui ne manqua pas d'arriver après une quinzaine de minutes de marche sur les sentiers. Oui, il sentit le corps du garçon changer de position, s'allonger vers l'avant, sa tête se poser sur son encolure, ses bras ballants. Au moins, il avait encore les pieds dans les étriers, ce qui le maintiendrait un peu en place.

Encore endormi. Rêveur allait devoir faire attention à ne pas passer sous des branches basses. Il valait mieux quitter les sentiers et prendre la route, ce qu'il avait eu l'intention de faire de toute façon.

Pourquoi, chaque fois qu'il montait Beau Rêveur, ce garçon s'endormait-il sans même sembler s'en rendre compte ? S'il le savait, il n'essayerait pas de le monter. Ou peut-être que si, oui, s'il voulait s'échapper une fois de temps en temps. Il devait s'estimer heureux de ne pas se trouver sur Mauvais Genre qui, lui, était capable de tout.

La vieille route. Beau Rêveur avança tranquillement en veillant à éviter les branches, jusque là où le sentier longeait une vieille route que plus personne n'empruntait. Il n'y avait qu'une seule voie, deux véhicules pouvant à peine s'y croiser à condition d'être assez petits. Aucune voiture, pas même celles du haras Ryder, n'y passait plus. Autrefois, les haies qui la bordaient étaient si hautes qu'on ne pouvait pas voir pardessus, si droites qu'on les aurait dites alignées au cordeau et si bien entretenues qu'on aurait pu mesurer l'intervalle entre chaque pied à la règle. À présent, de grands tronçons de haie desséchée s'effritaient comme de vieilles briques trop comprimées.

Beau Rêveur continua de marcher, attentif et silencieux. Il avançait au pas, mais avait bien envie de s'élancer dans un petit trot, puis un canter *et enfin un grand galop. Il vit un paysage d'hiver, de petites plaques de neige étreignant les racines des noisetiers et des chênes, de la glace gantant leurs hautes bran-*

ches, puis il passa à travers le printemps : des nuages de pâquerettes, des brumes de primevères, de roses sauvages, de menthe pouliot, de violettes. Beau Rêveur n'avait pas vraiment de souvenirs mais plutôt des va-et-vient, des entrées et des sorties, des lieux devenant d'autres lieux. Le passé était comme ce sentier qu'il venait de quitter, qui serpentait encore et encore, et parfois se recoupait comme un serpent se mordant la queue, retraversant le présent.

Il pouvait entendre les lads de l'écurie appeler : c'était l'heure du fourrage, l'heure du pansage, l'heure des soins du matin et des soins du soir, l'heure de ceci et de cela, l'heure du temps après le temps. Cela ne voulait rien dire, mais ils en avaient besoin. La mémoire, c'était du temps. Il entendait encore les éclats de voix sous la voûte du ciel ; il filait encore tel un ouragan le long de cette courbe de plus d'un kilomètre ; il perdait encore ou gagnait encore ; il sentait encore son collier de roses.

Beau Rêveur aimait marcher sur cette route, mais uniquement avec le garçon endormi. Quand un des cavaliers d'entraînement ou qui que ce soit d'autre la croisait par hasard et voulait la prendre, il se cabrait et refusait d'avancer.

« Qu'est-ce qui t'arrive ? Je ne t'ai jamais vu faire la mauvaise tête comme ça ! Quelque chose t'a fait peur ? »

Le cavalier plissait les yeux, scrutant les ombres sur les bords de la route, puis tentait de le rassurer.

« Il n'y a rien. Juste une vieille grange, une remise et un ancien manège envahi par les ronces. »

Il pouvait dire ce qu'il voulait, Beau Rêveur n'avançait pas.

Il arriva en vue de la grange et se demanda s'il ne devait pas secouer le garçon pour le réveiller, puis il se dit que ce serait trop douloureux, ou du moins le garçon le ressentirait-il ainsi. Non, il devrait se réveiller par lui-même et affronter la réalité.

Beau Rêveur l'avait vue le jour de sa naissance. C'étaient ses mains, avec celles du vétérinaire, qui l'avaient attrapé et tiré. Il la revoyait à présent, chantant d'une voix voilée, des moitiés de mots, fredonnant « Beau Rêveur ».

C'était à cette chanson qu'il devait son nom. Cette chanson, et le fait qu'elle la chantait tout le temps. Beau Rêveur l'écouta un moment, puis rentra à la maison.

8

Vernon était étendu dans le noir, les mains croisées sous la nuque, comme à son habitude quand il passait en revue les événements de la journée avant de s'endormir.

Ce même après-midi, il avait acheté une minuscule maison d'édition spécialisée dans les textes religieux qui réalisait un chiffre d'affaires modeste mais régulier. Il avait ajouté à son panier deux autres compagnies, l'une appelée PoidsPlume et l'autre QuestCo, qui réalisaient toutes deux des profits qu'il pourrait inscrire au capital de Ça-ne-tient-qu'à-toi.com. Au cours des deux mois à venir, il allait lancer sa start-up sur le marché libre, l'offre publique initiale étant fixée à vingt-cinq livres l'action. Le fait que sa société n'avait pas encore rapporté un sou ne le dérangeait pas, mais cela risquait de faire tiquer la Commission des opérations de Bourse.

Les sociétés qu'il acquérait l'appréciaient parce qu'il tenait à ce qu'elles restent autonomes. QuestCo se spécialisait dans le rachat d'entreprises. Elle n'avait pas encore fait d'étincelles jusqu'ici mais était en train d'étudier une maison appelée NuBru, une distillerie de vins vieux dont le chef chimiste venait de mettre au point une boisson produite avec du raisin qui avait un vrai goût de vin et, plus important, en avait les effets. QuestCo avait des difficultés à localiser l'entreprise car, bien que NuBru mentionnât ses salariés, elle n'avait pas d'adresse. Le directeur général de QuestCo avait déclaré à Vernon :

« Ça se trouve quelque part en Californie.

— C'est du vin, si l'on veut, alors où d'autre pourrait-elle être ? »

Il avait également envisagé de faire travailler Ça-ne-tient-qu'à-toi, histoire de justifier ses actions à vingt-cinq dollars. Il avait naturellement mis son programme de sevrage en douze étapes sur son site web, avec des petits graphiques branchés pour illustrer les étapes en question, ou leur absence. Toutes sortes de petits bonshommes et de petites bonnes femmes ivres, tombant, zigzaguant, des Blancs, des Noirs, des Asiatiques, des jeunes et des vieux, plus quelques chiens hébétés et quelques chats gris, même une souris toute raide avec les quatre pattes en l'air et un cadavre de bouteille à côté. Le tout dégageait une impression générale d'excès flagrant (bien que plusieurs des chiens eussent l'air plutôt heureux). Il y avait également des liens vers d'autres sites ayant vaguement trait au fléau de l'alcoolisme.

Ne dites pas à Ça-ne-tient-qu'à-toi qu'il n'y a pas de remède à l'alcoolisme ! Qui se soumettrait à un régime impitoyable d'eau de seltz et de San Pellegrino s'il doutait de pouvoir guérir ?

« Regardez la vie en face », dixit le *Big Book* d'Alcooliques Anonymes.

Le tout était que le site prenne tout de suite, car il ne faudrait pas longtemps à un webmestre en culottes courtes pour peaufiner l'idée originale de Vernon et l'améliorer. Les start-up étaient un business à risque. Il fallait avoir le cœur bien accroché et (sans doute) ne pas avoir toute sa tête.

— Vernon, il ne t'est pas venu à l'esprit que cette société, NuBru, produisait peut-être simplement du vin ? Si on ne peut pas distinguer la différence, quel intérêt ?

— Bien sûr que ça m'a traversé l'esprit. Quoi qu'il en soit, je n'aimais pas beaucoup son nom. NuBru, on dirait une marque de bière, tu ne trouves pas ?

Il était assis sur une balle de foin, observant Arthur occupé à examiner les chevilles de Monnaie de Singe qu'il trouvait brûlantes.

— Alors je le leur ai fait changer pour « Recherche vinicole ».

Arthur le regarda en secouant la tête.

— Hein, quoi ?

— Rien.

— Leur produit pourrait très bien être ce qu'ils affirment. Ils ont fait des analyses pour démontrer sa non-toxicité. Ses effets sont sans conséquence pour le foie et les autres organes…

Arthur lui lança un regard dubitatif

— Ça ne veut rien dire. Ça veut dire quoi, « sans conséquence » ? Ce qu'il faut savoir, c'est quels sont ces « effets » au juste.

Vernon ne répondit pas directement, car il l'ignorait.

— Quelqu'un finira bien par découvrir la formule tôt ou tard, Arthur. Je veux dire, créer une boisson non alcoolisée qui t'enivre.

— Tu n'as qu'à dire aux internautes qui visitent ton site qu'ils n'ont qu'à se faire congeler quand ils mourront.

— Allez, Arthur ! Nous sommes à un moment de l'histoire où on peut réaliser pratiquement n'importe quoi.

— C'est effrayant, surtout quand tu t'en mêles !

— Très drôle.

Arthur réprima un sourire.

— Felicity disait toujours que tu étais déjà comme ça gamin. Tu étais prêt à tout à partir du moment où il y avait un profit à réaliser. Tu coupais des crayons en deux, les retaillais puis revendais chaque moitié pour un penny de plus qu'un crayon normal. Sauf les moitiés avec une gomme, celles-là, tu les vendais deux pence de plus.

— J'étais si cynique, petit ?

— Faut croire. Toutefois, tu n'as jamais réussi à convaincre Nell.

Vernon tressaillit. Chaque fois qu'elle surgissait inopinément dans la conversation, c'était comme un coup de poing en pleine poitrine. Dans le box, et peut-être partout ailleurs, un silence soudain s'abattit, comme si tout retenait son souffle.

En tout cas, Vernon ne respirait plus.

Nell.

À quinze ans déjà, elle était brillante. La première fois qu'il l'avait vue, c'était dans la stalle de Samarkand, le bouchonnant après une promenade. Elle était penchée en avant. Ses magnifiques cheveux blonds recouvraient son visage et touchaient presque le sol. Elle fredonnait. Il n'arrivait pas à trouver quelle était la chanson mais elle lui disait quelque chose.

« Salut, ça boume ? » lança-t-il.

Elle se redressa, surprise. Puis elle rejeta sa chevelure en arrière, dévoilant un visage translucide. Il ne cachait rien, tout était là. On y lisait à quel point elle aimait ce cheval et combien il lui paraissait plus intéressant que Vernon.

Le « Salut, ça boume ? » ressemblait à la banale entrée en matière d'un adolescent, pas de l'adulte de trente-quatre qu'il était.

« Je m'appelle Vernon Rice.

— Bonjour. »

Elle essuya sa main sur son jean et la lui tendit.

En la serrant, il pensa brusquement à un papillon de fer, doux et très fort. Elle sembla s'enrouler à l'intérieur de la sienne. D'ordinaire, il n'était pas porté sur les métaphores.

« Voici Samarkand, annonça-t-elle. Sam, pour les intimes. »

Il avait dans sa poche des morceaux de sucre qu'il avait pris au restaurant où il s'était arrêté pour boire un café. Quand il se rendait dans un haras, il aimait se présenter équipé. Équipé ? Allait-il offrir un fonds spéculatif à un cheval ? Il sortit les deux carrés de sucre et les tendit (plutôt timidement) vers la bête.

Samarkand le regarda, puis se retourna dans son box (écrasant Nell contre la paroi), présentant sa croupe à Vernon.

« On ne l'achète pas aussi facilement », dit Nell en pouffant de rire.

À sa grande consternation, il se sentit rougir.

« C'était idiot de ma part de lui offrir du sucre.

— Pas du tout. L'important, c'est d'y avoir pensé à l'avance. Vous êtes venu équipé. Vous croyez qu'il y a beaucoup de gens à qui ça viendrait à l'esprit ? »

Elle dessina un zéro avec son pouce et son inde

« Que dalle ! »

Du coup, il était tout aussi bêtement content d'avo apporté du sucre qu'il s'était bêtement senti honteu d'y avoir pensé quelques instants plus tôt.

Elle changea adroitement de sujet, telle une hôtesse expérimentée dans l'art de mettre les gens à l'aise, déclarant :

« Vous êtes de Londres, n'est-ce pas ?

— En effet. Je sais que j'aurais dû venir rencontrer la famille plus tôt, mais… »

Il haussa les épaules.

« Ça fait un petit bout de temps que je suis installé en Europe. Ce n'est pas très convenable de ma part de ne pas être venu me présenter tout de suite. »

Il se sentait réprimandé sans qu'elle ait rien dit. Il se rendit compte qu'il se morigénait tout seul.

Elle avait fait se retourner Samarkand sans sembler le toucher.

« Ce qui n'était pas convenable, c'était d'aller se marier en douce à la mairie sans même nous inviter. »

Il était clair qu'elle n'en voulait pas vraiment à son grand-père ni à sa nouvelle épouse. Elle l'avait dit uniquement pour que Vernon sache qu'ils étaient du même bord.

« J'aime beaucoup Felicity. Elle est vraiment gentille.

— Excusez-moi si je suis indiscret, mais vous avez vraiment quinze ans ? »

Son expression la fit rire.

« Oui.

— Vous paraissez beaucoup plus. »

Elle cessa de passer l'étrille et regarda au loin.

« Ça vient du fait d'avoir passé toute ma vie auprès des chevaux. Je crois que ça donne de l'assurance. »

Elle avait fini de brosser le cheval. Elle rangea l'étrille sur une étagère et prit un seau.

Il eut peur de la voir partir. Il voulait qu'elle reste là.

« C'était quoi cet air que vous chantiez ? »

Son visage s'empourpra. Il avait vu des levers de soleil moins beaux.

« "L'amour est entré dans ma vie". »

Il se souvenait de la chanson.

« … "et en a chassé les ombres" », acheva-t-il avec un sourire.

Elle sourit à son tour.

« C'est une de mes chansons préférées. Vous connaissez toutes les paroles ?

— Non, quelques bribes. Vous avez une très jolie voix. »

Elle haussa les épaules.

« Vous n'aimez pas qu'on vous entende chanter, c'est ça ?

— C'est toujours gênant d'être surprise en train de chanter pour des chevaux, non ? »

À la grande surprise de Vernon, elle le dit comme si elle ne doutait pas qu'il comprenne. Effectivement, il comprenait parfaitement. Il se souvenait d'avoir eu quinze ans et à quel point il était pénible de tomber amoureux de filles qu'il ne pourrait jamais avoir.

« Qu'est-ce qui ne va pas ? Je vous ai fait peur ? »

Elle balançait son seau à bout de bras.

Cette fois, il avait l'air très sérieux.

« Oui, on peut dire ça. »

Elle sourit et s'éloigna, balançant le seau au bout de sa main gantée, mince et fine, sa chevelure se fondant dans le contre-jour éclatant de la porte. Vernon la suivit du regard jusqu'à ce qu'elle soit hors de vue, se disant qu'il n'avait jamais rencontré un être aussi équilibré.

Le jour où elle disparut fut le pire de sa vie.

9

— Qui était-elle ? demanda Jury.

Melrose Plant avait pris la nouvelle corbeille de fruits sur les genoux et inspectait son contenu. Il releva les yeux.

— Elle ? Tes questions semblent de plus en plus extraites d'une longue conversation secrète que tu aurais avec toi-même.

— La femme dans le pub.

Melrose inclina la tête sur le côté, essayant de se mettre sur la même longueur d'ondes que Jury. Puis le déclic se fit.

— Ah ! The Grave Maurice ?

Jury acquiesça.

— Oui, celle qui semblait connaître le docteur Ryder.

Melrose piocha une banane.

— Ne prends pas ça. Monsieur Banane, c'est Wiggins, et il l'a réservée.

— Je ne prends rien du tout. J'ai quand même mieux à faire que de fouiller dans des corbeilles de fruits.

— Alors, cette femme…

— Tout l'hôpital est au courant au sujet de l'enlèvement. Rien ne dit que la femme que j'ai entendue en sache plus qu'une autre.

— Je cherche juste des pistes.

Il y eut un silence pendant que Jury regardait le ciel vide par la fenêtre et que Melrose hésitait entre une prune et une poire. Pourquoi pas les deux ?

Puis il demanda, sur un ton peu convaincu :

— Tu plaisantais tout à l'heure, n'est-ce pas ?

Jury fronça les sourcils.

— À quel sujet ?

— Quand tu as dis que je devrais me rendre au haras Ryder pour acheter un cheval.

— Oui.

Melrose poussa enfin le soupir de soulagement qu'il refoulait depuis un moment.

— Qu'est-ce que tu ferais d'un cheval ?

— Je ne te le fais pas dire !

— Mais tu peux toujours négocier.

Melrose se redressa.

— Négocier ?

— Oui, le prix du cheval. Tu n'as pas vraiment besoin de l'acheter. Négocier te donnera l'occasion d'y retourner plusieurs fois.

Melrose s'affala sur son siège.

— Richard, je n'ai pas du tout envie de m'y connaître en chevaux. J'ai encore la tête farcie d'hakonechloa et de rumbrum. De parterres de buis et de…

Il agita une main en direction de Jury.

— … ce genre de choses.

— Tu ne voulais pas être jardinier non plus, mais tu as été du tonnerre. Comme d'habitude.

Jury lui adressa son sourire charmeur, qui s'évanouit rapidement quand il vit Mrs Ball entrer dans la chambre.

Apercevant Melrose, celle-ci enfonça ses poings sur ses hanches dodues.

— Encore là ? On n'est pas dans les heures de visite !

— Je ne suis pas en visite. J'habite ici.

Elle agita un doigt en l'air.

— Je vous l'ai déjà dit, Mr Plant. Vous ne pouvez pas prendre ce genre de libertés.

Melrose se leva et extirpa une de ses vieilles cartes de visite de sa veste en tweed.

— Lord Ardry. Plus exactement comte de Caverness, baron de Ross et Cromarty, et patati et patata…

Il lui tendit la carte jaunie.

Elle la regarda.

— Eh bien…

Elle esquissa un sourire faussement timide, révélant une dentition qui aurait bien eu besoin de voir un dentiste.

— … n'empêche, faut qu'on veille à respecter des horaires convenables.

Elle agita à nouveau son doigt, mais plus amicalement cette fois.

— C'est qu'il faut que nos patients puissent se reposer.

Elle sortit un thermomètre de sa poche, le secoua et l'enfonça dans la bouche de Jury. Elle continua de parler tout en lui prenant le pouls.

— La situation pourrait fort bien se retourner contre eux, je veux dire, contre les patients. Rien que la semaine dernière, on a eu un monsieur âgé qui nous a fait une attaque. Pourtant, il avait l'air en pleine forme…

Elle regarda sa montre et émit un petit ricanement avant de poursuivre :

— … eh bien, imaginez-vous qu'il s'est tout à coup ratatiné dans son fauteuil roulant alors que l'aide-soignant le poussait vers la salle des visites ! Sa fille et ses petits-enfants l'attendaient et, juste au moment où il levait la main pour leur faire coucou… Ça ira comme ça…

Elle arracha le thermomètre de la bouche de Jury comme s'il avait été en train de sucer une tétine.

— … eh bien, je disais donc qu'au moment où son petit-fils courait vers lui, il est parti comme ça !

Elle fit claquer ses doigts.

— Il n'a même pas eu le temps de leur dire au revoir, rien ! Et puis, il y a eu cette pauvre petite qui est venue avec ses amygdales…

— Ah ! Moi aussi, je ne me déplace jamais sans elles, dit Melrose.

Mrs Ball ne releva pas.

— … et elle est morte sur la table d'opération. Le cœur a lâché, vous vous rendez compte ? Pauvre petite Dory. Dire qu'elle avait une arythmie cardiaque et que personne ne le savait. Le docteur…

Là, elle regarda Jury avec insistance pour bien lui faire comprendre que tous les patients du docteur Ryder ne ressortaient pas de l'hôpital sur leurs deux jambes.

— … qu'est-ce qu'il s'en est voulu ! Et puis il y a eu ce bon vieux Willie. Il était pratiquement rétabli et voilà-t-il pas qu'il s'étouffe avec le café du distributeur !

Seigneur ! Mais cette femme était un monstre !

— Comment un patient peut-il mourir étouffé avec toutes ces infirmières qui traînent dans les couloirs ?

Elle ne répondit pas, regardant le thermomètre d'un air navré.

— Oh là ! Je n'aime pas du tout ça, Mr Jury. Votre température a remonté. Il va falloir que j'en informe le docteur, hein ?

Melrose ne supportait pas qu'elle utilise ce mot, « docteur », comme elle aurait pu dire « Dieu ». Elle parut sur le point de sortir puis se tourna vers lui, agitant son index avec une frénésie renouvelée.

— Je vous donne encore cinq minutes, Mr Plant, et puis ouste ! Cinq minutes !

Elle sortit, agitant sa lourde croupe dans un bruissement de tissu amidonné.

— Qu'est-ce que c'est que cette histoire de température ?

— Va savoir, 300° C, probablement. Revenons à notre projet d'achat de chevaux…

— Non, pas ça !

Melrose feignit de s'effondrer en larmes.

— Ne fais pas l'enfant, écoute…

Melrose releva vers lui ses yeux secs pour le voir brandir son exemplaire de *La Fille du temps*.

— Il me reste plusieurs jours à passer ici, aux bons soins de tu sais qui…

Il lança un regard entendu vers la porte.

— Il me faut réfléchir à quelque chose, m'occuper l'esprit, et je trouve la disparition de cette fille très intriguante.

— Tu as son père sous la main. Occupe-toi donc l'esprit avec lui.

— Voyons, il n'est pas objectif.

Melrose soupira, il savait déjà qu'il le ferait et Jury savait qu'il le savait.

— Donc, je vais trouver ce Mr Ryder et lui dire que je serais intéressé par certains de ses canassons.

— Pour l'amour de Dieu, ne dis pas « canasson ».

— Pourquoi pas ? Gary Cooper le dit bien, lui.

C'était un des acteurs préférés de Melrose. Ah, cette étoile de shérif qu'il jetait dans la poussière à la fin du *Train sifflera trois fois !*

— Ce n'est pas vrai, il n'emploie jamais ce mot-là. Qu'est-ce que tu fabriques ?

— Rien.

— Ah, j'ai cru que tu venais de jeter quelque chose. Enfin, concentre-toi un peu. Ce qui serait encore plus convaincant…

Là, Jury se redressa sur son lit, repoussant sa tablette sur le côté.

— … ce serait de l'aborder à propos d'un cheval en particulier, ou de découvrir quels pur-sang il a dans son haras et te renseigner sur eux. Fais comme Diane Demorney : apprends beaucoup sur un seul cheval au lieu d'un peu sur tous.

Jury réfléchit un moment puis reprit :

— Red Rum, ça c'est un bon cheval ! Il a remporté le Grand National, et plus d'une fois je crois.

— Il faudrait que je connaisse quelques bases. Je me vois mal me présenter là-bas à plusieurs reprises en ne connaissant que Red Rum.

— Celui dont parlait Wiggins…

— Biscuit de Mer ?

— Certainement pas Biscuit de Mer ! C'est un cheval américain. En plus, il est mort. Je vois que tu as du pain sur la planche… Non, je voulais parler de Samarkand. C'est un célèbre champion.

— Dans ce cas, il ne sera pas à vendre.

— Non, mais je suis en train de me dire qu'il faudrait que tu en saches le plus possible sur lui. Ça me paraît indispensable pour quelqu'un qui est censé s'y connaître en chevaux et en courses. Tu pourras facilement obtenir des informations sur le haras à partir de… tu sais… de sources.

Il haussa les épaules.

Melrose se leva, se dirigea vers le lit et lui serra la main.

— Merci ! Des « sources » ? Ça, c'est ce que j'appelle un bon tuyau !

Il resta un moment planté là, puis déclara :

— Je suppose que je devrais m'y mettre dès maintenant.

Il regarda sa montre.

— Enfer et damnation ! J'ai dépassé mes cinq minutes !

Jury se laissa retomber dans ses oreillers avec un petit air satisfait.

— Tu rentres à Northants ? Tu devrais vraiment commencer ton enquête sans tarder.

Melrose lui lança un regard noir.

— Tu parles d'un culot ! Non seulement ce n'est pas *mon* enquête, mais ce n'est même pas une des tiennes, et je ne suis pas enquêteur !

— Bien sûr que tu l'es. Cesse tes jérémiades et je t'en apprendrai une bonne au sujet de Mrs Ball.

— Quoi ? Elle travaille la nuit dans un club SM de Soho ? Le directeur général de l'hôpital l'a mise enceinte ? Quoi ?

— Son prénom est… accroche-toi… Annie.

Il fallut un temps pour que le déclic se fasse.

Puis ils ricanèrent tous deux sournoisement.

10

Agatha étirait le cou pour voir ce que lisait Melrose.

— Il y une photo de cheval sur la couverture de ce livre, observa-t-elle.

Là-dessus, elle se redressa sur le canapé du petit salon et inspecta le plat à gâteaux.

— C'est parce qu'il parle de chevaux.

Melrose but une autre gorgée de thé en se demandant si les dessins formés par la lumière matinale – des losanges sur le tapis persan, des triangles le long de la porte voûtée – compensaient la présence inutile de sa tante, la lumière lui témoignant sa compassion. C'était de l'anthropomorphisme, sans doute, mais il cherchait une consolation où il le pouvait.

Agatha poursuivit :

— Mais pourquoi diable lirais-tu un livre sur les chevaux ? Tu n'en as pas. Tu ne sais même pas monter à cheval.

Ayant cueilli un autre muffin dans le plat (ils étaient plus petits que d'habitude), elle l'examina d'un œil suspicieux.

— Qu'est-ce que c'est que ça ?

— Un muffin.

— Tu sais très bien ce que je veux dire ! Il est vert ! Qu'est-ce que Martha lui a fait ?

— C'est un muffin à la crème de menthe.

C'était une idée de Melrose. Il avait demandé à sa cuisinière Martha d'ajouter un peu de colorant à ses muffins, qu'il baptisait à présent de divers noms de liqueurs. Il avait également demandé à Martha de mettre de côté les scones et le cake aux fruits. Ruthven (le majordome de Melrose et époux de Martha) avait gloussé.

« Oh, mais elle ne va pas en faire toute une histoire ? avait demandé Martha avec un grand sourire.

— C'est justement le but », avait répondu Melrose avec le même sourire.

Malheureusement, ne pas aimer ne voulait pas dire ne pas manger et ne pas rester. S'il n'y avait rien d'autre pour accompagner son thé, Agatha s'attaquerait aux fruits dans la coupe de Della Robbia qu'il avait rapportée de Florence pour en faire cadeau à quelqu'un, n'importe qui, peut-être même Agatha. Il ne l'aimait pas trop.

Replaçant le petit pain vert dans le plat de muffins séditieux, elle en prit un autre qui ressemblait plus à un muffin standard. Celui-ci avait la couleur du café au lait qu'ils servaient à la cafétéria de la bibliothèque.

— Celui-ci, c'est crème de cacao.

Écartant précautionneusement les plis de sa petite jupette en papier, Agatha déclara :

— Si tu veux mon avis, Martha devient sénile. Je ne sais pas d'où elle sort toutes ces bêtises.

— Dorénavant, je lui dirai de ne servir que les bêtises dont tu as l'habitude.

Melrose se replongea dans son livre. Il s'agissait de Red Rum, le cheval auquel Jury avait fait allusion, trois fois vainqueur du Derby. Il avait eu l'insigne honneur, à sa mort, d'être enterré dans le cercle du vainqueur à Aintree. Celui-là, il fallait qu'il s'en souvienne. Sur le guéridon en marqueterie près de son fauteuil, il avait posé un petit calepin en cuir noir dans lequel il nota cette information.

Ayant englouti la moitié de son muffin marron clair, Agatha observa :

— Tu écris dans ce truc-machin…

Elle fit un geste dédaigneux vers le petit calepin, l'envoyant dans le cimetière des truc-machin sans intérêt.

— … depuis mon arrivée. C'est très mal élevé de ta part, Melrose. D'un autre côté, il est vrai que les règles de la bienséance n'ont jamais été ton fort.

— J'ignorais qu'on pratiquait la bienséance, ici.

Il sourit à Red Rum, prenant une autre note. En fait, il dessinait sa queue, puisque le voir griffonner n'importe quoi dans son calepin irritait tellement sa tante. Elle ne supportait pas qu'il enregistre des petits secrets dont elle n'était pas. Melrose eut une soudaine révélation. Il cligna des yeux. Agatha méritait peut-être un peu de compassion si elle était de ces gens qui ont peur que le ciel leur tombe sur la tête s'ils ne sont pas au courant de tout ce qui se passe autour d'eux. Ils étaient persuadés que toutes sortes de mauvais tours se tramaient contre eux (il n'y avait qu'à voir les muffins !).

— Tu n'envisages tout de même pas d'en acheter un ?

— À dire vrai, si. Je crois que je vais faire retaper cette vieille écurie et faire construire un manège. Peut-être même un champ de courses…

Le muffin lui en tomba des mains.

— Doux Jésus ! Tu ne penses pas sérieusement saccager ce beau parc !

— Il n'est pas si beau que ça. Momaday ne fait rien.

Mr Momaday avait été engagé comme jardinier, même s'il préférait se faire appeler « gardien du parc ». En fait, il ne faisait ni l'un ni l'autre, passant le plus clair de son temps à arpenter les cinquante hectares du domaine d'Ardry End à la recherche de quelque chose sur quoi tirer. Des arpents de mauvaises herbes, de fleurs sauvages, d'arbres à feuilles caduques, quelques statues de marbres s'effritant ici et là et un ermitage en ruine. Melrose ne pouvait imaginer son père tolérant un tel laisser-aller. Il ajouta :

— J'envisage aussi d'engager un ermite pour habiter dans cet ermitage, là-bas au loin.

Il aimait bien cette expression.

— Tu veux parler de cette bicoque en pierres à demi effondrée ? Engager un ermite ? Non mais quoi encore ?

— Ça se faisait au dix-neuvième siècle. C'était très chic d'avoir un ermite sur ses terres. Les romantiques adoraient ça.

— Tu divagues, pour changer !

Elle enfonça un morceau de muffin dans sa bouche.

— Je te jure que c'est vrai !

Ça l'était, en plus. Il plaça une main sur son cœur.

— Les ermites étaient des pièces de collection.

— Je peux te dire une chose. Si un ermite vient, moi, je m'en vais.

Melrose étudia le plafond pendant qu'elle continuait :

— Quant à cette histoire de chevaux, je te vois d'ici, te pavanant autour du village au petit trot en jouant les grands veneurs !

Melrose coupa le son. Ayant épuisé les filons cheval et ermite, il se replongea dans son livre. Il faisait partie de tout un lot qu'il avait emprunté à la bibliothèque. Ah ! Voilà qui était intéressant. Un pur-sang nommé Shergar avait été kidnappé par l'IRA et détenu contre rançon. Celle-ci n'avait jamais été versée et on n'avait jamais revu le cheval, du moins au Royaume-Uni. C'était une étrange histoire, illustrant combien les Anglais tenaient à leurs chevaux, ou pas, selon la perspective dans laquelle on se plaçait.

Ravi d'avoir trouvé une porte d'entrée sur le monde des chevaux et des jeunes filles disparues, Melrose referma le livre d'un coup sec, avala d'une gorgée le fond de sa tasse de thé froid et se leva.

— Je m'en vais, Agatha. Tu n'as qu'à rester aussi longtemps que tu veux.

— Où vas-tu ?

— Dans divers endroits, dont la bibliothèque.

— Encore une excuse pour aller au Jack and Hammer.

Il haussa les sourcils en feignant la stupéfaction.

— Depuis quand ai-je besoin d'une excuse pour aller au Jack and Hammer ?

Sa première halte était vraiment la bibliothèque, où il rendit ses livres et parcourut à nouveau les étagères à la recherche de documentation fraîche. La plupart des livres sur les chevaux semblaient s'adresser à des adolescentes prépubères et ne traitaient que de sauts d'obstacle et de dressage. Rien sur les pur-sang ni les chevaux de course.

Avant de sortir, il s'arrêta pour dire bonjour à Miss Twinny et lui proposer de prendre un café. Elle déclina l'offre :

— Oh, c'est si gentil de votre part, Mr Plant. Mais j'ai tous ces livres à trier avant midi.

Elle indiqua la pile d'ouvrages qu'il avait déposée sur le bureau des retours.

— Vous avez trouvé votre bonheur là-dedans ?

— Absolument. Mais il faudra sans doute que je fasse un saut au Wrenn's Nest pour voir si Mr Browne n'a rien qui pourrait me servir.

Melrose regretta aussitôt ses paroles en voyant la mine déconfite de Miss Twinny. Theo Wrenn Browne avait essayé de faire fermer la bibliothèque, ce qui aurait coûté son poste à Miss Twinny. Marshall Trueblood avait sauvé la bibliothèque et la bibliothécaire en convainquant cette dernière d'ouvrir un bar à expressos.

Il changea de sujet, indiquant du menton le petit coin café.

— Ça marche toujours du feu de Dieu ?

Elle retrouva son sourire.

— C'est vraiment formidable, Mr Plant. Vous vous rendez compte qu'il y a même des gens qui font tout le chemin depuis Sidbury ! Il n'y a jamais assez de tables pour tout le monde. Il va peut-être même falloir que je m'agrandisse !

Aux anges, elle émit un petit rire.

— Des chevaux ? Vous voulez quelque chose sur les chevaux ?

Theo Wrenn Browne avait l'air estomaqué.

Melrose se tenait dans la librairie Wrenn's Nest, stupéfiant son propriétaire. Pourquoi tout le monde semblait-il avoir un problème avec son intérêt pour cet animal ?

— Oui, se contenta-t-il de répondre.

— Puis-je vous demander pourquoi ?

— Vous venez de le faire.

Il y eut un silence pendant que Theo Wrenn Browne méditait là-dessus. Puis Melrose prit les devants :

— Ne vous dérangez pas, Mr Browne, je vais juste me promener dans les rayons.

Theo sortit rapidement de derrière son tiroir-caisse et lui emboîta le pas.

— Mr Plant, je me ferai un plaisir de vous assister.

Le problème avec Theo Wrenn Browne, c'était sa capacité à la flagornerie d'un côté et à la suffisance sarcastique de l'autre. Tous les membres du cercle de Melrose le détestaient, sauf Agatha, qui voyait en lui un compatriote, un compagnon de voyage dans la malveillance. Ils avaient collaboré sur le coup du pot de chambre quelques années auparavant, quand ils avaient tenté de faire fermer la brocante de cette pauvre Miss Ada Crisp juste à côté de la librairie. Ensuite, ils s'en étaient pris à la bibliothèque. La solution de Marshall Trueblood d'ouvrir un bar à expressos avait fait de la bibliothèque le dernier endroit à la mode. Elle était devenue branchée. Quant à ce Theo Wrenn Browne, c'était au pire un crotale, au mieux une fouine. Aujourd'hui, il léchait les basques de Melrose.

Pour démontrer son intérêt pour la chasse à courre, Melrose sortit un gros volume, contenant principalement des photographies d'autosatisfaction à en juger par les visages rubiconds des chasseurs. Les chiens étaient beaux, tout comme les chevaux, seuls les humains gâchaient l'effet général. Celui avec les chiens qui tournaient à ses pieds était le chef de la vénerie. Le piqueur et lui portaient une veste rose. Tous les autres étaient en noir ou en costume de tweed. Melrose sourit parce que (une fois encore à l'exception des chiens et des chevaux) ils avaient tous l'air remarquablement idiots. Il tendit le livre à Browne et en descendit un autre intitulé *Les Courses de pur-sang : de Churchill Downs à Saratoga Springs*. Ces champs de courses se trouvaient aux États-Unis, mais les chevaux n'étaient-ils pas les mêmes partout ? Et puis, cela ferait bon genre devant le vieux Ryder de montrer qu'il n'était pas un benêt en matière de turf américain. Le livre s'ouvrit sur une photo double page de l'extraordinaire Secrétariat. Même Melrose en avait déjà entendu parler. Pas étonnant que les gens aiment à le regarder, mais quelle sensation ce devait être de le monter ! En regardant les images du célèbre champion en pleine course, Melrose se dit que, pour le jockey, ce devait être comme un eurêka, comme Manet ajoutant la dernière touche de couleur à un champ de fleurs, Keats contemplant son urne grecque ou encore Lou Reed attaquant un accord à la guitare.

Browne fit irruption dans le monde imaginaire de Melrose :

— Qu'est-ce que vous faites, Mr Plant ?

— Pardon ? Oh, rien, je faisais mes exercices au violoncelle. Je me disais qu'il est facile de comprendre pourquoi tout le monde aime les courses de chevaux.

Browne, trop content de trouver une occasion de le contredire, déclara :

— Oh mais, pas tout le monde, Mr Plant. Loin de là !

— Ah bon ?

— Parfaitement. Ce n'est pas le cas des militants pour les droits des animaux. C'est qu'ils prennent de plus en plus de poids. Il y a un groupe à Sidbury qui a fait des choses tout à fait déplaisantes. Si vous comptez faire venir des amis… équestres de là-bas, tenez-vous sur vos gardes. Il y a une chasse demain, allez voir par vous-même.

Melrose n'avait aucun ami à Sidbury, équestre ou autre.

— Il y a un autre groupe encore plus important à Northampton. Ils sont très organisés, c'est moi qui vous le dis. Ils vous harcèleront, ne croyez pas qu'ils vous épargneront. Ils vous traqueront, vous débusqueront…

Il se couvrit la bouche et émit un petit rire.

— Ah, elle est bonne celle-là, non ?

Comme Melrose ne réagissait pas, il répéta :

— Ils vous « traqueront », vous « débusqueront », pour des antichasseurs !

Il rit de plus belle, finit par se calmer.

— Si vous organisez une chasse, ils manifesteront. Ils se répandront dans les sentiers et vous conspueront.

— Ce n'est pas en conspuant qu'ils obtiendront quoi que ce soit. En tout cas avec moi. Il faudrait qu'ils en viennent au corps à corps, qu'ils m'arrachent de ma selle…

— Oh, ils ne sont pas au-dessus de ça !

Quand il ne se surveillait pas, l'intonation de Theo trahissait ses origines populaires du nord de Londres.

— Dans ce cas, ce n'est pas un livre qu'il me faut, c'est un Glock.

En se dirigeant vers les rayons à l'avant de la librairie, ils passèrent devant une fenêtre sur le rebord de laquelle trois petits enfants étaient assis, l'air grave et silencieux. Melrose reconnut les deux petits Finch, Bub et Sally. Bien qu'ils dussent avoir un an ou deux de plus que la dernière fois qu'il les avait vus dans la librairie, ils avaient toujours l'air d'avoir trois et six ans. Il ne se souvenait pas d'avoir déjà vu le troisième enfant dans le village, mais il devait se situer entre Bub et Sally. Il avait tant de taches de rousseur sur le visage qu'on aurait dit que certaines d'entre elles étaient tombées sur son tee-shirt décoloré en dessinant des petits pois. Les trois enfants adressèrent un petit sourire pitoyable à Melrose. Il était clair qu'ils étaient immensément malheureux et qu'ils espéraient que Melrose (leur héros), qui les avait déjà délivrés une fois de l'affreux libraire, pourrait les sauver à nouveau. Melrose leur sourit à son tour et remarqua qu'ils se tenaient la main comme pour se soutenir moralement.

— Bonjour. Vous êtes bien Sally et Bub, n'est-ce pas ? Et qui es-tu, toi, Patrick le petit cochon peint ?

Theo s'empressa d'intervenir :

— J'ai de nouveau surpris ces trois garnements en train de vandaliser mes livres, Mr Plant. Je leur ai ordonné de rester assis ici en attendant l'arrivée de la police.

Il lui fit un clin d'œil exagéré, comme si son ingénieux stratagème ne pouvait que ravir Melrose et faire de lui son complice.

Était-il si idiot ? Melrose avait déjà tiré Sally puis Bub du pétrin par le passé. Il se tourna à nouveau vers les enfants.

— Eh bien, Sally, Bub et Patrick…

Le deuxième petit garçon rougit mais parut néanmoins content.

— C'est pas Patrick, corrigea Sally. Son nom, c'est Regis.

— Regis ? En voilà un nom royal ! Racontez-moi donc ce qui se passe.

Ils se mirent à parler tous les trois en même temps. Ou plutôt tous les quatre. Theo fut le premier à exposer sa version des « faits » :

— Ils étaient en train de déchirer, *déchirer*, un livre ! Du pur vandalisme ! J'ai téléphoné à Mrs Finch, mais elle n'est pas encore rentrée chez elle.

— Ah, et cette Mrs Finch travaille pour la police du livre ?

Les enfants pouffèrent de rire.

— Que s'est-il passé ? leur demanda à nouveau Melrose.

Sally déclara d'une traite :

— Regis et moi, on avait trouvé ce livre et on le voulait tous les deux, alors il tirait d'un côté et moi de l'autre.

Regis fronça les sourcils.

— Non, c'est pas vrai ! Moi, je ne tirais pas dessus, je le tenais tout simplement.

Sally lui tira la langue puis reprit d'une voix geignarde :

— Mais Bub, lui, il a rien fait du tout. Il n'était même pas à côté du livre !

Melrose apprécia qu'elle prenne la défense de son petit frère. Il trouvait ce geste noble, en ces circonstances.

— Je vois. La situation me paraît plutôt claire. Vous devriez tous être bannis de la librairie de Mr Wrenn.

Il se tourna vers Theo.

— Le bannissement est la seule solution.

Ce châtiment satisfaisait clairement les enfants. Ils se levèrent et se lâchèrent les mains, prêts à être bannis. Leur héros avait parlé.

— Dorénavant, quand ils voudront un livre, ils n'auront qu'à aller à la bibliothèque.

À la mine qu'ils faisaient, il était évident que les enfants étaient prêts à aller droit en enfer si cela leur permettait d'échapper à Theo Wrenn Browne.

Mais ce dernier n'était pas du tout satisfait de cette solution, pourtant parfaitement logique. Melrose l'avait prévu, naturellement, car elle le privait du plaisir de torturer les enfants.

— Oui, c'est bien beau, mais mon livre dans tout ça ? Il coûte seize livres et il faudra bien que quelqu'un…

Il s'interrompit devant le sourire de Melrose.

— Bien sûr, il faut que quelqu'un le paye.

Il sortit sa pince à billets de sa poche et en extirpa vingt livres.

— Tenez, vous n'aurez qu'à déduire les quatre livres de monnaie sur mes livres.

Il tapota ceux qu'il avait mis de côté, puis se tourna vers les enfants.

— N'oubliez pas de promettre à Miss Twinny que vous serez très sages dans la bibliothèque et que vous lui rapporterez ses livres dans les délais.

Il sortit un billet de cinq livres et le tendit à Sally qui le regarda bouche bée.

— Donne ça à la dame qui tient le café et dis-lui qu'elle vous serve une limonade, un chocolat chaud, ou ce qu'elle sert habituellement. Tu peux lui dire aussi qu'elle garde le reste de monnaie pour la prochaine fois où vous viendrez.

Cette fois ils étaient tous les trois bouche bée. Non seulement on ne les punissait pas mais on les récompensait !

— Allez, filez ! Et cessez de vous battre pour des livres.

Ils avaient pris la porte avant que Melrose ait fini d'énoncer son décret.

Le Jack and Hammer se trouvait juste en face de Wrenn's Nest. Melrose traversa la rue après avoir salué Ada Crisp qui s'asseyait parfois devant sa brocante, parfois en compagnie de son Jack Russell mais pas toujours, le petit terrier ayant un emploi du temps très chargé le conduisant aux quatre coins du village. Miss Crisp était assise au milieu de ses jattes en faïence et de ses pots de chambre dans une lumière spectrale qui semblait être un résidu de l'automne, se balançant tout en agitant la main vers Melrose.

Janvier et février étaient, selon Melrose, les mois les plus malchanceux et ternes du calendrier. Il était difficile d'être inspiré (si on était porté sur l'inspiration) par les contours sinueux du rosier qui grimpait autour des fenêtres du Jack and Hammer, ou par le manteau turquoise délavé de la statuette en bois du valet assis sur sa poutre, feignant de frapper avec son maillet pour compter les heures.

En revanche, l'intérieur conservait un peu de son atmosphère festive de la Saint-Sylvestre, en grande partie parce que Dick Scroggs n'avait pas encore décroché les guirlandes électriques autour de la porte et du grand miroir derrière le bar. Melrose parvint à attirer l'attention du tenancier – ce qui n'était pas facile car il avait le nez plongé dans le journal. Il lui fit signe de lui servir une bière puis se dirigea vers la table près de la fenêtre où se trouvaient ses camarades. C'était au tour de Trueblood d'avoir la banquette avec le coussin. Il était donc confortablement installé, à la gauche de Joanna Lewes.

Diane Demorney souffla une mince volute de fumée dans sa direction puis déclara :

— On vous a vu sortir de chez Theo. Vous savez pourtant que nous avons décidé de boycotter cet endroit à cause de l'affaire de la bibliothèque.

Melrose s'assit.

— Ah oui ? Je croyais qu'on l'avait boycotté de toute façon par principe.

— Oui, mais cette fois, nous voulions fabriquer des pancartes et manifester devant sa librairie.

— En parlant de boycotter, vous savez qu'il y a eu une chasse à Sidbury ?

— Ils ont chassé quoi ? demanda Diane.

Trueblood craqua une allumette pour allumer son cigarillo tout en répondant :

— Un renard. Ça fait déjà un an ou deux qu'ils l'organisent. Probablement pour protester contre les protestations. Vous savez… Toute cette aristocratie terrienne terrifiée qu'on lui enlève ses privilèges.

— Selon Theo, il y aurait beaucoup de militants pour la défense des animaux à Sidbury.

— Oh, dit Diane, ces gens qui peinturlurent à la bombe vos manteaux de fourrure ? Un jour, devant Selfridge's, ils ont bombé ma zibeline.

— Quelle horreur ! s'exclama Joanna. Qu'est-ce que vous avez fait ?

— J'en ai acheté une autre.

— Je doute que ce soit l'image que ces gens souhaitent projeter, déclara Melrose.

Joanna parut songeuse.

— Je n'en suis pas sûre.

Elle était l'auteur de deux douzaines de romans sentimentaux, qu'elle leur avait déconseillé de lire (« Rien que des âneries ! »). Elle poursuivit :

— Peut-être que ce qui les motive, c'est leur besoin de publicité plus que les droits des animaux.

Diane intervint :

— Si ma chatte acquiert encore des droits, je finirai par passer mes nuits à surveiller les alentours de la mare pendant qu'elle sera à l'intérieur avec un verre et un bouquin.

Elle se tourna vers Joanna.

— D'ailleurs, votre dernier est très bon.

Depuis que Joanna leur avait dit qu'ils perdraient leur temps avec ses œuvres, elle s'était mise à les lire.

— Merci. Mais je ne pense pas que ce soient ces droits-là qu'ils défendent, ou qu'ils affirment défendre.

— Que vous êtes cynique ! dit Trueblood.

Joanna se tourna vers Diane.

— Vous devriez faire un peu de journalisme d'enquête sur le sujet, Diane. Après tout, vous travaillez bien pour le journal de Sidbury.

Diane et le travail étaient comme chien et chat. Elle était l'incarnation de la langueur, le jardin secret de l'ennui, le havre de l'apathie. Toutefois, elle rédigeait effectivement la rubrique astrologique du quotidien. Elle n'était entravée que par deux choses : elle ne savait pas écrire et n'y connaissait rien en astrologie. Mais les gens aimaient son horoscope, qu'ils prenaient pour un pastiche. Pourtant, Diane ne s'y connaissait pas plus en pastiche qu'en étoiles ou en écriture.

— Vous voulez que j'assiste à une de ces choses et que je rapporte ce qu'on y fait ?

Diane avait toujours été, en termes généraux, une experte en l'art du flou.

— Je crois que Joanna veut parler des militants, précisa Melrose.

En guise de réponse, Diane tendit une cigarette en attendant que quelqu'un la lui allume, voire Dieu si personne d'autre ne se proposait. Trueblood s'en chargea. Elle souffla vers eux une étroite colonne de fumée et réfléchit à cette histoire d'enquête. Il était assez reposant de voir l'esprit de Diane à l'œuvre. Ça n'allait jamais très loin et il y avait beaucoup de pauses en chemin.

— Je suppose que je pourrais le faire, déclara-t-elle.

Toutefois, elle fronçait le nez comme si une odeur désagréable s'était immiscée dans la salle.

— Faire quoi ? demanda Trueblood.

Diane poussa un soupir.

— Aller à une chasse à courre. Vous n'avez donc rien écouté ?

Puis, s'adressant à Melrose :

— Où est-ce ? Quand ?

Melrose regarda la couverture de son livre, qui portait l'image d'un pur-sang américain du nom de Pari Spectaculaire. Quel nom !

— Selon Theo, il y en a une demain. Pourquoi ne pas tous y aller ?

— Excellent ! s'exclama Trueblood. C'est une de mes demi-journées, je n'aurai qu'à fermer la boutique.

— Une ? demanda Melrose. Combien de demi-journées t'accordes-tu ? Normalement, il n'y en a qu'une par semaine.

— Ça dépend. Cette semaine, il y en aura trois. J'ai quand même le droit de vivre un peu, non ?

Ils le dévisagèrent tous fixement.

— Très drôle, très drôle ! Alors, pourquoi on n'y va pas tous ?

— J'aimerais beaucoup venir avec vous, dit Joanna, mais j'ai quinze pages à écrire parce que je n'ai pas fait mes dix d'aujourd'hui. Je n'en ai fait que la moitié.

— Votre autodiscipline est terrifiante, dit Melrose.

— Je n'ai ni plus ni moins d'autodiscipline que d'argent sur mon compte en banque chez Barclay's. Voilà ce qui est terrifiant.

Elle le disait sans un soupçon de suffisance. De fait, elle laissait plutôt entendre que ses droits d'auteur étaient loin d'être mérités.

— D'accord, quand nous retrouvons-nous ? demanda Melrose. Où ?

— Je dirais vers huit heures, proposa Trueblood.

— Huit heures n'est pas une heure, c'est un scandale, répliqua Diane.

— Ils démarrent assez tôt le matin, dit Trueblood.

Elle lui adressa un sourire sans humour.

— Eux peut-être, mais pas moi.

— Disons neuf heures alors ?

À en juger par l'expression de Diane, neuf heures n'était guère mieux, mais elle acquiesça quand même.

— Où ? On ne peut pas se retrouver ici, il n'ouvre pas avant onze heures. Pourquoi pas à côté ?

— Soit, dit Melrose. Mais, pour en revenir à ta demi-journée : si tu pars à neuf heures, ce sera plutôt une journée entière, non ?

— Eh bien, je compenserai en ouvrant toute la journée du lendemain, qui est une demi-journée elle aussi.

— Logique.

11

— On devrait avoir des panneaux, dit Melrose.

Il lança un regard vers l'hôtel appelé à juste titre The Horse and Hounds[1]. Il y avait du monde, une clique bigarrée. Cela allait du chasseur en redingote rose et bombe noire à un homme âgé à l'allure assez miteuse, portant une pancarte attachée autour du cou avec une ficelle, proclamant : « Prenez garde, la fin est proche ! » Melrose se demanda quel était le rapport avec la chasse ou même avec l'antichasse. Il n'y en avait probablement aucun, pas plus qu'avec le prix de la pinte de bière au Horse and Hounds. Les chasseurs étaient déjà sur leur monture, les chiens tournoyant sur place à leurs pieds, flairant le sol de la cour en briques et galets comme s'ils cherchaient de l'héroïne. Le grand veneur, lui, regardait dédaigneusement la coupe en or que lui tendait un membre du personnel de l'hôtel.

Observant la coupe qui passait de main en main, Melrose déclara :

— Ça ressemble un peu à la communion, non ? C'est comme les fidèles se passant le calice devant l'autel. En tout cas, ça tient vraiment du rituel.

1. « Le Cheval et les Limiers. »

— Bien sûr, dit Marshall Trueblood. Il ne s'agit que de ça. Les rites, la tradition, le rang social. En fait, ce genre de choses revient toujours à une question de caste. C'est une guerre des classes. Tu ne crois tout de même pas que ces gens avec leurs panneaux et leurs slogans s'intéressent au sort du renard ?

— J'imagine que certains si, tu ne peux pas généraliser comme ça.

Melrose trouvait que les femmes avaient l'air hagardes avec leurs habits mal coupés et leurs coiffures échevelées. Les hommes avaient meilleure allure et semblaient plus sociables, sans doute du fait d'une tournée de trop au bar du Horse and Hounds.

— On jure comme un cheveu sur la soupe, dit Trueblood.

— Tu trouves ?

Melrose aperçut deux manifestants déguisés en renards avec des masques recouvrant la partie supérieure de leur visage, laissant leur bouche découverte pour haranguer les cavaliers. Un des panneaux déclarait : « Mettons les chasseurs en pièces comme vous nous faites ! » Il trouvait qu'ils auraient pu faire un effort de syntaxe.

Finalement, les chevaux et les chiens étaient de loin les plus agréables à regarder. Diane, qui fouillait dans un grand sac en cuir noir, observa :

— Ma foi, il en jette, ce veneur !

— Les grands veneurs en jettent toujours, rétorqua Trueblood. Moi aussi, j'en mettrais plein la vue avec une veste rose, perché sur ce cheval bai. Tout est une question de sexe, de politique et de rang social.

— Marshall, on dirait presque que vous avez vraiment réfléchi à la question ! dit Diane d'un air scandalisé.

Les limiers, les chevaux et les chasseurs se mirent en route en direction d'un champ éloigné et tout le monde les suivit. Quand Melrose et Trueblood firent mine de leur emboîter le pas, Diane s'exclama :

— Grands dieux, qu'est-ce que vous faites ? On ne va pas les suivre à pied, tout de même ! On prend la voiture.

— Mais, Diane…, objecta Melrose. Ils ne vont pas rester tout le temps sur la route, on va les perdre.

— Mais non ! Marshall, prenez le volant.

Elle lui tendit les clefs de sa voiture.

— Il faut que je garde les mains libres pour ça, ajouta-t-elle en tapotant son sac en cuir passé en bandoulière.

— Les mains libres pour quoi faire ? Qu'est-ce que vous avez là-dedans ?

— Mon caméscope.

Elle se glissa sur le siège passager de sa BMW.

— Vous avez bien dit que je devrais faire du journalisme d'enquête, non ? Eh bien, il va me falloir des images.

Ils haussèrent les épaules et grimpèrent en voiture, Melrose prenant place à l'arrière.

— Allez tout droit jusqu'au bout de cette route puis tournez à gauche.

Trueblood mit le contact et le moteur ronronna avec cette puissance latente propre aux BMW, aux Jaguar, aux Porsche et aux Bentley. Il accéléra et le ronronnement devint un poil plus fort, mais ce n'était toujours qu'un ronronnement.

— Belle voiture, Diane.

— Vous devriez en acheter une.

Ils descendirent la route et tournèrent à gauche. Diane continuait de donner les instructions :

— Un peu plus loin, à droite… Ici.

Melrose s'accouda au dossier du siège du passager.

— Diane, vous semblez savoir où nous allons.

— Naturellement, vous croyez que je viendrais jusqu'ici pour rien alors que je pourrais être tranquillement au bar du Horse and Hounds ? Tenez…

Elle lui tendit un petit rouleau de papier. Il le déroula et découvrit une carte joliment détaillée de l'itinéraire de la chasse, montrant toutes les routes locales qui passaient à proximité, les lieux où l'on pouvait descendre de voiture pour la voir.

— C'est fantastique, Diane ! Mais vous ne pensez pas que les chasseurs vont se répandre un peu partout sur la carte ? Qui peut prédire où le renard va se réfugier ? Comment l'avez-vous obtenue ?

— Par Eugenie St Cyr-Jones. Selon elle, l'itinéraire est assez prévisible.

— St Cyr-Jones ? On la connaît ?

— Non, c'est la coordinatrice locale de l'opposition à FOX[1]. Ça veut dire « *Friends of Xavier*[2] ».

— C'est qui, ça ? Un saint ? Une personnalité locale ?

— C'est le renard.

— Xavier ? Je croyais qu'il s'appelait Goupil.

— Oui mais FOG, ça n'est pas super comme acronyme. Les gens ne comprendraient pas de quoi il s'agit. On doit retrouver Eugenie St Cyr-Jones à…

Elle reprit la carte et suivit une route du bout d'un ongle vermillon.

— Là, devant le petit muret en pierres.

Cela rappelait à Melrose une partie de Cluedo : « Rendez-vous au muret de pierres. »

— Et pourquoi doit-on rencontrer cette St Cyr-Jones ?

— Pour l'interviewer. J'ai pensé que ce serait mieux de le faire sur le terrain. Comme ça on verra la chasse à courre derrière elle. Ou quelque chose comme ça.

— Vous avez un sens esthétique très développé, Diane.

1. *Fox* : renard, en anglais.
2. « Les amis de Xavier. »

— Merci, mais, en fait, je voulais surtout lui soutirer cette carte. C'est pour ça que j'ai dû lui dire que j'allais l'interviewer. Qui sait ? Ce sera peut-être amusant.

C'était toujours la priorité de Diane.

— Diane, vous me surprenez. Vous êtes retorse, sournoise.

— J'ai toujours été sournoise.

— Les voilà ! Taïaut ! Taïaut ! Ce n'est pas ça qu'ils crient ?

Trueblood arrêta la voiture et ils en sortirent.

Les limiers, suivis par les chevaux, bondissaient par-dessus un mur en pierres dans un même mouvement ininterrompu. Melrose comprit pourquoi les gens venaient des quatre coins de la campagne pour voir le spectacle. Il avait oublié le frisson viscéral que provoquait la vue des chevaux aux robes luisantes et des cavaliers en costume.

Le temps que Diane sorte son caméscope et le mette en marche, ils étaient loin. Ils remontèrent tous précipitamment en voiture et suivirent la chasse pendant encore cinq cents mètres. Puis Melrose s'écria :

— On vient juste de passer un groupe de gens près d'un petit muret en pierres !

— Arrière toute, Marshall !

Trueblood fit marche arrière et s'arrêta.

— C'est Eugenie, annonça Diane en sortant de voiture.

Elle fit glisser son sac en cuir de son épaule et le donna à Trueblood.

— Mais je n'ai jamais fait marcher un de ces trucs !

— C'est très simple.

Elle sortit l'appareil du sac et lui montra plusieurs boutons.

— Vous appuyez ici, puis là. Ça tourne jusqu'à ce que vous éteigniez, ici.

Trueblood posa le caméscope sur son épaule et avança. Il se sentait déjà un peu plus dans la peau d'un grand reporter.

Eugenie St Cyr-Jones était une grande et corpulente septuagénaire. Elle portait un tailleur gris bien coupé, en partie caché par le panneau blanc suspendu à son cou, hurlant un message ambigu : « Oui à la chasse, non au gouvernement ! » La femme à ses côtés leur fut présentée comme Clarice St John-Sims. C'était le contraire miniaturisé d'Eugenie St Cyr-Jones. Elle devait être là pour relancer sa camarade en cas de fléchissement. De quoi, Melrose n'aurait su le dire. Ce devaient être leurs patronymes qui les soudaient l'une à l'autre, car il ne voyait rien d'autre. Diane était sans doute la seule personne au monde à pouvoir les présenter toutes les deux dans la même phrase (« Eugenie St Cyr-Jones et Clarice St John-Sims ») sans sourciller. Diane était douée pour ce genre de chose, le maniement de bribes – parfaitement inutiles mais rapportées avec exactitude – d'informations.

Eugenie St Cyr-Jones semblait avoir passé le plus clair de sa vie dans un état d'indignation furieuse, ce qui en faisait sans doute la personne idéale pour manifester contre la manifestation. Diane colla un magnétophone à quelques centimètres de son visage fulminant, un visage qui avait clairement vu son lot de manifestations.

Pendant que Trueblood tournait autour d'elles pour filmer la scène, Diane suggéra à miss St Cyr-Jones d'expliquer en quelques mots ce qu'elle faisait là.

Eugenie St Cyr-Jones avait plus que quelques mots à dire.

— Si notre gouvernement *commettait* l'erreur *criminelle* de vouloir interdire la chasse au renard, qu'il sache qu'on ne se laissera pas faire ! Adopter une telle loi menacerait *les moyens d'existence* de ce pays. Les gens ne voient que le spectacle en soi et ne se rendent pas compte des répercussions économiques d'une telle ingérence gouvernementale. Le contingent antichasse…

Là, elle agita la main vers un groupe qui commençait à se former, espérant sans doute (comme les chiens) voir du sang versé avant la fin de la matinée.

Le contingent antichasse intervint en la personne d'une femme d'âge mûr passablement excitée :

— Un spectacle, précisément ! Ce n'est rien d'autre ! Une bande de clowns en costumes massacrant un malheureux animal pour le plaisir !

On aurait dit que ses cheveux avaient été frits à la poêle : ils étaient aplatis sur le sommet du crâne et frisottaient sur les côtés.

Trueblood fit un gros plan sur elle puis recula pour prendre le groupe dans son ensemble avant que son attention ne soit attirée par l'imminence d'une mêlée dans le pré. Il fit un travelling dans cette direction.

La femme aux cheveux frits s'adressa à Diane :

— Demandez-lui donc si elle aimerait se faire mettre en pièces par une meute de chiens ! Hein ? Demandez-lui donc !

Diane sourit et se tourna vers Eugenie St Cyr-Jones avec un regard interrogateur.

Celle-ci était visiblement révulsée par cette harpie.

— Peuh, c'est un argument tellement tendancieux ! À Sidbury, il y a une sellerie qui emploie bon nombre des gens de la région. C'est leur gagne-pain. Combien de temps cette sellerie survivrait-elle – et ce n'est là qu'un exemple parmi tant d'autres – sans la chasse à courre ?

Plusieurs des personnes présentes échangèrent des interjections que Trueblood espéra voir se transformer en pugilat mais qui se calmèrent rapidement. Il entendit un nouveau vacarme dans le pré et se retourna. Les limiers s'étaient agglutinés. Avaient-ils débusqué le malheureux Xavier ? Non, non, un cheval avait dû accrocher d'un sabot le petit muret en sautant et était tombé. Plusieurs cavaliers en veste noire avaient sauté de leur selle. Trueblood espérait que le cheval n'avait rien. Il se souciait peu du sort du cavalier. Le cheval se releva et s'éloigna seul, car son cavalier et un autre chasseur étaient en train de s'enguirlander. Trueblood pointa son viseur dans leur direction. À présent, le grand veneur en veste rose descendait de sa monture et se dirigeait précipitamment vers le petit groupe de personnes pour tenter d'arrêter la bagarre.

Livrés à eux-mêmes, les chevaux, les plus intelligents de tout ce beau monde, en profitèrent pour s'éloigner en quête d'herbes succulentes.

Trueblood était aux anges ! Les chiens tournaient en rond, la truffe au ras du sol, passant entre les pattes des chevaux et des chasseurs, dans un chaos total. Les chevaux ne semblaient même pas remarquer leur présence.

Combien de fois ce genre de chose se produisait-il au cours d'une chasse à courre ? Jamais, il en était sûr ! Il tenait un scoop. Derrière lui – il braqua à nouveau sa caméra vers les manifestants – un homme élégant à l'air raisonnable venait d'interrompre la femme aux cheveux frits :

— Certes, personne n'apprécie le spectacle d'un renard livré en pâture aux chiens, mais ce qui me reste en travers de la gorge, c'est l'hypocrisie absolue de certains de vos acolytes qui manifestent ici. Certains ne sont même pas membres d'organisations caritatives, alors qu'ils vous font croire le contraire !

Un argument théorique. Sans intérêt. Trueblood tourna sa caméra vers la droite. Superbe ! On échangeait des coups ! Le grand veneur servait cette fois d'arbitre. Ah, très bien ! Un membre de la foule venait de le bousculer ! Des cris ! Cette fois, tous les autres chasseurs étaient descendus de leurs montures, celles-ci rejoignant leurs congénères pour mâchouiller les hautes herbes.

En entendant des éclats de voix derrière lui, Trueblood pivota et vit les civils qui changeaient de direction et se dispersaient. Près de la voiture, Diane et Melrose lui faisaient de grands signes.

— J'ai tout filmé ! Vous l'avez vue ? La bagarre ?

— Laquelle ? demanda Melrose en montant en voiture. Il semblait y en avoir tant à la fois ! Mais il y a eu un moment intéressant, n'est-ce pas ? Au sujet de ces groupes essayant de se faire passer pour des organisations caritatives alors que ce sont des associations à but lucratif ?

— Un documentaire ! déclara Trueblood en démarrant. Je vais le proposer à la BBC.

Diane planta une cigarette dans son fume-cigarette.

— Elles sont assez fatigantes, ces âmes charitables qui manifestent pour un oui ou pour un non, vous ne trouvez pas ?

Elle poussa un soupir et se tourna vers Melrose pour avoir du feu. Puis elle déclara :

— C'était plutôt la pagaille, non ?

— Les bonnes causes…, soupira Melrose. Elles ont quelque chose de décourageant.

Trueblood abondait dans leur sens.

— Il y a quelque chose de fondamentalement absurde à défiler, à se rassembler, à débattre et à se battre.

— Quand la situation s'envenime, je suis d'accord avec cet auteur… comment s'appelle-t-il déjà ? Raymond… Hammett ? Non, Dash quelque chose…

— Dashiell Chandler ? proposa Melrose. À moins que ce ne soit Raymond Chandler et Dashiell Hammett ? Quoi qu'il en soit, vous êtes d'accord avec ce qu'a dit l'un des trois. À savoir ?

— Faites venir un type avec un flingue.

12

Maurice avait réfléchi à sa disparition jusqu'à ce que sa pensée semble se liquéfier puis s'évaporer, comme si son cerveau était arrivé à saturation. Il était assis derrière le grand bureau d'Arthur Ryder dans la bibliothèque, faisant pivoter le fauteuil en cuir de quatre-vingt-dix degrés à droite, puis de quatre-vingt-dix degrés à gauche. Il tenait à la main une photo de Nell dans un cadre en argent. Elle posait près de Samarkand. Elle avait été prise juste avant le drame. Quinze ans. Avait-elle été aussi insouciante qu'elle le paraissait sur la photo ? Et lui ?

Il ne se rendit compte que son grand-père était entré dans la pièce qu'en entendant :

— Maurice ?

— Oh, bonjour, Grand-Père.

Il reposa le cadre sur le bureau.

— Tu n'arrêtes donc jamais, mon petit ?

La voix d'Arthur était aussi étouffée que le bruit de papillons de nuit battant contre une vitre, et son expression aussi vide d'espoir.

Maurice trouva son grand-père très fatigué.

— Tu devrais ralentir un peu.

Arthur Ryder se laissa tomber dans le grand fauteuil en cuir près de son bureau et laissa échapper un petit rire.

— Maurice, si je ralentissais encore un peu, je serais dans le coma.

— Tu parles !

— C'est à force de tailler du bois.

Arthur sourit et déposa sur le bureau son canif ainsi que le petit morceau de bois qu'il sculptait.

Maurice le saisit et le tourna entre ses doigts.

— Qu'est-ce que ça représente ?

— Rien. Absolument rien. C'est le but recherché.

Maurice caressa un angle du bout du pouce.

— Mais c'est un rien réussi. La forme est belle.

Arthur rit avec plus d'entrain qu'il ne l'avait fait plus tôt.

— Tu es le seul diplomate de seize ans que je connaisse.

Puis il pensa à quel point Maurice était bon – une bonté dangereuse, car elle avait un prix. Elle rendait vulnérable, trop sensible.

— C'est juste pour me passer les nerfs, dit-il.

Ce n'était pas tout à fait vrai. Cela lui donnait quelque chose à fixer pour éviter les yeux de ses interlocuteurs. Il avait du mal à soutenir le regard des autres. Pas celui de Maurice, bien sûr, ni de Vernon. Mais des autres. C'était comme les chats, non ? S'ils vous regardaient dans les yeux et clignaient des paupières, cela ne voulait-il pas dire qu'ils avaient confiance en vous ? Arthur ne cillait pratiquement jamais. Il taillait son bout de bois, puis soufflait sur la sciure et les petits fragments restés sur la lame de son canif.

Le téléphone sonna. Il décrocha, écouta, puis demanda à Maurice :

— Passe-moi le registre des étalons. Il est là, sur la première étagère… Merci.

Arthur l'ouvrit à la dernière page, sur laquelle étaient écrits des noms et des dates, puis déclara :

— Si ce n'est que pour une seule saillie, vous pouvez avoir A Vos Marques… Oui, ça fait cent mille, cent vingt mille si vous voulez la garantie d'un poulain… Non. Samarkand ? Certainement pas, Colin. Il a besoin de repos.

Il ricana.

— Vous et moi peut-être pas, mais nous n'avons pas passé les dix dernières années dans le cercle du vainqueur, n'est-ce pas ?… Non, je n'ai pas dit que vous ne pouviez avoir A Vos Marques que pour une saillie. Bien sûr, vous pouvez réessayer deux ou trois fois. C'est comme de rapporter votre tasse à café pour qu'on vous resserve… Oui, Colin, je sais que ça fait une sacrée somme. On dirait que c'est la première fois que vous faites ça. C'est vrai que c'est cher, mais vous savez aussi qu'A Vos Marques a remporté le 2000, le Saint-Léger, le Derby et bien d'autres courses ici et en France.

Il le disait sans une ombre de rancœur. La conversation se poursuivit quelques minutes, puis il raccrocha.

— Colin Biers aimerait bien que je lui prête tous mes étalons pour sa jument afin d'être sûr d'obtenir un nouveau Parole d'Honneur.

Il cala sa nuque contre le dossier du fauteuil et fixa le plafond.

— Je me demande ce qu'il faudrait pour qu'il en naisse un autre comme celui-là.

Il revoyait ce cheval merveilleux qui, non content de remporter toutes les grandes courses importantes auxquelles il avait participé, avait un des tempéraments les plus doux qu'on puisse imaginer. Tout le monde aimait Parole d'Honneur. Il se trouvait au haras Cavalier dont l'entraîneur, Keegan, ne cessait de se plaindre à Charlie Davison que Truitt (le propriétaire du haras) cherchait à se faire le plus d'argent possible en exploitant à fond l'étalon.

« Il va le tuer à la tâche, ce salaud », disait-il à Arthur.

Il faisait payer deux cent mille livres par saison de monte et vendait des saisons à plus de quatre-vingts ou quatre-vingt-dix propriétaires. Le résultat se chiffrait en millions.

« Cette ordure ne pense qu'au fric. Il possède un des plus grands pur-sang qui aient jamais couru et il lui fait saillir quatre-vingt-dix juments par saison. Ce cheval savait me dire exactement comment le manipuler. On aurait dit que c'était lui qui m'entraînait, plutôt que l'inverse. Il me chuchotait à l'oreille, je n'avais plus qu'à ouvrir grand mes esgourdes. »

Keegan implorait régulièrement Arthur de raisonner Truitt et de tenter de le convaincre de ménager Parole d'Honneur.

— Tu as réussi, dit Maurice. Comment tu as fait ?

— Ce n'était pas bien sorcier. Je lui ai dit qu'il était en train d'inonder le marché avec la progéniture de Parole d'Honneur. Certains de ses enfants sont déjà des cracks qui raflent tous les grands prix, comme Blanc de Lys ; deux d'entre eux ont remporté le Derby. Parole d'Honneur vaut son pesant d'or. Truitt a au moins eu l'intelligence d'équiper son box d'un détecteur de fumée et des appareils nécessaires pour mesurer les hausses de température. Sans parler d'arroseurs. C'est la stalle la plus sophistiquée que j'aie jamais vue. Ses honoraires d'étalon ont grimpé à un quart de million. Vernon m'a suffisamment expliqué la fortune qu'il y avait à se faire avec les saisons de monte et les parts d'étalon. Il suffit de réfléchir un instant pour comprendre que moins il y aura de poulains, plus chacun d'entre eux sera précieux. Plus ils seront nombreux, moins ils auront de valeur. C'est la loi de l'offre et de la demande. Truitt ne comprend qu'un seul langage : celui du fric.

Arthur sourit avant d'ajouter :

— Vernon voulait aller lui parler lui-même. Il adore parler d'argent.

— Tu ne penses pas que Vernon est comme ça, lui aussi, hein ?

Arthur se mit à rire.

— Oh non, Dieu merci !

— Est-ce que Papa a monté Parole d'Honneur ?

Il connaissait déjà la réponse. Simplement, il aimait entendre parler de son père.

— Oui, il l'a monté à Ainslee. Truitt essayait sans cesse de le convaincre de me quitter pour aller travailler pour lui, ce crétin, bien que Dan soit mon fils. Il faut dire qu'ils étaient faits pour s'entendre.

— Quel était le cheval préféré de Papa ?

Arthur réfléchit un moment.

— Je crois que ça dépendait des courses. Beau Rêveur, quand il l'a monté pour le 2000. Puis Aqueduc dans le Grand National. Je n'oublierai jamais cette course. On ne verra jamais un cheval aussi tenace qu'Aqueduc. Quand il sautait ces haies, c'était comme voir de la lave couler sur des rochers.

Maurice posa son menton sur ses mains, tout ouïe. D'ordinaire, Arthur était un homme taciturne, enfin, depuis la mort de Dan et la disparition de Nell.

Soudain, il demanda de but en blanc :

— Tu savais que Vernon avait engagé un détective privé pour rechercher Nell ?

Maurice plissa le front.

— Non.

Arthur hocha la tête.

— Vernon l'a fait enquêter pendant un an et demi. Pour autant que je sache, il enquête toujours. Je crois bien qu'il a interrogé les employés de tous les haras du Cambridgeshire. Ils n'ont pas tous été très coopératifs, mais il a essayé. Chez Anderson, il a dû se faire passer pour un enquêteur d'assurance afin de pouvoir jeter un coup d'œil aux écuries.

Maurice resta songeur un moment, puis annonça :

— Je pars à Londres voir Vernon.

Il se leva.
— Tu veux dire, *là, tout de suite* ?
— Oui, je crois bien.
— Ça fait presque deux ans, Maurice, ne l'oublie pas.
— Comment veux-tu que j'oublie, Grand-Père ?

Il ne lui fallut qu'une heure en train de Cambridge à la gare de Paddington, puis trois quarts d'heure en métro sur la Circle Line jusqu'à la City. Il n'avait pas voulu prendre une des voitures du haras. Son grand-père était plutôt coulant à ce sujet et, du coup, Maurice ne sentait pas le besoin de se prouver qu'il était assez grand pour conduire dans Londres. Il s'en sentait incapable, comme beaucoup de gens d'ailleurs.

Vernon Rice travaillait dans la City. Lui-même n'appelait pas ce qu'il faisait « travailler » :

« Je reste assis derrière un bureau, à inventer des choses. Je rêvasse, en somme.

— Quel genre de rêvasseries ?

— J'imagine de nouvelles sociétés. Je regarde à la ronde et, quand j'en vois une qui n'existe pas encore, je la crée.

— On dirait Dieu. »

Ils s'étaient mis à rire. Faire rire Vernon procurait un immense plaisir à Maurice parce qu'il trouvait Vernon cool et qu'il aimait l'idée de pouvoir provoquer le rire.

Il aimait bien son bureau, aussi. Il était net, sobre, avec beaucoup de chrome, beaucoup de verre, des chaises et des tables des Eames. Un lieu dépouillé, en somme.

Maurice aimait bien aussi la réceptionniste. Ou secrétaire, il ne savait pas trop quel était son titre. Elle était jolie et soignée, comme le bureau. Il ne s'y connaissait pas beaucoup en stylistes branchés mais il était prêt à parier que son tailleur gris anthracite n'avait pas été acheté dans une grande surface. Elle avait une chevelure sombre et lisse, un teint d'ivoire, et ne s'embarrassait pas de bijoux fantaisie. Elle ne portait qu'une montre, une mince volute qui semblait flotter autour de son poignet. Il se trouvait donc très bien dans l'antichambre à la regarder pendant que Vernon était au téléphone. Il poussa un soupir. Vernon semblait mener une existence tellement glamour. Maurice la lui aurait enviée si elle avait inclus des chevaux. Mais, comme ce n'était pas le cas, il ne trouvait pas Vernon si chanceux que ça. Glamour, certes, mais incomplète. Maurice ne pouvait imaginer la vie sans Samarkand, Mauvais Genre ou Beau Rêveur. Il supposait que c'était ce qu'on voulait dire quand on parlait d'avoir quelque chose « dans le sang ».

— Ça y est, il a raccroché, lui annonça Samantha avec un sourire.

Avant qu'elle ait eu le temps de se lever pour lui ouvrir la porte du bureau, Vernon apparut sur le seuil et s'exclama :

— Maurice ! Mais qu'est-ce que tu fais donc dans cette ville sans chevaux ? Entre !

Maurice rougit légèrement. Cela lui arrivait toujours les quelques premières minutes où il se trouvait avec Vernon. C'était sans doute parce qu'il se sentait maladroit et emprunté.

— C'était quand, la dernière fois que tu as mis le pied à Londres ? Tu n'aimes pas venir ici, hein ? Assieds-toi !

Il lui indiqua un des fauteuils en chrome et cuir.

— Tu peux rester pour dîner ? Je t'invite dans mon restaurant préféré, à South Kensington. Tu connais Aubergine ?

Maurice sourit et fit non de la tête. C'était bien de Vernon de le traiter comme un vieux copain et non comme un gamin de seize ans. Comme s'il était, lui aussi, Maurice, un compagnon de route dans la quête des meilleures tables de la capitale.

— Le seul restau que je connaisse, c'est la rôtisserie Angus. N'y va pas.

— Merci pour le tuyau. Parlant de tuyau, je peux te mettre sur un fonds en béton qui rapporte dix-huit pour cent et demi et va être introduit sur le marché public d'un moment à l'autre.

Il regarda sa montre comme si le moment était déjà en train de passer.

— Encore mieux, et plus dans tes cordes, tu peux acheter cinq à dix pour cent de la syndication d'un super cheval et…

Maurice tendit les mains devant lui pour l'arrêter.

— Vernon, tu plaisantes, n'est-ce pas ? Tu sais bien que je n'ai pas d'argent.

Vernon le regarda d'un air ahuri.

— De l'argent ? Qui a parlé d'argent ? Tu achètes à découvert et tu attends…

Il fut interrompu par Bobby qui entra, salua Maurice, laissa tomber un journal sur le bureau, dit au revoir et sortit.

— Regarde Bobby, reprit Vernon. Il n'a que vingt-deux ans. Il est ici depuis qu'il en a dix-huit et a déjà amassé une petite fortune. Si tu as besoin de faire une coupure avec le haras…

— Tu me vois faisant ce boulot ?

Il craignit soudain d'avoir insulté Vernon.

— Ce que je veux dire, c'est…

Vernon lui indiqua du menton la porte par laquelle Bobby venait de disparaître.

— Tu l'as vu, lui ? Il m'est rentré dedans avec son skateboard. Il s'est mis à discuter de fonds spéculatifs et de fusions. Il m'a parlé d'actions dans une société dont je n'avais même pas entendu parler. Je l'ai engagé.

Maurice fut surpris par sa propre réaction. Il était jaloux. Sans doute aurait-il voulu que Vernon soit *son* grand frère. Ce qu'il était en quelque sorte, un grand frère d'adoption, même s'il n'était apparu au haras qu'à l'âge de trente-deux ou trente-trois ans. Vernon l'avait peut-être toujours considéré lui aussi comme son petit frère. Néanmoins, il était surprenant qu'un étranger, une pièce rapportée, puisse en quelques années tisser des liens familiaux aussi forts. Maurice se rendit compte à quel point sa vie avait été riche avant la mort de son père, avant la disparition de Nell.

— Je ne sais pas pourquoi, mais j'ai la nette impression que tu n'es pas en train de réfléchir à la syndication de tes chevaux…

— Oh, pardon ! Je pensais simplement à Papa et à…

Maurice baissa les yeux vers ses chaussures, élimées au point qu'elles semblaient en décomposition.

— … Nell, acheva Vernon.

Maurice redressa aussitôt la tête.

— Comment le sais-tu ?

— Qui d'autre monopolise toutes nos pensées ?

S'il n'avait pas été au courant pour Leon Stone, Maurice aurait été surpris par cette déclaration et par l'intensité dans la voix de Vernon.

— Je sais que tu es vraiment décidé à la retrouver. Grand-Père m'a parlé du détective privé.

Vernon acquiesça. Il avait brusquement perdu son entrain. Il paraissait avoir vieilli de dix ans en un instant.

— Tu l'aimes vraiment, Nell, n'est-ce pas ?

Vernon hocha de nouveau la tête puis sourit.

— Oui. Allez, sortons dîner. Tu n'auras qu'à dormir chez moi ce soir. Je dirai aux filles de rentrer chez elles.

— Pas toutes, j'espère.

Maurice se sentait de nouveau à l'aise. Il se demanda pourquoi Vernon ne s'était jamais marié.

Demandait-il toujours aux filles de rentrer chez elles ?

— Elle n'est pas morte, dit Vernon après un long silence.

Il répondait à une question de Maurice.

— Comment peux-tu en être si sûr ?

Installé devant une assiette de canard chez Aubergine, Vernon le dévisageait, ou du moins semblait-il le faire. Il pouvait tout autant être en train de fixer la banquette derrière Maurice ou l'air autour d'eux.

— Parce que je ne le sens pas. Pas toi ?

Maurice ne sut pas quoi répondre. Il semblait avoir perdu le contact avec ses propres sentiments. La question de Vernon les avait fait battre en retraite.

— Eh bien… Je n'arrive pas à y croire. Je n'arrive pas à croire qu'elle est partie pour toujours, si c'est ce que tu veux dire.

Vernon planta sa fourchette dans une rondelle de pomme de terre.

— Pas exactement. C'est difficile à expliquer.

Maurice sourit.

— Ça fait un peu mystique, enfin, venant de toi.

— Moi qui passe mon temps à courir après la toute-puissante livre sterling, le dollar, le yen et le Deutsche Mark ?

Maurice rougit légèrement.

— Non, non… enfin… oui, d'une certaine manière. Tu sembles tellement avoir les pieds sur terre, être si… pragmatique.

— L'argent n'est qu'un produit dérivé, Maurice. Ce n'est pas qu'il m'indiffère, loin de là. Sans lui, je ne pourrais pas dîner ici toutes les semaines. Mais ce n'est pas ça qui me fait me lever tous les matins. Ce qui m'attire à la Bourse, c'est sa folie, son imprévisibilité. Ce n'est jamais qu'un jeu où tu peux gagner gros ou perdre ta chemise. Tous ces analystes de marché... s'ils étaient si sûrs de leurs prévisions, pourquoi les divulgueraient-ils aux autres ? Ils seraient eux-mêmes en train d'acheter et de vendre. Non, si je n'étais pas dans ce métier, je serais un joueur compulsif.

— De quoi, de poker ? Tu te souviens de ces parties qu'on faisait ? Nell gagnait toujours.

— Elle a une mentalité de gagnante.

Le garçon s'approcha avec la bouteille de vin. Le service était si impeccable que les dîneurs étaient à peine conscients de la présence du personnel. Les serveurs entraient et sortaient de leur champ de vision comme des rêves.

— Dis-moi, Vernon, ce Leon Stone, qu'est-ce qu'il croit qu'il est arrivé ? Est-ce qu'il a pu expliquer comment ceux qui ont fait le coup savaient que Nell serait dans l'écurie ?

— Pas vraiment, répondit Vernon avec un haussement d'épaules. Il s'est demandé si un membre de la famille avait un mobile pour monter cet enlèvement. Mais qui ? Même en supposant que quelqu'un soit cruel à ce point, de toute évidence il n'a pas agi pour l'argent. Non, Stone pense que celui qui a fait le coup ignorait qu'elle serait dans l'écurie. Il est quasiment convaincu qu'il a agi seul et qu'il est venu voler un ou plusieurs chevaux : Samarkand, Beau Rêveur ou Aqueduc. Nell s'est réveillée et l'a entendu, puis l'a vu. Elle représentait un danger pour lui, alors il l'a emmenée.

— Il pense que le coupable est venu pour le *cheval* ?

Vernon acquiesça. Il repoussa son assiette vide et croisa ses avant-bras sur la table.

— Tu vois, Maurice, dans mon travail, je dois être capable d'imaginer les événements les plus bizarres. Prends ce dont je te parlais tout à l'heure : tu penses que les actions d'une société vont dégringoler ; tu vends à découvert, ce qui veut dire que tu empruntes des parts sur un autre compte, en escomptant gagner de l'argent quand l'action s'effondrera et que tu pourras remplacer les actions empruntées par celles que tu as achetées au prix le plus bas. C'est tordu, non ? Difficile à imaginer ? Tu n'utilises même pas ton propre argent. Tout est sur le papier.

— Tu veux dire par là qu'il faut envisager les possibilités les plus bizarres ?

— Je peux t'en suggérer une : elle veut rester là où elle est.

Maurice écarquilla les yeux.

— Veut rester ? *Veut ?* Comment pourrait-elle…

— … penser qu'il existe quelque chose de plus important que toi ?

Maurice devint cramoisi.

— Je ne voulais pas dire…

— Pourquoi pas ? Tu es son meilleur ami, après tout. Si quelque chose a éloigné Nell du haras, ça ne peut être que quelque chose de très puissant.

Maurice repoussa son steak du bout de sa fourchette, encore piqué au vif par l'hypothèse de Vernon.

— Bientôt, tu vas me dire qu'elle est tombée amoureuse de ses ravisseurs.

Vernon écarta les bras.

— Le syndrome de Stockholm. Tu commences à piger.

Maurice larda le morceau de viande de petits coups de fourchette.

— Parce que tu crois que ça arrive vraiment aux victimes de kidnapping ?

Vernon hocha la tête.

— Ça s'est vu.

— Allez, Vernon ! Pourquoi ne pas accepter la réponse la plus logique, la plus raisonnable ? Elle est morte.

Il releva les yeux. Naturellement, il ne voulait pas que Vernon accepte cette réponse. Il voulait qu'il le convainque du contraire. Qu'il lui offre une autre explication. N'importe laquelle.

— Maurice, la plupart du temps, les gens ne réagissent pas logiquement, raisonnablement. Je suis sérieux. D'ailleurs, regarde la manière dont je gagne ma vie…

Mais Maurice suivait un autre raisonnement.

— Ne me dis pas que, en un an et demi, elle n'a pas eu une occasion de s'échapper…

Il sentait la colère monter en lui, pas tant contre Vernon que contre Nell.

— Je n'ai pas dit ça, Maurice. Ce que j'essaie de t'expliquer, c'est qu'elle n'en a peut-être pas eu envie.

— Mais pourquoi ?

— Je n'en sais rien. Mais souviens-toi d'une chose. Ils ont pris Aqueduc.

— Tu ne veux tout de même pas dire qu'elle est restée à cause du cheval ?

— Je n'en sais rien, Maurice. Nell avait un lien extraordinairement fort avec les chevaux du haras.

Il y eut un silence, jusqu'à ce que Vernon reprenne :

— La dernière fois que je l'ai vue, elle avait quinze ans. Elle en a dix-sept à présent. Merde, qu'est-ce que j'aimerais la revoir !

— On ne la reverra peut-être jamais.

Vernon secoua la tête.

— Non. Un beau jour, elle va réapparaître. Tu te retourneras, et elle sera là.

Il tendit une main au-dessus de la table et la posa sur le bras de l'adolescent.

— Tu verras. Elle va tout simplement réapparaître.

La cavalière de la nuit

13

La fille ajusta le fusil dans son dos, retenu par une sangle qu'elle avait confectionnée avec une ceinture en cuir. Elle devait garder les mains libres et la sangle lui facilitait la tâche. Elle avait volé le fusil dans le vestiaire où ils laissaient leurs armes comme s'il s'agissait de parapluies. Négligents, ils ne se donnaient pas toujours la peine de les mettre sous clef conformément à la loi. Elle l'avait subtilisé il y avait plus d'un mois de cela, la nuit où elle avait finalement décidé de partir.

Aucune surveillance ne peut être constante. Comment rester en permanence sur ses gardes ? Ils ne semblaient pas l'avoir encore compris : il y aurait toujours ces brefs moments où l'on marche jusqu'à l'autre bout de la grange, du sentier ou de la cour pour se dégourdir les jambes, l'absence irréfléchie pour aller fumer une cigarette ou boire un café et, bien sûr, l'excès d'assurance qui vous fait relâcher votre vigilance et oublier une lampe torche sur une chaise. Toutes ces négligences étaient fatales : les bijoux étaient dérobés, les coffres percés et un cheval disparaissait. Il fallait ajouter à cela un mauvais raisonnement : l'idée qu'après avoir volé un premier cheval les coupables ne reviendraient pas en voler un second, du moins pas si vite.

Mais ils étaient revenus dès la nuit suivante, avant que le propriétaire de la grande maison chaotique n'ait eu le temps de dire ouf, et encore moins de faire installer un système de surveillance. À présent, il y avait deux gardiens, un pour les pur-sang, l'autre pour surveiller les granges des juments. Il avait fallu du temps au propriétaire, et trois vols, pour comprendre et prévenir tout le monde que les pur-sang n'étaient pas visés. Ce qui était plutôt déroutant dans la mesure où ces juments n'avaient pas vraiment de valeur en elles-mêmes.

Depuis le fond du box obscur, elle épiait le gardien, un homme bedonnant qui n'était pas aussi attentif qu'il l'aurait dû. Elle l'observait depuis une heure, attendant qu'il quitte son poste. Ce qu'il fit enfin. Il se leva de son tabouret devant la stalle, bâilla, se gratta le creux des reins. Depuis le temps, elle connaissait ses habitudes. C'était un fumeur et, comme il était interdit de fumer dans la grange, il devait aller à l'autre bout et allumer sa cigarette au-dehors. Il prenait la lampe torche avec lui en cas de panne de courant. Elles étaient fréquentes, ces temps-ci.

Elle était toute vêtue de noir : jean noir, coupe-vent noir, gants, bottes, tout. Une écharpe nouée autour de sa tête cachait ses cheveux clairs, si pâles qu'ils étaient presque de la couleur de la lune et risquaient de luire s'ils n'étaient pas couverts. Dans cette tenue, elle ne se serait pas retrouvée elle-même dans le noir. Cette image la chagrina.

Elle venait aussi les soirs où elle ne prenait pas de jument. Elle avait besoin d'étudier la routine de la surveillance, les manies des deux gardiens. C'était presque plus facile depuis qu'ils étaient deux car ils s'occupaient l'un l'autre. Ils aimaient bavarder, échanger des plaisanteries. C'était drôle. Au lieu d'améliorer la protection des chevaux, cela la diminuait.

Un gardien par bâtisse, mais pas un de chaque côté. L'idée était que les voleurs n'étaient pas là pour des rivières de diamants mais des chevaux. Or, des chevaux qui se déplaçaient faisaient du bruit.

Voilà pourquoi cela lui avait pris dix mois, dix mois à travailler avec les juments tous les jours pour les habituer à son odeur, à son toucher. Chaque caresse leur envoyait un message différent. L'important était de les faire bouger en silence. Elles étaient si peu habituées à se déplacer que même le peu de liberté que Nell avait pu leur obtenir ne les avait pas rendues plus actives, car la plupart d'entre elles ne se souvenaient pas de ce qu'était la liberté. En fait, la plupart étaient nées de juments tenues dans la même captivité. Elles avaient fait partie des rares élues choisies pour remplacer celles qui étaient mortes. C'était ainsi que le système fonctionnait. Ce devait être également ainsi que fonctionnait l'enfer. Aussi, pendant dix mois, période pendant laquelle elle avait été autorisée à leur ôter leur sac en caoutchouc, à les faire sortir et à leur faire prendre un peu d'exercice, elle avait tenté de les dresser à sortir à reculons de leur box et à marcher sans faire de bruit. Elle ne leur donna que trois signes à retenir : sa main sur le museau signifiait le silence, une main sur l'épaule droite, tourner à droite, une main sur l'épaule gauche, tourner à gauche. Les chevaux ne mettaient pas longtemps à apprendre ces signaux. Le problème était qu'ils étaient soixante. Elle était néanmoins parvenue à communiquer avec la plupart d'entre eux.

Peu importait si les hommes qui travaillaient sur place (les valets d'écurie, leur chef, l'entraîneur, Mr Mackay) la voyaient avec les juments, puisqu'ils n'avaient aucune idée de ce qu'elle projetait. Mr Mackay et Kenny, le palefrenier en chef, trouvaient que faire travailler ces poulinières était ridicule et ne manquaient pas une occasion de le lui dire. Nell trouvait criminel de laisser un homme comme Mr Mackay approcher d'un cheval. Si jamais elle le voyait lever sa cravache contre Aqueduc, elle le tuerait. Heureusement, son cheval n'était pas maltraité. Il était même plutôt bien soigné car ils l'utilisaient pour la monte. Elle ne comprenait pas pourquoi, dans la mesure où le nom d'Aqueduc ne pourrait jamais figurer dans le pedigree de sa progéniture.

Ce qui la surprenait, c'était qu'apparemment aucun des employés ne parlait des juments à l'extérieur. Bosworth, l'assistant de l'entraîneur, lui avait confié que cela aurait pu leur coûter leur job.

« Je voudrais bien savoir comment tu as convaincu cette femme de te laisser t'occuper de ces juments ! » avait-il demandé.

Lui au moins n'en semblait pas mécontent.

« J'ai négocié.

— Tu as *négocié ?* répéta-t-il en riant. C'est pourtant Val Hobbs qui tient toutes les cartes. Qu'est-ce que tu avais donc à lui offrir ?

— Ma liberté. »

Il prit un air ahuri.

« Ta liberté ? Mais, ma pauvre, tu en as encore moins que ces malheureuses bêtes.

— Oui, mais je pourrais facilement m'enfuir d'ici. Vous avez beau être tous censés me surveiller, après un an et demi… Vous ne pouvez pas m'avoir à l'œil vingt-quatre heures sur vingt-quatre. Elle le sait bien. Je pourrais m'échapper. »

Bosworth réfléchit à la question.

« Oui, sans doute. Je m'étonne que tu n'aies pas déjà essayé.

— C'est précisément ma part du marché. Ne pas chercher à m'enfuir.

— Elle a avalé ça ?

— Pourquoi pas ? C'est la vérité. »

Du moins, ça l'avait été pendant près de vingt mois.

Il lui avait fallu des semaines pour rendre les granges habitables. Comment les juments avaient-elles tenu le coup ? Les chevaux étaient des animaux tatillons, comme les chats. Elles l'avaient supporté parce qu'elles n'avaient pas eu le choix. L'odeur était suffocante, ou du moins aurait pris à la gorge n'importe quelle personne qui n'aurait pas été habituée à nettoyer des écuries. D'ordinaire, cela devait être fait quotidiennement, voire deux fois par jour ou même plus. C'était nécessaire pour le confort et la santé des chevaux et non pour rendre les lieux plus agréables aux humains. Cela faisait partie de leurs soins. Le sol était en ciment au lieu d'être en terre battue, ce qui n'était pas très bon pour les animaux mais plus facile à laver. Cela n'empêchait pas qu'ils restaient souvent plusieurs jours à piétiner leurs propres excréments.

Le matin où elle les avait découvertes, Nell avait longé les box étroits. Il y avait à peine la place de se glisser entre le cheval et la fine cloison de chaque côté. Il y en avait deux rangées, avec quinze box par rangée, soit trente juments en tout, plus trente autres dans la grange d'à côté. Chacune avait une patte arrière attachée à une corde. En se baissant et en regardant dans la pénombre, Nell vit une autre corde retenant une des pattes avant, si bien que le cheval ne pouvait avancer ni reculer de plus de quelques centimètres. Chaque jument avait un sac en caoutchouc attaché entre les pattes arrière. Accroupie sur le côté d'un box, Nell aperçut un tuyau reliant le sac à un récipient. Ils recueillaient leurs urines !

Ces juments n'étaient importantes que pleines. Si l'une d'elles avait du mal à le rester, on l'emmenait. Nell s'abstint de demander où. Le peu qu'elle savait était déjà assez affreux comme ça. Elle ne comprenait pas non plus pourquoi ils prélevaient leurs urines dans des sacs.

« Pourquoi les laisse-t-on dans cet état ? Pourquoi ne leur fait-on pas prendre un peu d'exercice ? » avait-elle demandé à Mr Mackay.

Il était difficile de lui tenir tête. Il prenait toute question qu'on lui posait comme une attaque personnelle. C'était l'homme le plus méchant qu'elle eût jamais rencontré. Il était aussi responsable des valets d'écurie et ne les traitait guère mieux. Mais les lads, eux, avaient l'immense avantage de savoir par qui ils étaient employés et ce qu'ils faisaient là… Et d'être payés pour ça.

« Tu poses trop de questions. »

Elle avait également interrogé Bosworth, son assistant, après avoir découvert au bout d'un certain temps qu'il n'aimait guère cet endroit ni les gens qui le dirigeaient. Par conséquent, il était plus ouvert aux critiques sur ses patrons et leurs règles.

« De l'exercice ? Elles ne sont là que pour pisser et se faire engrosser, les pauvres bêtes ! »

Bosworth était le père de deux mauvais garçons qui faisaient des allers-retours entre chez eux et la maison de correction. Par conséquent, il compatissait avec toute créature contrainte de se reproduire et de supporter sa progéniture.

Le seul exercice que prenaient les juments, c'était quand on les conduisait à la saillie. Après quoi on les ramenait aussi sec. Pour autant que Nell pouvait en juger, c'était là toute leur existence, comme le lui confirma Bosworth. Certaines, comme Belle et Jenny, semblaient exténuées. Elles étaient les plus vieilles, celles qui avaient mis bas le plus souvent. Au grand désespoir de Nell, elles regardaient déjà la mort en face.

Les matins ou les après-midi où Mackay n'était pas là, elle les sortait une par une dans un petit pré caché par une haute haie en buis. Elles restaient là, immobiles. Elles attendaient et l'observaient dans un silence parfait.

« Belle, tu n'es pas obligée de rester plantée là. Marche un peu, tu peux même courir. »

Mais Belle ne bougeait pas. Comme les autres, elle était trop conditionnée par son minuscule espace. Nell se rendit compte que c'était également ce qu'elle avait ressenti quand ils lui avaient enfin permis de sortir. Belle de Jour. Nell leur avait toutes donné un nom. Afin de s'en souvenir, elle avait dessiné un diagramme des box où figuraient leurs noms. Marie avait été la première qu'elle avait sortie. Elle se trouvait à l'arrière, près de la grande porte qui donnait sur le petit bois de bouleaux. De toute manière, les gardiens se tenaient toujours à l'avant. Elle avait baptisé les juments en fonction de personnes ou de choses qu'elle aimait, en espérant que ces noms positifs leur permettraient de se sentir bonnes à autre chose qu'à mettre bas. Tout cela se passait avant son marché avec Mrs Hobbs. Si elle avait été surprise à les sortir, ça aurait bardé. Plus tard, elle se fit attraper pour leur avoir donné de l'eau. (« Pas d'eau, bordel ! Tu m'entends ? avait vociféré Valerie Hobbs. Elles n'ont droit qu'à une ration fixe, à certaines heures. »)

Toutefois, elle ne s'était jamais fait prendre à les sortir pendant quelques minutes. Comme elle était la seule à s'intéresser aux juments, elle était la seule à se rendre dans les écuries. Sauf quand l'une d'elles mettait bas, naturellement.

Au début, elle avait cru que c'étaient les poulains qui les intéressaient. Elle savait qu'Aqueduc était utilisé pour couvrir plusieurs poulinières et pensait que c'était là la raison pour laquelle ils l'avaient volé. Mais elle découvrit que ce n'étaient pas les poulains qui étaient importants. La plupart du temps, ils étaient emmenés. On les faisait monter par deux, parfois par trois, dans un van qui reculait jusqu'à la grange. Pour les pauvres mères, les petits étaient la seule particule de vie réelle qu'elles connaissaient, la seule preuve qu'elles n'étaient pas des machines. Toutefois, de temps à autre, ils laissaient une femelle avec sa mère, jusqu'à ce qu'elle puisse prendre sa place, à sa première visite à l'étalon, puis le cycle recommençait.

Pourtant, le haras possédait de grands champions. Pourquoi ne les utilisait-on pas pour la reproduction ? Une fois de plus, Bosworth lui avait dit :

« Parce que ces juments n'en valent pas la peine. Elles ne sont pas là pour la lignée. Je te l'ai déjà dit : c'est leur urine.

— Ce qu'ils font est-il illégal ? »

Il s'était mis à rire.

« Ce n'est pas l'illégalité qui arrêterait Madame. »

Il avait lancé un regard vers la maison.

« Elle n'est pas si mauvaise que ça », dit Nell.

Elle ressentait malgré elle une sorte de lien avec Valerie Hobbs, à moins que ce ne soit une étrange compassion… Son côté écervelé, son incompétence en matière de gestion (« Si je n'avais pas un comptable, je ne ferais jamais de bénéfices »). Peut-être était-ce aussi parce que Nell devinait chez cette femme un cœur qui avait été durement malmené et une loyauté qu'elle ne savait expliquer. Pourquoi lui aurait-elle fait confiance ?

Nell tendit un dépliant coloré.

« Qu'est-ce que c'est que ça ? »

Bosworth abaissa ses lunettes et examina le dépliant d'un côté puis de l'autre. Il haussa les épaules.

« Je ne sais pas. Ça a probablement un rapport avec les juments. Où l'as-tu trouvé ? »

Ce fut au tour de Nell de hausser les épaules.

« Là, il traînait quelque part. »

Elle sentit le regard narquois de Bosworth sur elle.

« Mon œil ! »

Il y avait une petite pièce derrière la cuisine que Valerie gardait fermée à clef. Nell l'avait remarquée plusieurs fois, intriguée. Ce matin-là, la clef était restée dans la serrure. Valerie était distraite. Elle était toujours à la recherche de ses clefs, de son portefeuille, même de ses bottes en caoutchouc. Quand elle entra, Nell ne vit rien de spectaculaire, ni même de particulièrement intéressant. De fait, cela ressemblait beaucoup au bureau de son grand-père, en plus petit. Il y avait des photos accrochées au mur (de chevaux, pour la plupart), un bureau, des registres d'élevage. Nell en feuilleta un, regarda comment s'en sortait Ruée Vers l'Or (très bien), le remit en place et s'approcha du bureau jonché de papiers : des relevés bancaires, des articles téléchargés sur Internet, des factures, du papier à en-tête, de la publicité – des brochures, des dépliants, comme ceux qu'elle avait pris.

Celui qu'elle avait montré à Bosworth traitait d'un médicament contrebalançant bon nombre de troubles et de symptômes de la ménopause. On y voyait une femme radieuse, qui n'avait apparemment plus à se soucier des bouffées de chaleur grâce au produit. Le laboratoire était américain : Wyeth-Ayerst Laboratories. Le médicament s'appelait Premarin. *Premarin.* À base d'urine de jument. De jument enceinte.

Nell fit courir son index sur le dos d'une rangée de classeurs vert foncé, en sortit un sans savoir s'il serait intéressant. Il ne l'était pas. Il ne contenait que des colonnes de dépenses : fourrage, équipement, notes d'honoraires de vétérinaire et de maréchal-ferrant, salaires d'entraîneur et de garçons d'écurie. Rien que des comptes normaux. Elle le remit à sa place et en prit un autre. Celui-ci était un registre des juments avec leurs dates d'achat. Bon nombre d'entre elles étaient ici depuis plus de quatre ans. Quatre ans d'une existence infernale. On y avait également noté leurs grossesses, le nombre de poulains nés, les poulains envoyés à l'abattoir, les taux de « production » d'urine. Celles dont la production était trop faible ou qui étaient trop difficiles à engrosser étaient également tuées.

Elle en oublia qu'elle n'était pas censée être dans cette pièce. Elle oublia la pièce elle-même. Elle fixait le vide. La pièce, les meubles, les photos, les fenêtres avaient cédé la place au souvenir du grand van qui s'était arrêté près de la grange la plus éloignée et dans lequel elle avait vu trois poulains et une jument monter. Ils se rendaient à l'abattoir car le haras n'avait pas besoin d'eux. C'était tout. Y avait-il ici quelqu'un d'assez pourri pour organiser tout ça ? Oui, et il avait grimpé ces marches jusqu'au grenier une douzaine de fois.

C'était alors, à cet instant précis, qu'elle avait décidé d'agir. Mais elle ne savait pas encore comment.

Sa chance vint quand le haras ainsi que deux autres situés à quelques kilomètres de là reçurent des menaces. Les lettres leur demandaient de verser cinquante mille livres ou les chevaux en pâtiraient. Elle avait attendu trois nuits après l'arrivée du message. La troisième nuit, elle avait volé une des juments, Marie, dont le cœur n'avait pas encore été détruit par la captivité et qui galopa avec bonheur, quand le terrain le permit, jusqu'au nouveau lieu.

Elle rentra avant l'aube, « se réveilla » le lendemain matin et feignit la surprise et la perplexité en apprenant que les voleurs avaient emmené une jument au lieu d'un des pur-sang infiniment plus précieux. Ruée Vers l'Or, par exemple, ou Prime Time. Ils le mirent sur le compte de la stupidité, presque soulagés que les voleurs aient été des ignorants en matière de turf et de chevaux.

La nuit suivante, elle emmena Domino. Dans le cas de cette dernière, elle dut s'arrêter toutes les vingt ou trente minutes pour laisser la jument se reposer ou boire dans un petit ruisseau. Il lui fallut quatre heures pour parcourir les cinq kilomètres.

Cette fois, ils s'étaient interrogés sur l'intérêt de voler des poulinières. Elle les avait écoutés se creuser les méninges le lendemain matin. Peut-être les défenseurs des animaux étaient-ils dans le coup ? Peut-être qu'ils n'avaient demandé de l'argent que pour brouiller les pistes ?

Quoi qu'il en soit, se dit Nell, personne n'avait mis les menaces à exécution. Aucun des chevaux n'en avait pâti.

Cette nuit-là, au moment d'emmener Stardust et Aqueduc, elle sut qu'elle ne pourrait plus revenir. L'absence d'Aqueduc leur ferait comprendre que c'était elle la coupable. Jusque-là, ils avaient imputé les vols aux écologistes. Ce ne pouvait être qu'un coup des défenseurs des droits des animaux, ça ne faisait pas un pli. Au cours du dernier mois, en six nuits différentes, elle avait pris six juments, dont trois qui, comme Jenny, avaient du mal à concevoir et dont elle était certaine qu'elles seraient tuées. Peut-être croiraient-ils juste qu'elle avait profité de l'occasion pour s'enfuir et qu'elle n'avait rien à voir avec les disparitions de chevaux. Elle continuerait d'essayer de sauver les poulinières, mais plus de cette façon. Quand elle serait sortie d'ici, elle trouverait un autre moyen.

Quand les gardiens lui parurent suffisamment absorbés dans l'histoire ou la plaisanterie qu'ils se racontaient, elle longea silencieusement les box jusqu'au disjoncteur. Elle coupa le courant. Les lumières vacillèrent puis s'éteignirent.

Personne ne vint. Elle l'avait déjà fait à diverses reprises à n'importe quelle heure de la journée pour que, au moment où elle aurait vraiment besoin d'obscurité, personne ne s'alarme de voir les lumières s'éteindre, pensant qu'il s'agissait encore d'un problème de faux contact. Le système électrique était désuet. Les lumières étaient censées rester allumées pendant la nuit pour faire croire aux juments que c'était le printemps – comme si cela favorisait la conception !

Personne ne viendrait donc réparer le courant, car il se rétablissait généralement de lui-même (du moins le croyaient-ils) au bout de quelques minutes. Les deux gardiens étaient toujours plongés dans leur conversation. Quand les lumières s'éteignirent, l'un d'eux se leva et regarda dans la grange. Il jura et promena le faisceau de sa lampe torche le long des box puis, dix secondes plus tard, reprit le fil de sa discussion entre deux bouffées de tabac.

Nell, glissée entre Stardust et la cloison de sa stalle, posa une main sur son museau. Quand la jument émit un petit son, elle refit le geste et l'animal se tut. Avec son petit couteau à désosser, elle trancha la corde qui lui retenait la patte avant, puis celle de la patte arrière. Le cheval resta parfaitement immobile, comme s'il sentait toujours le contact de la main de la jeune fille sur son museau.

Pour Nell, cet immobilisme n'avait rien de miraculeux, ni même d'étrange. Stardust réagissait parfaitement à ce qu'elle avait appris. Très lentement, elle fit reculer la poulinière hors de son box, posa sa main sur son épaule gauche pour la faire tourner, puis elles sortirent sans un bruit dans la nuit.

14

C'est la grange qui avait appris à Nell où elle se trouvait. Elle n'en était pas revenue. Elle avait été presque pétrifiée en se rendant compte que, durant tout ce temps, elle n'avait été qu'à quelques kilomètres de chez elle.

Stardust et elle s'arrêtèrent à mi-chemin pour que la jument puisse se reposer une petite heure. L'endroit était trop loin pour s'y rendre d'une traite, c'eût été épuisant pour le cheval. Dans l'après-midi, elle avait pris du foin et de l'avoine dans la grange de Hobbs. Elle avait mis l'avoine dans un sac accroché derrière elle sur le plaid, noué le foin en une balle fixée sur la selle à l'aide d'une corde. Cela devrait suffire pour nourrir les chevaux quelques jours et quelques nuits.

Deux granges isolées, abandonnées depuis des années, se dressaient à près d'un kilomètre des autres bâtiments du haras Ryder, une des raisons pour lesquelles son grand-père avait cessé de les utiliser. En outre, elles étaient devenues inutiles quand il avait commencé à réduire son cheptel et ses terres.

Nell ne croyait pas à la chance, en tout cas certainement pas à sa bonne étoile. Mais elle croyait au destin. Selon elle, chaque individu allait quelque part, même s'il ne s'en rendait pas toujours compte, ni ne savait ce qu'il était censé faire une fois parvenu à destination. Cette conviction lui était nécessaire, elle lui permettait d'avancer. Quand elle était tombée sur les terres Ryder et la grange vide cette première nuit, cela avait renforcé sa foi dans le destin – pas dans la chance ni en Dieu. Le destin était différent, c'était l'examen minutieux et l'exécution d'un plan préétabli. Il fallait croire, même si c'était en quelque chose de froid, d'impersonnel et d'impérieux.

Les écuries Ryder lui fourniraient du fourrage, et peut-être un peu de son et d'orge. Elle ne savait pas encore où elle trouverait sa propre nourriture une fois épuisées les provisions qu'elle avait volées, mais cela ne l'inquiétait guère. Il y avait d'autres questions plus importantes à régler.

Elle se souvint de s'être sentie coupable, comme si elle était responsable de son absence. Elle s'était tenue près de la jument lasse qui broutait dans le noir et s'était demandé ce qui la retenait. Ce n'était pas comme si elle avait fugué, pourtant ça y ressemblait. Là où on l'avait emmenée, ce n'étaient pas de simples barrières physiques qui l'avaient empêchée de s'échapper. Non, elle s'était habituée à ces dernières. C'était plutôt l'idée irrationnelle qu'elle ne devait pas être libre. L'idée s'était enracinée dans son esprit, pourtant solide. Elle avait réappris les limites de sa liberté.

Mais elle savait ce qui la retenait dans cet exil que désormais elle seule s'imposait. Même si elle n'était responsable, peut-être, que d'avoir un joli cul. Elle le formulait ainsi, crûment et avec sarcasme, en espérant atténuer l'horreur du viol. Les pas dans l'escalier, la porte qui s'ouvrait, l'obscurité, puis se sentir soulevée, retournée comme une crêpe et écrasée à plat ventre contre le lit. Il venait toujours par-derrière. Toujours. Elle avait reçu une douzaine de visites. Elle ne l'avait entr'aperçu qu'une seule fois, à peine un coup d'œil effleurant son visage. Elle pensait le connaître. C'était une impression que ses souvenirs ne pouvaient confirmer car sa mémoire, la conscience qu'elle avait de lui, avait été effacée. Mais elle pensait aussi que sa mémoire pourrait être réveillée tôt ou tard par un élément déclencheur et qu'alors, elle saurait. En attendant, elle ne voulait pas en parler. Elle devrait régler ses comptes elle-même, si elle les réglait un jour.

Elle avait également appris ses limites la première fois qu'elle avait vu les poulinières dans ces deux granges. Quand elle avait longé leurs box, les caressant chacune sur la croupe ou le flanc, elle avait remarqué que certaines d'entre elles étaient pleines. Oui, aucun doute, plusieurs étaient gestantes.

Leur immobilité était sinistre, contre nature. Des sons fugitifs – un vague bruissement de paille, le va-et-vient sourd d'une queue –, rien d'autre. Nell se dit que ces juments projetaient une résignation comme elle n'en avait jamais vu.

Elle inspecta les box. Les cloisons séparant les juments étaient fines. Là où elles rejoignaient le mur, elles formaient une petite corniche sur laquelle elle pourrait s'asseoir si elle trouvait le moyen d'y grimper. Elle ignorait d'où lui venait cette envie. Pour une raison quelconque, cela lui paraissait important. Peut-être qu'elle le saurait une fois là-haut.

Elle trouva une vieille caisse dans un coin qu'elle traîna jusqu'au premier box près de l'entrée, grimpa dessus puis se hissa sur la corniche à la force des bras. Elle s'assit, les jambes ballantes dans le vide.

« Parfait », dit-elle à voix haute.

En se penchant en avant, elle pouvait toucher les têtes des deux chevaux devant elle ; en se couchant en arrière, celles des deux qui se trouvaient derrière elle. Peut-être était-ce pour ça qu'elle avait voulu grimper là-haut, pour pouvoir les toucher. De là où elle se trouvait, elle voyait les rangées dans les deux directions. Elle tourna la tête et constata qu'elles la regardaient. *Je me demande si elles croient que je suis moi aussi une chose qu'on vide de ses fluides.* Au plafond, des néons crachotaient. Il faisait jour mais les lumières étaient allumées. C'était sans doute pour rallonger les journées et le printemps, afin de leurrer les poulinières pour qu'elles mettent bas en plein cœur de l'hiver.

Nell regarda vers l'autre bout de la grange et, ne voyant personne, se mit à fredonner quelques couplets de sa chanson préférée, puis à la chanter à voix basse. « L'amour est entré dans ma vie… » Elle répétait les vers dont elle se souvenait.

Si elle se penchait prudemment en arrière, elle pouvait s'adosser au rebord supérieur de la cloison. Elle regarda la lumière des néons qui étendait un voile blême sur les juments. On aurait dit qu'une couche de givre recouvrait tout, la grange, les chevaux, même l'immobilisme, même sa chanson.

15

Elle faisait ce cauchemar récurrent : une vaste étendue de sable, une succession infinie de dunes, certaines ridées et ombragées, formant des degrés qui, l'instant d'après, seraient balayés, laissant un autre relief se dessiner. Le long de la ligne d'horizon, elle vit une caravane de ce qu'elle prit pour des chameaux jusqu'à ce que, s'approchant, elle constate qu'il s'agissait de juments. Il n'y avait pas de stalles mais elles étaient néanmoins enchaînées. À quoi donc ? Il n'y avait que du sable. Pourtant, elles ne pouvaient pas bouger. Elles restaient là, exposées au soleil et au vent, formant une ligne noire sur la dune la plus lointaine.

Et puis il y avait cet affreux silence que ne perturbaient que le vent, les mouvements subtils du sable, les rafales remodelant les dunes.

Chaque fois qu'elle s'était réveillée au beau milieu de ce rêve, elle avait reconnu l'amalgame de honte et de remords provoqué non par ce qu'elle avait fait, mais par ce qu'elle n'avait pas fait. Elle laissa retomber sa tête sur ses genoux fléchis. Soixante juments : elle ne pourrait jamais toutes les faire sortir, pas même la plupart d'entre elles. Quelle que soit leur idée du coupable, ils avaient forcément renforcé la sécurité. Mais elle comptait également sur leur raisonnement : si c'était elle qui avait volé les juments, pourquoi n'avait-elle pas pris aussi son propre cheval, Aqueduc ? C'était pour cela qu'elle l'avait laissé pour la fin : c'était sans doute la seule manière de brouiller les pistes.

Elle garda la tête baissée et la balança d'avant en arrière contre ses genoux comme pour effacer une image trop douloureuse. *N'y pense pas, n'y pense pas !* Une idée incongrue lui traversa l'esprit : leur manquait-elle ? Même si elle avait envie de mettre une bombe et de tout faire sauter, ou de les tuer tous jusqu'au dernier en les regardant en face afin de voir la terreur au fond de leurs yeux, elle se le demandait quand même : leur manquait-elle ? C'était trop compliqué, trop difficile à comprendre, un chaos affectif, embrouillé et hérissé de barbelés.

Cette nuit-là, quelque chose avait effleuré son visage dans son rêve et ce n'était pas le vent. Il n'y avait pourtant rien d'autre. Elle se réveilla dans le noir en se frottant les joues et vit Charlie, le petit poulain qu'elle avait emmené avec sa mère, qui la regardait depuis la porte ouverte de la grange. Il l'avait examinée et, apparemment, il n'arrivait pas à décider si elle était digne de confiance ou non.

Elle se laissa retomber dans la paille, pas fâchée d'avoir été arrachée à son sommeil, et réfléchit à nouveau à son rêve. Chaque fois qu'il lui venait, elle s'endormait une personne et se réveillait une autre. Sa perception d'elle-même se modifiait peu à peu, comme la surface du désert balayée par le vent. Sa conscience à moitié engloutie ne retenait qu'une seule certitude : elle devait faire quelque chose.

J'en ai assez fait.

Non. Quelqu'un d'autre ? Peut-être. Mais toi ? Non.

« Mais qui le dit ? » avait-elle hurlé un soir aux étoiles.

Les chevaux effrayés s'étaient mis à piaffer.

Elle était entrée dans la grange et, passant d'une jument à l'autre, leur avait offert à chacune un morceau de sucre, une caresse sur la joue et un mot d'excuse.

Cette nuit-là, un gémissement sourd retentit dans la grange. Daisy appelait probablement son poulain. Celui-ci la rejoignit en trottant.

Elles avaient tellement eu l'habitude d'être entravées qu'il était difficile de les faire bouger. Elles étaient encore attachées par des chaînes fantômes, comme les amputés sentent encore leur jambe disparue. Un membre qui est là sans y être.

Une fois de plus, elle pensa à son rêve et aux chaînes dans le sable. Mais on ne pouvait rien enchaîner au sable. Elle se demanda si elle était elle-même cette caravane de chevaux noirs à l'horizon, se sentant enchaînée même si, littéralement, elle ne l'avait pas été. Cela n'était pas seulement dû au fait d'avoir été emprisonnée dans cette pièce mansardée sous les toits. « Quand est-ce que je pourrai rentrer à la maison ? »

Pas de réponse.

Elle s'était sentie beaucoup plus jeune, plus vulnérable, moins avisée, comme si elle régressait. Sa passivité, tant qu'elle avait duré, était une forme d'autoprotection, une fausse douceur destinée à calmer ses geôliers et à les convaincre qu'elle ne tenterait rien.

Depuis la fenêtre de sa chambre, elle pouvait voir la cour et les écuries. Elles formaient trois longues lignes. Elle en avait déduit qu'elle se trouvait dans un haras, comme celui de son grand-père mais légèrement plus grand. Pourtant, il y avait peu d'activité, ce qui était étrange. Seul Aqueduc (mais que lui voulaient-ils ?) et quelques autres chevaux étaient conduits de leur stalle au manège d'entraînement. Elle les observait depuis sa fenêtre pendant des heures, interrompue uniquement par un plateau que lui apportait une fille à qui on avait ordonné de se taire. Mais celle-ci, Fanny, après lui avoir annoncé, dès le premier jour, qu'elle n'était pas censée lui adresser la parole, continua à lui parler (estimant, apparemment, qu'elle avait déjà enfreint la règle en ouvrant la bouche). Elle essayait de gagner un peu d'argent pour partir en Amérique. C'était son seul désir. Elle avait une tante à Chicago.

« Tu t'occupes parfois des chevaux ?

— Oh non. Il faut que ce soit fait correctement.

— Quoi donc ? »

Fanny avait haussé les épaules.

Un certain temps après son arrivée, Nell se rendit compte qu'elle allait devoir cesser de se comporter comme une gamine de quinze ans et redevenir elle-même, avec tout le contrôle de soi et les ressources dont elle était capable. Elle ne sortirait jamais d'ici si elle ne parvenait pas à les persuader de lui donner un peu de liberté. Les « Quand est-ce que je pourrai rentrer à la maison ? » devaient disparaître et l'autre partie d'elle-même, froide et mesurée, reprendre le dessus. Cela ne lui demanda pas beaucoup d'efforts, cela vint même naturellement. Parfois, elle se posait des questions à ce sujet.

Ce sang-froid et ce contrôle de soi lui venaient peut-être de la compagnie des chevaux, du comportement à adopter pour s'occuper d'eux. Il fallait être calme, cohérent, fiable et efficace. On ne pouvait pas changer d'attitude du jour au lendemain.

N'avait-elle pas dit quelque chose de ce genre un jour à Vernon Rice ? « La fréquentation des chevaux donne de l'assurance. »

Vernon Rice. Elle se demanda ce qu'il était en train de faire à ce moment-là (à part gagner de l'argent, naturellement).

Il est entré, comme ça, alors que je bouchonnais Samarkand. Un parfait inconnu, une pièce rapportée.

Nell regarda à nouveau les traînées blanches d'étoiles dans la nuit et se sentit réconfortée.

Il était entré, comme ça.

16

Aqueduc avait besoin de courir. Elle sentait son énergie frustrée à travers ses cuisses, contre ses flancs. Elle la voyait dans la manière dont il secouait sa crinière et regardait droit devant lui comme si le monde était une rangée d'obstacles qu'il savait pouvoir sauter. Elle devinait qu'il mourait d'envie de s'élancer pardessus cette série de murs qui zigzaguaient à travers la campagne sur près d'un kilomètre. On les appelait les murs d'Hadrien. C'était le chemin qu'ils avaient emprunté cette nuit-là. L'homme qui l'avait enlevée devait être un excellent cavalier car certains de ces murs étaient dangereusement hauts. Elle n'avait jamais pu tous les sauter, mais Aqueduc si. Il adorait les murs.

À deux heures du matin, sûre que personne ne traînerait au-dehors, elle conduisit le cheval vers les bâtiments principaux du haras de son grand-père. Il lui fallut une demi-heure. Elle comprenait pourquoi la grange isolée où elle avait installé les juments avait été abandonnée.

Ils auraient pu parcourir le chemin au galop, mais Nell voulait préserver Aqueduc pour la piste d'entraînement. Elle voulait faire comme si tout était redevenu normal, ou du moins retrouver un semblant de normalité, le réconfort du familier, aussi ténu soit-il.

Ces bois étaient très beaux l'hiver. À dire vrai, les abords de cette vieille route étaient beaux toute l'année. Les brindilles cristallisées de givre se brisaient et tombaient. Aqueduc, qui n'était pas du genre ombrageux, ne bronchait pas. Avec la lune qui, elle-même, semblait de glace, plus dure et lumineuse que jamais, le paysage semblait sortir d'un rêve. Mais on est toujours dans un rêve, songea-t-elle, des images remontant flotter à la surface dès que l'esprit s'oublie. Il y a toujours une part de nous qui rêve, une part de l'esprit qui se soucie peu de la réalité. Elle écarta une branche basse et tourna dans le sentier étroit qui menait aux écuries et à la maison. Ses juments avaient besoin de foin. Elle projetait d'en voler une balle et de l'attacher à sa selle, peut-être une moitié de chaque côté. Elle marcherait près du cheval si la charge était trop lourde.

Quand ils approchèrent de l'écurie, elle hésita, tirant sur les rênes. Samarkand, Beau Rêveur et Mauvais Genre reconnaîtraient Aqueduc. Du moins le pensait-elle.

Elle se laissa glisser de selle et conduisit le cheval le long de la première rangée de stalles, craignant presque de regarder à l'intérieur, de voir des têtes inconnues. C'était improbable compte tenu de la période relativement courte qui s'était écoulée depuis son départ. Pourtant, elle avait l'impression que cette période avait été funeste, comme si son absence avait été délibérée, comme si elle les avait oubliés et que cet oubli les avait effacés. C'était sans doute arrogant de sa part, comme si son absence pouvait faire une telle différence, tel un tour de passe-passe capable de les faire disparaître à volonté.

Mais les chevaux étaient bien là et, s'ils n'étaient pas sûrs de la reconnaître, ils identifièrent immédiatement Aqueduc. Elle avait toujours trouvé réconfortant de voir des chevaux se saluer. Aqueduc s'arrêta devant un box, puis devant le suivant, comme s'il cherchait quelqu'un. Dans le calme glacé, les seuls bruits étaient de doux hennissements. La maison était suffisamment loin pour qu'on ne les entende pas.

C'était comme de revenir dans un passé qui ne lui appartenait plus, comme si elle l'avait dénaturé, délibérément laissé derrière elle, et ne pouvait plus le récupérer. Elle l'avait perdu en ne revenant pas. Vous vous réveillez un beau jour et tout a changé. Ou bien vous continuez à croire que vous pouvez faire un pas en arrière et découvrez qu'il n'y a plus que le vide derrière vous. Vous vous montrez insouciant avec votre temps et vos sentiments puis, tout à coup, il est trop tard.

Deux ans plus tôt, elle aurait dit qu'elle était heureuse. Elle savait à présent que le bonheur n'était pas la question.

Elle s'arrêta devant tous les box, celui de Samarkand, de Beau Rêveur, de Mauvais Genre et de Monnaie de Singe (où elle pensa à Vernon et sourit), caressant leur encolure, obtenant en retour ce qu'elle espérait être (mais elle n'en était pas sûre) des signes de reconnaissance. Bien sûr, ils devaient se souvenir d'elle à leur manière, instinctivement. Elle n'en faisait pas une histoire romantique ni sentimentale. Elle trouva le foin, entassé en petits fagots.

Dans la sellerie, elle prit sa selle favorite sur le banc, s'émerveillant de la trouver encore là, comme si tout ce qui avait été lié à elle autrefois pouvait avoir été rendu insignifiant par son absence. Puis elle ôta la selle trop grande du dos d'Aqueduc, la remplaça par la sienne et y attacha le foin. Elle se hissa sur le cheval et lui fit traverser la cour, s'éloignant de l'écurie sur la piste cavalière qui longeait la maison. Celle-ci se dressait non loin. Elle s'arrêta pour la contempler.

Bien sûr, elle pouvait imaginer le chagrin de son père, de son grand-père et de Maurice – surtout celui de Maurice, et, étrangement, sa désolation. Mais elle ne pouvait pas rentrer. Pas encore.

Ils atteignirent le terrain d'entraînement et elle se pencha en avant pour ouvrir la barrière. Quand ils s'avancèrent sur la piste, elle sentit l'exaltation l'envahir et la sentit aussi dans le cheval. Elle aurait aimé que Maurice soit là avec son chronomètre, mesurant le temps non pas en secondes mais en demi-secondes. En fractions de seconde, genre photo-finish. Plus rapide que le souffle. Mais il n'était pas là.

Aqueduc agita la tête et l'abaissa. Elle sentait la tension monter dans ses épaules. Elle avait rarement fait ça. La course était plutôt le domaine de Maurice, non pas son travail mais son plaisir. Ils avaient des jockeys pour ça. Elle détacha le foin et le laissa tomber sur le sol. Elle se souleva légèrement sur sa selle, se pencha en avant, serra les flancs du cheval entre ses cuisses, rassembla les rênes et, dans l'obscurité, chuchota :

— C'est parti, Duc !

Le cheval bondit en avant avec une telle fulgurance qu'elle crut être restée derrière. Puis elle oublia tout sauf sa monture, les rênes et l'air qui hurlait dans ses oreilles. Il enveloppait sa tête comme une cagoule. Elle n'avait jamais rien ressenti d'aussi rapide. La piste faisait un kilomètre et demi. Ce fut peu après le second virage qu'elle aperçut quelque chose gisant en travers de leur chemin, mais il était trop tard pour s'arrêter. Trois secondes après qu'elle l'eut vu, Aqueduc sauta par-dessus comme s'il s'agissait d'une haie.

17

La femme, cheveux et manteau noirs, gisait sur le flanc comme si elle avait été jetée là, peut-être désarçonnée de son cheval. Nell s'accroupit et sortit le stylo torche qu'elle portait toujours sur elle. La lumière accentuait le teint de porcelaine de la femme, si parfait qu'il lui rappelait des images de geishas qu'elle avait vues, des visages sans défaut couverts de poudre blanche. Elle portait une alliance en or à la main gauche. Ses mains étaient trop douces, ses ongles trop manucurés pour appartenir à quelqu'un qui passait beaucoup de temps auprès des chevaux.

Nell assimilait ces détails non pas parce qu'elle était indifférente à la mort de cette femme, mais parce que l'attention aux détails était en grande partie ce qui l'avait maintenue en vie durant ces deux dernières années et lui avait permis de s'échapper. Elle avait développé l'objectivité et l'isolement affectif d'un détective ou d'un reporter. Elle se releva, le cœur battant dans les tempes, avec l'envie de remonter sur Aqueduc et de partir au galop.

Elle ne savait pas grand-chose sur la rigidité cadavérique si ce n'était qu'elle apparaissait puis se dissipait. Cette femme était complètement molle, ce qui pouvait dire qu'elle était morte soit très récemment soit depuis déjà plusieurs heures. Morte comment ? Nell promena le faisceau sur le corps et tout autour mais ne vit rien. Poignardée ? Abattue ? Étranglée ? Cela ne pouvait avoir eu lieu qu'au cours des huit dernières heures, car il y avait toujours quelqu'un sur la piste jusqu'à cinq ou six heures du soir. Maurice ou un des cavaliers d'entraînement qui faisaient courir les chevaux. Elle avait dû mourir après la tombée de la nuit. Nell se tourna vers Aqueduc.

— Je devrais les prévenir, faire quelque chose.

Le cheval sembla hocher la tête.

— Je ne peux pas aller à la maison, Duc.

Elle détourna les yeux puis les baissa vers le cadavre. Bien que vide d'expression, le visage de cette inconnue était quand même très beau.

Qui était-ce ?

Depuis qu'elle était partie et qu'ils avaient cessé de l'attendre, il avait pu se passer bien des choses. Peut-être son père s'était-il remarié, se sentant trop seul, non pas pour la remplacer mais pour combler un vide. Cela n'expliquait pas la morte. Elle ressentit à nouveau l'envie d'aller à la maison… Non, ce serait trop difficile, trop douloureux pour eux pour qu'ils comprennent. Une larme coula sur son visage. Elle l'essuya tout en regardant la femme à ses pieds.

Une cabine téléphonique. Il y en avait une un peu plus loin sur la route.

— Allez, viens, Duc.

Elle aperçut la cabine et fit claquer sa langue, ramenant le cheval à un petit galop. Pas de voiture, aucune maison dans les parages. Elle arrêta Aqueduc dans l'herbe et sauta à terre. Elle ouvrit la porte en verre et se glissa à l'intérieur, se demandant s'il fallait mettre des pièces pour appeler les numéros d'urgence. Non, Dieu merci. Quand elle entendit la voix de la femme policier, elle lui raconta tout à toute allure, la morte et l'endroit où elle se trouvait. La femme commença à poser des questions. Nell l'interrompit en s'excusant et raccrocha. La police du Cambridgeshire trouverait certainement le cadavre. Quinze minutes plus tard, alors qu'Aqueduc sautait le plus bas des murs d'Hadrien, elle entendit la sirène. Regardant par-dessus son épaule, elle crut apercevoir des éclats de lumière bleue, étranges dans la brume d'avant l'aube, tournoyant au sommet d'une voiture de police. Le souffle d'Aqueduc se condensait dans l'air froid. Elle resserra les liens qui retenaient le sac de fourrage et le foin à la selle et calcula qu'il lui restait cinq minutes pour atteindre la lisière des bois et disparaître.

Elle n'entendait plus rien, pas à cette distance. Rien de ce qu'elle avait vu, la morte, la cabine téléphonique, le gyrophare, ne semblait plus avoir le moindre lien avec elle.

La police se demanderait qui l'avait prévenue, mais elle n'avait rien à leur dire, aucune idée de qui était cette femme. Néanmoins, cette dernière la mettait mal à l'aise, tirait sur un pan de sa mémoire comme si quelque chose de profond avait été dérangé. Mais par quoi ? Cela avait un rapport avec sa famille – son père, son grand-père, Maurice, Vernon.

Cela la fit songer aux chevaux. Se « souvenaient-ils » comme les humains ? Ou ne vivaient-ils que dans l'instant ? Ces pensées la ramenèrent aux juments qu'elle n'avait pas sauvées. Non pas qu'elle se soit imaginé pouvoir les sauver toutes… ou si ? Elle essaya de réfléchir à un autre moyen de les faire sortir de cette maudite grange.

Bien que déçue par elle-même, elle se félicita sur un point : son talent d'actrice. Elle avait dû être diaboliquement convaincante pour qu'ils la laissent s'occuper des juments. Elle pressa son avant-bras contre ses yeux, les revoyant alignées dans ces box étroits. *C'est presque pire que si je n'avais rien fait*. Du coup, elle se sentit à la fois traîtresse et lâche. Avait-elle vraiment cru qu'elle pourrait toutes les sauver ?

18

Deux voitures de police banalisées étaient garées dans la cour quand Melrose arriva le lendemain matin dans sa Bentley. Il devina que c'était la police au gyrophare posé sur le toit. Il supposa également que les deux types étaient des inspecteurs en civil.

L'homme qui leur parlait aurait eu besoin d'un manteau (car il faisait un froid de canard ce matin-là). Il devait avoir dans les soixante-dix ans et Melrose en déduisit qu'il s'agissait d'Arthur Ryder, avec lequel il avait rendez-vous. Ryder se tenait les bras croisés, les mains coincées sous les aisselles pour les réchauffer, fixant le sol.

Dans la mesure où les inspecteurs de police se déplaçaient rarement pour rien, il avait dû se passer quelque chose de grave. Melrose vit alors de quoi il retournait : des hommes sortaient d'un petit bois en portant une civière. Ils contournèrent les écuries jusqu'à une ambulance qu'il n'avait pas remarquée car elle avait été garée de l'autre côté de la maison et venait juste de reculer.

Jury avait-il eu un étrange pressentiment ? Melrose se dit que, vu les circonstances, il devait se faire le plus discret possible et revenir à une date ultérieure. *Ha ! Pas question de te défiler…*

Il s'adossa à sa voiture, alluma une cigarette et attendit. Les inspecteurs tournèrent la tête vers lui et le fouillèrent du regard, des pieds à la tête. Ryder releva enfin les yeux, comme un homme qui avait repoussé le plus longtemps possible le moment de regarder en face ce qui l'attendait. Il échangea encore quelques mots avec les policiers, acquiesça, puis traversa la cour en direction de Melrose.

— Mr Plant ? Je suis Arthur Ryder.

Pour un homme si grand, il avait une voix étonnamment douce. Melrose lui serra la main.

— Mr Ryder, enchanté.

— Je suis désolé, reprit Ryder. J'aurais dû vous appeler pour reporter notre rendez-vous, nous avons un petit problème.

Voyant qu'il ne comptait pas développer, Melrose répondit :

— J'en suis navré. J'espère que ce n'est pas trop grave.

Compte tenu de la civière qu'on était en train de charger dans l'ambulance, ça ne pouvait que l'être.

— On peut difficilement faire plus grave. Une femme a été assassinée.

— Mon Dieu ! Personne de votre famille, j'espère.

— Non. Une inconnue. Je ne l'avais jamais vue de ma vie.

— Mon Dieu, répéta Melrose. J'imagine que vous n'êtes pas en mesure de parler affaires… ?

— Non, ça ira. Patientez juste un moment que je termine de répondre aux questions de ces messieurs de la police. Ils attendent des renforts de la ville, c'est-à-dire de Cambridge. Il paraît qu'ils savent mieux traiter ce genre de choses, là-bas.

Se tournant vers les écuries, Melrose demanda :

— Ça vous ennuie si je jette un coup d'œil aux chevaux, en attendant ?

— Non, allez-y. Je vous rejoins dans une minute.

L'ambulance démarra. Il la regarda descendre la longue allée bordée de clôtures blanches. Voilà qui changeait singulièrement la donne de toute cette affaire du haras Ryder. Il lança un regard vers l'endroit où il avait vu les ambulanciers apparaître avec la civière et distingua, agité par le vent, ce qui devait être le ruban jaune de la police isolant le lieu du crime. Il était fortement tenté d'aller y faire un tour mais cela paraîtrait vraiment trop indiscret.

Il approcha de la première stalle en cherchant à se souvenir si le livre avait dit qu'il fallait ou non regarder un cheval dans les yeux. Dire qu'il essayait de se faire passer pour un gentleman-farmer alors qu'il ne savait absolument rien sur la campagne !

Une petite plaque en bronze sur la porte de la stalle indiquait Samarkand. Le cheval était un beau spécimen, pas tout à fait gris clair, très pâle. Ou plutôt couleur de l'aube, à moins que ce ne soit du crépuscule. Il était occupé à mastiquer. Pas vraiment occupé, peut-être, car il mâchouillait très lentement. Il semblait plus intéressé par Melrose…

(*Novice !*)

… que par sa nourriture. Melrose…

(*Dandy !*)

… semblait toujours ne susciter chez les animaux qu'une réaction blasée, une sorte de « Et vous êtes ici pour quoi, au juste… ? ». Il les avait souvent vus hausser les épaules (quand ils en avaient). Le cheval suivant avait une robe lustrée et noire comme de la suie.

— Un cheval magnifique, dit une voix derrière lui.

Arthur Ryder, qui venait de le rejoindre, caressa le museau noir.

— Mauvais Genre. Il a douze ans à présent mais peut encore les battre pratiquement tous. C'est une bête superbe, un des préférés de mon fils. Il était jockey.

— Oui, je l'ai déjà vu courir.

Oh là là ! Il venait de prendre un gros risque. Naturellement, il s'était mis d'entrée de jeu dans le pétrin.

— Où donc ?

Melrose fit mine de fouiller sa mémoire, passant en revue toutes les courses avec Dan Ryder dont il avait entendu parler au fil des ans.

— Eh bien, il y a eu…

— La Gold Cup de Cheltenham ? Une course formidable, non ?

— En effet. Votre fils était un grand jockey.

Arthur Ryder sortit un petit objet de sa poche arrière et l'y remit. Un morceau de bois.

— Écoutez, dit-il. Je me sens un peu trop sonné pour parler affaires en ce moment. Venez donc dans la maison. Ce qu'il me faut, c'est un petit remontant.

Melrose hésita.

— Vous êtes sûr que vous ne préférez pas que je revienne…

— Non, non, non. Peut-être que, dans des moments pareils, il n'y a rien de tel que de parler à un inconnu. Je suis tout seul en ce moment à la maison.

Melrose le suivit dans la grande demeure blanche.

Ils s'assirent dans le bureau d'Arthur, une pièce encombrée de magazines, de livres et de journaux. Sa table de travail était jonchée de paperasse, de registres reliés en cuir et de divers documents. C'était le genre de pièce où l'on se sentait à son aise, surtout (en dépit des circonstances) le matin, sirotant un petit whisky en compagnie du maître des lieux.

Arthur faisait rouler son verre entre ses paumes.

— Naturellement, je suis soulagé que ce ne soit pas une personne de ma connaissance. Pauvre femme… Je n'en reviens toujours pas. Sur *mon* terrain d'entraînement !

— Qu'a dit la police ?

— Ils pensent que c'est quelqu'un qui ne me veut pas du bien.

Sa voix était tendue.

Melrose ne voulait pas donner le même son de cloche que la police. Il hésita, ne sachant pas quoi dire.

— Vous croyez vraiment ?

— Ça me paraît un peu tiré par les cheveux, mais pourquoi pas ? C'est drôle mais, même si ce n'était pas quelqu'un de ma famille, je me sens curieusement responsable de cette femme. C'est étrange, non ?

Melrose hocha la tête, but une petite gorgée de whisky et réfléchit. De toute façon, la question était purement rhétorique.

Le téléphone les interrompit.

— Excusez-moi.

Arthur contourna son bureau et décrocha.

— Vernon ! Tu as appris la... Oui. Oui.

Tandis qu'il expliquait ce qui était arrivé, Melrose s'approcha d'un mur lambrissé à mi-hauteur. Au-dessus, des photos de toutes tailles étaient accrochées, portraits ou instantanés, toutes de chevaux, certains surmontés d'un jockey. Il avait contemplé une multitude d'images de chevaux dans divers livres, mais les faire correspondre aux champions représentés ici était nettement plus difficile que de reconnaître des visages. Néanmoins, il reconnut Samarkand grâce à sa couleur pâle inhabituelle, clair de lune. Il posait, parfaitement droit, dans un cercle du vainqueur après une course dont Melrose ignorait tout. Il faut dire qu'il n'en connaissait aucune. Il avait eu la bonne idée d'aller chercher la photo du fils d'Arthur Ryder dans un vieux journal. Tous ces chevaux avaient l'air terriblement célèbres : à la manière dont ils se tenaient, à leur air à peine vaguement intéressé par l'agitation autour d'eux. Car ils étaient célèbres et la célébrité ne connaît qu'elle-même. Cela semblait particulièrement frappant sur la photo du cheval à la robe de suie, Mauvais Genre.

— Désolé, déclara Arthur. Mon beau-fils.

Melrose sourit. Il voulait ramener Ryder à leur conversation d'avant le coup de fil mais ne savait comment réintroduire le sujet. Il tapota plutôt la photo d'un cheval et de son jockey.

— C'est votre fils, n'est-ce pas ?

Avec leurs casaques en soie et leurs bombes, il était difficile de distinguer un jockey de l'autre.

Arthur lança un regard puis détourna les yeux en acquiesçant brièvement.

— Je suis désolé.

— Bah !

Arthur écarta ses excuses d'un geste de la main, s'en voulant à lui-même, pas à Melrose. Il reprit la carafe de whisky.

— Je vous en ressers un petit coup ?

Il remplit leurs deux verres.

— À ce que j'ai entendu, dit Melrose, votre fils était un très grand jockey. On le classe dans la même catégorie que Piggott et cet Américain, là… Shoemaker.

— Il n'était pas aussi bon qu'eux. Y a-t-il jamais eu de jockey de leur gabarit ?

Cette fois, il sourit, un bref éclair, comme un reflet de lumière sur l'eau, disparu l'instant suivant. Il décrocha une des grandes photos et la tourna pour que Melrose puisse la voir.

— Le Grand National, il y a douze ans. Ils ont battu le record d'une seconde et demie. C'est étrange, on n'imagine pas combien dure une seconde jusqu'à ce qu'on vive ça. Danny n'avait qu'une trentaine d'années à sa mort. Son fils… Maurice…

Il le dit comme si Melrose avait connu Maurice et l'avait oublié.

— Il a toujours voulu être jockey comme son père. Mais il a atteint un mètre soixante-dix-huit il y a deux ans et a continué de grandir. Il a aujourd'hui seize ans et mesure un mètre quatre-vingt-deux.

Arthur resta silencieux un instant. Melrose ne voulut pas déranger le fil fragile et éphémère de sa pensée, faire voler les images dans tous les sens comme les fragments colorés d'un kaléidoscope. Il voulait qu'il poursuive sur sa lancée, espérant qu'il ne se souviendrait pas soudain de ce que Melrose Plant faisait là et ne déciderait pas de se mettre au travail. Il supposait que le meurtre de cette inconnue avait provisoirement mis le monde de Ryder sens dessus dessous et que les questions pratiques resteraient un moment en suspens.

Arthur Ryder baissa tristement les yeux vers son verre déjà vide. Il semblait étonné que son contenu ait disparu, comme son fils, comme sa petite-fille…

À laquelle il n'avait pas encore fait allusion.

Au lieu de cela, il déclara :

— La réussite, ça se paye cher, pas vrai ? Pourtant, c'est précisément la raison pour laquelle on veut réussir, pour cesser de payer le prix fort. C'est ironique. On pourrait croire qu'ayant acquis suffisamment de capital, de réputation, on va enfin pouvoir se la couler douce. Il y a quarante ans, tout ce que j'avais, c'était une petite maison, cette pièce que vous voyez ici, un peu de bétail – des vaches et des cochons – et trois chevaux. J'ai été pris par le virus des courses, enfin, des courses de chevaux, après avoir accompagné un ami à une vente aux enchères à Newmarket. Dieu, qu'ils étaient beaux, ces pur-sang !

Il prit une autre photo sur l'étagère derrière lui et la tendit à Melrose.

— C'est le fils d'un de ces premiers chevaux. Ruée Vers l'Or. Et ici, vous avez Golden Boy. Son fils, un autre champion. Tout le monde voulait me l'acheter. Ainsi, petit à petit, j'ai bâti cet endroit. Mais il y a un hic. Quand Ruée Vers l'Or a remporté sa première course, j'étais fou de joie. C'était ce qui m'était arrivé de plus beau depuis la naissance de mes fils. Mais ce sentiment s'est émoussé de plus en plus à mesure qu'on a remporté des courses de plus en plus difficiles et de plus en plus prestigieuses. À la fin, tout ce qui compte, c'est gagner. Une fois qu'on y a goûté, on ne peut plus s'en passer.

— Mais n'est-ce pas nécessaire si vous voulez atteindre le sommet ou être le meilleur ? Essayer d'y parvenir, c'est déjà admirable. Vous avez raison, bien sûr, il y a un prix à payer. Cela dit, je crois que vous le payez aussi si vous échouez.

— Mmh… Oui, c'est sûrement vrai.

Melrose allait l'interroger directement sur la fille quand Arthur déclara :

— J'avais une petite-fille… Je veux dire, « j'ai »… Je me surprends parfois à utiliser le passé, ce qui est très perturbant.

Il s'interrompit, songeur.

Melrose dut le relancer :

— Que lui est-il arrivé ?

— Elle s'est volatilisée.

Volatilisée, le mot figea l'air entre eux. Il évoquait tellement un trait de lumière disparaissant dans les ténèbres que Melrose sentit que, pour Arthur Ryder, la perte de cette fille était une éclipse totale.

— On nous l'a prise.

Ce fut ainsi qu'Arthur commença son histoire.

— Disons qu'elle a été kidnappée, même s'il n'y a jamais eu de contact avec les ravisseurs ni de demande de rançon. Rien. Jamais. Ce qui, techniquement, selon la police, en fait un enlèvement et limite les possibilités d'une enquête à long terme. Naturellement, la police a commencé par se pencher sur les gens qui travaillent ici, ou y travaillaient à l'époque. J'ai dû en licencier quelques-uns depuis. C'est arrivé la nuit. Les inspecteurs ont aussi enquêté sur tous ceux qui pouvaient avoir un lien avec le haras. Ceux qui ont pris Nell ont également emmené Aqueduc. C'était un de mes étalons les plus précieux. En termes de reproduction, probablement *le* plus précieux.

Les journaux n'avaient pas parlé du cheval pour cacher une information au public et, ainsi, permettre à la police de déceler rapidement les témoignages bidon.

— Vous pensez donc que le vrai but était de voler le cheval ?

Arthur acquiesça :

— Je ne vois aucune raison pour laquelle ils auraient kidnappé Nell si ce n'était pas pour une rançon. Mais Aqueduc est un étalon de quatre ans extrêmement rentable, valant au moins trois millions, même plus quand je vends des saisons.

— Des saisons ?

Arthur lui lança un regard surpris.

— Oui, quoi, vous savez… de monte. Je pouvais demander jusqu'à cent, cent cinquante mille livres pour une saison. Celui qui en a acheté une peut amener sa jument à faire saillir. Je n'aime pas dépasser cinquante saisons, c'est trop dur pour l'étalon.

Melrose (qui se maudit d'avoir montré son ignorance d'une pratique courante) fit un rapide calcul. Mince ! En un an, le cheval pouvait rapporter six à sept millions de livres. Rentable ? Et comment !

— Sans Aqueduc, je me suis trouvé en difficulté financière. De grosses difficultés. Les éleveurs qui devaient amener leur jument au haras et avaient déjà payé le privilège ont naturellement demandé à être remboursés. Quelques-uns ont accepté d'autres étalons mais ont réclamé des saisons supplémentaires en guise de compensation.

Il haussa les épaules, comme si continuer était trop déprimant.

— Deux ans plus tard, je n'ai toujours pas récupéré mes pertes.

— Vous pensez qu'on a délibérément cherché à vous ruiner ?

— Oui, j'y ai pensé. La police l'a aussi suggéré. Mais je ne vois honnêtement pas qui, ni alors ni maintenant. Toute cette histoire est un mystère total.

— Les voleurs ne peuvent pas faire participer votre cheval à une course. Il existe des méthodes d'identification…

— Oui, mais ceux qui se sont donné le mal de le voler ont sûrement longuement réfléchi auparavant aux moyens d'éliminer le risque qu'il soit reconnu…

— Quand même… Si vous le voyiez, vous le reconnaîtriez, non ?

Il sourit.

— Pas nécessairement, hélas.

Il prit une photo dans un cadre en argent sur le bureau et la tendit à Melrose.

— Mais elle, si. Vous pouvez être sûr que Nell le reconnaîtrait.

Melrose regarda un visage qu'il n'aurait pas su décrire autrement que par le mot « lumineux ». Sur la photo, elle ne devait pas avoir plus de quatorze ans, quinze tout au plus si elle avait été prise peu de temps avant sa disparition. Elle souriait ou riait de quelque chose que l'objectif ne pouvait pas voir. Des mèches de cheveux fins et pâles retombaient sur son visage et ses épaules. Elle avait une main levée pour les écarter. Elle portait une veste en jean sur un tee-shirt blanc. Sur elle, on aurait dit de la haute couture. Comment cette enfant avait-elle acquis autant d'allure ? Certes, son père était bel homme mais, dans le cas de Nell Ryder, c'était plus que de la beauté physique. Il ne pouvait l'expliquer. C'était une sorte de grâce, de sang-froid même. Il eut comme l'impression d'avoir perdu quelque chose, associée à une sensation de déjà-vu. C'était déroutant. Selon toute probabilité, il ne la verrait jamais, ne l'entendrait jamais, ne l'admirerait jamais chevauchant sa monture.

— Elle était faite pour vivre avec les chevaux, dit Arthur comme s'il lisait dans ses pensées. Elle les connaissait mieux que personne.

Il secoua la tête et reposa précautionneusement la photo.

Melrose s'éclaircit la gorge.

— Elle est belle.

Ryder le regarda.

— C'est le moins qu'on puisse dire.

Effectivement.

— Je vais demander à George Davison qu'il vous montre le cheval. Il faut que je parle à nouveau à mon beau-fils.

Aqueduc

La petite plaque était toujours là, mais pas le cheval.

— On ne met jamais un autre cheval dans cette stalle, expliqua George Davison. C'est de la superstition, sans doute, mais c'est comme ça. Jamais vu un autre cheval comme lui. Si racé et si doux. Il n'avait pas une once de méchanceté. Comme Nell Ryder.

Melrose nota que le cheval passait avant la fille, du moins dans l'esprit de l'entraîneur.

— Vous pensez que ce qui est arrivé va affecter le haras, Mr Davison ?

— Naturellement.

Son regard semblait dire : « N'importe quel idiot l'aurait compris, mais apparemment pas vous. »

— On a perdu pas mal de revenus à cause de…

— Non, Mr Davison, je ne voulais pas parler du vol du cheval, mais de ce qui s'est passé la nuit dernière. La femme qu'on a retrouvée morte.

— Ah, ça ?

Il haussa les épaules.

— Encore une drôle d'histoire. Mais non, je ne vois pas ce que ça a à voir avec nous.

Ils longeaient une rangée de box. Melrose reprit :

— Ça paraît tellement bizarre. Qu'est-ce que cette femme faisait sur votre terrain ?

— Peut-être qu'on l'a simplement balancée là.

— C'est possible mais, si c'est le cas, c'est vraiment très étrange. Vous avez fait allusion à Nell Ryder. Son grand-père vient de me parler d'elle. Ça aussi, c'est une des histoires les plus singulières que j'aie entendues.

— Depuis, ce n'est plus le même homme. Ce haras n'est plus le même, non plus. Autrement, vous croyez qu'il vendrait ses bêtes ?

Il fit non de la tête.

— Cette enfant qui s'évanouit dans la nuit…

Il secoua à nouveau la tête.

Melrose savait qu'il ne devait pas paraître trop inquisiteur, mais la curiosité de n'importe qui n'aurait-elle pas été piquée ?

Davison s'arrêtait pratiquement à chaque stalle et faisait à Melrose une présentation détaillée de son occupant dont il se serait bien passé. (« Vaillant, un superbe sauteur, fils de Forward, du haras de Mr Don ; Biscuit, fils de Poil de Carotte et de Seaward… »)

— À votre avis, qu'est-il arrivé ?

— Cette fille, elle était un peu bohémienne, si vous voulez le fond de ma pensée.

Il contemplait un rouan et se balançait d'avant en arrière sur ses talons.

— Qu'est-ce que vous voulez dire par là ?

— Elle faisait ce qu'elle voulait. Vous savez… indépendante.

Melrose sourit.

— Généralement, on associe « bohémien » à quelqu'un d'assez instable ou qui a l'esprit nomade. C'est ce que vous voulez dire ?

Davison haussa les épaules, ne sachant apparemment pas trop comment se sortir de là.

— Je ne sais pas. Elle était assez énigmatique.

Pourtant, la fille sur la photo avait un air parfaitement franc.

— Je l'aimais bien, cela dit. Difficile de ne pas l'aimer. Nous y voilà ! C'est Chagriné.

Ils s'arrêtèrent devant le dernier box de la rangée. Melrose sourit.

— Chagriné.

— Naturellement, vous pouvez changer son nom si vous voulez…

Jamais de la vie ! pensa Melrose.

— … mais il a fait sa réputation sur les champs de courses sous ce nom et ça compte.

— Non, non, je n'ai pas l'intention de changer quoi que ce soit.

Le cheval avait la couleur de l'acajou poli. Il brillait de bonne santé et de bons soins.

— À deux ans, Chagriné a été un formidable coureur. Il a remporté douze entrées sur quatorze. Oui, c'était un des chevaux les plus prometteurs que j'aie connus et il a tenu toutes ses promesses. L'année suivante, il a gagné quatorze entrées sur dix-huit. Mais je suppose que vous n'avez pas l'intention de le faire courir. Il a onze ans, à présent. Allez-y, examinez-le donc.

Davison ouvrit la porte du box et le cheval recula d'un pas, secouant sa crinière.

— Oh, ce n'est pas nécessaire. Je suis sûr que tous les chevaux élevés dans ce haras sont exactement tels qu'on me les a décrits.

La peur d'être démasqué le rendait pompeux.

Davison le regarda comme s'il avait affaire à un demeuré puis dit, le plus aimablement du monde :

— Si j'étais vous, je l'examinerais.

Zut ! pensa Melrose. Il tenta de se souvenir de tout ce qu'il avait lu dans ses bouquins pendant que Davison entrait dans la stalle et en faisait sortir le cheval.

Melrose tourna autour de Chagriné, le jaugeant de haut en bas avec quelques mmh… quelques aah… et plusieurs hochements de tête appréciatifs. Il se souvint soudain : Ah, les jambes ! Il s'accroupit et passa une main le long d'une patte avant. Mais était-elle censée être froide ou chaude ? Il fit de même avec l'autre patte avant mais se garda d'approcher de celles de derrière.

— Bonne ossature, commenta-t-il.

— Vous devriez vérifier ses dents.

Oh non, pas ça ! Sa prière fut entendue car Davison se chargea lui-même d'ouvrir la bouche du cheval avec ses deux mains.

Melrose regarda à l'intérieur, plissant les yeux.

— Elles m'ont l'air très bien, conclut-il. Il me semble en parfait état.

Il n'était pas dit que Chagriné en pense autant de Melrose. Le cheval avait simplement fermé les yeux sur ce que cet individu était en train de lui faire. Ils savaient, Melrose en était convaincu. Ils *savaient*. Ils devinaient tous ses mensonges.

— Je vais vous le seller pour que vous puissiez le tester.

Il ne manquait plus que ça ! Même avec une grue, tu ne me feras pas grimper sur cet animal, pensa Melrose.

Davison s'éloigna en direction de la sellerie puis s'arrêta brusquement et pivota sur ses talons.

— J'avais oublié ! On ne peut pas utiliser notre terrain d'entraînement. Ils ont mis du ruban jaune partout, ces gars de la police.

Melrose s'efforça de ne pas rire. Il était tombé bien bas pour remercier le ciel qu'un meurtre l'ait sauvé d'une occasion de se couvrir de ridicule. Il en rougit.

— Oh, mais je suis sûr que ce cheval est très bien. Et puis je ne suis pas dans ma tenue d'équitation.

Cette fois, il rit vraiment, d'un petit rire sot.

Davison se gratta le crâne.

— Vous pensez qu'il fera l'affaire, alors ?

— Absolument. Je peux le laisser ici, n'est-ce pas ? Jusqu'à ce que je trouve... euh... quelque chose pour l'emmener ? Une voiture pour cheval ? Une remorque ?

— Une remorque ? Oui, bien sûr.

Davison caressa le flanc du cheval.

— Comme ça, quand vous reviendrez, vous pourrez voir de quoi il est capable !

— Exactement.

Entre le moment présent et celui où quelqu'un le verrait sur un cheval, il avait le temps de lire quinze ouvrages de Dick Francis et même d'apprendre comment monter à cheval.

— Tu es un bon vieux garçon, dit l'entraîneur à Chagriné.

Le bon vieux garçon rouvrit les yeux, regarda Davison puis Melrose, puis retroussa sa lèvre supérieure en dévoilant sa dentition parfaite. On aurait dit Humphrey Bogart dans un de ses moments les plus expressifs, quand il tenait un flingue à la main.

— C'est votre voiture, là, la Bentley ?

C'était la seule garée devant la maison, donc c'était forcément la sienne.

— Oui.

— Mr Plant !

Arthur Ryder avançait vers eux.

— Je suis vraiment désolé mais il s'est passé tellement de choses depuis ce matin... George s'est bien occupé de vous ? Parfait. C'est le meilleur entraîneur du pays. Chagriné vous plaît ? J'ai toujours aimé ce cheval.

Arthur flatta à son tour le flanc du pur-sang qui sembla se presser contre lui, comme si la présence du maître des lieux l'apaisait.

— Il est bien, non ?

— Plus que bien.

Arthur hocha la tête.

— Tant mieux. Vous voulez nous le laisser jusqu'à ce que vous ayez organisé son transport ?

Une sonnerie de téléphone retentit au loin.

— Encore désolé. Je reviens tout de suite. J'étais au téléphone avec la police de Cambridge. Ce doit être elle qui rappelle. Maurice pourra vous aider si vous avez besoin de quoi que ce soit.

Il avait lancé cette dernière phrase par-dessus son épaule alors qu'il repartait déjà vers la maison.

Maurice marchait vers eux. Il avait une intensité qui frôlait la sauvagerie. Il était beau, une beauté qu'il tenait vraisemblablement de son père. Melrose avait gravé dans sa mémoire des photos du jockey afin d'être sûr de le reconnaître sur n'importe quel cliché. Cependant, une fois de plus, il comprit la nature de la ressemblance, comment elle pouvait être contrefaite par l'expression d'un visage ou d'une voix, par la gestuelle et le mouvement. Des attributs qu'un appareil photo ne pouvait pas toujours capturer.

Il y avait fort à parier que le physique de ce garçon ferait des ravages auprès des filles. Ses cheveux presque noirs, son teint pâle lui donnaient une allure romantique telle qu'on en rencontre dans les contes de chevalerie arthuriens. Un poète, un profil à la Rupert Brooke. Un héros ténébreux. Qu'était ce vers de Virgile que Jury avait cité à plusieurs reprises ? *Agnosco... flammae* ? Voilà l'effet qu'aurait Maurice sur les femmes. Il évoquerait en elles quelque chose de perdu : quelqu'un, quelque part, un jour. Le visage qu'on ne parvenait plus à situer mais qu'on n'aurait jamais dû laisser s'échapper.

Nell. Maurice. Ils n'avaient qu'un an d'écart. À eux deux, ils auraient formé dans le monde romantique un couple digne de Didon et Enée. Elle semblait avoir une intensité aussi forte que celle du garçon. Il se demanda, sans savoir pourquoi, ce qui les différenciait.

Toutes ces pensées traversèrent l'esprit de Melrose durant le bref laps de temps pendant lequel il regarda Maurice approcher. Il supposa que l'adolescent devait se dire que le haras était en difficulté et que ce riche aristocrate, forcément imbuvable, débarquait avec son fric et son ignorance crasse des chevaux pour emmener Chagriné, qu'il connaissait depuis sa naissance, un cheval qui serait désormais au service de la famille de ce richard qui le dépouillerait peu à peu de toute sa grandeur.

Ah, si seulement ce garçon savait ! Chagriné mènerait une vie de pacha ! Momaday pourrait enfin se rendre utile (du point de vue de Melrose, à défaut du sien) : il n'aurait qu'à nettoyer la vieille écurie qui se trouvait dans la propriété. Le père de Melrose avait été assez porté sur l'art du dressage, un intérêt dont Melrose n'avait pas hérité. Il en était reconnaissant.

Le garçon semblait non pas triste, mais grave. Il avait le regard d'un être endeuillé qui veille un mort, quand la vie continue au-dehors avec ses rires et ses chansons qu'il ne peut comprendre.

— Mr Plant ? Grand-Père m'a dit que vous étiez venu voir Chagriné.

Son regard alla de Melrose à l'écurie.

— Vous allez l'acheter ?

— Oui, c'est un très beau cheval.

Maurice le dévisagea comme si c'était là la réponse la plus banale et prévisible de la part de quelqu'un qui n'y connaissait absolument rien en pur-sang, ou probablement en chevaux en général.

Melrose chercha un moyen d'amener la conversation sur Nell Ryder. Il n'en eut pas besoin.

— Tout le monde aime ce cheval. Surtout Nell. C'est ma cousine. Vous avez probablement entendu parler d'elle.

— Oui, votre grand-père m'en parlait justement.

Maurice hocha la tête.

— Nell…

Le prénom resta en suspens dans l'air puis dériva, comme un espar après un naufrage. L'adolescent avait toujours une main sur la croupe de Chagriné.

Melrose l'aida à redémarrer :

— Elle était très douée avec les chevaux, n'est-ce pas ? Il paraît qu'elle pouvait leur faire faire tout ce qu'elle voulait.

Maurice le regarda comme s'il se demandait pourquoi et comment Melrose savait ça. Il semblait partagé entre l'envie de parler d'elle et celle de se taire.

— Elle était brillante. Même George a dit qu'elle ferait une grande entraîneuse.

Chagriné était rentré dans son box et Maurice se mit à examiner le mélange d'avoine et de son dans sa mangeoire suspendue.

— J'espère que vous avez d'autres chevaux.

— Eh bien, pas tout à fait, pas encore.

Maurice eut l'air peiné.

— Vous savez que les chevaux sont des animaux très sociables. Ils ont besoin de compagnie, même si ce n'est qu'un cochon, ou une chèvre.

Il lança un regard interrogateur vers Melrose, doutant de la magnificence de la basse-cour d'Ardry End.

N'ayant pas fait de gros mensonge depuis au moins cinq minutes, Melrose se sentit plus à l'aise pour en dire toute une série de petits.

— J'ai beaucoup de terres et de bons pâturages. J'ai un cochon dans une porcherie, une chèvre dans la grange, un cygne dans le bassin (une tante dans le petit salon) et des canards dans le lac.

Il eut l'impression une fois de plus de jouer à une variante du Cluedo.

— Croyez-moi, Maurice, ce cheval recevra les meilleurs soins.

— L'écurie doit être nettoyée tous les jours, vous le savez, n'est-ce pas ?

Il ne paraissait guère convaincu.

De fait, Melrose le trouvait nettement plus suspicieux que ne l'avaient été son grand-père, ou même George Davison.

— Absolument. J'ai un excellent garçon d'écurie.

La vision de Momaday en « garçon » lui donna envie de rire.

— Vous savez quoi, Maurice ? Je vais prendre quelques polaroïds et je vous les enverrai dès son arrivée (avec Chagriné tenant entre ses dents un exemplaire du journal du jour, la date bien en évidence). Qu'est-ce que vous en dites ?

Le visage de Maurice s'illumina.

— J'aimerais bien. Comme ça, j'aurai dans ma tête une image de l'endroit où il se trouve, de ce qu'il fait, et j'aurai l'impression de veiller sur lui.

Melrose trouva cette observation d'une tristesse à vous fendre le cœur.

— Je n'y manquerai pas. Je vous téléphonerai ou vous écrirai, ou les deux. Et vous êtes cordialement invité à venir le voir, naturellement.

Le garçon semblait nettement plus tranquille et amical.

— C'est vraiment dur pour moi, la vente de ces chevaux.

— Oh, juste quelques-uns, sans doute.

— Oui, mais quand même... Grand-Père est obligé de le faire chaque fois qu'il est à court d'argent. Il a aussi dû se séparer de plusieurs membres du personnel. Des valets d'écurie et un entraîneur. Et on a moins de chevaux placés dans les courses qui rapportent gros.

Arthur Ryder venait de ressortir de la maison et revenait vers eux.

— Alors c'est entendu, vous nous le laissez pour le moment ?

Il lança un regard vers l'écurie puis posa une main sur l'épaule de son petit-fils.

— Ce garçon en sait plus que moi sur mes chevaux.

Comme la plupart des adolescents entendant leurs aînés vanter leurs mérites, Maurice rougit et s'écarta de son grand-père.

— Il faut que j'aille voir Beau Rêveur, s'excusa-t-il. Il a attrapé froid ou quelque chose comme ça. On devrait peut-être appeler le véto. Au revoir, Mr Plant. Et n'oubliez pas, hein ?

Il tendit une main ferme.

— Vous avez ma parole, l'assura Melrose.

Tandis que Maurice s'éloignait d'un pas rapide vers les écuries, il se tourna vers Arthur Ryder.

— Il est très compétent, n'est-ce pas ? On voit bien qu'il adore les chevaux.

— Mmh… J'espère que cette affaire ne l'a pas trop perturbé. Il a dit quelque chose ?

Avant que Melrose puisse répondre, il poursuivit :

— Ça lui a peut-être rappelé…

Puis il détourna la tête.

Melrose nota mentalement que c'était la seconde fois qu'une évocation du passé restait inachevée.

— Non, il n'a rien dit.

— Je passe mon temps à surveiller mes arrières…

Melrose haussa des sourcils interrogateurs.

— … me demandant ce qui va bien pouvoir arriver ensuite.

— Je suppose que vous parlez de la nuit dernière.

— Non, ça, c'est ce qui s'est déjà passé. Je veux parler de ce qui va arriver ensuite.

19

— Un cheval ? Tu as acheté un cheval ? Mais tu es tombé sur la tête ? Pour quoi faire ?

En voyant Melrose entrer dans sa chambre d'hôpital, Jury avait reposé *La Fille du temps* ouverte sur ses draps.

— Ce n'est pas vraiment l'accueil auquel je m'attendais après m'être donné tant de mal et avoir dépensé sans compter !

Jury se hissa péniblement un peu plus haut dans son lit en grimaçant.

— Si, si, j'apprécie le geste. Je suis désolé. C'est à force d'être coincé ici toute la journée à écouter les prédictions catastrophiques d'Hannibal, ça me rend nerveux.

— Ah oui ? Je me disais que tu ressembles de plus en plus à l'inspecteur Wiggins, avec tes draps remontés jusque sous le menton, Josephine Tey étalée sur ta poitrine.

— Je croyais que l'idée, c'était que tu te fasses passer pour un acheteur intéressé, pas que tu en achètes vraiment un.

— Je sais, mais j'ai pensé qu'acheter me mettrait dans les petits papiers de Ryder plus facilement qu'en faisant du lèche-vitrines. Arthur Ryder a eu l'air si reconnaissant…

— Combien ?

Melrose haussa les épaules.

— Pas tant que ça, compte tenu de son palmarès de pur-sang.

— Combien ?

— Qu'est-ce que ça peut faire ? Beaucoup. Mais, tu comprends, il essaie d'éviter d'avoir à syndiquer ses chevaux.

— À quoi ?

— À en vendre des parts. Tu sais, un peu comme un appartement en multipropriété. Et puis, je n'ai jamais eu de cheval.

— Je n'ai jamais eu de chameau non plus, ce n'est pas pour ça que je vais en acheter un.

Melrose soupira.

— Parle-moi encore de cet incident…

— Vous autres commissaires ne souffrez pas d'une carence hyperbolique ?

— Tant que ça n'apparaît pas au scanner… Raconte.

— Je t'ai déjà dit absolument tout ce que je savais.

Jury ferma les yeux et secoua lentement la tête.

— Comme dirait Proust : « *N'allez pas trop vite*[1]. »

Melrose écarquilla les yeux.

— « Comme dirait Proust » ? Tu te fous de moi ? Depuis quand es-tu devenu proustien ? Et d'abord, quand as-tu appris le français ?

— Jamais. Je connais juste cette phrase ainsi que *bonjour*, *bonne nuit* et des petits trucs comme ça. J'ai juste retenu cette citation parce que j'ai pensé qu'elle devrait rester gravée dans mon esprit. Ça veut dire…

— Je sais ce que ça veut dire. J'ai pris le français en seconde langue au lycée. Tu l'as très bien prononcée, d'ailleurs. Et je trouve aussi que c'est un excellent conseil. On passe à côté de plein de choses en voulant aller trop vite.

1. En français dans le texte.

— C'est bien ce que je disais, tu as certainement omis des centaines de détails. Comment était positionné le corps exactement ?

— Je n'en sais rien. Tu penses bien que si je le savais, je n'aurais pas omis de te le dire. Nous n'étions pas assis autour du cadavre à boire le thé.

— Soit. Comment ces gens réagissaient-ils ?

— Eh bien… Ils étaient perplexes, consternés…

— Tous ?

— Non, l'entraîneur, George Davison, semblait totalement indifférent. Personne ne semblait avoir peur.

— C'est étrange.

Melrose plissa le front.

— Non, pas si c'était une inconnue.

— Mais ce n'était pas le cas, n'est-ce pas ?

Melrose haussa les sourcils, attendant qu'il développe.

— Tu crois sincèrement qu'un quidam a assassiné une parfaite inconnue au beau milieu du terrain d'entraînement de Ryder ?

— Tu veux dire qu'Arthur Ryder aurait menti ? Tout comme son petit-fils et George Davison ?

— Pas nécessairement. Il peut y avoir plusieurs explications. Par exemple, il pourrait s'agir d'une personne qu'ils connaissent sans le savoir.

— Ah, voilà qui est clair !

Jury ne lui prêta pas attention, poursuivant :

— Quelqu'un rencontré brièvement, lors d'une course par exemple ; quelqu'un qui aurait une importance quelconque mais qu'ils ont oublié. La victime n'a toujours pas été identifiée, du moins elle ne l'était pas ce matin quand tu y étais. Il pourrait s'agir de quelqu'un dont ils connaissent l'existence, mais qu'ils n'auraient pas reconnu.

Melrose réfléchit un moment puis déclara :

— La seconde femme de Daniel Ryder. Personne ne la connaît parce qu'il n'est jamais revenu en Angleterre.

Jury hocha la tête.

— C'est une possibilité. Je suppose qu'elle a été abattue sur sa monture ?

— J'en doute. Elle n'était pas habillée pour monter à cheval.

— Quel était le calibre de l'arme ?

— Personne ne m'en a informé.

— Peu importe. Les services de balistique nous indiqueront la portée, l'angle de tir et tout ce qu'on peut apprendre d'une balle.

— Pourquoi le tireur l'aurait-il abattue là-bas ?

— Tu as raison, elle a peut-être été déposée là après coup. De toute manière, il ne nous sert à rien de spéculer tant qu'on n'a pas plus de détails sur la scène du crime. J'aimerais bien savoir ce qui est arrivé à la personne qui a prévenu la police.

Melrose s'affala sur sa chaise et fixa le plafond blanc.

— Pour ma part, je sèche. Peut-être que Vernon Rice saura nous éclairer. Je dois le voir…

Il lança un regard à sa montre.

— … tout de suite.

Il se leva.

— Et la fille, Nell ? Qu'est-ce que tu as appris à son sujet ?

— Rien de nouveau à propos de sa disparition. J'ai vu des photos. Elle a un je ne sais quoi. Ce n'est pas tous les jours que tu tombes sur une adolescente qui te donne l'impression que tu es déjà passé par là.

Jury fronça les sourcils.

— Déjà passé par où ?

— Par là où elle est passée. Elle donne à l'expression « déjà-vu » un sens tout nouveau.

20

Vernon Rice avait assez de charme pour vous vendre un lotissement à Pompéi, s'il était lui-même convaincu qu'investir à Pompéi était encore une bonne affaire. En d'autres termes, il pouvait vous faire acheter n'importe quoi, mais en toute sincérité.

Il s'adressa à Melrose comme s'il le connaissait depuis toujours, l'invitant à entrer avec un grand geste du bras et lui expliquant qu'Arthur, qu'il appelait « Art », l'avait appelé pour le prévenir de sa visite.

La pièce dans laquelle Melrose entra était tout en verre et en angles, avec des fauteuils inclinés aux pieds gracieux qui avaient l'air inconfortables mais ne l'étaient pas du tout. Le grand tapis gris avec un dégradé jusqu'au blanc adoucissait les contours des meubles. La pièce avait un petit côté rétro, en dépit de son design allemand haut de gamme dernier cri. Melrose ne fut pas surpris d'entendre Vernon lui proposer de préparer quelques manhattans dans un shaker en métal argenté. Il n'en avait pas vu depuis les soirées que donnaient ses parents. Apparemment, les Ryder buvaient à toute heure. Il se demanda s'ils étaient alcooliques. Puis, ce qui était plus pertinent, s'il ne l'était pas lui-même.

Il se souvint soudain que Vernon Rice n'était pas apparenté aux Ryder par le sang, même si, physiquement, on ne l'aurait jamais deviné. Il aurait pu être le père de Maurice ou le frère de Dan Ryder, car il semblait avoir hérité des beaux traits de la famille.

— Un manhattan… C'était un cocktail très à la mode dans les années trente, n'est-ce pas ?

Il s'était installé dans un fauteuil rouille avec un dossier arrondi et des accoudoirs inclinés.

— Absolument, confirma Vernon.

Tenant son shaker des deux mains, il lui fit danser un petit mambo souligné d'une dernière petite fioriture avant de verser le breuvage dans deux verres à pied. Deux petites cerises au marasquin plantées sur une tige en plastique surmontée d'une danseuse hawaïenne à jupette de paille vinrent compléter le tableau. Melrose trouvait que le shaker, le whisky, l'hawaïenne et Vernon Rice formaient un cocktail parfait.

Vernon lui glissa :

— Ne le dites à personne parce que ça fait un peu macabre, mais j'ai toujours rêvé de vivre aux États-Unis dans les années trente.

— En pleine Dépression ? Vous auriez également aimé vivre en Espagne durant l'Inquisition ?

Vernon se mit à rire.

— Non, mais imaginez la Bourse s'effondrant tout à coup comme ça !

Il fit claquer ses doigts.

— Mmh… Je ne sais pas si tous ces hommes debout sur le rebord de leur fenêtre ont trouvé ça si drôle, fit Melrose.

— Je ne veux pas avoir l'air cynique et Dieu sait que j'aurais tout fait pour en rattraper quelques-uns par leur queue-de-pie avant qu'ils ne sautent, mais je me demande juste si j'aurais pu faire quelque chose.

— J'en doute, bien que vous eussiez mérité une médaille pour vos efforts. Mais les forces en jeu à l'époque étaient inexorables. Dieu lui-même n'aurait pas pu les arrêter.

Peu convaincu, Vernon reprit son shaker.

— N'en soyez pas si sûr. Existe-t-il quelque chose d'inexorable ?

Il se lança alors dans le détail des causes et des remèdes, des remèdes qu'il aurait mis en œuvre, le tout dans un jargon de la finance auquel Melrose ne comprenait rien. Il regarda son verre. Comment s'était-il rempli à nouveau ? Était-ce la deuxième ou la troisième fois ? Pendant que Vernon parlait, la partie détachée du cerveau de Melrose s'émerveillait. Vernon n'était pas vaniteux, il n'avait probablement pas le temps de s'admirer lui-même ni de s'extasier sur ses idées étourdissantes. Car, même sans y comprendre grand-chose, Melrose se rendait compte qu'elles étaient brillantes.

Vernon reposa soudain son verre.

— Allons déjeuner. Je connais un endroit du tonnerre.

— Snipers ? C'est un restaurant ? Drôle de nom !

— J'aime beaucoup l'endroit. Le décor est tout en camouflage. Et puis, c'est la bonne heure pour y aller. Pendant l'heure du déjeuner, c'est toujours plein.

Melrose fut stupéfait de découvrir qu'il était presque trois heures quand ils quittèrent l'appartement. L'exposé sur la crise de 1929 s'était arrêté quand Vernon s'était rendu compte qu'il lui serait impossible de faire comprendre à son interlocuteur ce qu'il entendait par les moins-perçus d'intérêts et les planchers zéro. Il était néanmoins parvenu à se frayer un chemin dans ce tunnel de la Grande Dépression pour ressortir à l'air libre et pur, laissant à Melrose l'impression qu'il ne reculait devant rien.

Ils marchaient sur Thames Street, dans l'air froid et cassant, quand Melrose lui demanda :

— Y a-t-il un coup que vous ne tenteriez pas ?

Vernon s'arrêta sur le trottoir, l'air songeur. Melrose se mit à rire.

— Si vous avez besoin d'y réfléchir, c'est que la réponse est non. A partir du moment où il y a un défi, vous devez le relever.

Vernon sourit et ils reprirent leur route.

Snipers se trouvait au pied d'une dizaine de marches dans un immeuble que rien ne distinguait des autres. Comme il n'y avait aucun signe extérieur, il était difficile à trouver si on ne le connaissait pas. Ce parfum de clandestinité ne semblait pourtant pas nuire à ses affaires. L'agencement rappela à Melrose le Nine-One-Nine, la boîte de Stan Keeler, le voisin guitariste de Jury.

Le décor de Snipers était censé reproduire une jungle. La lumière était verdâtre, la végétation luxuriante. De chaque côté de l'entrée se trouvait un grand aquarium où des poissons aux couleurs fluorescentes et à l'air hagard nageaient par petits mouvements brusques comme s'ils cherchaient la sortie.

L'hôtesse, qui n'était pas vraiment intégrée au décor puisqu'elle portait un simple tailleur noir genre femme d'affaires, adressa à Vernon un sourire qui suggérait qu'on n'attendait plus que lui pour entamer les manœuvres. Elle les conduisit le long d'un sentier qui traversait en zigzags la salle équatoriale vert et noir. Les plantes démesurées et leur positionnement entre les tables créaient une illusion de dissimulation. La toile de camouflage et les lianes au plafond y contribuaient aussi considérablement, tandis que l'éclairage savamment dissimulé derrière les feuilles diffusait une lumière rougeoyante mais tamisée. Pourtant, quelque chose empêchait la mise en scène de sombrer dans un kitsch écœurant. Le lieu était relaxant en dépit de ses implications métaphoriques.

— L'endroit rêvé pour un meurtre, non ?

Melrose revint dans le monde réel, ravi que Vernon ait abordé le sujet.

— Il semblerait que je sois tombé sur votre beau-père au mauvais moment.

— Ou au bon, répondit Vernon avec un sourire.

Melrose tripota ses couverts en argent en se demandant si Vernon Rice pouvait lire dans ses pensées. Il se replia momentanément derrière le menu. Celui-ci comportait des plats aux consonances exotiques éparpillés parmi d'autres qu'il avait entendu décrire comme de la « nourriture *soul* », de la « cuisine réconfortante » et des spécialités typiquement américaines : pain de viande et purée, sandwich chaud au rosbif. Naturellement, il y avait du poisson, entre autres de la sole, grillée, au beurre, préparée à la demande. Mais pourquoi ressentait-il de la nostalgie pour des plats qu'il ne mangeait jamais chez lui ? Oubliant une fois de plus le meurtre – qui sur le moment lui parut curieusement ennuyeux, voire anachronique – il posa la question à Vernon :

— Je n'ai jamais mangé de pain de viande. Et puis, c'est de la cuisine américaine. Pourquoi la cuisine américaine me manquerait-elle ?

Vernon répondit, tout en continuant à étudier le menu :

— Peut-être que ce n'est pas la nourriture.

— Vous voulez dire que c'est le restaurant ?

— Peut-être que ce n'est pas ça non plus.

— Mais si ce n'est ni l'un ni l'autre, d'où me vient cette nostalgie ? Ça me dépasse.

— Jung le comprendrait sans doute. L'inconscient collectif ou quelque chose de ce genre.

— Le pain de viande et l'inconscient collectif ? Mmh… Je ne sais pas.

Au même moment, Melrose se rendit compte qu'il parlait d'une manière très personnelle. À combien de personnes avait-il jamais confié ses épanchements nostalgiques ?

Quel était le secret de ce Rice ? Était-il si honnête et si charmant qu'il vous donnait envie de tout déballer ? À cet égard, il rappelait Richard Jury. C'était un don. Il se dit qu'il aurait bien aimé les voir ensemble, chacun essayant de séduire l'autre. Car c'était bien une question de charme, du charme à revendre. Il sourit, songeant à James Joyce.

— Qu'est-ce qui vous fait sourire ?

— James Joyce et Samuel Beckett pouvaient rester assis ensemble dans une pièce et ne rien se dire pendant des heures. J'ai toujours pensé que c'était l'image parfaite de la camaraderie.

— Je trouve aussi, dit Vernon. Vous voulez essayer ?

Melrose éclata de rire.

— Si je veux essayer ? Rester ici pendant une demi-heure sans rien dire ? Si j'entrais avec une guillotine, vous voudriez l'essayer, elle aussi ? Et ne faites pas semblant de réfléchir à la question !

Vernon rit tandis que le garçon, en tee-shirt kaki et jeans noirs, s'approchait pour prendre leur commande. Un bar grillé et un pain de viande avec purée.

— Parlez-moi de vos projets avec Chagriné. C'est un cheval formidable, au fait.

Désolé que la discussion sur le meurtre emprunte ce détour vers le cheval, Melrose rectifia le cap :

— Votre beau-père me parlait du côté commercial du haras, de l'éventualité de devoir syndiquer un ou deux de ses pur-sang.

— Oui, c'est encore ce qu'il pourrait faire de mieux, mais il n'en a aucune envie. Il semble considérer ça comme de l'argent sale, si vous voyez ce que je veux dire.

— Il m'a aussi parlé de son idée de vendre des « saisons », ce qu'il a apparemment déjà commencé à faire.

Vernon acquiesça.

— Oui, mais pas encore assez. Il dit qu'il ne veut pas surmener ses étalons.

— C'est une manière intéressante de présenter les choses. À ce sujet, j'ai pensé que vous pourriez peut-être m'aider à faire de même avec Chagriné. Vendre des saisons.

— Pourquoi ? Vous ne m'avez pas l'air d'avoir besoin de rentrées de capitaux. Pas avec ce que vous avez payé pour ce pur-sang.

Melrose ne commenta pas ses besoins, correctement évalués par Vernon.

— Chagriné a un pedigree très prestigieux. Ce ne devrait pas être très difficile.

— Ça ne le serait pas si vous aviez un haras qui roule bien. C'est que, voyez-vous, quand un propriétaire achète ce qu'on appelle des saisons, de Chagriné par exemple, et qu'il arrive quelque chose au cheval, il s'attend à ce qu'on le remplace par un autre étalon d'une réputation équivalente, ou qu'on le rembourse. Je crois que vous feriez mieux d'attendre un peu. Si vous le faisiez maintenant, sans vraiment savoir dans quoi vous mettez les pieds, vous allez surtout y gagner des cheveux blancs. Croyez-moi, le métier que fait Ryder est particulièrement délicat. C'est pire que l'agriculture question imprévisibilité. Quand vous achèterez d'autres chevaux, le mieux sera de les confier à un haras fiable et à un entraîneur compétent. C'est ce que font la plupart des propriétaires.

Melrose ouvrit la bouche pour discuter, comme s'il était sérieux au sujet de l'exploitation de son cheval, puis se souvint que ce n'était pas le cas et la referma. On pouvait parfois se convaincre soi-même au point de croire à ses propres mensonges.

Le serveur déposa leurs assiettes devant eux et Melrose sentit son visage enveloppé par la vapeur odorante de son pain de viande.

— Je vais y réfléchir, déclara-t-il.

Puis, comme s'il venait brusquement de s'en souvenir, il ajouta :

— Je suis arrivé juste au moment où ils chargeaient le corps de cette malheureuse dans l'ambulance. Un meurtre a le don de faire paraître toutes les autres préoccupations déplacées.

— Il faut dire que celui-ci est particulièrement singulier. La police de Cambridge veut me voir ce soir pour me montrer le corps. Au cas où je pourrais l'identifier. D'après la description que m'en a faite Arthur, je ne vois vraiment pas. Mais je dois reconnaître que je meurs de curiosité.

Il haussa les épaules.

— Sauf que ma voiture est au garage. Il va sans doute falloir que j'en loue une.

Melrose ne pouvait laisser passer cette chance.

— Cambridge n'est pas loin. Si vous voulez, je vous y conduirai.

Vernon rit.

— Vous êtes sérieux ? C'est vraiment sympa de votre part.

— Mais pas du tout, pas du tout.

Melrose remplit à nouveau leurs verres avec un très bon brunello, poursuivant :

— Et puis je dois bien avouer que, comme vous, je suis curieux. Je ne m'étais encore jamais trouvé sur le lieu d'un crime. Le fait qu'on l'ait retrouvée au beau milieu de la piste est vraiment très, très bizarre. Ça ne pouvait pas être un accident.

— En effet. Quand Arthur m'a appelé, avant même qu'il ait fini de prononcer les mots « un corps sur la piste », mon cœur s'est arrêté. J'ai cru qu'il s'agissait de Nellie.

Il s'arrêta de mâcher et resta le regard figé au-delà des tables et des plantes, comme pétrifié.

— Sa petite-fille ?

Vernon se tourna vers lui d'un air absent, comme s'il cherchait à se souvenir qui il était, puis répondit :

— Il y a près de deux ans, elle a été kidnappée, ou enlevée, selon la police.

Il baissa les yeux vers son assiette mais ne mangea plus.

— C'est affreux. On ne peut pas dire que votre famille soit vernie. Mr Ryder m'a un peu parlé de l'enlèvement. Il m'a dit qu'on n'avait jamais demandé de rançon.

— C'est vrai.

— C'est une histoire très étrange.

Vernon acquiesça.

— Ils ont également emmené un des plus grands pur-sang d'Arthur, un cheval nommé Aqueduc. On suppose que Nellie les a vus ou entendus. Elle dormait dans l'écurie cette nuit-là, veillant sur un cheval malade. Ils l'auraient enlevée pour ne pas qu'elle parle.

— Pourquoi cet Aqueduc en particulier ?

— Aqueduc est un crack du steeple-chase mais ils n'auraient pas pu le faire concourir sous un nouveau nom, à moins de se donner beaucoup de mal pour s'assurer qu'on ne le reconnaîtrait pas. Même ainsi, George Davison, l'entraîneur, l'aurait repéré. Il l'aurait vu rien qu'à la performance du cheval. Il est incroyable pour ça. Aqueduc a pu être volé pour la reproduction. Sa progéniture jusque-là s'est montrée tout aussi brillante, remportant beaucoup de courses. Mais, même dans ce cas, cela n'explique rien, car les voleurs ne peuvent inscrire Aqueduc comme géniteur sous son nom.

Vernon semblait avoir perdu tout appétit et s'était calé contre son dossier, son verre de vin à la main. Il ne cessait de le prendre et de le reposer, intact. Il semblait ne plus avoir soif non plus.

— Alors ?

Melrose avala avec regret sa dernière bouchée de pain de viande, puis repoussa son assiette immaculée.

— Pour nuire au haras ? A l'ensemble des pur-sang ? À votre beau-père en particulier ? La seule personne à avoir vu ce qui s'est passé est sa petite-fille. Tout le reste n'est qu'hypothèses, tentatives de reconstitution. Si ça se trouve, ils sont venus cette nuit-là pour tout autre chose.

— Vous avez sans doute raison. Mais il faut bien commencer quelque part, et nous sommes partis de ce qui manquait. Aqueduc. Nellie.

— C'est sensé.

Pour la première fois de l'après-midi, Vernon avait l'air vaincu.

— Elle n'est pas morte.

— Même après vingt mois ?

— Même ainsi. Elle n'est pas morte.

— Vous en avez l'air si sûr.

— Je le suis.

Il reprit son assiette froide, découpa un morceau de son poisson froid, le mastiqua, l'avala.

— Je la connaissais à peine.

C'était la première fois que Melrose le surprenait à se mentir à lui-même. Il la connaissait, tout comme Melrose avait eu l'impression de l'avoir toujours connue rien qu'en voyant sa photo.

Vernon découpa un autre morceau et l'avala. On aurait dit qu'il mangeait des cendres.

21

Il était assis dans sa Bentley depuis vingt minutes, garé en double file, se demandant comment passer outre le policier de garde à la réception et jeter un coup d'œil au corps. N'étant ni un parent ni un témoin, ce serait impossible. D'un autre côté, il avait été présent quand la civière était sortie du bois. Et les inspecteurs l'avaient vu sur les lieux.

Melrose sortit de sa voiture et s'adossa à la carrosserie, fumant tranquillement. Il chercha des yeux une cabine téléphonique mais n'en vit pas. Jury aurait sans doute une idée, si seulement il pouvait le joindre au téléphone. Hannibal lui avait probablement rendu ses droits de visite téléphonique. Comment Jury faisait-il pour la supporter ?

Il y avait un pub un peu plus bas dans la rue et, naturellement, ils auraient un téléphone. Il fouilla dans ses poches puis dans la voiture à la recherche d'un bout de papier sur lequel écrire. Tout ce qu'il trouva dans la boîte à gants fut un vieux programme de théâtre de *Cats*. *Cats ?* Quand est-ce qu'il avait vu *Cats* ? Il n'irait pas voir *Cats* même sous la menace d'un revolver. Dans ce cas, pourquoi regardait-il ce programme comme s'il avait vu la comédie musicale ? Il fronça les sourcils. À quoi pensait-il donc ?

Il referma la portière en la claquant, puis posa les coudes sur le toit et pencha la tête, espérant trouver une idée brillante pour aborder la police de Cambridge. Quand il cessa de se martyriser l'esprit et releva les yeux par-dessus le toit, il aperçut deux enfants sur le trottoir, suçant des esquimaux tout en l'observant. Que faisaient-ils dehors à cette heure-ci ? Ils attendaient apparemment la suite de son numéro.

— Eh, vous, là, regardez-vous ! Vous auditionnez pour le Cirque du Soleil ?

Ils ne répondirent pas mais ne quittèrent pas non plus leur poste. Le plaisir de voir un adulte se comporter comme un idiot était apparemment plus fort que l'impulsion de fuir devant l'idiot en question. Melrose contourna la Bentley et les rejoignit sur le trottoir.

— Ce ne serait pas vous qui êtes allés voir *Cats* puis avez caché la preuve dans ma voiture ?

Il leur brandit le programme sous le nez.

Mais ils se contentèrent de le regarder et de lécher leur glace. Qu'y avait-il chez lui qui faisait que les enfants le regardaient toujours comme si leur chien venait de se mettre à parler ? Melrose leva les mains dans un geste d'impuissance puis tourna les talons, prenant la direction du pub. L'envie de se retourner était trop forte. À présent, les deux mômes étaient adossés à sa voiture, suçant leur glace en contemplant le parc.

Au Cricketer's Arms, il retrouva l'atmosphère familière de la fumée et de la bière. Il commanda une pression au bar et se dirigea droit vers le téléphone. Il glissa des pièces dans la fente, songeant qu'il serait temps qu'il se procure un de ces téléphones portables qu'il méprisait tant. La planète tout entière était devenue une cabine téléphonique publique.

Ce fut Hannibal qui répondit.

Melrose ne pouvait croire qu'elle en était à filtrer les appels de Jury. Il prit son meilleur accent populo du nord de Londres et susurra :

— Mr Jouuurry est-il ici, mon cœur ?

Quand elle lui répondit que le commissaire ne devait pas être dérangé, il haussa le ton d'un cran :

— C'est sa tata Agatha à l'appareil. Je suis folle d'angoisse depuis que j'ai entendu cette histoire horrible. Je ne peux pas lui parler rien qu'un p'tit chouïa ?

Melrose pouvait entendre Jury qui protestait dans le fond. Quand il parvint enfin à récupérer le téléphone, il déclara :

— Allô, tante Agatha, c'est toi ?

— Elle est partie ? demanda Melrose.

— Non.

— Tu ne peux pas te débarrasser d'elle un moment ?

— Tu plaisantes, tante Agatha !

Melrose était sûr que ce genre de situation amusait Jury. Cela devait lui rappeler la façon dont il manipulait les témoins retors et les situations insolubles.

— Écoute, j'ai besoin de ton aide. Je me trouve à Cambridge. J'ai conduit Vernon Rice ici parce que la police veut lui montrer le corps de la femme assassinée, au cas où il la connaîtrait, ou plutôt où il l'aurait connue. Je suppose qu'ils avaient également des questions à lui poser, car il y est depuis quarante-cinq minutes. J'aimerais voir le corps, moi aussi. Tu veux que je le voie ?

— Oui.

— Comment faire ? Je ne suis ni un parent ni un ami.

— C'est simple, dis-leur que tu penses l'avoir reconnue. C'est bon, Hannibal est partie. Je peux parler librement.

— Ouf ! Le problème, c'est que je n'ai pas vu la femme. Comment aurais-je pu la reconnaître ?

— Dis que la civière est passée tout à côté de toi quand ils l'ont emmené vers l'ambulance.

— Oui, mais…

— Ça suffira…

— Comment veux-tu que…

Il y eut un long soupir à l'autre bout du fil.

— Tu ne commets pas un crime. Tout ce que tu veux, c'est voir le corps. Où es-tu ?

— Dans un pub, un peu plus bas dans la rue.

— Retourne au commissariat. Je vais appeler Cambridge tout de suite. J'ai un bon ami là-bas. Il s'appelle Greene, au cas où on te le demanderait. Il est inspecteur divisionnaire.

Melrose avala pratiquement d'une traite la pression qui l'attendait sur le comptoir et acheta un paquet de chips au vinaigre qu'il mangea tout en retournant vers sa voiture. Quand il l'eut fini, il se rappela qu'il valait mieux avoir le ventre vide pour voir un cadavre.

En l'occurrence, il n'arriva rien de fâcheux. Il suivit une jeune femme officier dans un ascenseur, puis dans le long couloir de la morgue, son estomac se comportant très bien. Et puis ce n'était pas comme s'il n'avait jamais vu un cadavre de sa vie. L'année précédente en Cornouailles, par exemple… Mais il s'agissait d'un cadavre tout frais, tout juste mort, qui ressemblait encore en tout point à un vivant. Mis à part le sang et les trous de balle, bien entendu. Sauf que le sang et les trous de balle n'étaient pas visibles de là où il s'était trouvé.

Dans le couloir, il ralentit. Ce souvenir l'avait soudain rendu grave. Dans son esprit, il revit le visage de Nell Ryder et s'étonna encore que Vernon Rice soit si convaincu qu'elle était encore vivante. Pris d'une peur irrationnelle, il s'imaginait baissant les yeux sur cette femme morte et découvrant que c'était la petite Ryder. Peut-être que ceux qui avaient déjà vu le corps, Arthur Ryder, Maurice, même l'entraîneur, Davison, n'avaient pas voulu voir le visage qu'on leur montrait.

Pourquoi penser ça ? Pourquoi ? La photo avait paru vivante, comme si, conformément à la vieille superstition, l'appareil photo avait capturé l'âme de Nell.

Cette fois, il s'arrêta. Avec une conviction aussi forte que celle de Rice, il fut certain qu'elle était morte. Il avait la gorge nouée.

— Vous venez, monsieur ?

La femme officier lui sourit gentiment.

Melrose se remit à marcher.

— Désolé.

— Ce n'est pas grave. La plupart des gens ralentissent quand on approche des chambres froides. C'est un parent que vous venez identif… Pardon, vous ne le savez pas encore, n'est-ce pas ?

— Non.

Elle s'était arrêtée à son tour. Ils reprirent leur chemin.

— C'est ici. Vous voyez ce panneau ? On va le faire coulisser et vous n'aurez qu'à regarder à travers la vitre.

Melrose ne répondit pas. Il se contenta d'attendre. Le panneau coulissa et il vit une femme étendue sur un lit à roulettes. Il écarquilla les yeux.

— C'est la personne à laquelle vous pensiez ?

— Non.

— Donc, vous ne la reconnaissez pas ?

— Si.

Assis dans une des salles d'interrogatoire, il avait déjà raconté à l'inspecteur qui travaillait sur l'enquête tout ce qu'il savait sur la femme vue au Grave Maurice.

Malheureusement (dit-il au policier), il n'avait pas prêté beaucoup d'attention à l'autre femme, si bien qu'il ne pouvait pas les aider sur ce point.

— Semblait-elle connaître le docteur Ryder personnellement ?

— Difficile à dire. En tout cas, elle connaissait son histoire. Elle était au courant pour sa fille, Nell Ryder.

— Vous pensez donc qu'elle connaissait la famille, du moins un de ses membres, intimement ?

— Je doute qu'elle ait été une intime dans la mesure où personne au haras ne la connaît.

« Du moins, c'est ce qu'ils disent », se garda-t-il d'ajouter.

— Du moins, c'est ce qu'ils disent, ajouta l'inspecteur.

Dans la voiture qui les ramenait à Londres, Vernon raconta à Melrose son entrevue avec les policiers :

— Ils voulaient savoir si je possédais une arme, un vingt-deux millimètres pour être plus précis. Je leur ai répondu que non, mais ils ont quand même demandé l'autorisation de fouiller mon appartement. Qui est donc cette femme ?

Melrose gardait les yeux fixés sur la chaussée mouillée. Il faisait désormais nuit.

— Quand Dan Ryder est-il mort ?

— Il y a un peu plus de deux ans.

— Avant la disparition de Nell, donc.

Vernon se tourna vers lui.

— Vous pensez que ça a un rapport ?

— C'est une idée comme ça. C'est juste que vous avez vécu trois tragédies en un bref laps de temps. Il est possible que toutes les trois soient liées, vous ne croyez pas ?

Vernon secoua la tête.

— Possible, mais peu probable.

Un peu plus loin, Melrose repéra l'enseigne rouge carnaval et les pantalons à carreaux noirs et blancs du logo d'un restaurant de la chaîne de relais routiers Little Chief. Un monument de son enfance. Petit, il harcelait ses parents pour qu'ils s'arrêtent à chacun d'eux. Même enfant, il était conscient que c'était totalement déraisonnable. Ils ne pouvaient pas s'arrêter chaque fois. Mais cela faisait partie de son plan car il savait qu'ils s'arrêteraient à un sur trois, ce qui faisait deux arrêts, voire trois, lors des longs trajets. Melrose se dit qu'il était sacrément malin, enfant. Il savait alors manipuler son monde.

— Parfait, je meurs de faim, dit Vernon.

Sans s'en rendre compte, Melrose s'était engagé sur la bretelle d'accès au parking du restaurant. Il se mit à rire. Il avait dû mettre le pilote automatique.

— Vous aussi vous aimiez ces endroits quand vous étiez petit ?

Ils sortirent de voiture et Vernon referma la portière avec un grand geste du bras.

— J'en raffolais. Les Little Chief et les Happy Eater, même si ces derniers était des clones des Little Chief. Allons-y.

Ils marchèrent vers un bâtiment dont les fenêtres laissaient échapper une lumière blanche aveuglante. Les tables, le comptoir, les miroirs, tout était si net et éclatant qu'on aurait dit qu'ils étaient briqués après le passage de chaque client. Les serveuses et les serveurs étaient aussi propres que des infirmières et des chirurgiens avant d'entrer dans le bloc opératoire. C'était comme d'avoir les bienfaits hygiéniques d'une intervention chirurgicale sans les risques de l'anesthésie.

Melrose se glissa sur un banc en plastique froid et saisit le menu.

— Haricots sur toast frit, annonça Vernon sans même consulter la carte.

Melrose commanda tout ce qui était frit : des œufs, des saucisses, du pain, des chips et une tomate.

— À la maison, on ne me verra jamais manger des haricots sur toast frit, avoua Vernon.

La serveuse déposa leurs tasses de café devant eux, leur adressa un sourire immaculé et s'éloigna.

— Bien sûr que non. C'est ce qu'on mange au Little Chief. Je connais un inspecteur de police qui aime les Little Chief mais ne semble pas les associer à son enfance. Il n'est pas nostalgique, il les aime pour eux-mêmes.

— Un puriste, en somme.

— Exactement.

— Arthur me dit toujours que je n'ai jamais grandi. Je lui réponds : « Comment le sais-tu, puisque tu ne m'as pas connu enfant ? » Il me rétorque : « Je n'en ai pas besoin, puisque je te connais maintenant. »

Melrose sourit.

— Vous avez l'air de vous entendre comme cul et chemise tous les deux.

— Oui, en effet. Ce n'est pas pour autant qu'il suit mes conseils en investissements. Il pourrait tripler ses revenus s'il m'écoutait.

Ils restèrent silencieux un moment, tripotant les menus qu'on ne leur avait pas immédiatement arrachés des mains. Puis Melrose demanda :

— Il y avait de l'eau dans le gaz entre la famille et Dan Ryder ?

— Arthur en avait par-dessus la tête de son fils. Et je ne pense pas que Roger et Dan se soient jamais vraiment entendus, tout frères qu'ils étaient. Ils étaient radicalement différents. Roger est du genre prudent. Danny était insouciant, à la limite de l'irresponsabilité. Il mettait toujours la barre plus haut. Vous savez, pour voir jusqu'à quelle hauteur il pouvait sauter, au sens propre comme au figuré. Il prenait trop de risques. C'est à cause de ça que sa première femme, Marybeth, l'a quitté, même si ce n'était pas franchement un cadeau non plus. Danny était un joueur compulsif. À sa mort, il devait beaucoup d'argent à des gens peu recommandables, et je ne serais pas surpris si c'était la raison pour laquelle il avait quitté l'Angleterre. Ce ne sont pas des gens qui tirent un trait sur une dette, même pour des raisons aussi… définitives que la mort du débiteur. Plutôt le genre qui s'en prend à la famille si c'est la seule manière de récupérer le fric.

— Ils ont contacté Arthur ?

Vernon acquiesça.

— J'en ai payé une grande partie pour qu'Arthur ne sache pas combien son fils était endetté.

— C'était vraiment généreux de votre part.

— Pas vraiment. C'était de l'argent qui dormait.

Melrose sourit.

— Avec vous, je doute que l'argent dorme très longtemps.

— J'ai vendu des actions qui ne rapportaient rien. Je ne supportais pas l'idée qu'Arthur découvre que son fils était en train de brader son haras, métaphoriquement parlant.

— Vous connaissiez Dan ?

— Pas très bien. Je l'ai rencontré une ou deux fois quand Maman et Arthur ont commencé à se fréquenter. Je l'ai vu aux courses. Il était brillant, on ne peut pas lui enlever ça. C'était avant le mariage de nos parents. J'étais déjà assez vieux… Trente-deux ans…

Melrose apprécia sa définition d'« assez vieux ».

— … et j'avais déjà monté ma boîte dans la City. Si bien que je n'allais pas à Cambridge très souvent. Ce n'était pas que je n'en avais pas envie – au contraire. Je m'y plaisais. J'aimais Arthur et… les autres.

Vraisemblablement, il ne voulait pas citer Nell.

— Mais vous y passez pas mal de temps, maintenant, dit Melrose.

Vernon baissa les yeux vers ses haricots.

— Il le faut bien, non ? Arthur a été terriblement éprouvé par toutes ces pertes. Dan, Maman, Nellie…

Sa voix se brisa.

Melrose découpa un morceau de pain frit.

— Votre mère n'était pas une jeunette, n'est-ce pas ?

Vernon se mit à rire.

— Non, ils avaient le même âge. Arthur n'a jamais souffert du démon de midi. Ma mère était une femme fantastique. Très extravertie et en même temps très secrète. Ils n'étaient mariés que depuis deux ans quand elle est morte.

Le regard toujours fixé dans son assiette, il ajouta :

— Elle me manque beaucoup.

Indiquant son assiette intacte d'un signe du menton, Melrose lui demanda :

— Vous ne mangez pas ?

Vernon soupira.

— Je n'avais pas vraiment envie d'en manger, je voulais juste le contempler. Ça ne vous arrive jamais ?

Melrose eut l'impression qu'il espérait ne pas passer pour un fou.

— Oh, si. Mais j'essaie généralement d'en manger une bouchée, juste pour la forme.

Il lui montra le triangle de pain frit avec lequel il jouait depuis un moment. Il se demandait quelle part de son enfance l'habitait encore et à quel point une impression de vide pouvait être comblée rien qu'en contemplant une assiette pleine. Tandis que Vernon prenait une fourchetée de haricots, il lui demanda :

— Dans le restaurant, cet après-midi, vous avez dit que vous ne connaissiez pas très bien Nell Ryder. Quel âge avait-elle quand vous l'avez rencontrée ?

— Quinze ans. C'était juste quelques mois avant sa disparition.

— Elle aurait dix-sept ans aujourd'hui.

Vernon décrivit des petits mouvements avec sa fourchette et acquiesça.

— J'ai vu des photos d'elle, fit Melrose. Elle paraissait… comment dire… aérienne, éthérée, pas tout à fait de ce monde. Ce qui n'est pas évident lorsqu'on porte une de ces vestes matelassées et des bottes en caoutchouc crottées.

Melrose avala un morceau de saucisse avant de continuer :

— Mais ce n'est pas une bonne description d'elle. Elle avait l'air de quelqu'un qui a un objectif. De quelqu'un de dévoué, j'ignore à quoi.

— Aux chevaux, d'une part…

Vernon réfléchit quelques secondes.

— À dire vrai, je ne vois rien d'autre.

Il découpa un petit morceau de toast.

— Ce que vous avez peut-être vu chez elle, c'est son équilibre, comme un être au bord d'un précipice qui reste parfaitement maître de lui.

Il lança un regard interrogateur à Melrose, comme s'il attendait qu'il confirme.

Melrose hocha la tête et Vernon poursuivit :

— Quand je l'ai vue, la première fois, j'ai pensé qu'elle était plus âgée de quelques années. Je le lui ai dit et elle m'a répondu que c'était d'être constamment entourée de chevaux. Que cela donnait du sang-froid et de l'assurance. Si vous n'en avez pas, ils vous laisseront éventuellement les monter, les nourrir et les brosser, mais ils vous tourneront le dos tôt ou tard. Elle veut être entraîneur. Davison dit qu'elle a ça dans le sang.

— L'enquête est-elle toujours ouverte ?

— Non, mais j'ai engagé un détective privé. Il continue de la chercher.

Melrose arqua un sourcil.

— Après près de deux ans ?

— Même après dix si c'est nécessaire.

Melrose se sentit légèrement confus. Il réfléchit un moment puis demanda :

— Les chevaux recevaient-ils leurs soins chaque soir à heure fixe ?

— Oui, bien sûr. Il y a le brossage du soir, puis Davison fait sa dernière tournée avant de rentrer chez lui.

— Ce qui veut dire que tout le monde savait quand les écuries étaient fermées pour la nuit et qu'il n'y avait plus personne ?

— Vous voulez dire que ce pourrait être l'un de nous, ou du moins quelqu'un connaissant bien les horaires ?

Melrose hésita.

— Pas tout à fait.

Il hésita à nouveau.

— Juste une idée.

Vernon Rice ne semblait pas surpris par son intérêt pour les malheurs des Ryder mais, naturellement, le corps étendu à la morgue de la police de Cambridge pouvait expliquer les questions de Melrose.

— Ce détective privé que vous payez depuis tout ce temps…

— Leon Stone ?

— Qu'est-ce qu'il fait ?

— Il n'a toujours pas de nouvelles pistes mais, au moins, il cherche. C'est plus que ce que fait la police. D'ailleurs, on ne peut guère le lui reprocher. Un enlèvement non résolu au bout de deux ans ? L'affaire n'est pas classée mais elle est certainement en suspens. Ils la croient morte.

Il le dit sur un ton si détaché qu'on aurait pu le croire indifférent.

— Pourquoi êtes-vous si sûr qu'elle ne l'est pas ?

— C'est quelque chose qu'on ressent, c'est tout.

— Il n'y a eu aucune revendication. Il aurait dû y en avoir une, à défaut d'une demande de rançon.

— À moins qu'elle ne soit partie pour sauver quelqu'un.

— Mais ça voudrait dire qu'elle avait de la valeur pour eux.

Une fois de plus, Vernon secoua la tête. Il écarta son assiette.

Ils restèrent un moment silencieux, Melrose mangeant et Vernon broyant du noir.

— Y a-t-il de grandes courses qui se préparent ? demanda Melrose.

— Oui, il y en a toujours. Ici ou ailleurs. Ce n'est pas tant le prix qui est remis au vainqueur qui est important, même s'il est parfois très conséquent, c'est surtout le prestige qu'elles confèrent au haras d'où il vient. Tout cheval qui remporte le Prix de l'Arc de Triomphe, ou des courses américaines comme le Derby ou – la consécration suprême – le Triple Crown, vaut ensuite de l'or en barre en ce qui concerne la reproduction. Ces courses ont lieu tous les ans.

— Aqueduc aurait-il pu y participer ?

— Oui mais, comme je l'ai déjà dit, pas sous son vrai nom.

— Mais il aurait pu gagner sous le nom de Bozo le Clown.

Melrose marqua une pause avant de demander :

— Avez-vous envisagé qu'on ait pu vouloir la mort de Nell ? Qu'elle avait des ennemis ?

— Leon Stone y a pensé.

— Une idée que vous n'avez pas retenue ?

Vernon confirma d'un hochement de tête.

— Dans ce cas, le vol du cheval n'aurait été qu'un écran de fumée ? Quelque chose dans ce goût-là ?

— Oui. Ce qui semble contredire cette idée, c'est qu'on n'a jamais retrouvé son corps. La minutie de la police dans ce genre de ratissage est légendaire. Les bois derrière la maison ont vraiment dû être passés au peigne fin. Toutefois, c'est une théorie comme une autre. Sa mort a-t-elle profité à quelqu'un ?

— Mais puisque aucune mort n'a été déclarée, que pourrait-il y avoir à gagner ?

— Quelque chose dans le futur ? En tout cas, si Ryder connaît des problèmes financiers, il ne laissera probablement pas une fortune à ses descendants.

— C'est là que vous vous trompez. En termes de liquidités, il n'a pas grand-chose. Mais en actifs, il possède beaucoup. C'est juste qu'il n'utilise pas son potentiel. Naturellement, il pourrait vendre le haras et réaliser un gros profit. Anderson veut le lui acheter depuis des années. Mais il serait beaucoup plus rentable de conserver le haras Ryder et de syndiquer les chevaux. Ainsi que d'augmenter les parts d'étalons. Samarkand a engendré un bon nombre de poulains qui ont ensuite rapporté des sommes dans les six chiffres. En d'autres termes, Arthur pourrait gagner de quoi rembourser plusieurs fois les dettes de jeu de Danny. C'est surtout la syndication qui le rebute. Prenez Mauvais Genre par exemple. S'il en vendait vingt parts, en en gardant une douzaine pour lui, à, disons, cinquante mille la part, ce qui ne serait pas cher pour un pur-sang comme celui-là, ça ferait déjà un million facile rien qu'avec un seul cheval. Il en a plusieurs d'aussi bons, voire meilleurs. Je ne compte pas les parts en droits de reproduction. Ça fait des années que je lui en parle, mais c'est là que les sentiments l'emportent sur les profits.

Vernon sourit.

— Vous voulez dire qu'il voit Mauvais Genre découpé en vingt morceaux, littéralement ?

Cette fois, Vernon avait attaqué ses haricots et son toast, qui devaient être complètement froids, avec enthousiasme.

— Exactement. Arthur ne peut se résoudre à vendre des droits de reproduction qu'au compte-gouttes. Moins que n'importe quel autre éleveur sur le marché. Vous imaginez ce que rapporterait un étalon comme Mauvais Genre, dont la progéniture a déjà remporté des courses de haut niveau, avec des prix atteignant dans les huit ou neuf millions ? Dix poulains, représentant en moyenne un demi-million chacun ? Et ça ne peut qu'augmenter avec le temps !

— Un cheval comme Aqueduc vaudrait donc, en théorie, une fortune ?

La serveuse papillonnait autour d'eux, déversant une petite cascade de café chaud dans leurs tasses.

Melrose nota un petit cercle de peau plus blanche là où elle avait autrefois porté une alliance. Il se demanda pourquoi elle l'avait enlevée.

— Comme je l'ai dit, répondit Vernon, personne ne pourra le faire courir ou le faire se reproduire sous le nom d'Aqueduc.

Il sortit un paquet de cigarettes froissé d'une poche intérieure ainsi qu'un briquet. Il aurait pu l'échanger contre une part d'Aqueduc, il était en platine. Tout en acceptant une cigarette et en se penchant pour qu'il la lui allume, Melrose se demanda combien il pouvait bien avoir d'argent.

— Les Little Chief ont une salle non-fumeurs ?

— Je n'en sais rien, mais ce n'est pas ici, en tout cas, répondit Vernon.

22

— Retour à la case départ, déclara Melrose. Fille disparue, cheval enlevé. Nous voilà bien avancés.

Il se trouvait dans la chambre d'hôpital de Jury, tôt le lendemain matin.

— Dans la mesure où tu as vu cette femme que personne ne connaît parler à quelqu'un au Grave Maurice, je ne dirais pas qu'on est revenus à la case départ. Tu es peut-être le seul à savoir quelque chose sur elle. Tu as bien dit qu'elle parlait de Nell Ryder ?

Melrose acquiesça.

— Maintenant, naturellement, je regrette de ne pas l'avoir écoutée plus attentivement.

— Tu ne pouvais pas deviner. Même ainsi, on en a déjà appris pas mal sur la situation actuelle et passée de la famille Ryder, sur le fait que le jockey ne s'entendait pas avec les siens, notamment avec son père, et que celui-ci en était arrivé aux limites de la tolérance. Il supportait probablement encore son fils uniquement parce que son unique vertu était de pouvoir chevaucher un de ses pur-sang jusqu'en enfer et de le lui ramener sans un poil roussi.

Melrose remarqua une fois de plus que Jury avait le drap remonté sous le menton et un air de suprême autosatisfaction. Sur sa table de chevet, sous *La Fille du temps*, se trouvait un rapport envoyé par la police du Cambridgeshire. Jury le saisit.

— La stalle d'Aqueduc est située tout au fond de l'écurie. La fille se trouvait avec lui. Il faisait très noir, les seules sources de lumière étaient les veilleuses situées à chaque extrémité du bâtiment. Elle a peut-être vu qui était entré, mais ce n'est pas sûr. Cela ne change rien à partir du moment où l'intrus a pensé qu'elle l'avait vu. Arthur Ryder t'a bien dit que le bâtiment était toujours fermé à clef ? Que c'était la dernière chose que faisait Davison avant de partir ?

— Oui.

— La serrure n'a pas été forcée, si bien que le voleur devait avoir une clef. Ou alors, quelqu'un avait laissé la porte ouverte.

— Tu veux dire quelqu'un de la famille ?

— Ou au service de la famille.

Cette idée dérangeait Melrose.

— Ce n'est qu'une supposition.

— Peut-être, mais je suis coincé ici. Je ne peux me baser que sur ce qu'on me dit.

Son petit sourire content de lui réapparut. Jury fixait tranquillement le plafond. De plus en plus Wiggins.

— Le tout est de savoir comment il est arrivé au haras. Il a pu marcher, ou être déposé… Ce qui impliquerait au moins un complice…

— S'il est arrivé à pied, il aurait pu ensuite faire le chemin inverse avec la fille, la menaçant d'un revolver…

— Soit il en a été empêché par quelque chose, soit il a suivi son plan initial : prendre la fille, prendre le cheval. Et puis n'oublie pas que Nell Ryder était – est – censée être une excellente cavalière.

— Mais rien de tout ça n'explique son absence de vingt mois.

Jury contemplait le rapport de police.

— Si, sa mort, qui est probable.

Melrose sentit son cœur se serrer. Il ne voulait pas entendre ce genre d'hypothèse dans la bouche de Jury, car il avait trop souvent raison. D'un autre côté, Jury n'avait parlé à aucun de ces gens en personne, hormis au docteur Ryder.

— Celui dont je n'ai pas encore beaucoup entendu parler, c'est Maurice. Comment ça se fait ?

Sa question semblait l'avoir réveillé.

— C'est vrai. On ne m'a pas dit grand-chose sur lui, voire rien du tout. Son nom est rarement sorti dans la conversation. Je crois que son grand-père l'aime beaucoup. Je lui ai parlé – à Maurice – le jour où on a trouvé la femme assassinée sur la piste.

— Sa mère l'a abandonné et son père est mort, j'aurais cru que ça mériterait d'être mentionné. Où vit sa mère ?

— Aucune idée.

— Pourquoi l'a-t-elle abandonné ? Le fils, pas le mari – Dan Ryder était un joueur, un coureur de jupons, un père pas franchement présent et un irresponsable, sauf en matière de courses et de chevaux. Au fait, où est ton cheval ?

— Chez Ryder. Il va falloir que je retourne dans le Cambridgeshire. Ça fera trois fois en vingt-quatre heures.

— Tant mieux. Cette fois, tâche de prendre ce Maurice à part et de savoir ce qu'il pense de tout ça. Essaie de le faire parler de son père et de sa mère. Et tente de l'interroger sur la seconde épouse de son père.

— Pour ça, je doute qu'il sache quoi que ce soit. Personne ne semble avoir la moindre idée sur cette femme.

Melrose lança un regard vers la porte.

— Où est Hannibal ? Ça fait près d'une demi-heure que je suis là et elle n'est pas encore apparue.

— Ah ! J'ai une nouvelle infirmière, ou du moins en partie. Elle s'appelle Chrissie. Il y en a aussi une autre qui prend sa relève de temps en temps.

— Une nouvelle infirmière ! Elle est plus jolie qu'Hannibal ?

— Même toi, tu es plus joli qu'Hannibal. Mais Chrissie ? Oh oui, très jolie. Finalement, c'est assez sympa de rester là pendant qu'on t'apporte ton repas et qu'on fait ton lit. Tout ce que tu as à faire, c'est rêvasser, bouquiner et, regarde… appuyer là-dessus si tu as envie de quoi que ce soit.

Il lui montra la sonnette qui pendait près de la tête de lit.

— Je pourrais prendre goût à cette vie que tu mènes.

— À ma vie ? Quel rapport ?

Jury se mit à rire.

— Qu'on me fasse la cuisine, qu'on me change mes draps… Ne dis pas le contraire, tu as des cordons avec des clochettes dans toute la maison ! Il suffit que tu tires dessus et Ruthven rapplique ventre à terre.

Il tendit la sonnette en guise d'analogie.

— Ce n'est pas du tout la même chose ! protesta Melrose.

Jury s'enfonça douillettement dans ses oreillers.

— Si, c'est kif-kif, sauf pour le cheval.

23

Maurice Ryder n'aimait parler que d'une chose : les pur-sang. Melrose avait décliné son offre de monter sur Chagriné, qui paissait à présent tranquillement quelques vestiges végétaux qu'il avait exhumés de sous une fine couche de givre (de l'herbe ? des glands ? des truffes ?). Maurice lui avait fait faire plusieurs tours de piste pour donner à Melrose un aperçu de ses talents. Chagriné pouvait faire considérablement plus que Melrose, c'était certain. Il ne l'avait jamais vu sur un champ de courses mais ne tenait vraiment pas à se retrouver juché sur un cheval dont les performances approchaient celles de Samarkand. À quelle vitesse avait-il dû galoper quand il avait deux ou trois ans ? Quand il passait devant les tribunes, on n'avait dû voir qu'une ombre fulgurante couleur cuivre.

Maurice avait déjà fait deux tours de piste sur Samarkand et entamait le troisième à fond de train, soulevant au passage le col de Melrose adossé à la barrière. Ce cheval était une fusée. Melrose était chargé du chronomètre, qu'il trouvait très amusant. Il se promit d'en acheter un à la première occasion. Samarkand avait parcouru un kilomètre six en une minute, quarante-quatre secondes et trente-six centièmes. « Pas mal », selon Maurice. Melrose n'en savait rien. Il aimait simplement appuyer sur le bouton. C'était plus amusant encore que la sonnette de Jury. Maurice lui avait dit qu'il ne voulait pas pousser Chagriné au bout de ses possibilités car il n'avait pas été entraîné depuis un bout de temps.

Melrose leva à nouveau ses jumelles, regardant à l'autre bout du terrain et s'émerveillant de voir à quel point l'homme et le cheval semblaient unis, *soudés*, ne faisant plus qu'un. Ce garçon était fait pour ça. Il avait dû hériter du gène de la course de son père. Quel dommage qu'il n'ait pas hérité de sa taille. À seize ans, il faisait dans les un mètre quatre-vingts et n'avait probablement pas fini de grandir. Dan Ryder avait dû posséder un gène renégat, car tous les autres Ryder étaient grands.

« Ce n'est pas tant la taille que le poids, lui avait expliqué Maurice. Si je suivais le régime des jockeys, je mourrais de faim. Je n'aurais même plus la force de grimper en selle et encore moins de concourir. Vous n'imaginez pas l'énergie que ça demande.

— Si vous ne devenez pas jockey, qu'est-ce que vous voulez faire ? Entraîneur ?

— Je ne sais pas.

— Vous hériterez de cet endroit, n'est-ce pas ? Vous pourrez donc faire ce que vous voudrez. Vous et votre cousine, Nell… »

N'aurait-il pas pu se montrer un peu plus habile ? Il était clair que ce sujet n'était pas seulement douloureux, c'était une plaie ouverte. Il aurait aimé que Jury soit là. Il savait amener ce genre de questions avec beaucoup plus de tact.

Maurice était resté silencieux pendant une minute, faisant craquer la fine couche de glace au pied de l'arbre à coups de talon, puis il avait répondu :

« Si elle revient un jour. »

Il n'avait fait aucun autre commentaire. En revanche, aborder le sujet de la femme assassinée ne serait pas indiscret ni suspect. Après tout, Melrose était désormais impliqué personnellement en tant que témoin. Il était normal qu'il soit curieux.

Maurice dessella Samarkand et lui jeta un plaid sur le dos, après quoi le cheval rejoignit Chagriné toujours penché dans sa quête d'une maigre pousse d'herbe. Puis l'adolescent vint retrouver Melrose et s'adossa à la clôture près de lui.

— Quelle affaire, l'autre nuit ! On ne sait toujours pas qui est la victime.

Sachant que Vernon raconterait sans doute à Arthur leur virée au quartier général de la police de Cambridge, Melrose décrivit à Maurice ce qui s'y était passé.

— Vous la connaissiez ?

— Je n'irais pas jusque-là. Je l'avais simplement vue dans le pub près de l'hôpital. Un de mes amis y est... Bah, peu importe.

Il valait mieux ne pas faire intervenir cet ami pour le moment.

— Je me trouvais là par hasard et elle discutait avec quelqu'un.

Maurice regarda au loin, le front plissé. Melrose se demanda s'il n'avait pas commis une autre gaffe énorme. Il aurait peut-être dû laisser le sujet venir de lui-même dans la conversation.

— Votre père ne vous a jamais envoyé de photo ? Un portrait de sa nouvelle épouse ?

— Non, rien.

Quand il se tourna à nouveau vers Melrose, son regard n'était pas vraiment hostile mais pas franchement amical non plus.

— Vous voulez dire que c'était elle, la morte ?

— Je n'ai pas la moindre idée de qui c'était. C'est juste une possibilité qui m'a traversé l'esprit. Quand on y songe, on comprend mal pourquoi une personne qui n'aurait pas le moindre lien avec le haras Ryder viendrait se faire tuer ici...

Maurice resta silencieux, ramassant des brindilles comme s'il comptait démonter l'endroit centimètre par centimètre.

— Même si c'était elle, la femme de mon père, pourquoi serait-elle venue ici maintenant ?

— L'argent. C'est souvent le cas.

Maurice fronça les sourcils.

— Du haras Ryder ? De Grand-Père ? À quel titre ?

— Je ne sais pas. Peut-être une question juridique restée en suspens. Le testament de votre père, quelque chose comme ça.

— Mais Papa est mort depuis deux ans. Pourquoi ne serait-elle venue que maintenant ?

— Bonne question. Peut-être que c'est pour quelque chose qu'elle venait juste de découvrir.

Melrose marqua une pause avant de demander :

— Votre mère, où est-elle à présent ?

Un voile sembla retomber sur eux. Maurice leva les yeux vers le ciel blanc et vide.

— Je ne sais pas.

— Vous n'êtes plus en contact ?

— Non.

Dans cette simple syllabe, Maurice parvint à insérer un mélange d'émotions extrêmement complexe, une prouesse digne de son père quand il devait pousser sa monture à travers la masse de ses concurrents pour lui faire franchir la ligne d'arrivée.

— C'est votre père qui a obtenu votre garde ?

Maurice répondit d'une voix étrangement flegmatique :

— Oh, je ne crois pas qu'ils se soient beaucoup battus pour ça.

— Mais j'imagine que vous préférez de loin être ici plutôt que n'importe où ailleurs ?

Le garçon hocha la tête et cassa une brindille entre ses doigts comme s'il s'agissait d'une stalactite de glace.

— Bof, tout change.

Sur ce commentaire impénétrable, ils se levèrent et rejoignirent leurs chevaux.

Ils parvinrent à faire monter Chagriné, un animal patient s'il en était, dans la remorque et Melrose prit congé d'Arthur Ryder et de Maurice, leur annonçant qu'ils se reverraient probablement bientôt.

Il en était même certain.

24

Mr Momaday entretiendrait la stalle de Chagriné ainsi que le reste des petites écuries qu'il avait récurées à fond et remises en état, effectuant de petites réparations aux portes et aux poteaux. Il avait ensuite suivi les instructions de Melrose, se rendant à la sellerie de Sidbury pour acheter les fournitures nécessaires. Le filet à foin était installé, la pierre à lécher fixée au mur, le maïs, le son, les racines et les fruits en place dans leurs bacs.

Melrose déclara à Momaday qu'il serait chargé des soins du matin et que lui s'occuperait de ceux du soir. Il ne savait pas trop ce que cela impliquait mais il aimait le son des « soins du soir ». Il se voyait dans un tableau de Stubbs, ou dans une vue romantique avec un cottage au toit de chaume et beaucoup d'arbres très feuillus.

Momaday lui signala que, dans la mesure où il n'y avait qu'un seul cheval, il n'était pas correct de parler « d'écuries » au pluriel.

— Personnellement, je préfère le pluriel et ce sont *mes* écuries, alors ne discutez pas. En outre, Momaday, je vous rappelle que vous ne pouvez pas vous balader partout avec ce fusil en tirant sur tout ce qui bouge.

Les marmonnements insubordonnés de Momaday furent quelque peu atténués par le fait qu'il n'avait encore jamais rien tué.

Ruthven et Martha étaient tour à tour très impressionnés et très perplexes devant la présence du pur-sang, celle-ci leur paraissant tout à fait impossible. Chagriné était un beau cheval, avec sa robe rouge-brun brillante et sa crinière noire. Martha émit de petits claquements de lèvres et de petits roucoulements, comme si Melrose avait rapporté à la maison un oiseau ou un bébé. Ruthven faisait une fixation sur sa couleur, Momaday déclarant qu'il était alezan et le majordome soutenant qu'il savait reconnaître un cheval bai quand il en voyait un. Melrose ne trancha pas, ignorant la différence. Ruthven, aussi raide que son col amidonné, informa ensuite le petit groupe que Monsieur avait été un excellent cavalier dans sa jeunesse.

— Dans ma jeunesse ?

— Quand vous aviez cinq ou six ans, milord.

— Mais voyons, Ruthven, je n'aurais jamais pu tenir sur un cheval pareil à cet âge-là.

— Je pensais plutôt à votre vieux poney, milord.

— Ruthven, je ne pense pas qu'« excellent cavalier » puisse s'appliquer à un gamin sur un poney.

Momaday trouvait ça hilarant et se tenait les côtes, émettant des grognements de goret.

— Ah, ah, ah ! Il est probablement tombé de celui-là aussi !

— Comment ça ? Aussi ? Où êtes-vous allé chercher ce « aussi » ?

— Vous vous souvenez de ce grand bourrin gris, chez votre ami ? Vous avez grimpé d'un côté et dégringolé de l'autre.

Un nouveau déferlement de grognements ravalés accompagna ce charmant souvenir.

Sur le coup, Melrose avait ri aussi. Mais Momaday trouvait l'anecdote tellement fine qu'il la racontait à qui voulait l'entendre. Melrose savait assez bien se rabaisser tout seul, mais Momaday trouvait toujours le moyen de le rabaisser encore plus, devinant que son patron ne le virerait jamais, ce en quoi il avait raison. Melrose n'avait jamais renvoyé personne. Il avait voulu, il avait même essayé. Mais un tableau de l'ex-employé sombrant dans la misère remplissait alors son champ de vision : le pauvre diable s'enfonçait péniblement dans les congères avec, pour seule pitance, un morceau de pain sec, et finissait les yeux brûlés par la blancheur de la neige. Il y avait invariablement un chien fidèle se démenant à ses côtés et qui, son maître une fois congelé, resterait assis sur sa sépulture de glace jusqu'à ce que, à son tour, il succombe, emporté par le froid.

Melrose remercia son personnel (de quoi, il l'ignorait) et ordonna à Momaday de conduire Chagriné (dont la patience était vraiment monumentale) à son box. Tandis qu'ils s'éloignaient, il entendit le jardinier qui parlait au cheval à mi-voix, suivi de moult grognements de rire, provenant sans doute de tous les deux.

Il attendit que le jardinier eût quitté l'écurie et soit parti vaquer à ses occupations, quelles qu'elles soient. Il avait hâte de seller son cheval et de le promener. Il était conscient qu'il devait traiter Chagriné avec le plus grand ménagement – un cheval dont l'entraîneur Davison avait dit qu'il pouvait battre « n'importe qui et n'importe quoi sur n'importe quel terrain, rapide ou lent, gazonné, boueux ou sec » ! « Déterminé », c'était ainsi qu'il avait qualifié Chagriné.

Le cheval mâchouillait, son museau près du filet à foin. Melrose s'interrogea sur tous les autres aliments qu'ils lui avaient préparés, les plantes grasses, l'orge et tout le reste. Comment les lui donnait-on ? Il choisit une belle pomme dans un seau et la tendit d'une main hésitante. Il essayait toujours de se souvenir s'il fallait regarder un cheval dans les yeux ou non. Il longea le flanc du pur-sang et approcha encore la pomme, presque sous le nez de Chagriné. Le cheval la renifla, puis l'avala d'une bouchée. Vraiment, ce cheval était si facile dans le décor simple de cette vieille grange recyclée qu'on avait du mal à l'imaginer dans le monde si compétitif des courses.

Melrose regarda autour de lui pour s'assurer que Momaday ne l'épiait pas puis sortit son manuel *L'Équitation pour débutants*. Le « débutants » ne le gênait pas trop ; ce qui l'agaçait, c'étaient les illustrations qui montraient une très jeune fille, en jodhpurs et veste d'équitation, avec un sourire niais, censée lui donner l'exemple. Il n'y avait donc pas de débutants adultes ? Tous les débuts devaient-ils forcément se faire à l'âge de sept ans ? Le temps que cette gamine ait son âge, elle aurait remporté deux fois la médaille d'or olympique du dressage. Elle s'appelait Cindy Lou et venait du Kentucky (naturellement). Toutefois, Melrose supposait qu'on montait à cheval de la même manière en Angleterre qu'aux États-Unis.

Cindy Lou lui montra comment mettre le mors dans la bouche du cheval puis, ayant franchi cette étape avec succès, Melrose guida Chagriné hors de sa stalle pour pouvoir le seller. Ah ! Il aimait bien ce verbe, « seller ». Il lui rappelait de vieux westerns américains, qu'il n'avait jamais vus, du reste. Mais cela ne l'empêchait pas d'en connaître les conventions, le climat, le ton. Bien entendu, il avait vu *Le train sifflera trois fois*, mais c'était là beaucoup plus qu'un western. Tout en fixant la sangle sous le cheval pour attacher la selle, il remplaça l'image de Cindy par celle de Gary Cooper. Il aimerait adopter l'élégante nonchalance de l'acteur, sa tolérance discrète, son esprit, son allure. Mais cela, bien sûr, ne viendrait qu'avec la pratique.

Melrose s'assura ensuite une fois de plus qu'il n'y avait personne à la ronde, que Ruthven, par exemple, n'allait pas se précipiter avec une tasse de thé et une carotte. Il plaça une caisse en bois près du cheval. Pied gauche dans l'étrier ; puis on se hisse en basculant la jambe droite par-dessus la croupe. C'étaient les instructions de Cindy Lou au strabisme divergent qui, il en était sûr, devait être une emmerdeuse finie. Bien, il était prêt. Un, deux, trois et *hop* ! Incroyable, il était en selle ! Sur l'un des premiers chevaux de course du pays, et *assis* ! Oh, pourquoi n'avaient-ils pas tous été là pour voir la fluidité de son mouvement ?

Melrose agita un peu les rênes et les voilà hors de la grange, marchant dans le domaine, qui était vaste. Ensuite, dans les bois, en empruntant l'allée publique. Chagriné marchait et Melrose se balançait. Le cheval devait goûter le paysage strié de taches de lumière car il agitait la tête, de haut en bas et en décrivant des cercles.

Une route étroite reliait Ardry End à Watermeadows, une grande propriété de style italien, sublimement décatie, où habitait la charmante Flora Fludd. Il aurait une bonne raison de passer par là maintenant qu'il savait monter à cheval. Melrose tira délicatement sur les rênes, s'émerveillant de voir sa monture réagir à ses doigts. Il envisagea un petit galop sur cette route étroite. Il feuilleta le manuel pour savoir ce que cette pimbêche de Cindy avait à dire sur le sujet. Elle le mit en garde contre une telle idée, tendant devant elle sa paume tel un mollusque blanc. C'était bien trop tôt. Elle conseillait tout au plus un bref trot et lui rappela qu'il fallait se tenir bien au milieu de sa selle puis se soulever, s'abaisser, se soulever, s'abaisser au rythme du pas du cheval.

Melrose tenta de faire tout cela tandis que Chagriné trottait gentiment, sûr de se soulever quand il devait s'abaisser et inversement. Finalement, il lui sembla qu'il avait bien compris le truc et ils trottèrent une vingtaine de minutes jusqu'à atteindre la route principale de Northampton, qu'il n'avait pas l'intention de prendre. Ils firent donc demi-tour vers la maison et la grange, devant laquelle il comptait glisser du dos du cheval dans un seul mouvement souple. Sauf que son pied gauche resta coincé dans l'étrier et qu'il s'écrasa au sol d'un seul bloc.

Enfer et damnation ! Ils étaient tous là, à le regarder. Surtout Momaday. Ruthven vint vers lui alors qu'il se redressait.

— Vous n'avez rien, milord ?

— Non, non, mais descendre de selle n'est pas ce que je fais le mieux.

— Lady Ardry est ici, dans tous ses états, semble-t-il. Elle fulmine et exige de vous voir immédiatement.

— Ruthven, en quoi est-ce si différent de toutes les autres fois ? Elle exige toujours. Oh, c'est bon, j'y vais.

Il tendit les rênes à Momaday.

Ruthven était toujours content quand Agatha était dans « tous ses états », non seulement parce qu'il aimait la voir contrariée mais aussi parce qu'elle ne songeait plus à critiquer les douceurs de la table à thé, dont elle était en train de s'empiffrer au moment où Melrose entra dans le petit salon.

La bouche pleine de scone, elle l'accusa d'une chose ou d'une autre mais tout ce que Melrose parvint à comprendre fut :

— … d'affoir fait cha !

— Fait quoi donc, Agatha ?

Il remercia en lui-même tous les dieux qui étaient passés par Ardry End ce jour-là et avaient fait en sorte qu'elle n'assiste pas à sa descente de cheval.

Elle le fusillait du regard comme si elle se trouvait dans les quatre coins de la pièce en même temps, tout en se beurrant un autre scone. Il se versa une tasse de délicieux darjeeling, dans laquelle il laissa tomber un morceau de sucre et un soupçon de lait, puis choisit une tranche de cake bien moelleuse et s'assit. Il aurait aimé que Chagriné soit là, à la place de sa tante. Peut-être que le magasin de nourriture pour animaux de Sidbury pourrait construire un filet à scones qu'il suspendrait ensuite aux stucs du dix-huitième qui ornaient le plafond.

Il répéta sa question :

— Fait quoi ?

— Oh, ne fais pas l'innocent avec moi, Plant. C'est même dans le journal !

Melrose fronça les sourcils. Comment le journal de Sidbury pouvait-il déjà savoir qu'il avait acheté un cheval de course ? Plus important, pourquoi avait-il pensé que la nouvelle méritait d'être publiée ? Ce torchon dans lequel écrivait Diane Demorney devait tout juste en être, à présent qu'on était en janvier, à relater l'exposition florale de l'été précédent. Mais Agatha était déjà en train de l'ouvrir, le retournant pour que Melrose puisse lire l'article qu'elle désignait en tapant dessus du bout de l'ongle.

Melrose se souleva de sa chaise pour s'approcher. Naturellement, cela n'avait aucun rapport avec Cambridge. Comment cela aurait-il pu en avoir ? Ce journal ne s'intéressait qu'à ce qui se passait dans son arrière-cour. Il le prit des mains d'Agatha et lut : « Des partisans de la chasse s'opposent à une manifestation des défenseurs des animaux. »

Là, en première page, se trouvait une photo de Diane, de Trueblood et de lui-même dans un de leurs moments inconsidérés (selon sa propre expression). Mais, d'un autre côté, avaient-ils des moments qui ne soient pas inconsidérés ? Ils donnaient l'impression d'attaquer (ou de contre-attaquer) certains des militants antichasse, alors qu'ils étaient tous les trois aussi au courant des droits des animaux que du taux de précipitation annuelle en Papouasie-Nouvelle-Guinée. Certes, Melrose n'aurait jamais donné un coup de pied à un chat (il ne pouvait toutefois répondre de Diane si le chat se trouvait entre elle et son martini), mais pour ce qui était du mouvement dans son ensemble, ils n'avaient pas la moindre idée de ses revendications. Et pourtant, ils étaient là, à la une, Melrose tendant précipitamment un bras pour rattraper une jeune femme brandissant une pancarte qui venait de se prendre le pied dans une racine et tombait vers lui ; Diane levant son talon aiguille pour ôter un caillou coincé dans sa semelle ; Trueblood tenant sa caméra au-dessus de sa tête pour la protéger.

Quelle merveilleuse photo ! Il devait absolument envoyer une caisse de plantes grasses au photographe de Sidbury. Quelle image parfaite pouvant prêter à toutes sortes d'interprétations !

— Cela me fait passer pour une idiote complète, Plant ! J'espère que tu t'en rends compte ?

Oh que oui ! Il se rassit en conservant un visage de marbre et but une gorgée de thé. Quel moment savoureux ! Devait-il essayer de deviner en quoi cela faisait passer Agatha pour une idiote – non que ce soit très difficile – ou surfer sur la vague ?

Surfer.

— Le problème, Agatha, c'est que quand on épouse une cause, on doit être conscient que, tôt ou tard, il y aura une contre-réaction de l'anticause.

(« Anticause », ce mot existait-il seulement ?)

— Oh, ne sois pas ridicule, Melrose.

— Comme tu voudras.

Melrose contempla les ruines du plat de pâtisseries, en cherchant une du regard qui aurait échappé au saccage d'Agatha. Quand elle était particulièrement irritée, elle avait la fâcheuse manie de mordre dans les gâteaux puis de les remettre dans le plat, comme si elle se vengeait sur les scones et les biscuits au carvi. Il finit par trouver une amandine qui ne portait pas de traces de dents.

— J'ai toujours trouvé honteux, *honteux*, la manière dont tu négliges cette pauvre Mindy, là !

Mindy-là était affalée devant la cheminée dans sa position habituelle, absorbant la chaleur.

— En quoi est-elle négligée, Agatha ?

— Elle ne fait pas d'exercice ! T'ai-je déjà vu promener ce chien en laisse ?

— Non, mais c'est parce que tu es toujours ici à prendre le thé à l'heure de la promenade du chien en laisse.

Agatha était en train d'agiter en l'air un scone à demi beurré au lieu de le manger. Elle devait vraiment être en ébullition ! Il reprit :

— J'ai comme l'impression que nous nous sommes éloignés du sujet. Je doute fort que le but des partisans de la libération des animaux soit de nous faire promener des tigres de Sibérie en laisse…

— Tu ne sais même pas de quoi tu parles !

Se rendant compte qu'elle tenait un scone qui pouvait tout aussi bien être dans son estomac, elle l'engouffra et mastiqua vigoureusement. Puis, ayant retrouvé le fil ténu de son argument, elle lança :

— Tu ne peux pas ne pas voir l'idiotie, pour ne pas dire l'inhumanité, que constitue une meute de chiens traquant un malheureux petit renard !

— Oui, c'est idiot. Oscar Wilde l'a dit et je suis d'accord avec lui. Mais cette idiotie particulière relève d'un tout autre débat que celui que tu es en train d'essayer de soulever. En ce qui me concerne, toute cette affaire de chasse à courre est un écran de fumée pour une guerre de classes.

Il n'était pas trop sûr d'y croire lui-même mais cela lui paraissait un argument comme un autre. Il poursuivit sur sa lancée :

— Pourquoi faire une montagne d'une pratique qui, du moins en termes de chiffres, est moins destructive que d'autres ? Si le bien-être des animaux était vraiment au cœur de la mascarade d'hier, pourquoi ne pas plutôt dépenser son temps et son énergie à débarrasser la planète de pratiques bien plus brutales, comme le massacre des bébés phoques, l'abattage des loups et des rennes depuis des hélicoptères, la destruction de l'habitat animal, la traque et l'extermination des tigres de Sibérie pour broyer leurs os à des fins médicinales ?

(Ce qui avait, à ses yeux, des connotations terriblement mythiques.)

— En fait, il ne s'agit pas du bien-être du renard mais des vestes roses et noires en tweed des membres des classes supérieures qu'on aimerait voir désarçonnés.

L'attention d'Agatha, déjà difficile à retenir en temps normal, s'était égarée et était à présent fixée sur la longue fenêtre sur sa gauche.

— Un *cheval* vient juste de passer devant cette fenêtre !

— Oui, Momaday lui fait faire sa promenade.

C'était sans espoir.

25

Le journal de Sidbury était ouvert sur la table du Jack and Hammer. Les quatre personnes réunies autour riaient aux larmes.

— Quelle cocasserie ! dit Diane en prenant des airs à la Noel Coward.

Sa cigarette laissait tomber des cendres sur le journal et s'approchait dangereusement de son verre de martini. Elle était vêtue d'un ensemble classique d'un noir sans cocasserie, d'un styliste dont elle s'était entichée depuis peu (Issy ? Icky ? Mickey ?).

— On nous a pris pour des militants de la cause des chasseurs. On voit bien qu'ils n'ont jamais eu affaire à mon chat. Tout ce que je faisais, dit-elle en tapotant la photo du bout de son fume-cigarette, c'est enlever un caillou de ma chaussure.

— Qu'est-ce qu'on va pouvoir inventer pour notre bis ?

— Arpenter Oxford Street en manteau de vison, suggéra Vivian. Je regrette d'avoir raté ça.

— On vous avait invitée, ma vieille, dit Trueblood. On devrait s'inscrire à la chasse. Il doit bien y avoir un endroit où louer un cheval.

— Pour ça, il suffit d'aller dans mon jardin. J'ai un cheval dans mon écurie.

À en juger par l'expression des autres, il aurait aussi bien pu dire qu'il avait un 747 garé dans sa grange. Il sourit.

— Mais pour quoi faire ? Tu ne montes pas à cheval, si ? demanda Trueblood d'un air scandalisé.

— Comme c'est amusant !

Venant de la part de Diane, c'était un grand compliment.

— Je ne monte pas très bien, avoua Melrose. Mais je compte le faire courir. C'est un crack.

Il se sentait assez content de lui.

— Vous vous souvenez de Whirlaway ? demanda Diane. Enfin, vous vous souvenez d'avoir lu son histoire, vu que c'était bien avant notre époque ? Whirlaway appartenait au haras Calumet, cet empire du hippisme détruit par la cupidité et la mauvaise gestion.

Encore une perle de Diane.

— La cupidité, je peux encore comprendre, mais ce qui me dépasse, c'est qu'on perde son temps avec de la gestion.

Elle semblait broyer du noir sur son drink.

— Mais où allez-vous le faire courir, Melrose ? demanda Vivian.

— Eh bien…

Il aurait dû y réfléchir avant de parler.

— À Newmarket, peut-être ?

C'était dans le Cambridgeshire.

— Oui, Newmarket, je pense. Je vais me faire conseiller par l'entraîneur du haras Ryder.

Diane vissa une nouvelle cigarette dans son fume-cigarette noir.

— Vous savez, Melrose, vous pourriez vous-même avoir une jolie petite entreprise équestre avec toutes vos terres.

— Je pourrais aussi cultiver le coton, mais je n'en ai pas l'intention.

— Ne soyez pas rabat-joie. Imaginez comme ce serait amusant pour nous tous. Vous avez assez de terrain pour construire un vrai champ de courses.

— Et puis quoi encore ? Monter des stands, faire venir quelques bookmakers et ouvrir un grand bar ?

— Le bar est indispensable. Le reste, c'est facultatif.

— Diane, dit Vivian, si je ne vous connaissais pas mieux, je jurerais que vous parlez sérieusement.

— Mais bien sûr que je suis sérieuse.

Elle se tourna à nouveau vers Melrose.

— *Ou…*

— Ou ?

— Comment avez-vous dit que votre cheval s'appelait, déjà ?

— Chagriné.

— Rebaptisez-le. Éclair, ça c'est un bon nom.

— Pourquoi voulez-vous que je change son nom ? Chagriné est un grand champion.

Elle agita son fume-cigarette dans sa direction.

— Voyons, Melrose, vous ne voulez pas que tout le monde soit au courant ? Ça flanquerait tout par terre. Le but du jeu est de faire parier les gens à cinquante contre un afin de rafler le pactole.

— Avec ce genre de probabilité, ma vieille, personne ne parierait sur lui, alors d'où viendrait le pactole ?

— Je n'en sais rien, de là d'où il vient d'habitude. Je n'ai jamais été une grande joueuse. Sauf dans les clubs de Londres – pour ce qu'ils valent !

Elle haussa les épaules et se cala en arrière.

— Dans ce cas, vous pouvez toujours rejoindre la Chasse nationale.

— Non, je ne pourrais pas. Je ne sais pas monter…

Se souvenant qu'il avait trouvé son petit galop très encourageant, enfin presque un petit galop, il ajouta :

— Enfin, je ne monte pas très bien…

Trueblood se pencha en avant.

— Mais ce serait une suite formidable à donner à ça !

Il frappa le journal posé sur la table.

— Ça rendrait Agatha folle, tout comme cet autre prétendu ami des bêtes, ce crotale, Theo Wrenn Browne.

— Lui ? s'étonna Vivian. Depuis quand aime-t-il les animaux ? Il est tout le temps à donner des coups de pied au chien d'Ada Crisp et si quelqu'un dans le village tente d'entrer dans sa librairie avec un animal de compagnie, il le met dehors. Il déteste les bêtes.

Puis, se tournant vers Melrose, elle enchaîna :

— Au fait, comment va Richard ? Mieux ?

— Nettement mieux.

— Ah ! Richard Jury ! dit Diane. Il est rétabli ?

— Rétabli, du moins assez pour quitter l'hôpital demain. Il va venir ici se reposer.

Diane renversa quelques gouttes de son martini sur la table, reposant son verre pour applaudir.

— Fantastique !

— Il a dit qu'il passerait d'abord une nuit chez lui à Islington pour donner une occasion à ses deux voisines gaga de le dorloter.

— Tout le monde se l'arrache, déclara Trueblood.

Il fit signe à Dick Scroggs de remettre une tournée.

— Comme c'est vrai ! confirma Diane.

— Si cela ne tenait qu'à vous, Diane, vous n'en feriez qu'une bouchée, dit Trueblood.

— C'est qu'il est à croquer.

26

Même si elle n'avait pas prêté le serment de secourir son prochain, Chrissie King l'aurait fait quand même. Elle se tenait sur le seuil de la chambre de Jury, ne demandant que ça.

— Chrissie, vous voulez bien tapoter un peu mes oreillers ?

— Oh ! Bien sûr ! Désolée… J'étais… ailleurs…

Elle se précipita vers le lit comme s'il avait demandé la respiration artificielle (si seulement !). Elle prit les oreillers, les tapota, les remit en place.

— Merci, Chrissie. C'est vous qui avez hérité du service ce soir à la place de Miss Brown ?

Elle hocha la tête. En réalité, elle avait acheté le service vingt livres à Sarah Brown, s'engageant en outre à soigner le lendemain après-midi un patient que Sarah ne pouvait pas voir en peinture.

— Ce n'est pas moi qui m'en plaindrai. Vous devez avoir l'impression de perdre votre temps, ainsi obligée de vous occuper de moi qui suis pratiquement remis.

Les mots de Chrissie se déversèrent de sa bouche comme s'ils voulaient arriver avant sa voix :

— Oh, mais vous n'êtes pas encore si remis que ça ! Je veux dire, vous n'êtes pas vraiment malade ou je ne sais quoi, mais… après tout ce que vous avez traversé…

Elle le regarda en inclinant tellement la tête sur le côté que sa joue touchait presque son épaule.

Jury réprima un sourire. Chrissie, à l'instar d'Hannibal, ne tenait pas à le voir guéri, quoique pour des raisons très différentes.

— Le docteur Ryder semble penser que je le suis. Il a besoin du lit. Alors il me jette dehors demain après-midi. J'espère que je ne vous ai pas gâché une nuit de sortie. Vous devez avoir des petits amis à la pelle.

Des quoi ? se demanda Chrissie. Des petits amis ? De quoi parlait-il ?

Elle avait une manière de hocher la tête tout en la secouant d'un côté et de l'autre qui intriguait Jury. Non ? Oui ? Il tenta d'imiter ses dodelinements pour lui tenir compagnie. Il ne flirtait pas, du moins pas consciemment. Il se mettait plutôt sur la même longueur d'ondes. C'était sa façon d'être, innée ou acquise à force d'interroger des suspects, généralement pour les confondre. Dans le cas de Chrissie, c'était pour la réconforter.

Jury était conscient de s'insinuer dans la vie des suspects et des témoins, mais il n'y avait pas vraiment d'autre façon de procéder. C'était le seul moyen de voir le crâne sous la peau. Il devait reconnaître qu'il encourageait l'attachement que les gens éprouvaient pour lui. Cela aurait pu ressembler au transfert, l'outil psychiatrique. Mais le psychiatre était formé pour rester neutre, comme une cible plantée dans des ténèbres que le fusil cherchait à percer.

Cette image de tir lui rappela ce qui lui était arrivé sur les docks. Pauvre Mickey.

— Quelque chose ne va pas ? demanda Chrissie. Vous voulez que j'aille chercher le docteur Ryder ?

— Non, non. Je suis juste un peu fatigué.

— Dans ce cas je vais vous laisser, dit-elle tristement.

— Non, ne partez pas. C'est juste de moi que je suis fatigué. Pas de vous. C'est à force de rester là à me regarder le nombril. Approchez donc un siège. Parlez-moi de vous.

Même si le couloir avait retenti des cris de malades l'appelant au secours, Chrissie King aurait approché un siège.

27

Le lendemain, Jury était habillé, sa valise faite, et il attendait, assis avec Wiggins, le passage du médecin.

— Hannibal m'a donné cette liste de médicaments et d'instructions, annonça Wiggins. C'est au cas où il surviendrait certains trucs, vous savez, comme si vous tombiez d'une falaise ou étiez poursuivi par une horde d'éléphants furieux.

Jury éclata de rire. Wiggins faisait rarement ce genre de plaisanteries. Roger Ryder entra accompagné, hélas, d'Hannibal qui, pour une raison quelconque, s'était entichée de Wiggins.

— Commissaire, vous êtes comme neuf. Comment vous sentez-vous ?

— Mieux que neuf.

— Faites seulement attention à ce bandage…

Il indiqua le ventre de Jury.

— Et ne pratiquez pas l'aviron, on est d'accord ?

— Je vais faire un effort pour me retenir.

Ryder sourit.

— Ne faites pas d'effort non plus.

Un éclat de rire ? Ils se retournèrent pour découvrir Hannibal hilare. Comment l'inspecteur Wiggins faisait-il, se demanda Jury, pour avoir un tel effet sur les gens ? Il n'était pas franchement bon vivant, mais il semblait avoir la capacité d'inverser une inclination naturelle chez les autres. Il transformait l'aigre en doux. Il savait faire courir l'eau à l'envers, la faire remonter à sa source. Jury sourit. Wiggins aurait fait un bon radiesthésiste.

Jury prit le docteur Ryder par le bras et l'entraîna à l'écart.

— Il y a une chose que j'aimerais vraiment faire. J'aimerais chercher votre fille.

Ryder le dévisagea fixement, trop stupéfait pour parler.

— J'ai beaucoup pensé à elle, à sa disparition, depuis que vous m'en avez parlé. Cloué dans un lit d'hôpital, on a tout le temps de réfléchir. Je sais que ça fait presque deux ans et vous n'avez peut-être pas envie de rouvrir cette plaie...

Jury détestait ce cliché mais il ne sembla pas déranger Roger Ryder.

— Elle ne s'est jamais refermée, Mr Jury.

Il se tut un instant puis demanda :

— Vous pensez donc qu'il y a encore un espoir qu'elle soit en vie ?

À en juger par son expression, l'espoir avait déjà rejailli en lui.

— Je le crois. D'après les faits, ça ne ressemble vraiment pas aux kidnappings ni aux enlèvements habituels. J'ai besoin de parler à des gens, à votre père, à d'autres personnes travaillant au haras. Si vous pouviez le prévenir de ma visite...

— Certainement. Quand voulez-vous vous y rendre ?

— Tout de suite.

Roger Ryder sursauta.

— Oh non, commissaire. C'est hors de question. Vous n'allez pas passer votre premier jour hors d'ici à...

— Je vais très bien, docteur.

— Mais… ce genre de chose est exténuant, vous savez.

Jury ignorait s'il voulait parler de l'enquête ou du séjour à l'hôpital.

— Ce ne sera pas fatigant du tout. L'inspecteur Wiggins me conduira et je poserai juste quelques questions.

— Mais…

— Docteur, je pourrais rentrer directement chez moi et passer l'après-midi à répondre à mille questions sur ma santé, puis recevoir une visite toutes les quinze minutes. Ou bien je pourrais me rendre au haras et poser quelques questions. À votre avis, laquelle de ces deux options vous semble plus propice à un prompt rétablissement ?

— Mais…

Roger Ryder souriait.

— Waterloo Bridge, déclara Jury.

— Waterloo Bridge ?

— Wiggins, je ne peux donc rien dire sans que vous le répétiez automatiquement ?

Wiggins sembla réfléchir à la question. Jury secoua la tête et répéta :

— Waterloo Bridge. C'est par là.

Il pointa le doigt vers une direction vague.

— En démarrant maintenant, on se sera peut-être décollés du trottoir avant l'heure du dîner.

À contrecœur, Wiggins s'écarta du trottoir en faisant rugir le moteur et en avançant par à-coups, projetant Jury en avant sur son siège.

— Vous voulez voir ce garçon, c'est ça ?

— Benny Keegan, oui.

— Mais pourquoi ?

La voiture s'arrêta devant un passage piétons et attendit que plusieurs retraitées traversent en titubant, les bras chargés de paquets et de sacs en plastique. L'une d'elles semblait particulièrement peiner.

— C'est ce déambulateur qui la ralentit, se plaignit Wiggins.

— Vous n'avez qu'à aller le lui arracher, je vous attends ici.

Wiggins lui lança un regard de biais.

— Pourquoi je veux voir Benny ? Parce qu'il m'a sauvé la vie. Ça ne suffit pas ?

Wiggins redémarra sur les chapeaux de roue.

— À proprement parler, c'est Mr Plant qui vous a sauvé. C'est lui qui a prévenu l'ambulance.

Jury était estomaqué.

— À proprement parler, c'est Sparky qui m'a sauvé. Si le chien n'était pas passé par là, Benny ne l'y aurait pas suivi, ce qui veut dire que Mr Plant n'aurait pas suivi Benny.

— Oui, bon, si vous le voyez sous cet angle. En vérité…

Wiggins ne voulait pas lâcher le thème du sauvetage.

— … c'est surtout un coup de pot colossal, une incroyable coïncidence.

— Du pot, peut-être, mais pas une coïncidence. Ils étaient là délibérément. Ils ne se baladaient pas sur les docks comme ça, par hasard…

Pourquoi se donnait-il tant de peine ?

Ils prirent l'Embankment. Suivant des yeux le fleuve, Jury distinguait la masse noire du pont. Encore trois minutes et ils y seraient.

Jury indiqua le trottoir d'un signe du menton.

— C'est là. Arrêtez-vous.

— Mais c'est une double ligne jaune ! Zone de chargement.

— Qu'est-ce que ça peut faire ? C'est nous, la police, non ? Arrêtez-vous.

Wiggins s'exécuta. Jury claqua la portière derrière lui et traversa la rue.

— Tiens donc, regardez qui se ramène ! lança Mags.

Son ton était néanmoins étonnamment amical compte tenu du fait que Jury, comme il venait de le rappeler à Wiggins, était flic. Cette clémence à l'égard de la police s'expliquait peut-être par le fait que celle-ci fermait les yeux sur le domaine londonien de Mags et de ses camarades : la large portion de bitume sous cette partie du pont. La petite tribu, éparpillée pendant la journée tandis que chacun vaquait à ses différentes occupations, mendicité et autres (leur emploi du temps était aussi structuré que celui de n'importe quel P-DG), élisait domicile ici pour la nuit. La police les laissait en paix à condition qu'ils libèrent les lieux au petit matin.

Mags collectionnait les vieux magazines (empilés à présent tout autour d'elle) pour la seule raison qu'ils se trouvaient là.

— Vous cherchez le p'tit Benny, je parie.

— Oui, il est ici ou de l'autre côté du fleuve ?

— Il est rentré tôt aujourd'hui. Puis il est allé… Tenez, v'là Sparky qui arrive, justement.

Jury leva les yeux vers le parapet de l'Embankment, derrière lequel un ballon de baudruche jaune avançait tout seul par saccades, puis il aperçut le terrier blanc, Sparky, qui trottinait, s'arrêtait, trottinait, s'arrêtait, attendant Benny. Sparky était le chien le plus occupé que Jury ait connu, et son maître le plus jeune entrepreneur. Benny avait douze ans et assurait les livraisons de cinq commerces de Southwark, de l'autre côté de la Tamise.

Ils disparurent à sa vue puis réapparurent quelques instants plus tard, descendant les marches qui menaient au quai.

— Mr Jury ! lança Benny.

Quand Sparky vit Jury, il laissa exploser sa joie dans un concert d'aboiements et de bonds sur place comme si seule la gravité l'empêchait d'atteindre son objectif (Jury ? le ballon jaune ? le soleil ?).

— Sparky, assis !

Sparky, chien extrêmement bien élevé, s'assit, bien que cela lui en coûtât visiblement.

— Vous allez bien, alors, Mr Jury ? demanda Benny, l'air un peu inquiet. Peut-être un peu secoué mais quand même sur vos deux jambes ? C'est vrai que vous avez l'habitude… Les coups de feu, vous faire tabasser, recevoir des couteaux qui surgissent du brouillard, dans les ruelles sombres…

Visiblement, le garçon espérait qu'il y était habitué.

— Tu as raison, Benny, mais tu sais quoi ? Ça fait toujours aussi mal.

— Oui, sans doute. Gemma, Sparky et moi, on est allés vous voir à l'hôpital, mais cette vieille carne d'infirmière nous a pas laissés entrer. Je savais bien qu'ils n'autoriseraient pas Sparky, mais il aurait pu se glisser sous une chaise. Et vous savez pas le pire ? Ils ont failli appeler les services sociaux parce qu'il n'y avait pas d'adulte avec nous.

— Je suis désolé, Benny. Je l'ignorais. Autrement, je serais intervenu.

Il était risible de croire que ces deux enfants n'étaient pas capables de s'occuper d'eux-mêmes. Extrêmement risible, même, quand on pensait aux épreuves qu'ils venaient de traverser.

— Et toi, comment tu t'en sors ?

— Oh, je continue mes tournées. Je supporte toujours le vieux Gyp. Mais vous savez quoi ? Mr Tynedale m'a dit que je pouvais aller vivre à la Lodge si je voulais. C'était plutôt gentil de sa part, je trouve.

— Il est très gentil, Mr Tynedale. Et tu as accepté ?

— Nan. Et puis Gemma a commencé à me prendre la tête avec tout ce que je devrais faire, ne pas faire, ce que je devrais dire et ne pas dire, tous les bains que je devrais prendre et Sparky aussi. Et puis apprendre à faire la révérence et tout le tintouin.

Cette série de règles et régulations parut à Jury être du Gemma tout craché. Benny poursuivit :

— Vous ne croyez pas qu'elle est un peu jalouse, Gemma ? Je veux dire, d'un côté, elle serait très contente que j'aille vivre là-bas, mais d'un autre, pas tant que ça. À mon avis…

Il enfonça ses mains dans ses poches et se balança sur ses talons.

— … elle a été trop longtemps la princesse du château et elle veut pas perdre ses privilèges. Elle veut rester le chef de meute.

Sparky, dont le regard allait de Benny à Jury, aboya une fois.

Benny baissa la voix et dit derrière sa main :

— Sparky n'aime pas les comparaisons canines, Mr Jury.

Il reprit d'une voix normale :

— Gemma a toujours été une sorte de… *primo chef-demeuto*.

Il cligna de l'œil.

— Elle n'aime pas la concurrence. C'est comme pour la lecture. Elle lit pour le vieux Mr Tynedale et elle sait que moi aussi j'aime les livres. Je suis un excellent lecteur et, comme je suis bien plus vieux qu'elle, je pourrais lire des trucs plus durs. Je crois aussi que Mr Tynedale aimerait bien avoir quelqu'un qui veille sur Gemma.

— Il me semble qu'elle se débrouille pas mal toute seule, Benny. En tout cas, elle s'en est fort bien sortie, cette fameuse nuit.

Benny n'aimait pas évoquer « cette fameuse nuit » où Gemma avait disparu parce qu'il n'avait pas été à son poste. Sparky oui, mais pas lui. Sparky, pensa Jury en souriant, était indubitablement un *primo chefdemeuto suprêmo*.

— Oui mais c'est pas… c'est pas une vie, Mr Jury. Je veux dire d'être toute seule.

Apparemment, Benny ne considérait pas que cela s'appliquait à lui.

— Tu sais, répondit Jury, on s'habitue à… une certaine manière de vivre, et il n'est pas forcément bon d'en changer. Toi, par exemple, Benny. Tu n'as pas envie de changer ta manière de vivre. Tu t'y sens bien.

Car au fond, pensa-t-il, ce n'était qu'une question d'équilibre. Celui-ci résidait dans le fait de ne pas tout chambouler délibérément. Il y avait déjà tant de changements qui nous étaient imposés de l'extérieur (il songea à la mort de la mère de Benny) qu'il était utile de conserver tel quel ce qui pouvait l'être, de conserver tel quel ce qu'il était en notre pouvoir de conserver.

— Il faut que j'y aille, Benny. Tu me feras savoir ce que tu as décidé, d'accord ?

Benny acquiesça.

— Je peux vous dire une chose : Sparky n'a pas du tout envie de prendre tous ces bains.

Jury sourit.

— Je le comprends.

Chaque fois qu'il entendait son nom, le mot « bain » ou les deux, Sparky aboyait.

28

— Dans le Cambridgeshire ! s'exclama Wiggins quand Jury remonta en voiture. Mais…

Jury soupira.

— Vous n'allez pas vous y mettre, Wiggins. Rassurez-vous, je n'y vais pas pour prendre une leçon de dressage. Je veux juste poser quelques questions à Arthur Ryder.

— Mais… commissaire, je crois que votre médecin devrait d'abord…

— Il est d'accord.

Jury réfléchit un instant.

— Avant ça, nous devons faire un arrêt dans Victoria Street.

Wiggins le regarda comme s'il avait définitivement perdu les pédales à l'hôpital. Il tendit les mains comme s'il voulait se protéger de ce fou furieux.

— Quoi ? Non ! Je veux bien vous conduire n'importe où, mais pas à Scotland Yard…

— Je veux simplement voir Fiona et Cyril.

Wiggins démarra tout en expliquant :

— Fiona est parfaitement au courant de la situation. Elle m'a dit, je la cite : « Vous direz à Mr Jury de rentrer tout droit chez lui. » Quant à Cyril, il a gardé son opinion pour lui, mais je suis sûr qu'il serait d'accord avec moi s'il n'était pas un chat.

La voiture s'immisça dans la circulation qui s'écoulait vers le nord.

Jury soupira à nouveau.

— Soit, dans ce cas, on n'a qu'à aller directement dans le Cambridgeshire.

— Voilà qui est plus raisonnable.

Wiggins put constater qu'il y avait des avantages à se rendre dans le Cambridgeshire en prenant l'A10. Toutes les demi-heures plus ou moins, il y avait un Little Chief sur le bord de la route. Ils étaient justement en train de s'arrêter devant l'un d'eux.

Tandis qu'ils descendaient de voiture et marchaient vers le restaurant en faisant crisser un gravier fatigué, Jury trouva réconfortant que Wiggins trouve réconfortant une chose aussi banale qu'un Little Chief.

— J'aurais préféré un Happy Eater, mais un Little Chief fera l'affaire.

Jury franchit la porte que l'inspecteur lui tenait ouverte, et déclara :

— C'est du pareil au même, non ?

Il n'avait émis cette hypothèse que parce qu'il savait que Wiggins se ferait un plaisir de la réfuter.

— Ah pardon ! Vous voulez dire que c'est le jour et la nuit ! Vous vous souvenez de celui juste en dehors de Spalding, non ? Et de celui du Lincolnshire ?

Pendant ce temps, une serveuse les conduisait à une table vers le fond de la salle puis déposait des menus sur leurs sets en papier.

Ne souhaitant pas revisiter en souvenir tous les Happy Eater où ils s'étaient arrêtés, Jury se contenta de répondre par des « Mmh » tout en inspectant son menu.

— Qu'est-ce que je vais prendre ? Après la tambouille de l'hôpital, n'importe quoi me paraît de la haute gastronomie.

— Pour moi, ce sera un des plats du jour.

— Il n'y a que des plats du jour. Peut-être des œufs…

— Vous devriez surveiller votre cholestérol, monsieur.

Wiggins ne se contentait pas de passer le menu au scanner, il l'analysait.

— Je vais prendre les gaufres avec saucisses.

— Saviez-vous qu'on n'a jamais démontré le lien entre le cholestérol dans les aliments et celui dans l'organisme ? Un œuf ne peut pas déposer *son* cholestérol dans *votre* corps. C'est là tout le débat.

Wiggins fronça les sourcils.

— Ça ne peut pas être exact. Songez à toutes les recherches qu'on a faites sur le cholestérol.

— Certes mais la communauté scientifique, quoi qu'on entende par là, n'a jamais rien prouvé dans les faits. Ce ne sont que des probabilités. Le vin en revanche, et un bon petit coup de gnôle derrière la cravate, ça, ça c'est du solide.

Wiggins lui lança un regard neutre.

— Vous rêvez.

Quand la serveuse réapparut, comme surgissant d'un monde souterrain, Jury commanda des œufs frits, du pain frit, du bacon frit, de la saucisse frite…

— Les saucisses sont frites de toute façon, objecta-t-elle.

— Alors faites-les re-frire. Et laissez tomber la tomate.

— Du thé ?

— Bien sûr.

— Je vous le fais frire aussi ?

Jury lui lança un regard narquois.

— Très drôle.

Elle remit son carnet de commandes dans sa poche et s'éloigna.

Wiggins déclara d'un air lugubre :

— Dire que vous sortez tout juste de l'hôpital !

— Pourquoi croyez-vous que j'aie pris l'assiette spéciale arrêt cardiaque ? dit Jury en ricanant.

Il observa la serveuse qui traversait la salle en direction des cuisines et reprit :

— Ils n'offrent pas ce numéro de cabaret dans les Happy Eater, Wiggins.

Se rendant compte qu'il allait déclencher une autre analyse comparative entre les deux chaînes de fast-food, il enchaîna rapidement :

— Quelle est votre opinion au sujet de cette fille ?

— Nell Ryder ? Elle doit être morte, monsieur.

Jury lança un regard au-dehors vers le ciel qui s'obscurcissait.

— Je n'en suis pas si sûr.

— Mais j'ai cru que vous aviez dit…

— J'ai changé d'avis.

— Pourquoi ? Qu'est-ce qui vous fait penser qu'elle est encore en vie ?

Jury sortit la carte des desserts de son support en aluminium, sembla l'étudier, puis la remit en place.

Wiggins semblait inquiet.

— Monsieur ?

— J'ai comme l'impression que le ou les coupables n'ont pas demandé une rançon parce qu'ils n'ont jamais eu l'intention de kidnapper Nell. Ce n'était pas prévu. Ils ont été contraints de l'emmener.

— Pourquoi ne serait-ce pas simplement un kidnapping qui a mal tourné ? La fille est morte accidentellement. Ils l'ont peut-être enfermée dans le coffre et elle a manqué d'air, quelque chose comme ça. Comme elle était morte, naturellement, ils ne pouvaient plus demander une rançon.

— Pourquoi pas ? demanda Jury.

— Parce que Ryder aurait exigé une preuve qu'elle était vivante.

— Peut-être, peut-être pas. Ils auraient quand même pu essayer. On a vu des cas où ça a marché.

— Votre hypothèse me semble peu probable. Trop tirée par les cheveux.

— La vie est tirée par les cheveux.

Wiggins leva les yeux au ciel.

— Vous êtes un policier, monsieur. Vous devez vous baser sur du solide.

La serveuse était de retour. Elle déposa leurs assiettes devant eux avec deux grandes tasses de thé.

Regardant les saucisses, les œufs et le bacon frits de Jury, Wiggins oublia instantanément la disparue.

— Monsieur, cette assiette me paraît létale.

Jury lui adressa un grand sourire.

— Ça me fait bien marrer d'entendre ça de la bouche de quelqu'un qui s'apprête à engouffrer des gaufres avec des saucisses. Pour ce qui est de la nutrition, on a tout faux tous les deux.

29

Même en janvier, avec ses clôtures blanches patinées par le soleil, le haras Ryder paraissait prospère et verdoyant. Quand elle apparaissait au détour d'un virage, la maison elle-même était d'un blanc surprenant. Sur la gauche s'étendait un grand pré dans lequel des chevaux paissaient les herbes glacées. Jury demanda à Wiggins de s'arrêter. Il descendit de voiture et marcha jusqu'à la barrière. Quelques instants plus tard Wiggins vint le rejoindre et ils contemplèrent tous deux les chevaux, dont deux se détachèrent du groupe, s'éloignèrent au galop, puis revinrent rejoindre leurs congénères.

Cela paraissait si fluide, pensa Jury, si joyeux. Il se souvint d'un poème de Philip Larkin, décrivant exactement ce qu'il voyait, des chevaux de course à la retraite qui couraient pour le seul plaisir pur du galop. Jury aimait cette idée.

Puis un cheval, au loin, s'écarta des autres. Jury mit sa main en visière.

— L'un d'eux vient vers nous. On a des jumelles ?

— Non. Pourquoi, on en a déjà eu ?

Même s'ils étaient loin, Jury était frappé par leur grâce. Il posa son visage entre ses mains.

— Vous avez déjà rencontré quelqu'un qui n'aimait pas les chevaux ? Moi, jamais. Les chiens, si, les chats, les loups, les renards, les coyotes, les vaches... Mais les chevaux ?

— Je me souviens d'une de mes cousines de Manchester, dit Wiggins. Elle prenait des cours d'équitation mais ce n'était pas brillant. Elle s'affolait toujours, tombait, puis son cheval s'en allait en trottant. Je me souviens qu'elle râlait et se plaignait sans arrêt mais, le plus étonnant, c'est que ce n'était jamais la faute du cheval. Elle pensait toujours que le problème venait d'elle, ce qui était vrai, mais vous savez comment sont les gens, ils rejettent d'habitude la responsabilité sur les autres. Ce n'est jamais leur faute.

Jury hocha la tête, le menton toujours posé sur les mains. Entre-temps, le cheval s'était approché de la clôture, sa robe projetant des reflets argentés au soleil. Il se tint devant eux, les regardant comme s'il attendait qu'ils fassent quelque chose d'intéressant.

— On aurait dû prendre du sucre au Little Chief.

Jury passa une main sur le front du cheval. Il était incroyablement calme.

— Belle bête, dit Wiggins. Ce sont des chevaux de course ? Des pur-sang ?

— Certains, en tout cas. Je suppose que celui-ci en est un. Il a l'air d'un champion.

Comme s'il l'avait compris, le cheval hocha la tête.

— On ferait mieux d'y aller, dit Jury. Ryder va se demander où nous sommes passés.

Ils quittèrent la clôture et reprirent leur route vers la maison. Ils s'arrêtaient devant la porte d'entrée quand Wiggins demanda :

— Les vaches ? Je ne connais personne qui déteste les vaches. Où avez-vous été pêcher ça ?

L'homme qui ouvrit la porte de la grande maison blanche n'était pas Arthur Ryder. Il les invita néanmoins à entrer.

— Vous êtes le commissaire Jury ? Arthur m'a demandé de vous guetter.

Il sourit.

— Je ne suis qu'un voisin d'Arthur. Il est en train de s'occuper d'une de ses juments.

— Commissaire Jury et inspecteur Wiggins, annonça Wiggins, un tantinet impérieux. Et vous êtes… ?

— Roy Diamond. J'ai un élevage à un peu plus d'un kilomètre d'ici.

Roy Diamond était grand, autant que Jury, et portait un blazer bleu avec des boutons en or terni gravés d'un dessin que Jury présuma avoir un rapport avec le cheval. Fripes de rupin, existence de rupin. Il dégageait cette aura qu'ont les privilégiés. Il avait également l'air honteusement en bonne santé, comme s'il passait le plus clair de ses journées au grand air et suivait le soleil, probablement autour du monde. Jury imagina rapidement son itinéraire en pensée : Nice, Portofino, Corfou, Aruba, la Barbade… dans les quelques secondes qu'il fallut à Diamond pour passer son gin tonic dans sa main gauche et tendre sa main droite ainsi libérée. Son sourire était agréable et ses yeux d'un bleu qu'on ne pouvait que qualifier de vif.

Jury lui serra la main et le détesta d'emblée. Ces temps-ci, il détestait un tas de monde en dehors de son cercle immédiat. Toutefois, il lui semblait qu'il pourrait cultiver une antipathie particulière à l'égard de ce Roy Diamond. Il lança un regard autour de lui dans le salon : ses boiseries sombres, ses fauteuils tapissés de chintz, son canapé revêtu d'un tissu plus épais, ses lampes basses qui diffusaient une lumière tamisée. Il y avait un feu dans la cheminée. Des pétales de roses tombés d'un bouquet parsemaient une table basse devant le canapé. C'était une de ces pièces dans lesquelles on se sentait immédiatement à son aise. Non, plus que ça. On avait l'impression qu'elle avait été, dans une vie oubliée, *son* salon. Quelque chose comme ce sentiment de déjà-vu dont Plant avait parlé, cet éclair de reconnaissance.

— Arthur m'a dit que vous étiez de New Scotland Yard ?

— C'est exact, confirma Wiggins.

Il décida de s'asseoir, même si les autres restaient debout. Il sortit son calepin.

— Vous dites que vous êtes un voisin ?

Roy Diamond sourit.

— Vous savez, par ici, un « voisin » peut habiter à des kilomètres et des kilomètres. Mais en effet, je possède le haras Highlander. C'est par là.

Il pointa un pouce par-dessus son épaule. Il ne semblait pas voir d'objections à ce que Wiggins note des informations sur lui.

— Arthur m'a également dit que vous vous intéressiez à Nell Ryder. C'est terrible, ce qui est arrivé à cette petite.

— « Intéressé » n'est pas vraiment le terme que j'emploierais, dit Jury. Je veux savoir ce qui lui est arrivé. Qu'en pensez-vous ?

Diamond parut surpris qu'on lui demande son avis.

— Moi ?

— Vous avez bien dû vous poser la question.

— Oui, bien sûr.

Diamond s'approcha d'un cabinet à liqueurs et rajouta un doigt de gin dans son verre.

— Oh pardon ! Je peux vous…

Il agita une main vers la collection de bouteilles.

Jury fit non de la tête.

— Je suis un traitement.

— Mmh… Oui, en effet, je me suis posé la question. Je suppose que j'ai pensé plus ou moins la même chose que tout le monde.

— Qu'est-ce que tout le monde a pensé ?

Diamond lança à Jury un regard qui semblait hésiter entre le sourire et le reproche.

— C'est une impression, ou vous essayez de me piéger, commissaire ?

Wiggins se tourna vers Jury pour lire son expression qui était, comme souvent, totalement indéchiffrable.

— Je ne cherche pas à vous piéger. Mais qu'avez-vous pensé de la disparition de la fille ?

— Qu'elle était retenue contre rançon.

— Pourtant, je ne crois pas que Mr Ryder ait beaucoup d'argent liquide disponible, indépendamment de la valeur de ses biens.

— C'est vrai. Il possède certains des meilleurs chevaux du pays. J'amène plusieurs de mes juments ici pour les faire saillir par ses pur-sang.

Roy Diamond étudia le fond de son verre un instant avant de poursuivre :

— Depuis le temps, je pense qu'elle est morte, même si je n'oserai jamais le dire devant Arthur.

— Vous croyez donc qu'il garde espoir ?

— Vous n'en feriez pas autant à sa place ?

Jury se sentit vaguement mal à l'aise, n'aimant pas paraître sans cœur.

— Je suppose.

Puis il lui vint à l'esprit que Roger, à qui on ne faisait aucune allusion, ne semblait pas considéré comme le premier touché par le sort de sa fille. Sans doute parce que Nell avait habité chez son grand-père.

— Vous avez des enfants, Mr Diamond ?

— J'en ai eu autrefois. Elle est morte.

L'assurance de Roy Diamond semblait se dégrader, comme la vieillesse érode une démarche autrefois leste.

— *Oz*, dit-il plus à lui-même qu'aux deux autres.

Il releva la tête.

— *Le Magicien d'Oz*, c'était le livre préféré de Dorothy. Vous savez, à cause du prénom de l'héroïne.

Un peu honteux du ton qu'il avait employé jusque-là, Jury dit :

— Je suis vraiment désolé, Mr Diamond.

Diamond haussa les épaules et reposa son verre sur la table.

— Il est temps que je retourne au haras. Vous voulez bien dire à Arthur que je le verrai bientôt ?

Jury acquiesça et serra sa main. Roy Diamond se tourna vers Wiggins, qui était toujours assis, et échangea également une poignée de main.

— Au revoir.

Puis, sur le pas de la porte, il ajouta :

— Et bonne chance.

Arthur Ryder, qui entra quelque temps plus tard, était un homme qui, comme Roy Diamond, passait visiblement le plus clair de son temps en plein air. Sauf que lui, il le passait les manches retroussées. Il semblait mal à l'aise entre ses propres murs. Toutefois, le malaise ne venait pas de la présence des policiers dans son salon : il parut sincèrement ravi que Jury et Wiggins soient venus. Après qu'ils se furent tous assis, il déclara :

— C'est vraiment gentil de votre part, commissaire.

— Pas du tout. Quand on est enfermé dans un hôpital, on cherche des choses qui vous tiennent en éveil. Le cas de votre petite-fille m'a aidé à rester alerte. J'aimerais vous aider. Comme je suis en congé de convalescence, j'ai tout le temps nécessaire.

Ryder ouvrait la bouche pour répondre quand un autre homme entra en tenant une cafetière.

— Je vous présente Vernon Rice, mon beau-fils. Quand mon fils m'a téléphoné, j'ai appelé Vernon pour lui demander de venir. Vern possède un cabinet d'investissement dans la City.

Arthur Ryder en semblait très fier.

Vernon Rice était un homme extrêmement séduisant ; sa chevelure semblait exactement du même brun-roux que la robe alezane du cheval dans le pré. Ses yeux, bien que gris, étaient si brillants qu'il semblait toujours légèrement surpris. Il tendit la cafetière à bout de bras avec un regard interrogateur vers Jury et Wiggins. Jury déclina ; Wiggins accepta. En regrettant que ce ne soit pas du thé, devina Jury.

Tout en versant le café dans des tasses déjà préparées sur un plateau, Rice expliqua :

— J'ai engagé un détective privé qui enquête toujours. Je sais que ça fait plus d'un an et demi, mais on ne sait jamais.

Il tendit sa tasse à Wiggins puis déposa le pot de crème et le sucrier à ses côtés.

Jury sourit. Il était prêt à parier que Vernon Rice connaissait parfaitement la date du jour où la fille avait disparu. Il avait également l'impression que Rice était un être à la « on ne sait jamais ». Qui fonctionnait à la foi. Ce qui était étrange pour un homme de son métier.

— On a également volé un cheval ?

— Aqueduc.

— Était-il capable de sauter des murs de pierres et des clôtures en portant deux personnes ?

— C'est un sauteur, il a remporté deux fois le Grand National.

Vernon sourit en ajoutant :

— Il pourrait sauter par-dessus les toits s'il le fallait.

— Nell pouvait le monter ?

— Sur terrain plat, comme le vent.

Comme si cette vision était définitivement imprimée dans son esprit, Vernon regarda vers la fenêtre.

Mais l'image que Jury avait de cette jeune fille adroite était toujours neutre. Il ne pouvait mettre un visage dessus. Wiggins lui avait apporté les articles parus dans les journaux à l'époque, mais aucun n'était accompagné de photos.

— Vous avez une photo, Mr Ryder ? J'aimerais bien la voir.

Arthur Ryder se leva.

— J'en ai tout un mur. Venez.

— Vous permettez que l'inspecteur Wiggins pose quelques questions à votre personnel ? À l'entraîneur ? Aux autres personnes qui se trouvent dans les parages ?

— Bien sûr. Mais laissez-le donc d'abord terminer son café.

Jury aurait aimé avoir un appareil photo pour saisir le regard que Wiggins lui lança. L'inspecteur s'était trouvé des amis. Des gens civilisés, eux.

Arthur Ryder déclara :

— Vernon n'a qu'à vous montrer les photos. Je conduirai l'inspecteur Wiggins auprès de George Davison. C'est mon entraîneur.

Wiggins, ayant vidé sa tasse (jusqu'à la dernière goutte), se leva à son tour et le suivit.

Vernon entraîna Jury dans un grand bureau dominé par un mur entièrement tapissé de portraits et d'instantanés : des photos de chevaux et, accessoirement, de quelques humains.

D'un d'entre eux, surtout, qui n'avait rien d'accessoire : une fille aux cheveux de lin dont les mèches balayaient le visage alors qu'elle se penchait vers l'encolure de son cheval. Ce n'était pas qu'elle soit belle, mais elle semblait si présente, si rayonnante parmi tous ces animaux. Sur chacune de ses photos, il y avait un cheval. Si celui-ci n'était pas au premier plan avec elle, il ou ils occupaient l'arrière-plan. La plus grande photo était magnifique. Elle présentait le pur-sang que Jury et Wiggins avaient vu dans le pré en chemin. Nell Ryder se tenait légèrement devant lui, les rênes lâches entre ses doigts, regardant droit vers l'objectif. Jury le sentit à son tour. Pas étonnant que Plant n'ait pas su la lui décrire.

Son expression dut le trahir car il surprit Vernon Rice qui l'observait. Quand Jury se tourna vers lui, Vernon lui sourit.

— Nellie a une présence folle, vous ne trouvez pas ? Je l'ai constaté dès notre première rencontre.

C'était presque comme s'il venait à sa rescousse en lui faisant savoir qu'elle faisait le même effet à tout le monde.

Arthur Ryder, qui était revenu par la porte de service, se posta près de Jury. Il soupira :

— Ah oui, Nell. Elle était tellement... Elle me manque.

Sa pensée inachevée resta en suspens dans la pièce.

Toujours légèrement hypnotisé par le visage, Jury demanda :

— Décrivez-la-moi.

Tout en sachant que l'une des qualités qui rendaient Nell Rider si saisissante était justement qu'elle était indescriptible, que quiconque essaierait de la décrire trébucherait sur les mots, comme venait de le faire son grand-père.

— Comment était-elle, au-delà des photographies ? Celle-ci a-t-elle été prise il y a longtemps ?

Jury inclina la tête vers celle qu'il avait été en train de contempler.

— Il y a deux ans. Juste avant...

Arthur Ryder s'interrompit pour s'éclaircir la gorge.

— Elle avait quinze ans.

Jury avait du mal à croire qu'elle ne fût qu'une adolescente. Son regard sur ce cliché contenait trop de sagesse. Il savait qu'il fantasmait, qu'il lisait quelque chose de bien trop compliqué dans les yeux de Nell. C'était une jeune fille, point. Rien qu'une jeune fille.

— Quinze ans, répéta Arthur. Dix-sept aujourd'hui. Son anniversaire était... est... cette semaine, justement.

— La semaine prochaine, Grand-Père.

Ils se retournèrent. Jury devina qu'il devait s'agir de Maurice Ryder, entré lui aussi par la porte de service.

— Son anniversaire, c'est la semaine prochaine.

Son regard disait : « C'est qui ceux-là encore ? »

— Entre donc, Maurice, dit son grand-père.

Arthur Ryder fit les présentations.

Maurice était l'incarnation même de la gravité. Il avait un air étrangement désespéré – le pire était arrivé, la catastrophe suprême, le coup de grâce : la disparition de sa cousine.

Le regard de Jury passa de l'adolescent à la fille sur la photo. Ils devaient avoir à peu près le même âge, mais elle paraissait tellement plus âgée. Comme si la conscience adulte qui avait progressé à pas de géant chez Nell avait été bloquée chez Maurice, un garçon aux beaux traits sombres, avec un visage pâle et hanté, nourri par le malheur. Ils avaient un petit air de famille. Toutefois, ce n'était pas leur ressemblance qui intéressait Jury, mais leur différence. Le regard de Maurice suivit celui de Jury vers la photo comme s'il était jaloux de l'image. Là où Nell paraissait concentrée, Maurice (Jury était prêt à le parier) était obsessionnel. Il y avait un monde entre eux. Cependant, il ignorait encore quelles étaient les qualités de Nell.

— Quand l'avez-vous vue pour la dernière fois, Maurice ?

Comme s'il devait vraiment réfléchir à la question, l'adolescent mit un certain temps à répondre :

— Pour les soins du soir.

Ce qui signifiait sans doute qu'il était le dernier à l'avoir vue. Jury se dit qu'il voudrait probablement toujours être le dernier : la dernière personne à laisser son visage imprimé dans l'esprit de Nell.

— Où était-ce ?

Maurice renversa légèrement la tête en arrière.

— Dans les écuries. Elle avait apporté son sac de couchage.

— Vous pourriez me montrer l'endroit ?

— Bien sûr.

Il se tourna vers la porte.

La stalle dans laquelle Nell Ryder avait dormi était vide, comme si on l'avait laissée telle quelle au cas où elle reviendrait au milieu de la nuit avec Aqueduc. C'était un espace aussi grand qu'une petite pièce. Plusieurs autres box plus loin étaient occupés. Jury reconnut certains des chevaux qui sortaient leur tête pour les avoir vus dans le pré plus tôt avec Wiggins. Il tendit précautionneusement une main et le cheval à la crinière argentée la poussa légèrement du museau.

— Il cherche une friandise, dit Maurice.

Il souriait pour la première fois.

— Il est vraiment magnifique.

— Samarkand. Oui, et il le sait.

Jury attribuait facilement des traits humains aux animaux mais la vanité n'en faisait pas partie. De toute manière, pour Maurice, c'était juste une façon de parler.

— Sam est mon préféré. Nell, elle, n'aurait jamais dit ouvertement qui était le sien. Je crois que c'était pour ne pas faire de peine aux autres.

Jury sourit.

— Une fille sensible.

— Oh oui, elle l'était. Je veux dire, elle l'est.

Différencier le présent du passé était apparemment de plus en plus difficile pour lui.

— C'est un endroit formidable pour grandir, dit Jury. Vous avez bien grandi ici ?

— Plus ou moins. J'y venais très souvent avec mon père et j'y passais toutes mes vacances et les étés, si bien que, oui, on peut dire que j'ai grandi ici.

— Vous et Nell.

Maurice se contenta de hocher la tête. Puis il déclara :

— Après la mort de ma tante, la mère de Nell, Oncle Roger a voulu la garder auprès de lui à Londres. Mais son emploi du temps était si chargé qu'il n'y arrivait pas. Il était sans cesse réveillé au milieu de la nuit pour des urgences, ce genre de chose.

— Et vos parents à vous ?

Si Maurice estimait que son père devait être défendu, ce n'était manifestement pas le cas de sa mère.

— Ils ont divorcé. Vous savez ce que Maman m'a dit ? Qu'elle ne voulait pas que je fasse les frais d'une longue bataille juridique pour ma garde et qu'il valait donc mieux pour tout le monde que j'aille vivre chez Grand-Père.

Il adressa à Jury un petit sourire narquois.

— Et votre père ?

— Il a eu ma garde par contumace… Ce n'était pas qu'il n'en voulait pas.

Il se hâta d'ajouter :

— Mon père est un champion, ou l'était. Un grand jockey. Il a fini par partir pour Paris, où il s'est remarié. Puis il y a eu cet accident et il est mort. Sur un champ de courses près de Paris, son cheval a percuté la lice.

— Et sa femme ?

— La seconde ? On ne l'a jamais rencontrée.

— Vous n'avez jamais eu envie d'être jockey, comme votre père ?

— Si, j'ai toujours voulu l'être. C'était l'un des plus grands, vous savez. Il est entré dans l'histoire du turf. Malheureusement, quand j'ai grandi de dix centimètres d'un coup, j'ai dû faire une croix dessus. Mais je peux vous dire qui ferait un jockey fantastique.

— Qui ?

— Nell. Elle serait du tonnerre.

— Elle est si bonne que ça sur un cheval ?

— Oui. Nell avait… a… (encore une fois, les temps qui s'emmêlaient)… un instinct. Elle *sait* ce qu'ils ressentent. Elle dit toujours que tout le monde pourrait en faire autant si on se donnait un peu de mal. Mais ce n'est pas vrai. Même George n'a pas le même rapport avec eux. Il le sait. Il dit toujours que Nell est en fait un cheval déguisé en fille.

Jury se mit à rire.

— Pas mal, comme costume !

Maurice le dévisagea et sourit pour la seconde fois.

— Ça, vous pouvez le dire !

En revenant vers la maison, Jury aperçut Wiggins avec deux hommes, un jeune au physique maigre et nerveux et un petit trapu. Le plus âgé devait être l'entraîneur.

Wiggins les lui présenta : il s'agissait de Neil Epp, le chef palefrenier, et de George Davison.

— Vous êtes l'entraîneur, n'est-ce pas ?

— En effet.

George Davison était de ces hommes entièrement dévoués à leur travail. Tant qu'il restait du boulot à faire, il n'avait pas de temps à perdre. Il ne semblait pas encore avoir décidé si cette enquête de police était une perte de temps ou pas.

Le cheval que Neil Epp tenait par la bride était aussi noir que le fond d'un puits de mine. Noir et lustré. Jury le salua d'un signe de tête.

— Et lui, vous ne me le présentez pas ?

L'air aussi fier que s'il venait de l'inventer, Davison répondit :

— Mauvais Genre.

Jury sourit, séduit par le nom. Il flatta l'encolure de la bête.

— Quel bel animal ! Je parie qu'il vous a rapporté quelques médailles.

— En effet, en dépit de la charge supplémentaire qu'il doit toujours porter.

— Pourquoi ça ?

— Pour égaliser les chances. La seule fois où je me suis emporté contre le Jockey Club, c'était à cause de cette limite de poids dans le derby d'Epsom, il y a deux ans de ça, quand Dan le montait. Vous auriez réagi comme moi. Ils ont décrété que Mauvais Genre devait porter sept kilos de handicap en plus. C'était parfaitement injuste. Du coup, je l'ai retiré de la compétition.

Jury devina que Davison pouvait parler des heures durant de ses chevaux à quiconque voulait bien tendre une oreille. C'était pratiquement comme s'il se parlait à lui-même.

— Vos gens vont enfin aboutir à quelque chose avec la petite Nell ? demanda Neil Epp. Ça fait déjà deux ans.

(Comme si les autres ne le savaient pas.)

Davison, qui appartenait indubitablement à l'école du « moins on en dit mieux ça vaut », le fusilla du regard.

— Je l'espère sincèrement, Mr Epp. On fera notre possible. Wiggins ?

— J'ai tout ce qu'il me faut là, monsieur.

Wiggins agita son petit calepin.

Ils repartirent vers la maison. Jury avait besoin de revoir les photos.

— Je veux fixer son image dans mon esprit, expliqua-t-il à Arthur Ryder et Vernon Rice.

Les quatre hommes se placèrent à nouveau devant le mur de photographies. Jury était presque convaincu de la véracité de cette vieille superstition selon laquelle l'appareil photo pouvait capturer l'âme d'une personne, qui habitait ensuite dans la photo. Melrose Plant lui avait dit : « Elle donne à l'expression "déjà-vu" un sens tout nouveau. »

— C'est drôle, dit Jury. J'ai la sensation de l'avoir déjà vue.

— C'est une réaction commune à presque tous les gens qui voient ces images, dit Vernon Rice. Elle leur semble familière, comme s'ils la connaissaient déjà. Vous comprenez ce que je veux dire ?

Jury comprenait parfaitement.

Des habits tout neufs. Mais toujours le même vieux rêve.

30

Il n'aurait pas dû, c'est ce que le docteur Ryder lui a dit. Pas dès son premier jour hors du lit, mais j'ai eu beau essayer de le raisonner, il n'a rien voulu entendre. À peine sorti de l'hôpital, il a fallu qu'il se rende dans le Cambridgeshire. Naturellement, ça ne m'étonne pas qu'il se soit endormi dans la voiture, épuisé comme il l'était.

Wiggins continua de ronchonner intérieurement pendant un bon moment après avoir déposé Jury à Ardry End, le remettant aux bons soins de tout le monde là-bas. Jury parvenait tout juste à garder les yeux ouverts pour répondre aux salutations enthousiastes non seulement de Melrose Plant mais également de Ruthven et de sa femme Martha. Cette dernière avait préparé ce qu'elle prenait à tort pour le plat préféré du commissaire, du rôti de bœuf avec des pommes de terre, alors que le péché mignon de Jury était les œufs, le bacon, les saucisses et le pain poêlé dans une marre de graisse de Carole-Anne (la version de Little Chief n'était qu'une ombre dans la caverne de Platon). Là-dessus, cet insupportable Momaday s'était présenté à son tour pour leur rebattre les oreilles de Chagriné et de la façon dont il comptait « vous remettre cet animal en forme en deux coups de cravache et l'inscrire au 2000 sur-le-champ ». Et Martha de lui rétorquer que le cheval était trop vieux pour le 2000. Après une brève dispute sur cette dernière question, Ruthven conduisit enfin Jury dans sa chambre préférée et le regarda s'effondrer sur le lit comme s'il avait été matraqué, le tout laissant à Melrose l'impression que la soirée ne s'était pas achevée mais s'était affalée autour de lui, se compressant et s'allongeant comme un soufflet ou un tunnel aérodynamique dans quelque délire proustien.

Quand Jury entra dans la salle à manger le lendemain matin, le temps avait retrouvé ses méandres séquentiels familiers. Melrose Plant lisait à table, mangeant un toast.

— Je suis en retard ? demanda Jury.

Melrose lui lança à peine un regard et continua de mâcher.

— Les autres ont pris de l'avance. Ils espèrent atteindre le sommet avant la nuit.

Jury se frotta les mains, contemplant les couvre-plats en argent, humant l'air qui sentait bon la saucisse chaude.

— Je suppose que ça veut dire que non, je ne suis pas en retard ?

— C'est comme tu veux. Ici, tant qu'il n'est pas encore onze heures du matin, rien ne peut mettre qui que ce soit en retard.

Jury souleva un couvre-plat qu'il déposa sur le côté, découvrant des pancakes couverts de sirop.

— Pourquoi ai-je l'impression que ma question va déclencher une dissertation de ta part alors que n'importe qui aurait simplement répondu : « Mais non, pas du tout, pas du tout » ?

— C'est pourtant simple. Ce n'importe qui hypothétique n'est pas occupé à grimper sur l'Everest. Il peut donc se permettre de répondre : « Non, pas du tout, pas du tout. »

Jury déposa des œufs et une petite pile de champignons sur son assiette puis, avec sa fourchette, piqua des saucisses (en grand nombre), une tomate. Il vint s'asseoir.

— Je te l'avais dit.

— Tu m'avais dit quoi ? Tu savais que Forego faisait un mètre quatre-vingt-quinze au garrot ?

— Je t'en prie, j'ai l'impression de prendre mon petit déjeuner avec Wiggins, qui pose des questions du genre : « Savez-vous que le kawa, appliqué en cataplasme, est bon pour les furoncles ? »

Jury attaqua sa première saucisse.

— Passe-moi le sel.

— Serions-nous un tantinet de mauvais poil ce matin ?

— Moi oui. Toi, je ne sais pas.

Melrose jeta un œil dans la théière et sonna Ruthven.

— Il y a trop de choses à apprendre sur les courses de chevaux, alors je m'inspire de la méthode de Diane.

Jury mordit dans une nouvelle saucisse. Il était navré de les voir partir si vite.

— Il n'y a qu'une seule règle dans la méthode de Diane.

— En fait, je fais comme elle, je me concentre sur quelques chevaux et quelques courses seulement. J'adore leurs noms. Pari Spectaculaire… tu ne trouves pas ça merveilleux ?

Il se tut et réfléchit au nom. Du coup, il sursauta quand Ruthven apparut soudain à ses côtés.

— Monsieur ?

Puis, après un petit salut de la tête vers Jury, il demanda :

— Commissaire, comment vous portez-vous ce matin ?

— Bien, Ruthven. Dites à Martha que son petit déjeuner est excellent.

— Nous sommes à court de thé, déclara Melrose. Il n'y a plus d'eau chaude non plus.

Quand Ruthven fut reparti à la cuisine, il ajouta :

— Ils te préfèrent à moi.

— Tout le monde veut se mettre bien avec la loi.

— Donc, pour en revenir à la méthode de Diane, je crois que je peux parvenir à en apprendre assez. Elle arrive à te faire croire qu'elle en sait bien plus que ce qu'elle sait réellement.

— Non, à moi elle fait croire qu'elle en sait beaucoup moins que ce qu'elle sait.

— Je ne parle pas de nous. Mais aux autres, aux inconnus, ceux qui ignorent ses méthodes. Elle m'a bien aidé, la dernière fois, avec les questions de jardinage.

Jury s'était levé et était retourné au buffet. Il regardait sous les couvre-plats.

— Où sont passés les champignons ? Ils étaient juste ici…

— Oui, ils y étaient jusqu'à ce que tu nettoies le plat avec ta petite cuillère.

— Tu ne pourrais pas demander à Martha… ?

— Pour toi, Martha tuerait un cochon à mains nues.

Elle entrait justement, portant une théière et un plat en argent fumant, venant remplacer celui autour duquel Jury était en train de tourner.

— Tenez, des champignons. Je savais que vous redemanderiez mes champignons !

— Vous me sauvez la vie, Martha. C'était exactement ce qu'il me fallait.

Ravie, Martha ressortit, laissant Jury se resservir de grandes cuillerées de champignons.

— Tu ne m'as encore rien dit au sujet des Ryder.

Jury déposa son assiette sur la table.

— Je sais, dit-il. Ce n'est pourtant pas faute de penser à eux.

Il se tut, tournant et retournant sa fourchette entre ses doigts.

— Et ? Alors ? Tu ne pourrais pas penser à voix haute ?

Jury se cala contre le dossier de sa chaise.

— Vernon Rice était là aussi.

— Ah ! Si bien que tu les as tous eus d'un coup.

— Oui, tous d'un coup.

Il saisit sa tasse et la tendit vers Melrose pour qu'il la lui remplisse.

— Il y avait aussi un certain Roy Diamond, le propriétaire du haras Highlander.

— Je ne l'ai pas rencontré, dit Melrose en se sentant étrangement lésé. Et ? Je sens comme un courant sous-jacent que je n'arrive pas à sonder.

Il versa le thé puis, comme Jury ne répondait toujours pas, insista :

— Quoi ?

— Vernon Rice…

Jury perçut une aigreur dans son propre ton qu'il n'avait pas voulue.

— On dirait que tu ne l'aimes pas beaucoup, fit Melrose. Moi si.

— Je sais. Mais tu as passé pas mal de temps avec lui en tête à tête. Je veux dire, hors de la sphère d'influence du haras Ryder.

— La « sphère d'influence » ?

Melrose laissa échapper un petit rire.

— Rice ne me semble pas du genre à se laisser influencer par quiconque.

Il réfléchit un instant avant de reprendre :

— À moins que tu ne veuilles parler de Nell Ryder ?

— Naturellement.

— Mais ce n'est pas tout à fait « hors de la sphère d'influence », alors. C'est plutôt qu'il est très attaché à elle.

— Tu veux dire qu'il l'aime.

— Oui, je suppose…

— Ou plutôt qu'il est amoureux d'elle.

— Qu'est-ce que tu veux dire ? Enfin, elle n'avait que quinze ans !

— La cousine de Poe n'en avait que quatorze.

Melrose émit à nouveau le même petit rire.

— Doux Jésus ! Oui, mais c'était Poe !

— Tu veux dire que son comportement était aberrant ?

Melrose se gratta la nuque, décontenancé.

— Non, je ne pense pas. À l'époque de Poe, il n'était pas rare d'épouser une très jeune fille. Virginia, c'était son prénom.

Les détails lui revinrent en mémoire dans un élan qu'il interpréta comme un souvenir proustien involontaire : Baltimore, la maison de Poe, les petites pièces et la fougue du conservateur défendant l'homme de lettres contre ses détracteurs, le manuscrit plagié, la vulgarité de son auteur.

— Tu as l'air bien triste, tout à coup.

— Le conservateur de la maison de Poe nous a récité la fin d'un poème, quelque chose à propos d'un nuage qui prenait la forme « d'un démon dans ma vue ».

Il haussa les épaules.

— Ça vient juste de me revenir.

— Je comprends mieux.

— Tu es allé dans le bureau de Ryder, n'est-ce pas ? Tu as vu les photos. Ça ne t'a pas frappé ?

— Si. Beaucoup.

Jury but son thé.

— Tu n'as pas encore fini ? demanda soudain Melrose. Il faut que tu voies mon cheval.

— Je trépigne d'impatience, répondit Jury en engouffrant une autre bouchée de champignons.

— C'est un jeu d'enfant, tu verras, dit Melrose d'une voix suave.

— Tu parles ! Ça n'a rien d'un jeu d'enfant et tu ne me feras pas monter là-dessus.

— Pourtant, il t'a à la bonne, c'est clair.

— À quoi tu vois ça ?

— Regarde, il te pousse du bout du museau.

— C'est pour que je lui donne une autre pomme.

— On ne devrait peut-être plus lui en donner. Ça pourrait le rendre malade.

Au même moment, Momaday surgit derrière eux. Il portait le long manteau de cow-boy que Melrose lui avait offert pour Noël, renforçant encore l'image qu'il avait de lui-même en chasseur, propriétaire de ranch, voleur de bétail, shérif et tout un tas d'autres choses fantaisistes issues des légendes du Far West. Cela le faisait mettre en joue et tirer sur tout et n'importe quoi et s'il lui arrivait de toucher sa cible, c'était purement accidentel. Ce même Momaday surgit donc derrière eux et aboya :

— Que je ne vous voie pas donner des pommes à ce cheval !

Melrose et Jury sursautèrent comme deux écoliers pris en faute et échangèrent un regard.

— On ne lui en a donné qu'une.

— Rien qu'une, pas plus.

À eux deux, ils lui en avaient déjà donné quatre.

Melrose jugea plus sage de changer rapidement de sujet :

— Je disais justement au commissaire Jury qu'il devrait monter Chagriné et faire une petite balade.

Momaday émit un long reniflement, sa version d'un rire, entrecoupé de pauses au cours desquelles il déclara à Jury :

— Oh, vous auriez dû être là l'autre jour quand Mr Plant (pas question de « lord Ardry » ou d'autres âneries du genre « milord », plutôt crever !) a grimpé sur Chagriné et a voulu descendre ! (Autres nasillements.) Il s'est carrément étalé de tout son long !

Se tenant les côtes, Momaday s'éloigna, le fusil cassé sur l'épaule.

Jury se tourna vers Melrose.

— Un jeu d'enfant, hein ?

31

— Tu as mangé sept saucisses, je les ai comptées. Tu as mangé plus de saucisses que Chagriné de pommes.

Ils se promenaient dans le village. Jury venait de s'arrêter devant la boulangerie de Batty Ball, et il exprimait son intérêt pour les muffins au potiron dans la devanture.

— Sept saucisses… Je ne vois pas comment tu pourrais avaler un muffin. En plus, ils sont là depuis Halloween.

Jury fouilla dans sa poche et en sortit un flacon en plastique jaune transparent contenant des comprimés blancs.

— De la Demerin et des saucisses. Ce sont les ordres du médecin.

— Il n'a pas parlé de muffins.

Melrose tira Jury par la veste.

Ils franchirent le petit pont étroit qui enjambait la petite rivière tout aussi étroite, puis Jury s'arrêta pour contempler la petite place et sa petite mare. On aurait dit un paysage miniature, un village lilliputien. Sur la gauche se dressait la plus grande maison du village, celle de Vivian Rivington. Il se demanda quelle serait sa température émotionnelle, sa température Vivian, s'il la prenait en ce moment. Mais ça ne marchait pas comme ça, pas vrai ? Le véritable indicateur, c'était cette apparition surprise, cette femme qu'on découvrait soudain en tournant la tête, franchissant une porte, s'asseyant sur ce banc. C'était la seule chose qui faisait grimper le mercure, la seule jauge. Il la voyait encore telle qu'elle lui était apparue la première fois, il se souvenait de son regard gêné, de ses doigts qui tripotaient l'ourlet de son pull-over marron. Mais qu'est-ce qu'il avait, à toujours tomber amoureux au premier coup d'œil ?

Il ne restait qu'une collerette de neige autour de la mare, comme un rond de sucre glace sur un gâteau. Elle ne tarderait pas à avoir complètement fondu. À l'époque, tout avait été enseveli sous la neige.

— Qu'est-ce que tu fabriques ? lui demanda Melrose. On va encore arriver au Jack and Hammer après la fermeture. On n'a pas les heures d'ouverture de Londres, ici. Enfin, on pourrait, mais Dick Scroggs rechigne.

Ils reprirent leur marche.

— Je songeais juste à la première fois où je suis venu ici.

— Tu vis dangereusement.

Ils se trouvaient à présent dans la rue principale de Long Piddleton.

— Pourquoi dis-tu ça ? demanda Jury.

— On change des petits détails, on revoit la scène sous un autre angle : la mare, le banc – était-il là où non ? –, tout ce qui nous la rend plus désirable et rend donc sa perte plus amère. Le fléau du souvenir cause des souffrances inutiles.

Jury s'arrêta net.

— Mais qu'est-ce que tu baragouines ? Depuis quand délires-tu ainsi sur le passé et la mémoire ?

Melrose pinça les lèvres.

— Depuis que je me suis rendu compte que ça nous mènerait peut-être au Jack and Hammer sans que tu t'arrêtes toutes les deux minutes avec cet air godiche. Ah ! nous y sommes.

Les autres y étaient aussi, s'interrogeant toujours sur la santé de Jury, si bien que le voir entrer provoqua un grand émoi.

— J'aimais bien votre autre affaire, dit Diane à Jury. Sauf pour la fusillade à la fin, bien sûr. De toute manière, je suis mal placée pour parler. La dernière fois que j'ai tiré, j'ai fait exploser la vodka de Melrose. Sa dernière bouteille, pour tout vous dire.

Melrose demanda à Jury :

— Je peux leur parler de la fille disparue ?

— Je t'en prie. Ce n'est pas une affaire de Scotland Yard. Et puis ce n'est pas vraiment une enquête.

— Tant mieux.

Il se tourna vers un public déjà tout ouïe, comme s'il allait leur dévoiler le secret de la vie.

— Tout a commencé alors que je me trouvais au Grave Maurice…

— C'est quoi, ça ?

— Un pub en face du Royal London Hospital.

— Ah, c'est là qu'était le commissaire Jury, dit Diane. Je me souviens de lui avoir envoyé une couronne de roses.

— Vous allez continuer à m'interrompre comme ça tout le temps ?

Personne ne répondit.

Melrose leur raconta alors l'histoire de la jeune fille disparue.

À la fin de son bref récit, Vivian Rivington, Agatha sur les talons, apparut sur le seuil ensoleillé du Jack and Hammer tel un rayon d'espoir, quelque chose sur lequel Jury avait tiré un trait alors qu'il gisait sur ce quai dans la nuit. Il voyait encore les étoiles de ce ciel implacable. Il sourit. Il était dur de tirer un trait sur

Vivian. Il se demanda si son comte italien était parti une bonne fois pour toutes.

— Richard !

Son regard était un mélange d'émerveillement et de soulagement. Peut-être n'avait-elle pas cru qu'il était toujours vivant avant de le voir.

— Bonjour, Vivian.

Il se leva et déposa sur sa joue un baiser dont elle ne sembla pas savoir quoi faire. Puis, soudain, elle ouvrit les bras et l'étreignit. Il la serra contre lui à son tour.

Diane, constatant que son verre était vide, le tendit à Dick pour qu'il le lui remplisse.

Trueblood leva le sien.

— À votre jeune et heureuse vie, commissaire.

— J'aurais pu vous prévenir que cette nuit-là était pleine de dangers, annonça Diane.

— Pour ça, elle en était pleine, on peut le dire. Alors pourquoi ne m'avoir rien dit ?

— Je ne me souviens pas que vous me l'ayez demandé, je me trompe ?

Jury se mit à rire.

— Non, en effet.

— Les étoiles ! Les étoiles ! s'exclama Agatha comme si elle n'en pouvait plus de leurs excentricités.

— Comment allez-vous, lady Ardry ? demanda Jury en lui tendant la main par-dessus la table.

Encore vexée que Melrose lui ait formellement interdit de se présenter à Ardry End ce matin-là, elle agita un doigt en direction de Jury.

— Vous m'avez privée de mon café du matin, commissaire.

— Oui, mais maintenant tu peux avoir ton whisky de onze heures, dit Melrose.

Elle tenta de le faire taire d'un regard assassin et, comme d'habitude, échoua.

— Oh, dites-nous, dites-nous vite ce qui est arrivé à ce garçon et à son chien ! s'impatienta Joanna.

Jury sourit.

— On devrait plutôt dire à ce chien et à son garçon. C'est un animal sacrément malin. J'étais couché là depuis quelques minutes seulement, mais qui m'ont paru durer une éternité…

Agatha intervint pour perturber le récit, agacée de ne pas l'avoir entendu avant les autres pendant le petit déjeuner.

— Et avez-vous vu toute votre vie défiler devant vos yeux ?

— Non, mentit-il.

Il n'avait pas envie d'en parler.

Joanna se pencha vers lui.

— Ça fait quoi de presque mourir ?

Jury aurait voulu répondre « Terrifiant ». Il aurait aimé être terrifié. Au lieu de cela, il n'avait ressenti que l'attrait des ténèbres. Il se demanda pourquoi, à des moments pareils, ce sont des détails inconséquents qui vous reviennent. Sans doute parce qu'ils ne sont pas si inconséquents que ça. Il releva les yeux et croisa sept regards fixes, attendant sa réponse.

— Terrifiant.

— Revenons à cette enquête sur laquelle vous travaillez en ce moment, dit Diane.

— Ce n'est pas une enquête. En tout cas, pas la mienne.

— Peu importe. J'ai une théorie.

— Ah, à la bonne heure, dit Melrose. Scotland Yard peut aller se recoucher.

Diane ne se laissa pas démonter :

— La fille qui a disparu s'est probablement enfuie avec son petit ami. Il lui a promis de l'épouser et quand il l'a plaquée, elle a eu trop honte pour rentrer chez elle. La clef du mystère n'est pas dans sa disparition, mais dans son non-retour.

Ils la dévisagèrent tous un moment, puis Trueblood déclara :

— Diane, c'est le scénario le plus victorien que j'aie jamais entendu.

— On dirait un des miens, renchérit Joanna.

— Au point où on en est, il est aussi bon qu'un autre, la défendit Jury.

Il sourit à Diane.

— Alors, quelle est votre théorie ? demanda-t-elle. La traite des Blanches ?

— On ne serait pas en train d'écarter l'explication la plus évidente ? demanda Trueblood. Elle est morte. C'est la seule version qui tienne debout. Il n'y a pas eu de demande de rançon parce qu'elle n'est plus là. Il y a peut-être eu un accident, quelque chose que ses ravisseurs n'avaient pas prévu…

— Elle n'est pas morte, dit Jury malgré lui.

Ils se tournèrent tous vers lui avec surprise.

— Comment peux-tu en être sûr ? demanda Melrose.

Jury saisit sa bière et ne répondit pas.

— J'aime bien ton concept du repos, dit Melrose.

— Ben quoi ? Je ne conduis pas. Je suis tranquillement assis, admirant le paysage.

— Il n'y a pas de paysage, on est sur l'autoroute.

Jury s'enfonça de quelques centimètres dans son siège.

— J'adore cette voiture.

— Je ne te la donnerai pas.

— Pendant que je discuterai avec Vernon Rice, qu'est-ce que tu vas faire ?

— Oh, je traînasserai, comme ils disent au Grave Maurice. À moins que tu ne veuilles que je t'accompagne ?

Il y avait une note d'espoir dans sa voix.

— Non. Tu lui as déjà parlé. Si on y va tous les deux, ce sera trop intimidant. En outre, il ne sait pas qu'on se connaît.

— Bien sûr que si. C'est le demi-frère de Roger Ryder.

— Oui, mais il ignore qu'on est sur le coup ensemble. Pour lui, tu n'es qu'un aristo excentrique.

— Merci. N'oublie pas qu'on a déjeuné ensemble. On a beaucoup discuté.

Il secoua la tête.

— Je n'en reviens pas que tu ne l'aimes pas.

— J'ai dit ça, moi ?

— Oh, ne fais pas semblant. Tu sais très bien que tu ne l'aimes pas. Pourtant, vous avez quelque chose en commun.

— Quoi ?

— Vous êtes tous les deux convaincus que Nell Ryder est en vie.

32

Jury était assis sur le sofa de Vernon Rice. Il comprenait à présent ce qu'avait voulu dire Melrose. Le décor était d'un luxe épuré, discret. Le mobilier était italien, allemand, ou les deux à la fois ; les couleurs étouffées ; les lignes nettes. Le fauteuil dans lequel il était assis, bien que ses angles droits lui eussent d'abord paru inhospitaliers, était étonnamment confortable. Il décida qu'il préférait quand même son appartement délabré avec ses meubles d'occasion, ce qui était aussi bien puisque celui-ci n'était pas le sien.

Naturellement, il dominait la Tamise, une de ces vues à couper le souffle dont les agents immobiliers vantent toujours les mérites et qui s'avèrent généralement n'être qu'un fragment de fleuve que l'on n'aperçoit qu'en étirant le cou d'une certaine manière. Mais cette vue-ci répondait à tous les critères du « à couper le souffle ». En ce moment, le soleil déclinant transformait la surface grêlée de la Tamise en feuille d'or martelé.

Cet environnement somptueux, toutes ces preuves de réussite ne firent qu'accroître l'antipathie que Vernon Rice lui inspirait (il avait menti à Melrose). C'était une réaction immature mais il s'en fichait, il la laissa grandir en lui.

— Merci, murmura-t-il quand Rice lui tendit un expresso.

— Vous êtes sûr que vous ne préféreriez pas un apéritif ? J'ai d'excellents whiskys.

Je parie que tu en as des vieux d'un million d'années, ronchonna Jury intérieurement.

— Non merci. Un café me suffira.

— Quelque chose ne va pas, commissaire ? Vous avez l'air… euh… de mauvaise humeur.

Vernon sourit.

Jury aussi, essayant de le surpasser, n'y parvenant pas.

— Désolé. Je suppose que ce sont les séquelles de l'hôpital. C'est l'excès de soins.

— Ainsi qu'un excès de coups de feu, peut-être ?

Jury le dévisagea mais ne détecta rien d'autre que de la compassion.

— Oui, c'est sans doute vrai.

— On dirait que vous l'avez échappé belle.

— Comment vous…

— Les journaux, Mr Jury. Pendant un moment, ils ne parlaient plus que de ça. Ne me dites pas qu'ils ne vous ont pas assailli dès l'instant où vous avez rouvert les yeux…

— Non, pas vraiment. Ce doit être grâce au docteur Ryder.

Jury se souvenait de très peu de choses de ce premier jour, ainsi que du deuxième et du troisième. Il ne voulait qu'une chose, dormir. Il s'était réveillé un moment et avait vu Carole-Anne encadrée par la fenêtre inondée de soleil, sa chevelure rouge et or en feu. Il avait cru être au paradis.

Pour ce qui était de la police, du personnel hospitalier et des visites, il avait fait un blocage complet. C'était aussi simple que ça. Il n'avait demandé que le compte rendu le plus succinct de ce qui lui était arrivé, rien que les grandes lignes. Il ne voulait surtout pas de précision proustienne. « Épargnez-moi tous les détails. » Autrement, il craignait de rechuter.

— Mais naturellement, ils ne connaissent pas le fin mot de l'histoire…

(Parce que, maintenant, ce Vernon Rice lisait aussi dans les pensées ?)

— Les journaux ne le connaissent jamais. Ils inventent ce qu'ils veulent.

Pour la première fois, plus encore qu'à l'hôpital, Jury se sentit comme un invalide. En reposant sa tasse sur la table, sa main avait légèrement tremblé. Mais pas assez légèrement pour échapper au regard de Rice.

— Je suis venu vous parler de la disparition de Nell Ryder, dit Jury. Au haras, je n'ai pas compris si vous disiez que vous pensiez qu'elle était encore en vie pour épargner son grand-père ou si vous…

— Si j'y crois réellement ? Oui, j'y crois.

Jury sentit le désespoir de Rice. Il voulait que tous ceux qui avaient connu Nell Ryder y croient aussi. Il cherchait une confirmation.

— Qu'est-ce que vous pensez de son père ?

— Roger est un bon père, même s'il est coincé à Londres la plupart du temps. Arthur dit qu'il passe pratiquement tous ses week-ends au haras.

— Et son frère ?

— Dan était très différent. C'était un grand jockey, mais pour le reste…

Il haussa les épaules.

— Il avait ses manies, le jeu, les femmes, pas l'alcool ni la drogue, probablement parce qu'il devait garder la ligne et l'esprit clair. Mais les femmes… Il y en a eu beaucoup. Je connais des maris qui ne l'appréciaient pas trop. Il a brisé quelques ménages par-ci par-là. C'est étrange, parce qu'on ne le croirait pas en le voyant en photo. Mais croyez-moi, il n'avait qu'à cligner de l'œil et les femmes tombaient à ses pieds.

— Vous connaissez certaines de ces femmes ?

— Non… Ah si. J'avais oublié celle pour qui j'ai réalisé des investissements. Sara… Sara… Hunt. En fait, c'est une parente éloignée des Ryder. Je l'ai conduite chez Arthur un dimanche. Attendez… Je peux vous donner son adresse. Je ne sais pas si Dan et elle étaient vraiment amants. De toute façon, j'ai toujours eu l'impression que, pour les femmes, voir Dan courir c'était déjà devenir sa maîtresse.

Jury se pencha en avant.

— J'aimerais avoir son numéro de téléphone, si c'est possible.

Pendant que Vernon Rice examinait son carnet d'adresses, Jury demanda :

— Et sa nièce, Nell ? Elle est très belle. Aurait-il tenté quelque chose avec elle ?

Le regard de Vernon se durcit, passant d'un gris brumeux au granit.

— Non. Il se serait fait tuer. Et puis, en dépit de ses défauts, Dan n'aurait jamais fait de mal à un membre de la famille.

— Et Nell ? Quels étaient ses sentiments au sujet de son oncle ?

— Danny était formidable avec les chevaux, il avait un rapport privilégié avec eux. On m'a raconté qu'il n'a jamais utilisé une cravache de sa vie, pas même pour donner des instructions de direction. Je me disais parfois qu'il aurait pu traverser l'enfer avec son cheval et en ressortir sans un poil de roussi. Que voulez-vous…

Il écarta les mains.

— … Nell n'avait pas besoin d'en savoir plus. Elle aimait son oncle.

Vernon marqua une pause avant de répéter :

— C'était un sacré jockey. Certains le situent dans la lignée de Lester Piggott.

Il secoua la tête, puis regarda d'un air songeur les quelques photographies alignées sur le manteau de cheminée.

— J'ai vraiment de la peine pour Maurice. Il idolâtrait Dan, le pauvre garçon. Il aurait fait n'importe quoi pour lui.

— Je lui ai parlé au haras. Il m'a paru, pour reprendre un de ces euphémismes dont les Irlandais sont friands… « ravagé » par la disparition de Nell Ryder.

— Il ne s'en remettra jamais. Maurice a tendance à prendre sur lui quand les choses tournent mal.

— Il se considère en partie responsable de ce qui est arrivé à Nell ?

— Oui. Il ne le dira jamais ouvertement, mais je suis sûr que c'est le cas. Maurice a pris sur ses épaules les péchés de son père. Je ne sais jamais si je dois le gifler ou me mettre à pleurer. Pour ne rien arranger, il voulait être un autre Dan… en omettant, naturellement, les parties classées X.

— Mais il est trop grand. Il a dû être terriblement déçu.

— Oui. Ajoutez à cela que Nellie, elle, ne l'est pas. Elle a la taille idéale. Je ne serais pas surpris qu'elle ait elle aussi voulu être jockey mais ne l'ait jamais dit pour ne pas faire de peine à Maurice. Elle est comme ça.

Vernon prit la tasse vide de Jury et la sienne puis se tint un moment devant la fenêtre comme s'il avait déjà oublié ce qu'il faisait là. Puis il sortit de sa transe et se dirigea vers la machine à expressos.

— Elle semble éveiller de puissants sentiments chez les gens, et parfois rien qu'avec ses photos.

Jury savait que cela avait été le cas pour lui, ainsi que pour Melrose Plant.

Vernon se frotta la tempe.

— C'est parce qu'elle est si intense, si… je ne sais pas, concentrée, peut-être. Si bien que, quand elle vous regarde, c'est à vous qu'elle pense. Pas à une dizaine d'autres scénarios encombrant son esprit, rien qu'à vous. Je doute qu'il existe un homme, une femme ou un enfant qui ne soit pas sensible à ça.

— Ça a dû être votre cas.

— Oh oui. La première fois que j'ai vu Nellie, c'était quelques mois seulement avant sa disparition. Elle avait quinze ans. Elle se trouvait dans un box, remplissant le panier de fourrage, et chantait à voix basse au cas, m'a-t-elle expliqué plus tard, où quelqu'un se serait trouvé dans les parages. Elle ne voulait pas qu'on l'entende. Elle chantait toujours comme ça, en fredonnant. « L'amour est entré dans ma vie… » Rien que pour les chevaux. Elle s'est tournée avec un petit sourire. N'importe qui d'autre aurait fait : « Oh ! Mais qui êtes-vous ? » Pas elle, elle a juste dit « Salut ».

— Pour une adolescente, elle semble plutôt calme.

— C'est justement ce que je lui ai dit. J'ai dit qu'elle avait beaucoup d'assurance. Elle a répondu que c'était probablement à cause des chevaux.

Jury sourit.

— Elle était douée avec eux, n'est-ce pas ?

Vernon acquiesça.

— Davison, l'entraîneur, a toujours été très impressionné par elle. Il pense qu'elle ferait un grand entraîneur.

— Elle se trouvait dans la stalle avec Aqueduc parce qu'il était malade, c'est bien ça ?

— Oui. Vers l'heure du dîner, Maurice lui a dit qu'il semblait souffrir d'une toux due au foin.

— Cela lui arrivait souvent de passer la nuit auprès d'un cheval ?

— Chaque fois que l'un d'eux tombait malade. Arthur est toujours en liaison avec un ou deux vétos de garde afin qu'ils puissent intervenir dès la première alerte.

— Mmh…, fit Jury, songeur. J'ai l'impression que Nell était une fille très disciplinée.

— Très.

— À votre avis, comment a-t-elle pu réagir à son enlèvement ?

La question prit Vernon de court.

— Vous voulez dire, est-ce que son autodiscipline a joué ?

— Oui, c'est exactement ce que je veux dire. A-t-elle réagi calmement ?

— Calmement, oui. C'est probable. Elle a dû conserver son sang-froid.

Jury sourit.

— « La peur s'habille en noir. » C'est la définition de « cool ». Ce pourrait aussi être celle du courage. Vous pensez qu'elle aura fait preuve de courage ?

— Oui. Selon ce qui était en jeu.

— Quand il n'y a rien en jeu, on n'a pas besoin de courage.

La lumière avait progressivement baissé depuis le début de leur conversation, telle une porte qui se referme. Jury lança un regard vers les photos sur la cheminée. De là où il se tenait, il pouvait voir qu'il n'y avait là que des membres de la famille Ryder.

— Vous n'avez jamais été marié ?

— Non, j'aurais dû ?

Jury se mit à rire.

— Non, c'est juste que cela me surprend.

— Pourquoi ?

— Les femmes aiment les hommes qui sont prêts à se donner du mal pour elles. Apparemment, c'est votre genre. Vous êtes un romantique, entre autres choses. Je m'étonne qu'on ne vous ait pas encore mis le grappin dessus.

Vernon sourit.

— C'est que je ne suis pas si facile à agripper, commissaire.

— C'est ce que je vois.

— J'ai été fiancé une fois, il y a quelques années. J'ai décidé que ça ne pouvait pas marcher.

— Pourquoi ? Ça m'intéresse.

— Je ne l'aimais pas assez.

Vernon saisit leurs tasses, déclarant :

— Je ne sais pas pour vous mais, moi, je passe au whisky. Je vous sers ?

— Merci. Mais alors avec beaucoup d'eau.

— Vous craignez de devenir alcoolique ? Vous n'avez qu'à vous rendre sur mon site Ça-ne-tient-qu'à-toi.com.

Il lui raconta son projet, faisant rire Jury.

— C'est une excellente idée, mais ce n'est pas pour ça. C'est à cause des médicaments que je prends.

Vernon était devant son bar, débouchant une bouteille de Glenfiddich.

— Quel genre de médicament ?

— Je crois que c'est de la Demerin.

— Ah, ce truc-là ! C'est bon, vous pouvez boire tranquille. Vous pourriez l'associer avec de l'huile pour moteur que ça ne vous ferait rien.

— Comment vous le savez ?

— Parce que je détiens trente-trois pour cent du laboratoire. Je connais ses produits. Ne croyez pas que j'investis dans une société les yeux fermés. D'ailleurs, les actions de cette boîte ne vont pas tarder à s'envoler…

Jury sourit.

— Vous pouvez m'épargner les détails financiers. Pour moi, c'est du chinois.

Cela sonnait un peu guindé, voire supérieur. Pourquoi ce Rice faisait-il ressortir ce qu'il y avait de pire en lui ? À moins qu'il n'eût besoin de personne pour se comporter comme un mufle.

— Vous avez tort, c'est très amusant.

— Amusant ? C'est pour ça que vous le faites ?

— Non, c'est pour l'argent.

Jury rit et but une gorgée de whisky. Il était délicieusement velouté.

— Revenons-en à l'amour. Vous avez dit que vous ne l'aimiez pas assez. Comment l'avez-vous compris à la fin ?

L'espace d'un instant, Vernon fixa le fond de son verre. Puis il se laissa glisser sur le sofa et regarda le plafond.

— Parce que quand elle partait en voyage, elle ne me manquait pas. Parce que je supportais son absence. Parce que je n'avais pas nécessairement envie de la toucher chaque fois que je la voyais. Parce que je n'avais pas une envie furieuse de lui acheter des fleurs chaque fois que je passais devant la boutique d'un fleuriste. Parce que je ne la cherchais pas du regard dans la rue. Parce qu'elle n'était pas dans ma tête chaque fois que je relevais les yeux d'un rapport de la Bourse. Parce qu'elle ne me donnait pas l'impression de planer. Parce qu'elle n'enflammait pas mon imagination. Elle ne me faisait pas oublier la tristesse du passé, comme dit la chanson. Parce qu'elle ne me faisait pas presque souhaiter qu'elle disparaisse pour pouvoir la retrouver.

Ses paroles flottèrent un moment dans la pièce tandis qu'il étudiait les facettes en cabochon de son verre à whisky. Il le fixait comme s'il tentait de le graver à jamais dans sa mémoire, tel le visage d'une femme qu'on ne reverra probablement plus jamais.

Jury ne savait plus quoi dire. Puis Vernon conclut :

— En fait, c'est très adolescent de ma part. Ce n'est pas ce qu'on appelle le véritable amour, je suppose.

Jury le dévisagea.

— Pourtant, ce devrait l'être.

Il reposa son verre.

— Je vous remercie pour votre temps. Il faut que j'y aille.

Il se leva et Vernon le raccompagna jusqu'à la porte.

— Vous la trouverez, dit-il.

Ce n'était pas une question.

Jury ne faisait jamais de promesses quant à l'issue d'une enquête. Celle-ci finirait sûrement mal, si elle finissait un jour. C'était ce qui l'inquiétait le plus, qu'elle ne finisse jamais.

— Je vais essayer.

Ce n'était pas une réponse.

— Je pars au pays de Galles.

Jury venait de s'asseoir sur un tabouret au bar du Grave Maurice.

— Au pays de Galles ? Pourquoi diable ? demanda Melrose.

— Il y a une femme là-bas qui connaissait Dan Ryder. Je veux lui parler.

Quand le barman enturbanné s'arrêta devant lui, Jury commanda une pression. Puis il se tourna à nouveau vers Melrose.

— Je comprends ce que tu veux dire à son sujet.

— À quel sujet ?

— Vernon Rice. J'ai rarement rencontré un type aussi charmant.

— Je te l'avais bien dit.

Jury esquissa un petit sourire.

— Ça ne me le rend que plus suspect.

33

C'était un jour morose, même pour un mois de janvier. L'humeur de Vernon était à l'avenant. Il venait juste de raccrocher le combiné du téléphone et se tenait devant la grande fenêtre de son bureau donnant sur la cathédrale St Paul. Enfin, sur sa flèche. Il y avait trop de buildings désormais dans la City, gâchant les vues de Londres. De toute manière, il n'arrivait pas à se concentrer sur le paysage, ni sur quoi que ce soit d'autre. Il était trop contrarié par la conversation qu'il venait d'avoir avec Leon Stone.

« Je n'ai rien trouvé de nouveau, ni indice ni information. Je suis devant un mur blanc. (Silence.) Vernon, je sais que c'est dur pour vous, mais je crois sincèrement que Nell Ryder est morte.

— Non, ce n'est pas vrai.

— Ce n'est qu'un vœu pieu de votre part.

— Non. Un vœu pieu, c'est croire qu'on peut vendre dix mille actions de British Telecom en s'en mettant plein les poches. Ça, c'est un vœu pieu. »

Leon Stone avait poussé un soupir.

« Ça m'ennuie de continuer à vous prendre votre argent.

— C'est bien la première fois que l'on me dit une chose pareille. »

Vernon avait émis un petit rire sans joie. Puis il avait raccroché.

Il voulait que Leon Stone croie au moins en partie que Nell était encore en vie. Arthur n'y croyait plus, il avait capitulé, Vernon en était sûr. Toujours devant la fenêtre, il revit en pensée les détails de la disparition. Le problème, c'était qu'ils étaient toujours les mêmes. Il aurait aimé que sa pensée déraille, qu'elle se secoue un peu.

Ce commissaire de Scotland Yard, Jury, était la seule nouveauté. Il avait l'air plutôt malin, il trouverait peut-être une piste. Vernon fit pivoter son fauteuil et s'assit, ressassant cette histoire. *Ne reste pas affalé là à broyer du noir, bon sang ! Ne te laisse pas aller.*

Samantha passa la tête dans l'entrebâillement de la porte.

— Vous voulez un petit en-cas ?

La porte n'était jamais fermée mais elle aimait bien le surprendre ainsi.

Il se retourna.

— Non merci.

— Je vais chercher quelque chose pour Daphne et Bobby. Vous êtes sûr que vous ne voulez rien ?

— J'en suis sûr. Vous savez qu'il pleut des cordes ?

— Il pleut tout le temps des cordes. À toute.

Il supposa qu'elle était sur le point de sortir. Il ne l'entendait pas. La moquette était si épaisse dans la réception qu'un troupeau d'éléphants aurait pu la traverser sans faire de bruit.

— À plus tard, lança-t-il dans le vide.

Il se concentra sur ses postes de télévision, regardant les rapports de la Bourse diffusés sur CNN et la BBC. Il coupa le son et passa quelques instants à suivre la bande qui défilait en bas de l'écran. Puis il se leva, posa son ordinateur portable sur ses genoux et examina ce qui s'y passait, son regard allant du portable à l'ordinateur de bureau. Les activités étaient plutôt calmes.

— Vernon ?

Il lança un regard par-dessus son épaule et se figea. Il laissa tomber le portable, ne ressentant qu'une douleur lointaine, un vague rappel qu'on ne pouvait pas faire tomber des objets lourds sur son pied sans le sentir.

— Vernon, répéta Nell. J'ai besoin que tu m'aides.

« L'amour est entré dans ma vie… »

34

Ils restèrent un long moment à se dévisager sans un mot.

Vernon n'osait bouger, de peur que sa vision ne vole en éclats. Mais il n'y eut aucun éclair, aucun grondement de tonnerre. Puis il traversa la pièce vers elle si vite qu'il ne se souviendrait pas d'avoir bougé. La pluie froide qui imbibait les vêtements de Nell l'imprégna à son tour.

— Nellie.

La serrant dans ses bras, il répéta son nom plusieurs fois.

Elle ne sembla remarquer qu'elle était trempée qu'en voyant la chemise mouillée de Vernon et lui demanda s'il avait quelque chose pour qu'elle se change. Après s'être déshabillée, elle s'enveloppa dans un peignoir de Vernon. Samantha étant revenue avec l'en-cas dont son patron ne voulait pas, celui-ci la renvoya acheter des vêtements pour Nell : un jean, une chemise et une veste en laine. Et des bottes. Les siennes ne seraient jamais sèches à temps.

— À temps pour quoi ? demanda Nell.

— Pour le dîner.

Entre ses habits mouillés et les secs, Nell lui raconta son histoire.

Il l'écouta pendant une demi-heure, ne l'interrompant qu'une fois, le temps d'aller lui chercher une couverture car il l'avait vue frissonner. Il en avait une dans son bureau car il lui arrivait d'y dormir.

Emmitouflée dans la couverture, elle poursuivit :

— J'aurais dû m'enfuir dès que Valerie m'a enfin laissée sortir de ma chambre.

— Valerie, c'est cette Hobbs dont tu parlais ?

Nell hocha la tête.

— J'aurais dû leur fausser compagnie, détaler tout de suite.

— Nell…

Il posa une main sur son bras.

— Oublie les « J'aurais dû ». Tu as fait ce qui te semblait juste. Que voulais-tu faire de plus ? Continue.

Elle lui parla à nouveau des juments emprisonnées.

— C'est… je ne trouve même pas les mots pour le décrire. Mais je suppose que les faits parlent d'eux-mêmes, non ?

— Ce type qui t'a agrippée dans la grange cette nuit-là… Pourquoi ? demanda Vernon. Est-ce que tu le sais ?

Nell regarda vers la fenêtre, réfléchissant. Elle ne voulait pas trop attirer son attention sur l'homme et la pièce noire. Elle savait que cela occulterait tout le reste.

— Je ne sais pas. Honnêtement, je ne sais pas. La première chose qu'il ait faite, c'est de me vaporiser un produit dans les yeux. Je ne voyais plus rien.

— Tu ne pourrais donc pas l'identifier ?

Elle fit non de la tête.

— Pour avoir été perchée sur la selle devant lui, je peux seulement dire qu'il était petit, avec un corps sec. Ça pourrait être un jockey. En tout cas, c'était un très bon cavalier. Pour autant que je sache, je ne l'ai jamais revu. Je ne crois pas qu'il faisait partie de ceux qui travaillaient pour Valerie Hobbs.

Vernon la dévisagea.

— L'appel anonyme à la police l'autre jour, c'était toi ?

— Oui. Qui était cette femme ? Je ne l'avais encore jamais vue.

— Personne ne la connaissait. C'était la femme de Dan Ryder. Enfin, sa veuve. La police a remonté sa trace jusqu'à Paris.

— C'est…

Elle secoua la tête.

— Je ne comprends pas.

— Tu n'es pas la seule. Arthur ne l'avait jamais rencontrée non plus. Tu l'as appelé ? Il sait que tu es revenue ? Et ton père ?

— Non. Pas encore. Je t'en prie, ne le dis à personne.

Son regard était si implorant qu'il ne discuta pas.

— Tu n'imagines pas à quel point ils… Pardon.

Il s'interrompit, s'apercevant qu'il ne faisait que la culpabiliser davantage.

— Il n'y en a plus que pour quelques jours, dit-elle. On va pouvoir faire sortir les juments, n'est-ce pas ?

— D'une manière ou d'une autre, oui. En tout cas, je vais faire mon possible. Cette Valerie Hobbs, c'est la propriétaire ?

— Je n'en suis pas sûre mais je le crois. Il y en avait plusieurs autres, des hommes. Je ne leur ai pas beaucoup parlé. En fait, ils n'avaient pas le droit de m'adresser la parole. Mais l'un d'eux discutait parfois avec moi en douce. Il était assez gentil. Bosworth.

Vernon s'était levé et faisait les cent pas entre le canapé et la fenêtre. La pluie avait cessé. Le dôme de St Paul semblait luire, baigné par la pluie et la lumière.

Nell reprit :

— Je ne crois pas que Valerie Hobbs était la… comment dit-on… l'instigatrice ?

— La commanditaire ?

— Oui. Je crois qu'elle a agi pour le compte de quelqu'un.

— Le salaud qui t'a enlevée ?

Elle fit non de la tête.

Celui qui l'avait enlevée n'était pas le même que celui qui lui avait régulièrement rendu visite dans sa chambre la nuit.

— Je ne l'ai jamais revu.

Vernon s'assit auprès d'elle.

— Nell, y a-t-il une raison pour laquelle quelqu'un pourrait considérer que tu représentes un danger ?

— Non, à part une personne qui penserait que j'ai vu son visage.

Samantha entra avec plusieurs paquets de chez Fortnum. Elle les déposa à côté de Nell, expliquant :

— C'est le seul endroit fiable où faire son shopping.

Nell la remercia de s'être donné tout ce mal.

— Du mal ? rit Vernon. Tu connais une femme qui préférerait taper à la machine plutôt que faire les magasins ? Je suis convaincu qu'elle s'est amusée.

Samantha lui tira la langue. Cela aussi, ça l'amusait.

Nell défit les paquets et en sortit une chemise en soie blanche, un jean, une veste en tweed bleu et brun, et une jupe en velours noir. Elle déclara le tout superbe.

— Je vais m'habiller.

— Parfait, ensuite on ira dîner.

— Où, à Aubergine ? demanda Samantha. Vous avez réservé ?

— Non, mais j'ai branché le maître d'hôtel sur un fonds spéculatif qui lui rapporte assez d'argent pour qu'il puisse prendre sa retraite dès demain s'il le veut. Comme il n'a que trente et un ans, il m'aime beaucoup.

Il se tourna vers Nell.

— Tu as prévu un endroit où dormir ? Tu peux rester chez moi, j'ai trois chambres à coucher et je suis ton oncle par alliance.

Il lui sourit.

— Mmh…, fit Samantha avec un regard entendu. Je vois déjà l'avocat rusé qui prépare son argument contre toute accusation d'outrage aux bonnes mœurs.

Elle se tourna vers Nell.

— Vous n'avez aucune inquiétude à vous faire à ce sujet. Il est aussi romantique qu'une hausse des taux d'intérêt.

— Vous en savez quelque chose, on dirait !

Samantha éclata de rire, leur dit bonsoir et se dirigea vers la porte. Vernon la regarda partir, souriant. Elle valait son pesant d'or.

35

Vernon se servit un large doigt de whisky et s'approcha du miroir, attendant Nell. Depuis qu'elle était apparue, l'après-midi glauque s'était transformé en soirée iridescente. Les lumières électriques faisaient miroiter les rues, les immeubles et les maisons. Le dôme de St Paul était à présent inondé par le clair de lune. Il se demanda comment une journée qui avait commencé si tristement pouvait finir dans une telle apothéose.

— Tout est à ma taille, annonça Nell.

Elle ajustait sa tenue, fermant un bouton de la veste en tweed, le rouvrant, faisant de même avec la chemise blanche.

— Même les chaussures.

Elle leva un pied, lui adressant un grand sourire. Elle rayonnait.

Aux yeux de Vernon, elle paraissait non seulement ravie mais superbe.

— Je parie que c'est un bon restaurant.

— Tu me crois capable de t'emmener dans un mauvais ?

— Non, mais il faut sans doute une tenue appropriée.

— Au pire, ils me prêteront une cravate à l'accueil. Écoute, si on t'interdit l'entrée à cause de la coupe de ta veste, c'est que ça ne vaut pas la peine d'y aller. Viens.

Le maître d'hôtel d'Aubergine ne souleva aucune objection vestimentaire. Il n'aurait même pas envisagé de faire la moindre difficulté à Vernon Rice. C'était un trop bon client et il laissait des pourboires généreux. Ils prirent place dans un coin tranquille pendant que Nell lisait le menu.

— Oh mon Dieu, je viens seulement de me rendre compte que je n'ai pas avalé un vrai repas depuis des semaines !

Elle plaça ses mains devant son visage comme si elle avait honte de le reconnaître.

— Dans ce cas, c'est vraiment ton jour de chance. Ici, on mange incroyablement bien. Je suppose que tu es végétarienne ?

— Euh, eh bien, oui, je crois.

— Ils ont un plat avec des champignons qui est tout simplement psychédélique.

— Tu veux bien commander pour moi ?

Il commanda pour tous les deux, consulta la carte des vins, demanda une bouteille qui rendit le sommelier extrêmement heureux. Puis il écarta ses couverts et se pencha sur la table.

— Bon, maintenant, continue ton histoire.

Ce que fit Nell, tout en avalant un pâté aux légumes suivi d'une salade verte puis d'un succulent plat de champignons. Elle parla peu d'elle-même, beaucoup des juments.

— Elle avait toutes ces brochures : des pamphlets, des dépliants, des études sur les œstrogènes. J'ai lu tout un tas de trucs là-dessus. Il y a cette firme américaine qui détient le brevet d'un médicament appelé Premarin. Il faut des centaines de milliers de poulinières pour le produire.

Sa fourchette, tel un petit avion d'argent, décrivait des pirouettes.

— Les juments sont attachées si court qu'elles ne peuvent avancer ou reculer de plus de quelques centimètres. Elles ne peuvent pas se coucher. Elles sont enceintes de neuf ou dix mois et ne peuvent même pas s'allonger ! Tu imagines ce que représente un tel emprisonnement pour un cheval, ne plus pouvoir bouger ? Les chevaux sont des animaux qui doivent courir librement. Le seul exercice auquel elles avaient droit est le peu que j'ai pu convaincre Valerie Hobbs de me laisser leur donner.

— Mais cette Hobbs, qu'espère-t-elle obtenir avec l'urine de soixante juments seulement ? Je serais aussi curieux de savoir comment elle peut continuer ses activités depuis des années sans que ça se sache. Comment les associations de défense des animaux ne lui sont-elles pas encore tombées dessus ? Et les gens qui travaillent au haras ? Ils ne disent rien ? Je veux dire, à l'extérieur ?

— Ça leur est interdit. Et puis, ça ne les intéresse pas vraiment, ils s'en fichent. Sans parler qu'ils ont peur de perdre leur boulot.

Vernon l'écoutait tout en revisitant son visage telle une contrée lointaine que l'on a connue autrefois et que l'on n'a jamais pu oublier.

Il écarta son assiette et se pencha vers elle.

— Je suppose que tu tiens plus à sauver ces juments qu'à voir cette Hobbs derrière les barreaux ?

— Je n'y avais pas réfléchi sous cet angle mais oui, c'est vrai. Elle ne m'a pas maltraitée. Pourquoi ?

— Parce que tu as une monnaie d'échange. Soixante chevaux contre le fait de lui épargner la prison.

Elle y réfléchit un moment.

— Mais ça ne dépendra pas que de nous, n'est-ce pas ? Mon enlèvement relève de la police.

Vernon fut touché par ce « nous ».

— Oui, mais ce que tu raconteras à son sujet aura une importance capitale. Elle pourra prétexter l'ignorance : « Je n'ai jamais su qui était cette fille », ou « J'ignorais qu'elle avait été enlevée »…

— Tu crois que c'est possible ? Qu'elle ne savait pas ?

— Il se peut qu'elle n'ait pas orchestré le kidnapping, mais elle devait forcément être au courant. Ça a dû barder quand ils se sont aperçus que tu t'étais enfuie. Bien qu'elle ait apparemment relâché les règles au point de…

Il s'interrompit.

— Je pourrais aller lui parler. À elle, et peut-être aux autres personnes qui travaillent là-bas. À mon avis, on peut les soudoyer facilement. Je pourrais aussi lui racheter les chevaux.

— Il en reste cinquante-quatre à présent, Vern.

Il ne prêta pas attention à cette remarque.

— Arthur a de la place pour les héberger ?

— Je crois. Les juments que j'ai déjà sorties sont dans une grange vide et je sais qu'il y en a au moins une autre dont il ne se sert plus. Il faudra peut-être en construire une troisième. Mais pour ce qui est de l'espace, il n'en manque pas. Je pourrais m'en occuper personnellement.

Vernon avait reposé ses couverts depuis longtemps. Le canard, qu'il avait repoussé sur le côté, était comme toujours parfait. Mais il n'avait pas faim.

Elle regarda son assiette pleine.

— Tu ne vas pas manger ça ?

— Tu es végétarienne, lui rappela-t-il avec un sourire.

36

Ils restèrent éveillés une bonne partie de la nuit, discutant ou se taisant, partageant des silences confortables. Vernon tenta à nouveau de la convaincre de prévenir Arthur et son père qu'elle était chez lui, saine et sauve, et qu'elle serait bientôt de retour à la maison. Il imaginait leur réaction : une joie pure qui étoufferait la colère qu'ils pourraient ressentir du fait qu'elle ne les avait pas prévenus plus tôt, particulièrement pendant les trois dernières semaines, qu'elle avait passées sur les terres Ryder. Car c'étaient trois semaines de deuil qui auraient pu leur être épargnées. Il le lui dit.

— Je ne peux pas, protesta-t-elle. Il faut d'abord que je fasse sortir ces juments de là. Tu crois vraiment que Papa et Grand-Père se soucieront du sort d'un groupe de poulinières qui n'ont rien à voir avec eux ? Surtout dans leur soulagement de m'avoir récupérée ?

— Non, probablement pas.

Vernon se demanda s'il n'y avait pas un autre motif caché qui l'empêchait de rentrer, la honte totalement irrationnelle de s'être laissé enlever d'abord, puis de n'avoir pas tenté de s'échapper immédiatement. Quelque chose clochait et il n'arrivait pas à mettre le doigt dessus. Il fit tourner le cognac dans son verre, le regardant lécher les bords.

— Je comprends bien, Nell, mais en quoi le fait de prévenir ton père et ton grand-père mettrait-il les juments davantage en danger ? Tu pourras facilement les convaincre qu'elles sont très importantes pour toi, non ?

— D'une part, ils ne réfléchiront pas aux moyens de les faire sortir de là, comme tu es en train de le faire à présent. Papa n'y pensera pas. Grand-Père et lui enverront la police de Cambridge tout droit chez Hobbs avant même qu'on ait le temps de dire ouf.

— Mais… ce n'est pas la police qu'on veut ?

— Le temps qu'elle obtienne un mandat, Valerie Hobbs aura tué les chevaux. Si elle ne l'a pas déjà fait. Mais je ne le crois pas, c'était juste une menace.

— Comment ça ?

— J'ai conclu un marché avec elle. Je ne m'enfuirais pas si elle me laissait m'occuper des juments.

— Je rêve !

Vernon détourna les yeux, exaspéré par son imprudence et sa dévotion à une cause qu'il ne pouvait pas comprendre.

— Tu aurais pu t'enfuir il y a longtemps.

Elle s'enfonça dans le canapé en le dévisageant gravement.

— Crois-moi, ce n'était pas une décision facile. Je sais que c'est terrible de ma part de ne pas être rentrée tout de suite. Mais, d'une certaine manière, j'étais à la maison, j'y suis depuis trois semaines.

Ce n'était pas comme si elle avait rejeté sa famille pour son propre bien. Aussi obsessionnelle soit-elle avec ces juments, ce n'étaient pas ses propres intérêts qu'elle défendait.

— C'est bon, dit-il. Je n'insiste pas.

— Merci. Il y a une autre chose que je voudrais faire. Je veux leur faire fermer boutique.

— Ne t'inquiète pas pour ça, cette Hobbs n'est pas près de rouvrir son haras.

— Ses activités ne sont pas illégales.

— Non, mais conspirer avec des kidnappeurs l'est. Qui veux-tu faire fermer, au juste ?

— La compagnie pharmaceutique qui produit le substitut hormonal.

Elle fouilla dans la poche du manteau jeté sur l'accoudoir du canapé en cuir et sortit plusieurs brochures qu'elle laissa tomber sur la table basse entre eux.

— Au moins, j'aimerais leur mettre des bâtons dans les roues.

Vernon la regarda. Il aurait ri si elle n'avait pas paru aussi implacablement sérieuse. Il saisit un dépliant montrant l'image pastorale d'une jument avec son poulain.

— Tu veux faire fermer Wyeth-Ayerst ? Nellie, c'est un des plus gros laboratoires pharmaceutiques des États-Unis. C'est énorme !

— Raison de plus. Tu en es actionnaire. Tu as tenté de convaincre Papa et Grand-Père d'investir. Tu as dit qu'ils devaient le faire avant que « l'action ne s'envole ».

Vernon en resta bouche bée. Puis :

— Comment peux-tu te souvenir de *ça* ?

— Parce que…

Parce que j'écoutais toujours tout ce que tu disais, parce que tu comptais tant pour moi, parce que j'étais toujours heureuse quand tu venais au haras.

Son visage changea, devenant moins intransigeant. Vernon n'arrivait pas à déchiffrer son expression. C'était comme si on lui avait soudain lâché la bride et qu'elle s'était mise à galoper librement, comme si, pendant deux secondes, ce qui l'avait retenue jusque-là s'était envolé. Pendant ces deux secondes, il sentit qu'il la perçait à jour, la comprenait, avait trouvé son rythme, vu ses couleurs. L'instant suivant, l'expression avait disparu. C'était incroyable, tout ce qui pouvait passer sur un visage en un clin d'œil.

— Nellie, c'est vrai que j'en suis actionnaire, mais même si je vends toutes mes parts demain, ça ne fera pas grand mal à Wyeth.

— Oui, je sais, mais tu as de l'influence…

Vernon laissa échapper un petit rire d'autodérision qui ne sembla pas la convaincre.

— … sur le marché.

— Hé, minute ! Tu veux que je manipule l'image financière du labo ?

Elle acquiesça.

— C'est le seul qui fabrique ce médicament.

— Je vois. Et tu ne veux pas que je fasse fermer British Telecom par la même occasion ?

Elle se contenta de le regarder.

Certes, Vernon trouvait excitante la perspective de jouer un tel tour, à condition que cette manipulation ne soit pas illégale, ce qui était le cas. Mais pour lui, cela restait un exercice purement théorique, alors qu'elle exigeait des résultats concrets, ce qui était tout le problème.

— Même si je le pouvais, Nellie, ce dont je doute fortement… Tu te rends compte qu'il n'y a pas que le médicament qui est en jeu, mais également va savoir combien d'emplois.

Nell regarda vers la fenêtre, où l'aube pointait déjà. Pas vraiment de la lumière, juste un halo épousant les contours des immeubles dans la nuit.

— Je sais.

— Et ça ne te fait rien ?

Elle se tourna à nouveau vers lui.

— Non.

Elle agita une des brochures.

— Écoute, Vernon. Les poulains sont envoyés à l'abattoir tout simplement parce qu'ils ne leur servent à rien. Tout ça pour que des femmes se sentent mieux pendant la ménopause. Pour aider à diminuer *les bouffées de chaleur*, Vernon ! Non mais enfin, ça veut dire quoi ?

Elle était incorrigible. Elle pouvait aussi être impitoyable.

Elle sourit.

— C'est dans tes cordes, Vernon. Tu n'as peur de rien.

Faux. C'était juste qu'il était capable d'entreprendre des tâches qui auraient fait fuir la plupart des gens.

— Je suis désolée de te mettre toute cette histoire sur les bras. Tu ne vis pas avec depuis près de deux ans comme moi. Sinon, tu aurais eu tout le temps d'y réfléchir.

Elle prit un air contrit.

— Je suis navrée.

Il regarda par la fenêtre. Une lueur glacée nimbait le clocher de St Paul dont la flèche transperçait la brume du petit matin.

— Ne le sois pas. Je vais y réfléchir. En attendant…

Il vida son verre de whisky et fit une grimace.

— Je ne sais pourquoi ce truc n'a pas le même goût à six heures du matin qu'à six heures du soir. Allez viens, ta chambre est au bout du couloir.

Elle se leva et il posa les mains sur ses épaules. Elles paraissaient fragiles, bien qu'appartenant à un être endurci par le soleil, le vent et un lourd travail manuel. C'était cet air qu'elle avait, à la fois solide et éthéré. L'espace d'un instant, il prit peur. On ne pouvait pas continuer à sauter impunément à travers des cerceaux de feu sans se brûler un jour. Mais sa peur s'évanouit quand elle bâilla, comme n'importe quel enfant ordinaire qui a veillé toute la nuit.

Sauf que Nell n'était pas ordinaire, en dépit des brèves apparitions de cette autre fille, celle entrevue l'espace de deux secondes.

Qui était-elle ?

37

La grande demeure semblait caverneuse et glaciale, tenant davantage des vestiges d'un palais d'altesses en exil que d'une maison. Elle y vivait seule, du moins c'était l'impression que Jury avait eue en lui parlant au téléphone.

La voix haut perchée qu'il entendit par une fenêtre entrouverte semblait faire des remontrances à un être non humain, un chien ou un chat. S'il s'agissait d'un chat, cela ne lui ferait pas beaucoup d'effet. Habitué à Cyril dans le bureau du commissaire divisionnaire Racer, Jury connaissait l'obstination de ces félins. Il sonna et entendit des pas.

Sara Hunt rougit, soit parce qu'elle avait affaire à un inconnu, policier de surcroît, soit parce qu'elle avait été surprise en train de faire la morale à un animal. Derrière elle, Jury aperçut un gros chat roux qui interrompit le toilettage de sa patte forcément innocente juste le temps de lever les yeux vers lui. Il avait d'incroyables yeux verts (de la même couleur que ceux de Melrose Plant) et était assis en équilibre précaire sur le premier pilier de la rampe d'escalier. De toute évidence, il était son propre maître et ne devait écouter les discours réprobateurs qu'avec un vague air d'ennui.

Comme pour se justifier de l'avoir réprimandé, Sara Hunt déclara, immédiatement après avoir ouvert la porte :

— À cause de lui, tous mes papiers sont sens dessus dessous. Il a fait tomber tout ce qu'il y avait sur mon bureau. Déjà qu'ils n'étaient pas très bien rangés !

Elle leva un regard contrarié vers Jury.

— Excusez-moi, vous devez être le commissaire Jury ?

— New Scotland Yard.

Il lui tendit sa carte.

Apparemment, elle pensait qu'elle était censée la garder après l'avoir longuement examinée, car elle ne la lui rendit pas. Elle ouvrit la porte un peu plus grand en lançant :

— Ils sont venus te chercher, Henry ! Tu entends ça ?

Elle jeta un regard par-dessus son épaule. Le chat poursuivit sa toilette. Elle se tourna à nouveau vers Jury.

— Il est incorrigible. Oh, mais entrez donc.

Il la suivit à l'intérieur d'un grand hall d'entrée. Le chat sauta de son perchoir et s'éloigna, hautain, vers les profondeurs de la maison.

Sara Hunt s'effaça pour laisser Jury entrer dans un salon qui aurait été froid lui aussi s'il n'y avait pas eu un feu dans la cheminée. Au-dessus de celle-ci se trouvaient des gravures encadrées, probablement des vues de la région sinon du domaine lui-même : principalement des murs de pierres couverts de lierre et de mousse, romantiques et fantastiques. De l'autre côté d'une immense fenêtre de style gothique, en partie masquée par un chêne gigantesque, il apercevait justement un tel mur.

— Laissez-moi prendre votre manteau, offrit-elle.

— Je veux bien, si vous me promettez de me le rendre.

Il indiqua d'un signe de tête sa carte qu'elle tenait toujours à la main.

— Pardon ?

— J'en ai encore besoin. Autrement, comment saurai-je qui je suis ?

Il sourit. Elle sourit à son tour, de bon cœur.

— Je suis vraiment désolée, dit-elle en lui rendant la carte. Vous avez vraiment besoin de prouver qui vous êtes ? Sans cela, personne ne vous laisserait entrer ? Même pas les femmes ?

— Merci.

Il ne répondit pas à cette tentative de séduction destinée à se faire bien voir de la police. Il s'assit dans le fauteuil qu'elle lui indiquait, tapissé comme les autres fauteuils et le canapé d'un imprimé oriental – oiseaux, tiges, bambous – très fané. Il ressentait le besoin de restaurer l'équilibre entre eux deux.

Elle paraissait extrêmement posée. Ce devait être un de ces témoins qui, quand on les interroge, vous obligent à faire tout le travail. Pourtant, elle ne semblait vraiment pas se voir dans ce rôle. Elle était assise les mains sagement posées sur les genoux, souriant légèrement, attendant. Après tout, il était entraîné à prendre le contrôle. Malheureusement, elle semblait experte en l'art de faire dévier toute conversation dont le tour lui déplaisait. Il le pressentait.

— Vous feriez un excellent agent double, lui dit-il.

Elle écarquilla les yeux. Ils étaient d'un marron doux et ambigu. Pourquoi ambigu ? Il l'ignorait.

— Vraiment ?

— Oui, certainement.

Sa chevelure était couleur caramel, ou or mat, comme si elle attendait que le rayon de lumière qui commençait à filtrer par la fenêtre vienne y ajouter des reflets.

— Je le prends comme un compliment.

Jury se mit à rire.

— Pourquoi ? Les agents doubles sont fourbes et fuyants.

— Ils sont également très rusés, ce que je ne suis pas. Je n'ai jamais été très… maligne.

— J'ai du mal à vous croire.

— C'est pourtant vrai.

Elle sourit à nouveau.

— Alors, comme ça, vous êtes venu me recruter pour une mission d'infiltration ?

Son sourire s'élargit encore, comme si elle le pensait vraiment.

Jury n'en savait trop rien. Il fut presque soulagé de remarquer que ses deux incisives supérieures étaient légèrement de travers, puis il se dit qu'il y avait quelque chose d'enfantin dans ce défaut qui pouvait, lui aussi, être trompeur.

— En fait, je suis venu vous poser quelques questions.

— À quel sujet ?

Elle s'installa plus confortablement sur son canapé.

— Vous connaissiez Dan Ryder, le jockey ?

À cet instant, une présence jusque-là absente, quelque chose de voilé et de spectral, entra dans la pièce. Jury se redressa et se pencha en avant, résistant de justesse à l'impulsion de tendre la main pour la saisir. Pourtant, l'expression de son interlocutrice était toujours la même. C'était bien là le problème, non ? Quelque chose était entré pour la changer et elle n'avait pas changé du tout.

— Je ne le connaissais pas vraiment. Je l'ai croisé à plusieurs reprises. Il était…

Elle lança un regard vers le manteau de cheminée, où plusieurs photos dans des cadres en argent étaient posées entre deux vieux bougeoirs en cuivre. Elle se leva et en saisit une qu'elle tendit à Jury.

— C'était aux courses de Newmarket. Il monte Mauvais Genre. L'homme qui tient les rênes, là, c'est

Arthur Ryder. Et là, c'est son entraîneur, j'ai oublié son nom. Je suis dans le fond, là.

Elle tapota le verre.

— Qui vous a présentés ?

— Arthur. Je suis une parente très éloignée. Ensuite je l'ai revu, je veux parler de Dan, à une autre de ses victoires. C'était sur l'hippodrome de Cheltenham. Puis encore à Doncaster. La course fut fantastique. Sacré Verni l'a emporté en dépit d'un handicap de cinquante-huit kilos et demi. À mi-parcours, il a percuté la clôture et j'ai bien cru que Danny allait tomber. Mais il est parvenu à se redresser et a gagné avec trois longueurs d'avance en une minute onze secondes et trente-six centièmes. Oui, c'était quelqu'un.

Danny ? Jury attendit mais elle ne dit rien de plus et remit la photo à sa place.

— C'est tout, demanda-t-il. Rien que ces trois fois ?

Elle sourit.

— Ça ne vous suffit pas ?

Pas mal, le retour de service dans les jambes.

— Pour moi, peut-être. Pour vous, ça dépend.

— De quoi ? Je ne comprends pas où vous voulez en venir, commissaire. Pourquoi m'interrogez-vous au sujet de Dan Ryder ? Il est mort. Ça s'est passé quelque part, ailleurs, pas au Royaume-Uni. Je crois que c'était en France. Un accident au cours d'une course.

— À l'hippodrome d'Auteuil, près de Paris.

Elle se tourna pour lancer un regard dans la pièce, un geste qui hérissa les poils de Jury. Il aurait juré qu'elle regardait quelqu'un ou quelque chose qu'il ne pouvait pas voir. L'impression passa mais il resta troublé.

— Il y a sans doute un rapport avec la petite-fille d'Arthur Ryder, dit-elle. Celle qui a disparu.

— En effet. Vous la connaissiez ?

— Non. Le pays de Galles est loin du Cambridgeshire. Je ne suis apparentée aux Ryder qu'à travers une tante. Je suis une sorte de cousine par alliance.

— Mais vous aimez manifestement les courses.

— Oh oui ! J'y vais dès que j'en ai l'occasion. Un ami m'a invitée à la prochaine Gold Cup de Cheltenham.

Il réfléchit un instant.

— Vous n'étiez donc pas vraiment en rapport avec Dan Ryder ? Cela m'étonne, vu votre connaissance du milieu des courses.

Elle se mit à rire.

— Précisément. Je suis allée voir le derby, pas Dan Ryder. Si je m'en souviens si bien, c'est parce que c'était spectaculaire. Je ne connaissais pas Dan, comme je vous l'ai déjà dit deux fois.

Jury sourit.

— Excusez-moi.

Elle fit mine de se lever.

— Vous voulez un café, commissaire ?

— Oui, merci.

C'était moins une envie de café que le désir de la voir quitter la pièce afin de pouvoir l'examiner.

Les émanations du salon – oh, mais ce pouvait être imputable à son imagination – associées à la taille de la maison et aux pièces vides du rez-de-chaussée le perturbaient. À moins que ce ne soit elle. Il fallait se rendre à l'évidence, elle le mettait mal à l'aise, c'en était pathétique. Il s'approcha du canapé où elle avait été assise. Derrière son épaule à présent imaginaire, il n'y avait rien d'autre que la grande fenêtre gothique, de l'autre côté de laquelle il distinguait une silhouette recouverte d'un voile, que les plis de pierre cachaient presque entièrement. Il s'approcha de la fenêtre et contempla le parc tristement abandonné. Aucune quantité de soleil ni de pluie ne pourrait restaurer sa beauté passée.

Les grandes maisons de cette sorte troublaient Jury. Non pas parce qu'elles étaient négligées, mais en raison de la présence trop forte du passé. À quoi pouvait ressembler l'existence du dernier membre de la famille à vivre ici ? Pourquoi y habitait-elle seule ? On vantait toujours la grande beauté des paysages du pays de Galles, mais les montagnes lointaines, la terre rocailleuse et le jardin abandonné lui paraissaient tourmentés et violents. Qui voyait ici de la beauté devait aimer la beauté dangereuse. Il contemplait toujours la silhouette des montagnes au loin et le ciel blanc quand il entendit ses pas. Il se tourna, s'attendant presque à voir quelqu'un d'autre que Sara.

Elle lui adressa un bref sourire par-dessus le service à café. Si bref qu'il emporta dans son mouvement la pensée rationnelle de Jury. Il se sentit enveloppé dans du pur sentiment. Puis cette sensation se dissipa et il en fut navré.

— Quelque chose ne va pas ?

— Non, non. Attendez, laissez-moi vous aider.

Elle s'était arrêtée avec son lourd plateau en argent sur lequel étaient posées une cafetière ternie et des tasses en porcelaine. Mais avant qu'il l'ait rejointe, elle l'avait déjà déposé sur la console.

— Ne vous inquiétez pas, ce n'est pas aussi lourd que ça en a l'air.

Elle versa un épais café noir dans une tasse.

— Lait ? Sucre ?

— Ni l'un ni l'autre.

— La seule manière de boire son café, c'est noir, approuva-t-elle.

— Et fort.

Il prit la tasse qu'elle lui tendait et se rassit tandis qu'elle reprenait sa place sur le canapé.

— J'ai lu dans la presse l'histoire de cette femme qu'on a retrouvée sur la piste du haras Ryder. Comme c'est étrange. Arthur Ryder n'a vraiment pas de chance.

— Je doute que la chance ait quoi que ce soit à y faire. Vous avez des idées à propos de ce meurtre ?

— Moi ? Non, pourquoi ? Je vous ai dit que je connaissais à peine les Ryder.

Jury s'enfonça dans son fauteuil avec sa tasse.

— Oui, mais vous connaissez le beau-fils d'Arthur Ryder, Vernon Rice.

Il fut surpris de la voir sourire.

— Ah oui. En effet, je le connais, oui. Il s'est occupé de placer un peu d'argent pour moi.

— À en juger par votre sourire, vous l'aimez bien.

Elle rit.

— Il faut dire qu'il est tellement charmant ! Et très bel homme avec ça. Sans parler du fait que ses investissements m'ont été très profitables.

— Vous faites confiance à Vernon Rice ?

Elle ouvrit des yeux surpris.

— Oui, bien sûr !

Jury sourit.

— Ce « bien sûr » laisse entendre que tout le monde lui ferait confiance.

— Qu'est-ce que vous voulez dire ? Que c'est un escroc ?

— Non, non, pas du tout.

Il y eut un silence pendant lequel chacun but une gorgée de café, conscient de la présence de l'autre. Puis Jury reprit :

— J'ai cru comprendre que Dan Ryder était un homme à femmes.

Il avait à peine fini sa phrase qu'il trouva son expression désuète et plutôt niaise.

Elle releva les yeux vers lui.

— Je ne…

Elle s'interrompit. Reprit :

— Je ne saurais vous le dire.

— Il semblerait qu'il ait eu de nombreuses liaisons et ait brisé plus d'un ménage.

Il se leva et retourna près de la cheminée où il prit la photo du cercle du vainqueur de Newmarket.

— Très charismatique, d'après ce que j'ai entendu dire. Vous trouvez aussi ?

— Je n'en sais rien.

— Mais vous ne le trouvez pas séduisant ?

— Si, je suppose qu'il l'était.

Il émit un petit rire.

— Je suis juste curieux. En tant qu'homme, je veux dire. Je me demande toujours ce que les femmes trouvent séduisant chez un homme.

Il la dévisagea, soutenant son regard qu'il sentait fuyant.

— J'ai vu des photos de lui au haras Ryder, poursuivit-il. Mais il ne m'a pas paru si… comment dire… renversant. Qu'est-ce qui vous fait craquer, exactement ? À moins que ce ne soit pas son physique ? Sont-ce ses manières ? Son savoir-faire ?

Elle resta assise un moment, le visage de marbre.

— Comment pourriez-vous comprendre ? Vous êtes un homme, après tout, non ?

Puis elle se leva soudain, l'air abattue et pâle comme si elle venait de recevoir un faire-part de décès. Reprenant le pot à lait en argent, elle annonça :

— Je crois bien que ce lait a tourné. Excusez-moi un instant.

Jury la regarda quitter la pièce. *Mais ni vous ni moi ne prenons de lait.*

Il prit sa tasse et retourna se poster devant la fenêtre et sa vue sur les montagnes.

Quand elle revint avec le lait, elle s'était visiblement ressaisie.

— Quand vous êtes arrivé, je m'apprêtais à sortir pour une promenade. Ça vous ennuierait si on la faisait quand même ? On peut parler tout en marchant, non ?

En la voyant là avec son pot à lait inutile, il sentit son anxiété et aurait presque voulu retirer ce qu'il lui avait dit. Elle était encore amoureuse de Dan Ryder et faisait tout son possible pour le cacher.

Ils prirent leurs manteaux. Il l'aida à enfiler le sien et ils sortirent. Elle n'avait jamais eu l'intention de faire une promenade, le but ayant sans doute été de tenter de se débarrasser de lui. Si elle lui avait menti sur sa relation avec Dan Ryder, elle pouvait lui mentir sur autre chose.

Cependant, il sentait le besoin qu'elle avait d'extirper le jockey du recoin reculé de son esprit où elle l'avait banni. Ce qui le surprenait, c'était qu'elle éprouve encore ces sentiments après plusieurs années. Puis il se rendit compte que c'était banal. Les sentiments, comme il le savait bien, pouvaient durer toute une vie. Celui qui croit que le temps panse les plaies n'a subi que des lacérations superficielles.

Leur promenade dans le domaine les mena autour du bassin asséché, désormais rempli de feuilles mortes. Au centre se dressait une statue de pierre, une femme déversant ce qui en une saison plus chaude devait être de l'eau. À ses pieds, une ronde de poissons stylisés ouvraient grand des gueules incongrues.

— Comme bien des choses ici, la fontaine ne marche plus, déclara-t-elle.

Elle balaya du regard le parc désolé.

— Je ne suis pas complètement négligente. Au printemps, j'engage plusieurs garçons du village pour le rafraîchir.

— Je n'ai jamais pensé que vous étiez négligente.

Elle se tourna vers lui, serrant le col de son manteau autour de son cou.

— Quoi alors ? Qu'est-ce que vous pouvez bien penser de moi ? Car vous avez des réserves à mon sujet, ça crève les yeux.

— Que vous êtes une amoureuse.

Elle lâcha son col en riant.

— Qu'est-ce qui vous fait dire ça ?

— C’est pour ça que vous vivez seule ici, non ? En exil, si l’on peut dire. Ce n’est pas un cœur brisé mais un excès de sentiments qui vous retient ici.

Elle semblait ne pas en croire ses oreilles. Elle ouvrit la bouche, puis la referma.

— C’est beaucoup plus sûr, ajouta-t-il.

Il plongea son regard dans ses yeux marron. Ses iris étaient cerclés d’une ligne de vert. Puis il baissa les yeux vers ses lèvres douces. Il se remit à marcher.

Mais elle ne bougea pas.

Il se retourna avec un sourire.

— Allez, venez. Il fait trop froid pour rester plantée là.

Il tendit sa main, qui était chaude. Elle avança de quelques pas puis y glissa la sienne, froide.

— Ce petit discours sur ma qualité d’amoureuse est-il une sorte de piège ? Cherchez-vous à me faire avouer ma culpabilité ?

— De quoi ?

Elle rit de nouveau.

— Ah, je vois. Il n’y a aucun piège dans cette conversation.

— Non.

— Vous devez être très doué pour soutirer des confidences à vos suspects.

— Pas particulièrement. Vous vivez ici depuis longtemps ?

Elle hésita, se demandant sans doute si sa question cachait quelque chose.

— Depuis mon divorce, il y a des lustres.

— Il a dû être très douloureux pour que vous décidiez de vous enfermer ici.

Elle s’arrêta à nouveau, le regardant en secouant la tête.

— Vous êtes vraiment très malin. Vous n’aviez qu’à me demander pourquoi j’ai divorcé. J’ai fini par ne plus supporter le caractère de mon mari. Notre divorce ne s'est pas fait à l'amiable, c'est le moins qu'on puisse dire. Il aimait les voitures, surtout celles de course. J'ai toujours trouvé ça un peu… comment dire… immature.

— C'est dommage, cette manière que les choses ont de commencer et de toujours mal finir.

Ils étaient arrivés près de la statue déconcertante de la femme voilée. On ne voyait d'elle qu'un bras de granit étendu.

— Pourquoi le sculpteur a-t-il caché tout son corps sauf ce bras ? Et pourquoi est-elle entièrement voilée ?

— Je n'en sais rien, répondit-elle. Mes parents, ou mes grands-parents, l'ont placée là.

— D'ailleurs, qu'est-ce qui nous fait penser que c'est une femme ?

— Oui, vous avez raison, mais personne n'a jamais suggéré qu'il pourrait s'agir d'un homme.

— Ce pourrait aussi être… je ne sais pas… Judas ? Affligé par le remords de sa trahison.

Elle resta silencieuse une minute, fixant la statue comme si elle s'attendait à ce qu'elle se tourne vers elle et lui donne une explication.

— C'est peut-être qu'on a du mal à imaginer un homme dans cet état.

— Allons donc ! Vous voulez dire que les hommes ne souffrent pas autant que les femmes ?

— D'après mon expérience, non.

Ils s'étaient remis à marcher, cette fois vers l'arrière de la maison.

— Votre expérience doit donc se limiter à des hommes assez superficiels.

Elle hocha la tête.

— C'est fort probable.

Ils contournèrent les ruines d'un vieux jardin, à présent étouffé par les primevères et les chélidoines. Il avait autrefois été méticuleusement ordonné, avec des allées s'entrecroisant entre les plantes et les arbres. Il pouvait encore en distinguer le tracé.

Elle suivit son regard.

— Ce ne sont pas vraiment les jardins de Sissinghurst, n'est-ce pas ?

— Sissinghurst est tellement institutionnel. Au printemps, quand ces garçons du village viendront le nettoyer, je parie que le vôtre sera plus joli, car il est plus intime. Je n'ai jamais beaucoup apprécié ces jardins trop proprets des grandes demeures.

— Mon père avait commencé à planter un vignoble, vous vous rendez compte ? Comme le marquis de Bute ! Ça n'a jamais marché. Il manque quelque chose à la terre, de la chaux, ou du terreau, je ne sais plus quoi. J'ai du mal à imaginer qu'on puisse faire du vin gallois, pas vous ?

Il se mit à rire.

— En effet. Je me demande comment il l'aurait baptisé.

Une fois le tour de la maison fait, la statue réapparut devant leurs yeux.

— Qu'est-ce qui peut donc rendre un être aussi malheureux ? demanda Sara.

Il contempla la silhouette drapée. Le poids de son chagrin de pierre le troublait et il détourna les yeux. Au-dessus d'eux, un corbeau haut perché dans les branches nues d'un noisetier prit son envol, décrivit un cercle puis s'éloigna dans le ciel qui s'obscurcissait. Jury demanda :

— Vous ne sentez jamais une présence… je ne sais pas quel autre mot employer… dans cette maison ?

— Vous voulez dire, comme des fantômes ?

— Je ne sais pas trop ce que je veux dire.

— C'est drôle. Mes parents étaient passionnés par le monde des esprits. Ils ont fait venir une médium, une femme assez célèbre et respectée dans son milieu. Quand elle est entrée en transe, elle a parlé d'une présence – c'est exactement le mot qu'elle a utilisé – pleine de désir et d'envie. Au moment où elle s'apprêtait à partir, mes parents l'ont interrogée sur cette présence, ou ce fantôme. Ils voulaient savoir pourquoi ils ne l'avaient jamais vue ni sentie. Je me trouvais là pendant qu'elle enfilait sa cape noire. Elle leur a répondu : « Elle n'est pas pour vous. »

— Ah, j'aime bien cette histoire.

— Autant vous dire que je ne lui ai pas prêté beaucoup attention à l'époque.

Jury s'arrêta.

— Vous auriez peut-être dû.

Elle regarda non pas vers lui mais derrière lui. Elle sourit et dit :

— À cause de la présence.

— Entre autres.

Ils arrivèrent devant des marches basses descendant vers ce qui ressemblait à un autre jardin en contrebas. Jury se tourna vers elle.

— Je me suis souvent interrogé sur les origines de l'obsession.

— C'est à moi que vous dites ça ? Suis-je censée m'y connaître ?

— Je crois, oui.

Son sourire forcé ne quitta pas ses lèvres.

— Mais qu'est-ce qui peut bien vous faire penser ça ? Dites-le-moi, car j'aimerais vraiment le savoir.

— Disons une intuition.

— Une intuition. C'est avec ça que vous résolvez vos enquêtes, commissaire ?

À ce stade, Jury sentit qu'il la connaissait déjà assez bien pour la laisser dévier vers un autre sujet.

— Je suis un peu perdue, dit-elle. Sur quoi enquêtez-vous, au juste ? Sur le meurtre de cette femme retrouvée au haras Ryder ?

La question ne visait qu'à masquer son angoisse, voire sa panique. Il ne répondit pas, la prenant par le coude.

— Marchons, dit-il.

— Mais vous n'êtes pas ici en mission officielle. Vous avez dit que ce n'était pas votre enquête.

— En effet.

— Dans ce cas, dites-moi une fois pour toutes ce que vous êtes venu chercher.

— Je suis là parce que cette affaire me dérange. Beaucoup. Le fait de ne pas savoir si cette fille est morte ou vivante.

— À mon avis, elle est forcément morte. Elle a disparu depuis près de deux ans.

Elle venait d'extirper une cigarette d'un paquet sorti de la poche de sa veste. Jury s'arrêta pour lui offrir du feu. Ils se trouvaient devant un petit jardin à la française entourant un bassin carré, asséché comme tout le reste. Au fond se dressait un mur de soutènement en calcaire.

— Il a dû être très beau autrefois, commenta Jury.

Derrière le bassin, un sentier bordé de hêtres menait à une porte en bois sombre.

— Qu'est-ce qu'il y a derrière ?

— Je ne sais pas, répondit-elle.

— Vous n'avez jamais essayé de l'ouvrir ?

— Si, mais elle est coincée. Cela ne m'ennuie pas outre mesure. Elle ajoute une note de mystère aux lieux.

Elle lui lança un regard.

— Oh, vous pouvez essayer. Elle ne bougera pas d'un pouce, mais je sens bien que vous en mourez d'envie. C'est votre métier, après tout, d'élucider les mystères.

Il la laissa près du bassin et descendit le sentier. La porte était massive et noircie par le temps, gonds et poignée rongés par la rouille. On se demandait comment ils pouvaient encore maintenir quoi que ce soit. Jury appuya son épaule contre la porte mais elle ne remua même pas d'un nanomètre. Rien ne bougea. Pas le moindre craquement. Il essaya à nouveau. En vain.

Elle lança de loin :

— Alors, j'avais raison ou pas ?

Quand il revint vers elle, elle ajouta :

— Il faudrait un bélier pour la déloger de ses gonds.

— Ce ne sont pas ses gonds qui la retiennent, ils sont trop pourris.

— Quoi alors ?

Il haussa les épaules. Il la vit écraser sa cigarette contre le rebord du bassin puis ranger le mégot dans sa poche.

— Vous êtes résolue à laisser cet endroit intact, n'est-ce pas ?

— On dirait une accusation. Qu'est-ce qui vous fait dire ça ?

— Outre l'état de décrépitude générale du parc – un parc que vous n'entretenez pas ou n'entretenez qu'épisodiquement – il y a la manière dont vous venez d'éteindre cette cigarette. N'importe qui d'autre l'aurait simplement laissée tomber au sol et l'aurait écrasée du pied. Mais vous ne laissez même pas votre mégot.

Elle ouvrit des yeux ronds puis secoua lentement la tête.

— Vous trouvez toujours de grandes choses à l'intérieur de petites ?

Ils approchaient de l'autre côté de la maison quand elle reprit :

— Je trouve plutôt généreux de votre part de consacrer votre temps à une affaire qui n'est même pas la vôtre.

— Je suis en congé, ça n'a donc pas d'importance.

— Je suis sûre que ça en a beaucoup pour *eux*…

Elle marqua une pause, le temps de rentrer dans la maison.

— Mais je ne m'explique toujours pas pourquoi Vernon Rice vous a parlé de moi.

— Il a pensé que vous auriez peut-être des informations sur Dan Ryder. J'ai un mal fou à le cerner. Les membres d'une famille ont souvent une idée très faussée les uns des autres.

— Je vois. Dites-moi, pourquoi ne restez-vous pas à dîner ? Il y a de l'agneau.

Jury sourit.

— Merci, mais il faut que je rentre à Londres. En revanche, un petit verre ne serait pas de refus.

Elle lui prépara un whisky puis s'excusa pour aller surveiller son agneau et le reste de son repas.

Il resta assis à siroter son verre, examinant la pièce. L'air vibrait. Pour dissiper (mais le devait-il ?) le poids de cette impression, il se leva et fit le tour du salon. Il s'arrêta à nouveau pour regarder les photos sur la cheminée et souleva un des bougeoirs, qui émit un tintement de verre. Il passa devant un vaisselier puis marqua une pause devant un bureau Mazarin poussé dans un coin. Il devait être français, vu son raffinement. Les lignes aériennes et la légèreté du mobilier français lui donnaient souvent l'impression qu'on pouvait le soulever avec deux doigts. Les côtés et la façade étaient incrustés de motifs délicats d'oiseaux et de fleurs, le plateau tapissé de cuir vert. Près d'un plumier se trouvait une autre photo dans un cadre en miroir. Elle présentait un homme brun, plissant légèrement les yeux dans une lumière trop forte. Il portait autour du cou une écharpe rayée et ce qui ressemblait à des lunettes de pilote. Cela lui indiqua de qui il s'agissait : l'ex-mari de Sara Hunt.

Jury examina la photo, se demandant pourquoi elle conservait d'une manière si ouverte l'image d'un homme dont elle avait divorcé, et manifestement pas dans les meilleures conditions. Il fit glisser le dos du cadre en cuir moiré, puis une mince feuille de carton qui gardait le cliché en place. Il y avait une seconde photo à l'intérieur.

Dan Ryder. Il le reconnut facilement pour l'avoir vu sur le mur dans le bureau de son père. Ce qui le fit sourire, ce n'était pas que Sara lui eût menti – il savait qu'elle mentait depuis le début – mais qu'elle se soit livrée à un geste si puéril, cachant la photo sous une autre. Une cachette de midinette que n'importe qui pouvait découvrir. Mais était-ce vraiment cela ? N'était-ce pas le signe qu'elle était déterminée à garder son amant pour elle, qu'elle ne céderait pas d'un pouce ? Il glissa soigneusement les deux photos dans le cadre et remit celui-ci à sa place. Le bureau n'avait qu'un tiroir dans la serrure duquel était insérée une clef ornée d'un gland de passementerie. Il l'ouvrit et, parmi des stylos et des papiers, découvrit d'autres photos. Il y en avait quelques-unes de Sara, certaines, prises sans nul doute sur les mêmes champs de courses que les photos de la cheminée, où on la voyait en arrière-plan dans le cercle du vainqueur. Sur deux d'entre elles, Dan Ryder était perché sur Mauvais Genre. Sous la pile se trouvait un agrandissement de dix centimètres sur cinq du jockey seul. Jury le prit ainsi que deux autres clichés, l'un de Sara et l'autre du cercle du vainqueur, et les glissa dans sa poche. Au même moment, il l'entendit qui revenait, s'excusant :

— Je suis navrée d'avoir tant tardé.

Elle déposa sur la table une grande assiette de légumes crus accompagnés d'une sorte de sauce froide. Le genre d'aliments dont Jury avait horreur. Souriant, il prit un bâton de céleri.

— Mais je vous en prie.

— Vous êtes sûr que vous ne voulez pas rester dîner ? Vous serez le bienvenu.

Il déclina à nouveau l'invitation en la remerciant, répétant qu'il devait rentrer à Londres. Elle paraissait déçue et il se demanda quel terrain d'entente ils avaient pu trouver. Une chose était sûre, ce n'était plus un terrain glissant. Il observa son visage, son expressivité. Elle ne pourrait jamais être une bonne menteuse, ses traits la trahiraient toujours.

— Vous me fixez, commissaire.

— Hum… Je vous en prie, appelez-moi Richard. Je ne suis pas ici en mission officielle.

— D'accord, Richard, mais vous me fixez toujours.

Elle souriait. Ce sourire, se rappela-t-il, pouvait lui attirer des ennuis.

— Je suis toujours en train de réfléchir à cette question.

— Quelle question ?

— Sur la nature de l'obsession.

Elle poussa un soupir, trempa un morceau de choufleur dans la sauce, puis soupira à nouveau.

— Vous êtes tenace.

Une fois de plus, il sentit le mouvement de l'air. Qu'est-ce que c'était donc ? Il lança un regard pardessus son épaule.

— Que se passe-t-il ? demanda-t-elle.

— Rien. Alors vous pensez qu'on en est tous capables ?

Elle arqua des sourcils interrogateurs.

— D'un comportement obsessionnel, précisa-t-il.

— En tout cas, vous, c'est sûr.

— Pardon ?

— Vous êtes obsédé par l'obsession.

Il se mit à rire et reprit son verre.

— Qu'est-ce que vous comprenez par « obsessionnel » ? demanda-t-il.

Elle réfléchit une minute avant de répondre :

— Je suppose que c'est aimer ou désirer quelque chose à l'excès, au point que l'objet de votre désir l'emporte sur tout le reste.

— C'est un sentiment que vous connaissez bien ?

Il sourit, histoire de désamorcer ce qu'elle risquait de percevoir comme dangereux dans sa question.

Elle agita une main impatiente.

— Non. Du moins… Enfin, comment le saurais-je si vous ne savez pas le définir vous-même ?

Elle fit la moue.

— Quoi qu'il en soit, j'ai cru le savoir.

— Quoi ?

— L'obsession, c'est de l'amour – car c'est bien d'amour que nous parlons, non ? –, de l'amour poussé à l'extrême. L'amour *in extremis*, si ça veut dire quelque chose.

— Je ne crois pas. Ce serait plutôt de l'amour à l'envers.

Elle réfléchit un moment.

— Alors disons que c'est le fait de trop aimer quelqu'un.

— On n'aime jamais quelqu'un trop.

Elle s'enfonça brusquement dans le canapé.

— Mon Dieu, ce que vous pouvez être romantique !

— Peut-être, mais là n'est pas la question. La nature même de l'amour fait qu'il n'y en a jamais trop ; il vous protège de vous-même ; il patrouille sur ses propres remparts ; il utilise sa propre lunette d'approche.

— Je faisais allusion à cet état d'esprit qui fait que vous pensez sans arrêt à l'autre, que vous voulez toujours être avec lui, tout savoir sur lui, où il est, ce qu'il fait, où il va…

Elle haussa les épaules. Sa définition s'achevait sur cette note vague.

Jury préférait nettement la version de Vernon Rice.

38

— Tourne là et suis cette vieille route, dit Nell.

Elle pointa un doigt pour indiquer le chemin. Vernon ne reconnaissait pas l'endroit. Il ne lui semblait pas qu'ils étaient passés près du haras.

— Je crois bien que je ne suis jamais venu par là.

— Je sais. Ce sont les terres situées derrière chez nous. Elles nous appartiennent même si elles sont loin des bâtiments principaux. C'est à près d'un kilomètre de la maison. Il y a quelques années, Grand-Père a décidé de ne plus utiliser cette partie. Si je croyais en ma bonne étoile, je dirais que c'est elle qui m'a guidée jusqu'ici. Mais je ne crois pas en la chance, du moins pas en la bonne.

Vernon réprima un sourire.

— Tu crois en quoi ?

Sa BMW absorbait en douceur les secousses provoquées par les profondes ornières de la route.

Elle sembla réfléchir sérieusement à la question.

— Pas à grand-chose, conclut-elle.

Ils arrivèrent dans une clairière qui avait dû autrefois être un manège d'entraînement mais qui n'abritait plus que des amas de feuilles mortes et des vestiges de haies. Dans la grange à l'autre bout, il entendait les bruits étouffés des juments de Nell. Un poulain couleur noisette se tenait dans l'embrasure de la porte. Il se tourna et disparut dans les profondeurs de la bâtisse.

Vernon sourit. Les poulains l'attendrissaient toujours, quand il prenait le temps de s'arracher aux parts de marché et aux start-up pour les observer.

— Quel âge il a ? demanda-t-il.

— Trois mois. Il s'appelle Charlie, c'est le petit de Daisy. J'ai dû le faire sortir de là-bas avant qu'ils ne reviennent le chercher avec le camion pour le vendre ou l'emmener à l'abattoir. C'est un mâle, tu comprends. Il ne leur sert à rien. Viens, ils doivent être affamés.

Vernon portait deux sacs de graines et une balle de foin de pré, Nell un sac d'avoine et un autre de son.

— C'est vraiment sympa de t'être arrêté pour acheter des provisions. Jusque-là, je me servais principalement au haras pendant la nuit. Je suppose que c'est du vol, mais je ne crois pas que Grand-Père sera fâché.

— Pas s'il sait que tu es la voleuse, c'est sûr.

Ils traversaient la clairière, pataugeant dans la gadoue.

— Tu as toujours été si gentil. Tu n'as pas idée à quel point Grand-Père t'aime. Peut-être même plus que Papa. En tout cas, plus qu'Oncle Danny, qu'il considérait comme un grand jockey mais pas comme un type bien. Ce doit être très pénible de penser ça de son propre fils.

— Je doute qu'il m'aime autant que ça. Tu devrais l'entendre me parler !

— Tu ne comprends pas. Tu es le seul à qui il parle sur ce ton. Il m'a dit un jour : « Tu peux toujours compter sur ce fou de Vern. »

— Ah, c'est sympa ! dit Vernon en riant.

Ils étaient arrivés dans la grange. Nell se mit au travail dans les stalles, plaçant des fourchées de foin dans les râteliers. Elle trébucha et manqua s'étaler de tout son long. Vernon la rattrapa et lui prit sa fourche.

— Tu es trop fatiguée pour faire ça. Tu aurais besoin de dormir pendant une semaine entière. Notre nuit blanche n'a rien arrangé.

Oh que si ! pensa Nell. Elle a compensé tant de choses : le fait d'être restée seule pendant deux ans, d'avoir été la seule compagnie que ces juments aient jamais eue, d'avoir vécu dans les limbes si longtemps. Elle a compensé des choses que tu ne sauras jamais et, donc, que tu ne comprendras jamais.

Elle ne dit rien de tout ça, déclarant simplement :

— La nuit dernière ne m'a pas fatiguée, elle m'a fait du bien.

— Tant mieux.

Il versa l'avoine dans un des seaux. La jument Daisy ne semblait pas gênée par sa présence. Elle secoua à peine sa crinière et tapa un peu du pied, mais paraissait parfaitement calme.

Nell prit du recul, se balançant légèrement sur ses talons, s'amusant de le voir manier la fourche, éparpillant plus de foin par terre que dans les râteliers, essayant de se tenir à distance des juments pourtant bien sages.

Quand il eut fini, il déclara :

— J'ai les reins en compote ! J'espère que ce n'est pas ce que tu faisais tous les jours quand tu étais l'esclave de la mère Hobbs !

Il lui fit signe de le rejoindre.

— Viens, allons manger. Je meurs de faim.

Il sortit un grand panier d'osier du coffre et un plaid qu'il déploya sur le sol. Puis il étala les provisions, parmi lesquelles une excellente bouteille de bourgogne. Bobby était un expert en vins, non pas parce qu'il en buvait, ce qui lui arrivait très rarement, mais parce qu'il avait investi dans des vignobles. Il faisait autorité dans tous les domaines où il boursicotait. Tout comme Daphne.

Nell sortit de leurs papiers un morceau de cheddar et un autre de fromage du Cheshire.

— Tu t'es vraiment donné beaucoup de mal.

Vernon débouchait la bouteille.

— Moi ? Non, c'est Bobby qui a tout fait.

— Oui, mais c'est toi qui y as pensé et c'est vraiment chouette. Un pique-nique en janvier.

— Tu mériterais mieux qu'un pique-nique ! dit-il en faisant sortir le bouchon.

Malgré elle, une pensée traversa son esprit : Non, je ne mérite même pas ça. Elle n'avait pas effacé de son esprit l'image de ce grenier moisi. Même si celle-ci reculait, comme vue à travers un rétroviseur, elle revenait parfois au premier plan aux moments où elle s'y attendait le moins, brûlante, étouffante, infâme. Dans cette maison, elle n'avait été qu'une marchandise de contrebande. Puis, comme chaque fois, immédiatement après l'image venait la question : Est-ce vraiment arrivé ? C'était comme regarder à travers un brouillard.

Quand elle releva les yeux, elle vit que Vernon l'observait. Ses yeux gris et clairs étaient acérés comme des lames.

— Nellie, qu'est-ce qu'il se passe ? Il y a autre chose, n'est-ce pas ?

Elle baissa le nez vers son fromage et haussa les épaules.

— Non.

Il se mit à rire.

— Bon, raconte-moi.

Elle se sentit glisser et prit peur, comme chaque fois que cela lui arrivait, craignant de perdre la raison. Elle savait que Vernon n'insisterait pas. Elle sentit cette boule dans la gorge qui annonçait les larmes. Ne pleure pas ! s'ordonna-t-elle. Si tu craques, tout va sortir. Auquel cas, elle ne pourrait plus faire marche arrière et il la repousserait avec dégoût. Absurde ! Elle savait que c'était absurde.

Quand elle releva la tête, il la dévisageait toujours. Il ne détourna pas les yeux. Il mâchait lentement son sandwich.

Rougissant, elle parvint à dire :

— Parfois je me demande si je ne suis pas folle, un peu fêlée comme on dit.

— Pourquoi ?

Il versa du vin dans un gobelet en plastique qu'il lui tendit.

Elle regarda au loin. Les arbres, les haies, les granges lui apparaissaient comme des détails sur une carte postale.

— J'ai parfois l'impression que les choses ne sont pas réelles. C'est comme si je voyais des images, des représentations de ce qui n'est pas vraiment là.

Vernon but une gorgée de vin.

— C'est peut-être moi.

Elle fut sidérée qu'il puisse le penser.

— Toi ? Vernon, tu es la seule chose bien réelle ici !

Puis, se reprenant :

— Avec les chevaux, bien sûr.

Cela le fit rire.

— Ça, c'est un compliment ! Être aussi réel à tes yeux que tes chevaux !

Nell se détendit. Le danger avait été écarté. Ils mangèrent et burent dans un silence réconfortant que n'interrompaient que les bruits provenant de la grange.

Puis il déclara :

— Écoute, Nellie, je te propose un marché : je m'attaque aux labos Wyeth si tu dis à ton père et à Arthur que tu es rentrée.

— Mais…

Vernon secoua la tête, l'air soudain autoritaire.

— Pas de « mais », Nellie. Tu dois le faire et le plus tôt sera le mieux. Aujourd'hui, par exemple.

Elle sentit l'adrénaline fuser dans ses veines mais ne dit rien.

— Tu peux revenir à présent, puisque que tu vas pouvoir faire sortir ces juments de chez cette Hobbs.

Il savait que ce n'était pas tout. Les chevaux n'étaient qu'une partie du problème. Elle avait honte, il le sentait. Elle avait honte de rentrer à la maison et ce n'était pas parce qu'elle aurait pu le faire plus tôt. Non, cette honte venait d'ailleurs et était probablement liée à ces épisodes de désorientation dont elle avait parlé. Elle voulait s'en débarrasser, chasser cette honte de sa tête et de sa vie. Cependant, il n'arriverait à rien en l'interrogeant, même s'il en mourait d'envie. Il ne ferait que repousser son secret au plus profond de sa cachette.

— D'accord, je vais revenir, Vernon, mais pas aujourd'hui, je t'en prie. J'ai besoin de me préparer, psychologiquement.

Elle saisit un sandwich au saumon, l'examina comme s'il recelait la clef de quelque chose qu'elle aurait oublié, puis mordit dedans.

Ils poursuivirent leur pique-nique, Nell tournant la tête dès qu'elle entendait le moindre son d'impatience ou d'inquiétude chez les juments.

— Elles ont besoin d'exercice, d'un peu de liberté. Normalement, je les monte à tour de rôle pendant que les autres paissent. Il n'y a pas grand-chose à brouter au-dehors en cette saison, mais elles trouvent toujours un petit quelque chose. Je ne monte pas Daisy parce qu'elle doit rester avec Charlie. Et puis, naturellement, il faut monter Aqueduc. Il est habitué au grand galop. Enfin, il l'était.

— Pourquoi l'ont-ils enlevé ? demanda Vernon.

Nell examinait un autre sandwich.

— Aqueduc est un champion de steeple-chase. Il peut sauter pratiquement n'importe quel obstacle. Même les murs d'Hadrien, tu sais. Je suppose aussi qu'ils voulaient un pur-sang qui avait fait ses preuves en tant qu'étalon. Je ne sais pas trop.

Elle engloutit le reste de son sandwich et regarda Vernon.

— Tu n'as qu'à monter avec moi. Tu sais monter, je le sais. On faisait la course autrefois, tu te souviens ?

C'était d'une tristesse sans fond, cette manière de parler comme si son enfance et son adolescence avaient été écrasées, réduites en morceaux, sous le poids de ce qu'elle avait vécu.

— Oui, et je gagnais.

— Jamais !

— Tu veux parier ?

Il lui montra une tarte au chocolat et à la noisette.

— Si je gagne, je peux manger le tout ?

— Presque tout.

Elle se leva.

— Tu n'as qu'à prendre Aqueduc, je monterai une des juments.

— Ces pauvres bêtes sont en piteux état. Comment pourraient-elles battre Aqueduc ?

— Mmh, je me le demande.

— Tu veux dire par là que si c'est moi qui le monte, elles n'auront aucun mal à faire mieux ?

Ils marchèrent vers la grange.

— Tu as de quoi monter ? demanda-t-il.

— Oui.

— Mors ? Brides ? Selles ?

— Oui, oui.

À l'intérieur, Nell se dirigea vers un box qui abritait une belle jument baie.

— Celle-ci, je crois, est un de ces chevaux de selle français. Ce sont d'excellents sauteurs. Elle a eu trois semaines pour reprendre des forces. Elle s'appelle Lili.

Vernon était accoudé à la demi-porte.

— Pourquoi tu choisis une sauteuse ?

— Parce que Aqueduc est un sauteur, lui aussi. C'est pour égaliser nos chances.

— Pourquoi ? On va faire du saut d'obstacles ?

— Non, mais on ne sait jamais.

— Dans ce cas, la réponse n'est pas « non » mais « peut-être ».

Elle se mit à rire.

— Tu n'es vraiment pas d'humeur compétitive, pas vrai ?

— Non, mais il ne faut pas que ça nous arrête.

Nell avait mis un mors dans la bouche de la jument. Elle portait une selle sur le bras.

— Tout cet équipement n'a pas servi depuis je ne sais combien de temps, observa Vernon. Pourtant, il a l'air flambant neuf.

— Je l'ai nettoyé et ciré.

Elle fit sortir la jument.

Aqueduc était déjà hors de son box, mangeant l'avoine dans le seau que Vernon avait oublié au milieu de la salle. Il mastiquait solennellement tout en observant Vernon.

Seigneur !

L'étalon émit un ébrouement qui ressemblait à un ricanement.

39

De l'autre côté du couloir, l'adolescent aux cheveux violets (on avait oublié de le prévenir que la mode punk était passée ?) coiffé d'écouteurs démesurés était envoûté par ce qu'il écoutait, les yeux fermés, ses doigts marquant le rythme contre la tablette sur laquelle était posé son lecteur de CD. La musique – même si, à proprement parler, ce ne devait même pas être de la musique – se déversait hors des écouteurs, cherchant à se fuir elle-même.

La scène rappelait à Jury une expérience similaire vécue à Stratford-upon-Avon quelques années plus tôt, où il avait également été question de trains et de quais de gare : un autre gamin avec des cheveux teints et un ghetto-blaster écoutait à plein volume une chanteuse française (incroyable !) lançant un douloureux adieu à son amour perdu avec des accents déchirants. *Adieu* était un des rares mots qu'il pouvait reconnaître en français, avec *amour* et *j'aimais*. Mais les chansons d'amour étaient universellement traduisibles soit en « bonjour » soit en « adieu », le plus souvent ce dernier. Jury comprenait parfaitement ces sentiments. Oui, c'était exactement ce qu'il ressentait ; Dieu seul savait combien de fois il était passé par là. Cette fois-là, il en avait bavé. Il avait perdu quelqu'un dont il avait pensé ne jamais pouvoir se passer. C'était aussi en janvier. Ou en mars ? Cette musique laissait-elle présager une autre perte ? Ce garçon était-il un ange de l'hiver envoyé dans la vie de Jury chaque fois qu'elle s'apprêtait à tomber en morceaux ?

Mais que restait-il à briser ? À moins que ce ne fût simplement un processus cumulatif de destruction, un pan qui s'effrite ici, un autre qui s'effondre là. La vie paraissait parfois si fragile et légère qu'il aurait suffi de souffler dessus pour qu'elle s'envole.

Mais qu'est-ce qui s'envolait ? Qu'est-ce qui n'allait pas ? À part le fait qu'il semblait condamné à écouter la musique des autres ?

Le garçon ajusta ses écouteurs et le volume grimpa encore. C'était du hard rock. Une guitare électrique émettait un raclement strident. Jury était incapable de distinguer un de ces groupes des autres. Il ne savait même pas reconnaître ceux de sa jeunesse.

Un employé passa dans le couloir en poussant un chariot bien garni : sandwichs, thé, café, boissons fraîches, chips. Désormais, dans ces trains, tout était nickel, propre comme un nouveau-né. D'ailleurs, on aurait pu changer son bébé à même le plancher sans craindre les microbes. Il prit un thé et un sandwich au fromage dont il n'avait pas envie.

Il se replongea dans sa méditation sur les heures qu'il venait de passer en compagnie de la charmante Sara Hunt dans son univers détaché du reste du monde, constitué de jardins fanés, de murs de pierres croulants, d'argenterie ternie, de housses de fauteuil élimées… un univers où tout avait besoin de soins.

Il tenta de raccommoder la tapisserie effilochée. Vivre dans cette grande demeure était une notion plutôt victorienne, une femme portant le deuil de son amant. N'aurait-il pas été plus simple de ranger les photos quelque part plutôt que de les cacher derrière d'autres ? Mais c'était là la clef du personnage, se rappela-t-il. Elle était têtue, elle préférait courir le risque. Il posa sa tête contre la vitre froide et regarda défiler les clôtures et les prés gelés. Les champs semblaient antédiluviens, oubliés, morts, stériles. Une étrange image. Il ferma les yeux et retourna à Dan Ryder et Sara. Mais pourquoi tenait-elle tant à cacher le fait qu'ils avaient été amants ? Elle savait forcément que Ryder était un coureur invétéré. Tout le monde le savait, du moins tous ceux qui avaient un pied dans le monde du turf. Dan Ryder couchait à droite et à gauche. Pour reprendre une expression victorienne, c'était un cavaleur. Naturellement, de la part de Sara, ce pouvait être une question d'orgueil. Elle ne voulait peut-être pas qu'on sache comment leur liaison s'était terminée, la façon dont il l'avait sans doute plaquée, mais cela n'expliquait pas qu'elle veuille cacher la façon dont elle avait commencé.

Jury se rendit compte qu'il se basait sur son intuition plutôt que sur des preuves. Peu importait, c'était généralement son intuition qui le guidait jusqu'aux preuves.

Le train de Londres ralentit et s'arrêta dans une gare dont Jury aurait été incapable de prononcer le nom. Le garçon ôta ses écouteurs et bondit vers un kiosque sur le quai. Jury le vit acheter une barre de chocolat et un paquet de cigarettes. Le vendeur lissa soigneusement le billet qu'il lui avait donné, se tourna vers les cartouches alignées derrière lui et lui tendit les cigarettes.

L'adolescent avait laissé son lecteur de CD allumé et l'antimusique rauque continuait de chuinter dans les écouteurs posés sur la tablette. Jury perçut quelques bribes de paroles et fut étonné de constater qu'il s'agissait encore d'une chanson d'amour. Il songea à Nell, fredonnant pour les chevaux. Quelle était sa chanson déjà ? *L'amour est entré dans ma vie* ?

Le coup de foudre. C'était un concept auquel Jury n'avait aucun mal à croire, même s'il ne l'avait jamais compris. Comment une personne (comme lui) pouvait-elle réagir avec une telle certitude à une autre (comme il avait réagi face à plusieurs des femmes qu'il avait connues) ?

Un seul regard – comme disait la chanson – lui avait suffi pour tomber amoureux de Vivian Rivington. Il y avait déjà quelques années de cela. Helen Minton, Nell Healy, Jane Holdsworth… la même rengaine. Il ne voyait pas pourquoi un pan aussi important de la psychologie rejetait cet attachement immédiat comme étant superficiel, banal, sentimental, romantique et adolescent. (Il trouvait aussi que l'adolescence avait bon dos.) Naturellement, il croyait également que l'amour pouvait se développer conformément au plan approuvé par la plupart : on fréquentait la personne pendant un certain temps avant de découvrir qu'on en était amoureux. Mais cela lui paraissait assez terne, un peu comme d'acheter une voiture à crédit et ne pas avoir à effectuer le premier versement avant un an ou deux.

Le garçon remonta à bord juste à temps, le train s'ébranlait déjà. Il laissa tomber le paquet sur la tablette et remit ses écouteurs. Jury pouvait supporter les cheveux et le chuintement, mais pas la fumée de cigarette. Heureusement, l'adolescent ne semblait pas vouloir en allumer une. Jury se sentait étrangement déprimé, sans vraiment comprendre pourquoi ni s'il y avait quelque chose à comprendre. Il décida que ce devait être une séquelle de l'affaire Mickey Haggerty – non qu'il eût besoin de se mortifier davantage avec ce sujet.

Il ferma les yeux et tenta de se mettre à la place de Sara dans sa relation avec Dan Ryder. À en croire les témoignages, le jockey avait été aussi charismatique que les pur-sang qu'il chevauchait : tout le glamour de Samarkand, toute la ruse de Mauvais Genre.

L'aiguille s'enraya. Le disque repassa cette pensée : Mauvais Genre. L'aiguille resta coincée dans ce sillon mental un moment, puis reprit sa route. Il n'arrivait pas à développer suffisamment cette vision pour lui donner corps.

Une nouvelle mini-explosion de sons électriques lui parvint quand le garçon posa à nouveau ses écouteurs et quitta son siège. Il s'éloigna dans le couloir en se dandinant, entendant encore la musique dans sa tête. Celle-ci braillait si fort dans les écouteurs qu'ils en tremblaient, à moins que ce ne fussent les mouvements du train qui les faisaient avancer centimètre par centimètre sur la tablette.

Le garçon revint et les recoiffa.

L'oubli. Une forme d'oubli, pensa Jury. Qui était-il pour refuser à quelqu'un sa voie vers l'oubli, qu'elle le transporte vers un monde meilleur ou serve à mieux le relier à celui-ci ? Pourtant, selon Jury, ce monde-ci était infiniment supérieur à nos mondes rêvés, l'imagination étant pleine d'étincelles que l'on confond aisément avec de la lumière et de la couleur. Il y avait beaucoup plus d'étincelles que de génie dans nos mondes imaginaires.

Quand le train entra dans les faubourgs de Londres et commença à ralentir, le garçon se leva, son voyage touchant à sa fin.

— Hé, mec ! lui lança Jury.

Il n'était pas sûr que ce mot figurât encore dans le lexique adolescent. Quand le garçon se tourna vers lui, il lui déclara :

— J'aime bien ta musique.

Le garçon sourit, surpris de recevoir un compliment de la part d'un quidam d'âge mûr à l'air ringard.

— Vous aimez Door Jam ?

Jury hocha la tête.

— Ils arrachent.

— Cool !

Le garçon lui tapa dans la paume, de cette forme de poignée de main qui ressemblait au prélude d'un bras de fer.

— Super cool ! renchérit Jury.

40

— Bien sûr que tu peux ! dit Nell du haut de sa jument. N'oublie pas que tu es sur Aqueduc.

Vernon ne risquait pas de l'oublier. Aqueduc ne faisait pas de quartier. Il était perché sur le pur-sang, sentant qu'il maîtrisait de moins en moins la situation.

— Je t'assure qu'il veut ma peau. Regarde comme il tourne la tête pour me narguer.

Effectivement, le cheval tordait le cou pour le regarder.

— Je ne me souvenais pas que tu étais si mal à l'aise avec les chevaux.

— « Mal à l'aise »… bel euphémisme. Ça vaut mieux que « trouillard ».

Aqueduc s'ébrouait comme si Vernon était une grosse mouche.

— Il cherche à se débarrasser de moi, regarde-le !

Nell se mit à rire. Son cheval hennit, d'un hennissement qui ressemblait remarquablement à un rire.

— De toute manière, le poids n'est pas juste. Tu devrais me donner cinq ou six kilos supplémentaires, au moins.

(Comme si Aqueduc en avait besoin !)

— Je n'ai pas de charges. Ne sois pas si tatillon.

Elle reculait, plaçant son cheval face au premier mur, qui était assez bas.

— Allez, prêt ?

— Hé, attends, attends ! Tu as dit qu'on ne sauterait pas !

— J'ai menti. Vern, tu es un très bon cavalier. Tu te souviens qu'on pourchassait tout ce qui courait dans les prés ? Les lapins, les renards ?

S'il s'en souvenait ? Comment aurait-il pu l'oublier ? Au cours des deux dernières années, il avait fait ce rêve récurrent : Nell sur Samarkand, un cheval talentueux mais pas un sauteur, s'apprêtant à bondir pardessus les murs d'Hadrien. Elle franchissait les trois premiers avec une grâce parfaite mais le cheval freinait des quatre fers devant le quatrième. À ce stade, comme s'il s'était agi d'une course de plat, le drapeau s'abattait et, quand il se relevait, Samarkand broutait l'herbe entre les murs et Nell avait disparu.

Ceux qui le connaissaient n'auraient jamais imaginé qu'il était superstitieux. Il croyait pourtant aux présages et aux prophéties, même s'il n'aimait pas l'admettre. Son rêve avait été provoqué par la disparition de Nell. Sauf qu'il l'avait encore fait la nuit précédente. Le drapeau était tombé et elle n'était plus là. Ce qui inquiétait Vernon, c'était que c'était lui qui tenait le drapeau. Il était absurde de sa part de penser qu'il pouvait être responsable de sa disparition. Mais il avait déclenché cette idée qui maintenant le hantait. Il savait d'où elle venait : il avait trente-six ans et elle dix-sept. Même ainsi…

— Nellie, ton cheval n'est pas un sauteur.

Elle tira légèrement sur les rênes de Lili et la fit tourner tout en répondant :

— Bon, c'est vrai, j'avoue que je me suis un peu entraînée.

Aqueduc s'ébroua à nouveau et se mit à tourner sur place. Vernon, qui ne l'avait encore jamais monté, s'écria :

— Mais arrête ça ! Qu'est-ce qui lui prend ?

Nell était hilare.

— Lui, c'est un sauteur, Vern. Il veut sauter. Avec ou sans toi, il passera par-dessus ce mur.

— Ah, bon. D'accord, d'accord.

Il vint se placer à côté d'elle, leurs deux montures à une douzaine de mètres du premier mur, le plus bas. Puis ils prirent leur élan et s'élancèrent au galop. Tandis qu'ils bondissaient simultanément, Vernon était plus attentif au cheval de Nell qu'au sien. Aqueduc n'avait pas besoin de lui.

En revanche, Lili avait besoin de Nell, de ses mains, de ses jambes, de sa langue. Vernon n'avait pas encore vu un cheval dont elle ne pût tirer quelque chose. La jument décrivit un arc gracieux au-dessus du mur mais passa à quelques centimètres des pierres.

— Continue ! lui cria Nell.

Aqueduc semblait vouloir la garder dans son champ de vision car il ralentit un instant. Mais son instinct reprit rapidement le dessus. En tout cas, ce n'étaient certainement pas les ordres de Vernon qui le firent s'élancer à plus d'un mètre vingt au-dessus du sol pour franchir le second mur. Vernon tira sur les rênes, sentant que l'étalon ne faisait que s'échauffer et le voyant s'apprêter à bondir au-dessus d'un troisième mur encore plus haut.

— Vas-y, Vern ! Tu peux le faire ! Tu es sur Aqueduc !

— Toi tu peux le faire, tu veux dire ! Tu l'as déjà fait !

— Bien sûr que non. Où t'es-tu mis cette idée en… Ah, tu veux dire en disparaissant par-dessus les murs d'Hadrien ? Parce que tu crois que mon kidnappeur m'a confié les rênes, peut-être ?

— J'ai pensé que c'était une des raisons pour lesquelles il aurait pu t'enlever. Parce que tu es si bonne cavalière.

Cela la fit sourire.

— Merci, mais j'ai quand même du mal à franchir certains de ces murs.

— Alors c'est lui qui devait être un grand cavalier.

— Je le pense aussi… C'était peut-être un jockey. En tout cas, j'ai eu l'impression qu'il en avait la taille.

Elle ferma les yeux.

— Parfois, j'ai l'impression que je pourrais tout reconnaître au toucher. Pas toi ?

Vernon lui lança un regard puis se pencha sur l'encolure d'Aqueduc pour le flatter. Il réfléchit un moment avant de demander :

— Tu n'aurais pas un téléphone portable, par hasard ? J'ai oublié le mien.

Ce devait être la première fois de sa vie.

— Vern, comment veux-tu que j'aie un portable ?

Vernon tordit le cou, regardant à la ronde comme s'il cherchait une cabine publique en pleine campagne.

— Pour quoi faire ? demanda Nell. Qui as-tu besoin d'appeler tout à coup ?

— Richard Jury.

Il se caressa la lèvre inférieure du pouce, l'air ailleurs.

— C'est qui, ce Richard Jury ?

— Désolé, j'ai oublié de t'en parler. C'est un policier. Un commissaire de Scotland Yard.

— Commissaire, c'est un grade élevé. Il s'intéresse encore à moi ? Après tout ce temps ?

— Ce n'est pas officiel. Enfin, disons qu'il enquête à titre privé. C'est un patient de Roger. Ton père lui a parlé de toi, sachant qui il était, au cas où.

Il balaya à nouveau la campagne du regard.

— Écoute, j'aimerais vraiment rentrer à Londres…

Nell fit tourner Lili, qui semblait particulièrement fascinée par une touffe d'herbes gelées.

— Vu qu'il n'y a aucun téléphone dans les parages…

— Tu viens avec moi.

Elle haussa les sourcils.

— C'est un ordre ?

— Oui. Tu as encore beaucoup à faire avec les juments ?

— Je dois juste les sortir pour les faire marcher un peu.

Pendant qu'elle s'occupait des chevaux, Vernon conduisit Aqueduc jusqu'au vieux manège. C'était une chance qu'il ait continué à se rendre régulièrement au haras pour monter. Il démarra en trottinant, puis accéléra jusqu'à mener le pur-sang au grand galop.

Ils martelaient la terre durcie par le froid. C'était exaltant. Il ne pensait plus qu'à la vitesse et au vent. À rien d'autre, pas même à l'argent, pas même à Nell.

41

Melrose se tenait près du box vide, se demandant ce que Momaday était en train de faire subir à Chagriné. Il devait forcément lui faire subir quelque chose, se souciant comme d'une guigne des ordres de Melrose de ne pas sortir le cheval. Momaday abîmait tout ce qu'il touchait.

Je vais le virer, pensa Melrose. Puis il rectifia mentalement : Non, je vais demander à Ruthven de le virer. Mais à quoi bon se leurrer ? Personne ne se faisait jamais renvoyer d'Ardry End. Son père, naturellement, avait laissé « toutes ces tracasseries ménagères » à sa mère, qui n'aurait même pas été capable de congédier une souris. De fait, Melrose l'avait surprise un jour dans la bibliothèque, agenouillée devant un trou dans la plinthe, dans lequel elle poussait un petit objet. Confuse d'avoir été prise en flagrant délit, elle avait rougi et balbutié : « C'est juste un petit morceau de fromage. Elles n'ont sans doute rien à manger, les pauvres. »

Melrose avait six ans à l'époque et, considérant déjà sa mère comme un être merveilleux, il ne l'avait trouvée que plus extraordinaire encore. Ému par tant de bonté, il lui avait pris la main et avait juré de ne jamais rien dire. Momaday était son antipode.

Melrose traversa le parc trempé jusqu'à l'ermitage pour voir comment s'en sortait son nouvel employé. Il avait engagé Bramwell en pensant que cela contrarierait Agatha, qui s'était mise à fréquenter l'écurie où elle entretenait de longues conversations avec Momaday (auquel, jusqu'ici, elle n'aurait jamais adressé la parole) sur les soins et l'alimentation du cheval. S'il ne pouvait lui interdire sa maison, il ne voulait pas la voir aller et venir dans le parc. Dieu seul savait ce que ces deux-là étaient capables de tramer !

L'ermitage n'était plus habité depuis au moins deux siècles. Il se trouvait assez loin de la maison et tellement caché par les arbres qu'il en avait totalement occulté l'existence durant toutes ces années. En le revoyant, il se demanda comment il avait pu l'oublier, avec son crâne et son *Memento Mori* gravés sur le linteau. Il avait hâte de le montrer à Jury ! C'était l'endroit idéal où cacher un cadavre. En attendant, c'était Mr Bramwell qui s'y terrerait.

Mr Bramwell – ermite attitré – était justement sorti de sa tanière, une grotte aux dimensions confortables faite de pierres, de troncs d'arbre et de mousses, étonnamment chaude et douillette en hiver quoique Bramwell se plaignît constamment du manque de lumière et de chaleur depuis sa prise de fonction, quelques jours plus tôt.

Cette idée de recruter un ermite lui était venue alors qu'il discutait de la vogue au dix-huitième siècle d'avoir un saint homme sur son domaine. Les propriétaires terriens, désireux de paraître plus riches et plus au fait des choses du monde, se les arrachaient. Naturellement, il y avait des règles à respecter : ne jamais mettre un pied hors de la propriété, ne jamais se raser ni se couper les cheveux.

« Vous devriez vous offrir un ermite ornemental, avait dit Diane. C'est une merveilleuse idée. Voilà qui devrait couper l'appétit à Agatha ! »

Elle agitait son verre de martini vide vers le bar et Dick Scroggs. Celui-ci prenait son temps.

« Withersby ! s'était écrié Trueblood. C'est le candidat idéal !

— C'est une femme, avait objecté Melrose. Les ermites étaient des hommes. Engagés par l'aristocratie terrienne pour créer une impression d'oisiveté bucolique ou je ne sais quoi. »

Scroggs, armé d'une cruche de vodka glacée et d'une petite bouteille de vermouth, remplissait le verre de Diane, puis y laissait tomber une olive plantée sur un cure-dent.

« Vous savez, avait repris Diane, je peux vous en trouver un. Il suffit de passer une annonce dans mon journal. »

(« Son journal » ! Tout ça parce qu'elle y écrivait la rubrique astrologique, pour le plus grand amusement de tous, il fallait quand même lui reconnaître ça.)

« C'était comme ça qu'ils procédaient à l'époque. Par petites annonces.

— Pourquoi ai-je du mal à croire à ce que j'entends ? » avait demandé Vivian.

Diane, haussant les épaules :

« Je ne sais pas. Un manque d'imagination, peut-être ?

— C'est une formidable idée, avait déclaré Trueblood. Diane et moi pourrions interviewer les candidats. Ce sera très amusant.

— Ah vraiment ? avait dit Vivian en faisant tournoyer sa cerise dans son verre. Oui, finalement je vous crois, quand on songe à ce qui vous amuse. »

Elle n'avait toujours pas digéré l'incident Franco Giappino, évincé de Long Piddleton par les efforts conjoints du duo infernal (une force à ne pas prendre à la légère). Personne n'avait jamais dit à Vivian grâce à quelles ruses ils avaient accompli cette prouesse.

Ils s'étaient donc lancés dans cette nouvelle entreprise et avaient déniché Bramwell. Les ermites décoratifs louant leurs services ne couraient pas les rues. Mr Bramwell s'était présenté avec deux valises et une certaine irascibilité, son dernier poste ornemental lui ayant laissé un arrière-goût amer.

Parvenu devant la grotte, Melrose le salua joyeusement.

— Bonjour, Mr Bramwell. Comment ça va aujourd'hui ?

— Je voudrais vous y voir, vous, à dormir par terre !

Petit et trapu, Mr Bramwell était d'un tempérament un tantinet plus agressif que Melrose ne l'avait prévu, de la part d'un ermite, mais Diane lui avait fait valoir qu'en matière de saint homme on ne pouvait être trop regardant. Trueblood et elle avaient déjà eu suffisamment de mal à convaincre les candidats qu'il s'agissait d'une proposition sérieuse et que l'employeur verserait effectivement le salaire royal promis.

Melrose émit un petit rire forcé.

— Voyons, c'est un peu exagéré, non ? On vous a fourni un très joli lit de camp et plein de couvertures bien chaudes.

Bramwell lâcha un grognement de dépit, plissa les yeux et sortit sa pipe de sa bouche (le tabac était également fourni). Il ne projetait absolument pas une image d'humilité érémitique.

— Vous parlez d'un boulot, hein ? Quand c'est que les projecteurs s'allument ? Où qu'il est, Russell Crowe ?

Melrose devait reconnaître qu'il était allé un peu loin dans le mensonge en lui annonçant qu'une prestigieuse société de production allait tourner un grand film d'action à Ardry End, mais Bramwell le tannait en exigeant constamment de savoir ce qu'il faisait là, répétant qu'il était sûr que cela avait un rapport avec la drogue et pleurnichant qu'il n'avait aucune distraction. Il avait un cahier de doléances assez chargé.

— La maison de production a été retardée par… euh… la star. Crowe n'a pas encore terminé de tourner son dernier film.

— Ces gens du cinéma, ils ont la belle vie ! Ah pour ça, ils se la coulent douce, eux. C'est pas comme moi qui en ai chié toute ma vie.

Bramwell semblait sur le point de se lancer dans le récit de sa vie d'ermite. Il bourrait sa pipe en guise de prélude.

— Mr Bramwell, j'ai des choses à faire…

Bramwell fit claquer sa lippe avec dédain.

— Vous ? Vous êtes un de ces rupins qui pètent dans la soie depuis leur naissance, jamais levé le petit doigt de votre vie, comme ce Russell Crowe, sauf que vous êtes moins joli.

Il se gratta derrière l'oreille.

— Comment qu'elle s'appelle déjà, cette belle pépée blonde avec qui il est… ?

— Si vous voulez, je peux vous abonner à *Gala*, mais en attendant…

Bramwell, guidé par des voix que Melrose ne pouvait entendre, avait bifurqué dans une autre direction, parlant cette fois d'une enfance nourrie aux allocations chômage et d'une pauvre créature qu'il appelait « ma Doris » – sa femme, une sœur, une cousine ? –, morte misérablement lors d'une intervention chirurgicale de routine, ce qui expliquait sa haine des médecins et des hôpitaux.

— Mais c'est qu'elle était en pleine forme, ma Doris…

Melrose, toujours trop gentleman pour faire taire quiconque, vit avec un grand soulagement Ruthven approcher avec le téléphone sans fil.

— Un Mr Rice, Milord.

— Alors, vieux, ça gaze ? lui lança Bramwell.

Le visage du majordome se plissa, réprimant une douzaine de répliques qu'il était lui aussi trop gentleman de chez gentleman pour prononcer.

Le téléphone à la main, Melrose partit en direction de la maison.

— Vernon ! Comment ça va ?

La nouvelle le cloua sur place.

— Comment ça, elle est rentrée ? Elle a tout simplement… *réapparu* ?

Melrose se remit à marcher tout en écoutant le récit de la nuit précédente et de l'expédition à Cambridge. Il entra dans la bibliothèque en passant par la porte-fenêtre et s'assit dans le premier fauteuil venu. Vernon avait essayé le numéro du commissaire plusieurs fois, mais il n'était pas chez lui.

— Son idée du « repos » n'est pas tout à fait la même que celle de la plupart des gens. Quand je l'ai laissé à Londres, il m'a dit qu'il partait pour le pays de Galles. Vous ne lui avez pas parlé d'une amie de Dan Ryder qui vit là-bas ?

— Si, en effet.

— Et la famille de Nell ?

— Elle veut attendre demain avant d'aller les trouver.

— Mais…

— Oui, je sais, mais elle a ses raisons, même si j'ignore lesquelles. Elle est… remarquable… prodigieuse.

Melrose sourit.

— Comme si vous en aviez jamais douté.

— Non, c'est vrai.

Melrose réfléchit un moment, puis dit :

— Vous savez, il y a là quelque chose de particulièrement intéressant.

— Quoi ?

— Eh bien… se pourrait-il qu'elle se sente coupable pour une raison ou une autre ? Honteuse ? Qu'elle soit bloquée par un sentiment qu'elle ne ressent apparemment pas en votre compagnie ?

— J'y ai pensé. C'est sans doute parce que je ne suis pas vraiment de la famille. Comme je compte moins pour elle, mon jugement n'a peut-être pas autant d'importance ?

Melrose perçut l'interrogation dans sa voix.

— Je dirais plutôt que c'est tout le contraire. Elle savait que vous ne la jugeriez pas.

Le silence vibra.

42

Carole-Anne Palutski était assise sur le sofa de Jury.

— Je ne vois pas pourquoi tu dois faire ta convalescence *là-bas* et pas *ici*. Et puis quelle idée d'aller à Northants ! Sans parler du pays de Galles !

Jury laissa tomber une chaussure sur le sol et posa le pied sur le dos du chien Stone. Celui-ci aboya.

— J'avais besoin d'y rencontrer quelqu'un.

— Au pays de Galles ?

(Comme s'il était inconcevable de rencontrer qui que ce soit au pays de Galles !)

— Ne sois pas ridicule ! On ne connaît personne là-bas.

« On » ? Jury secoua la tête.

— J'ai été dans beaucoup, beaucoup d'endroits au cours de ma longue et illustre carrière dans la police. Tu serais surprise du nombre de gens que j'ai rencontrés dont tu n'as jamais entendu parler. Par exemple, il y a la famille Cripps : White Ellie, Ash the Flash…

Jury se mit à décrire sur un ton monocorde et dans le menu détail les Cripps et un bon nombre d'autres témoins, suspects et individus ayant participé de près ou de loin à diverses enquêtes un peu partout dans les îles Britanniques.

Carole-Anne écouta patiemment sa péroraison, enroulant et déroulant une mèche autour de son index sans le quitter des yeux.

— À quoi elle ressemble ?

— Qui ?

— Cette femme au pays de Galles.

Après qu'elle eut emporté sa description de la femme du pays de Galles dans son studio au dernier étage pour méditer dessus, Jury resta prostré dans son fauteuil, plus fatigué qu'il n'aurait aimé l'admettre. Il laissa son regard errer dans la pièce, faisant des comparaisons avec le penthouse de Rice et le quasi-château de Plant. Que son appartement paraisse encore plus modeste à côté ne le dérangeait pas. Au cours de sa promenade visuelle dans le séjour, il s'arrêta sur un tableau accroché au mur, près de la fenêtre. Il l'avait complètement oublié, comme on oublie souvent ce qui est toujours sous nos yeux. Il représentait une douzaine de chevaux derrière une clôture blanche, une scène étrangement similaire à celle qu'il avait vue avec Wiggins lors de leur première visite au haras Ryder.

Il poussa un soupir puis examina la courte liste des messages que Carole-Anne avait extraits de son répondeur, puisqu'il n'arrivait pas à faire marcher la foutue machine. Il en manquait probablement quelques-uns, Carole-Anne ne notant que ceux qu'elle approuvait, comme s'il s'agissait d'une première sélection pour un prix littéraire. Les autres étaient encore enfouis dans l'appareil, attendant que Jury les écoute – s'il parvenait à percer ses mystères diaboliques.

Avec son écriture souvent indéchiffrable, Carole-Anne avait noté les appels de Vernon Rice, de Wiggins, du commissaire divisionnaire Racer, de Rice encore, de Melrose Plant, de Wiggins de nouveau. Il commença par Vernon Rice.

— Richard Jury à l'appareil…

En entendant la nouvelle du retour de Nell Ryder, il bondit de son fauteuil, manquant écraser Stone. Puis il se rassit et renfila sa chaussure.

— Comment ça : « Elle s'est tout simplement présentée dans votre bureau » ? Je serai là d'ici une demi-heure, selon la vitesse à laquelle je trouve un taxi.

Il chaussa son second soulier, expliquant au chien :

— C'est ce qu'il m'avait dit, Stone. « Un beau jour, elle va réapparaître, comme ça. » Ça, ça reste à vérifier !

43

Jury la dévisagea longuement, plus qu'il n'était convenable de le faire avec une personne qu'on vient juste de vous présenter. Les photos sur le mur de son grand-père n'avaient pas menti. Il eut du mal à arracher son regard d'elle – « arracher » n'étant pas un vain mot. La présentation ne prit que quelques secondes mais elle lui parut durer plusieurs minutes, au cours desquelles il serra sa main, la lâcha et se sentit envahi d'un bien-être dont il ne comprenait pas la cause.

Elle portait un jean sombre et un chemisier blanc. Pour une fille de dix-sept ans, elle avait déjà beaucoup d'allure. Mais l'effet ne provenait pas seulement de ses traits – elle était extrêmement jolie. Ce n'était pas ce qui frappait Jury le plus, même s'il imaginait que bien des hommes prendraient cette qualité plus mystérieuse pour de la beauté physique. Il était généralement assez doué pour percer à jour les témoins, pour deviner leur fonctionnement. Cette fois, il nageait complètement.

La lueur tamisée d'une lampe derrière elle chantournait sa chevelure. Celle-ci semblait filtrer et difracter la lumière comme la surface de l'eau, et il eut la sensation étrange de regarder une scène sous-marine.

Il fut surpris de l'entendre s'excuser :

— Je suis désolée. Je vous ai donné beaucoup de mal.

— Pas du tout.

— Si, je sais que vous sortez de l'hôpital. Vern m'a raconté.

Vernon était en train de vider un fond de bouteille de whisky dans un verre en cristal taillé. Il regarda le cadavre d'un air contrit tout en tendant le verre à Jury.

— Il faut que je descende chez le caviste en chercher une autre. Pendant ce temps-là, Nell, raconte toute l'histoire au commissaire. Il faut qu'il l'entende.

— Mais je t'ai déjà dit tout ce…

Vernon secoua la tête, les yeux fermés.

— Il n'a pas besoin de l'entendre de ma bouche, mais de la tienne. Ce ne sont pas uniquement les faits qui comptent, c'est aussi la manière de les raconter. Pas vrai ?

Il était déjà en train d'enfiler son anorak.

— Exact, confirma Jury. Mais je ne veux pas vous faire subir…

Vernon l'interrompit avec un sourire et un geste de la main.

— Je crois qu'après ce qu'on a tous subi, Nell nous doit bien ça, même si elle n'y est pour rien.

Vernon Rice semblait avoir une influence considérable sur elle, mais Jury n'en fut pas surpris. Après tout, c'était lui qu'elle était venue trouver. Elle acquiesça et il partit après avoir annoncé qu'il n'en avait que pour quelques minutes.

Jury demanda à la jeune fille pourquoi elle se trouvait dans l'écurie la nuit de son enlèvement.

— On me l'a déjà dit, mais j'aimerais entendre votre version.

— C'était pour Aqueduc. Maurice m'avait dit qu'il était malade. Il toussait. Alors j'ai pris mon sac de couchage et je suis allée passer la nuit avec lui. Ça m'arrivait parfois quand un cheval était souffrant. Cela dit, je n'ai pas remarqué de toux, mais mieux vaut prévenir que guérir.

Elle sourit.

— Racontez-moi ce qui s'est passé, Nell.

Elle lui raconta les faits sur un ton détaché. C'était comme si toute émotion avait été expurgée des événements. À la fin de son récit, Jury resta silencieux quelques instants, puis demanda :

— Vous avez été bien traitée… ou du moins, décemment ?

Elle eut une hésitation si brève que personne, pas même Vernon, ne l'aurait remarquée à moins d'être spécialement entraîné à repérer ce genre de flottement. Jury la dévisagea, elle détourna le regard. Il y eut un silence qu'elle n'était pas prête à combler. Il n'insista pas, du moins pour le moment. Il préféra déclarer :

— Et vous ne pouviez pas vous enfuir à cause des chevaux ? Des juments ?

Elle hocha la tête.

— Vous pensiez que votre grand-père ne ferait rien pour les sortir de là ?

— C'est qu'ils ne font rien d'illégal, vous comprenez. Si bien que les autorités n'ont aucune raison de les obliger à arrêter. Tout ce qu'ils auraient fait – Papa et Grand-Père – c'est prendre leurs fusils, débarquer au haras et descendre tout le monde.

Sa voix était presque stridente, frôlant le désespoir. On y est, pensa-t-il. C'était ce que l'enfant en elle avait voulu, ce pour quoi priait tout enfant en danger, ou plutôt ce qu'il attendait : le protecteur qui volait à son secours et « tuait tous les méchants ». Sauf que le sauveur n'apparaissait jamais. Si bien qu'on se retrouvait sans rien à quoi se raccrocher. Sa mère était morte, son père vivait à Londres, trop occupé la plupart du temps pour s'occuper d'elle. Il ne restait que son grand-père.

— Vous semblez vous sentir…

Il eut l'impression qu'elle l'implorait du regard de lui expliquer pourquoi elle avait réagi ainsi.

— … vous sentir coupable. Pourquoi ?

— Quand j'ai enfin eu la possibilité de m'enfuir, je ne l'ai pas fait.

— Ils vous avaient tous laissée tomber, pourquoi seriez-vous rentrée ?

Elle tressaillit, prise de court, mais laissa en même temps échapper un petit soupir de soulagement. Elle était assise sur le bord du sofa, en équilibre, comme si vivre selon cette ligne de pensée était un vrai numéro de funambule. Elle se mit alors à rire, mais sa voix était tendue :

— Ils ne pouvaient rien faire.

— C'est peut-être vrai dans les faits, mais ce n'est pas ce que vous ressentiez. Ils auraient dû vous chercher…

— Ils l'ont fait.

— Oui, mais ils ont arrêté.

Elle se tut un moment puis déclara :

— C'était la seule chose raisonnable à faire.

— Vernon Rice, lui, n'a pas arrêté.

Elle laissa retomber sa tête et se mit à étudier, tout comme lui, les entrelacs du tapis, des motifs d'un gris tempête dont le ton s'éclaircissait à mesure que le dessin s'élargissait.

— Vous pensez que c'est pour ça que je suis restée. Vous me trouvez très rancunière…

La notion de rancune ici était absurde.

— Rancunière ? Absolument pas. Je cherche juste à établir des liens, des raisons.

— Des raisons. Vous pensez que je me mens. Que la vraie raison pour laquelle je suis restée là-bas, c'était pour me venger de ma famille, parce qu'elle n'a pas su me protéger. Vous ne croyez pas que c'était pour les chevaux.

Jury s'en voulut de s'être exprimé si maladroitement et d'avoir été mal compris.

— Au contraire, je suis convaincu que les juments étaient la raison. En parlant de « liens » et de « raisons », je me demandais simplement d'où vous venait une telle compassion – au point de rester quand vous auriez pu partir et de vous mettre en danger en revenant plusieurs fois chercher des juments. La première fois, vous auriez pu prendre Aqueduc et filer. Mais vous y êtes retournée. Chaque fois, c'était un peu plus dangereux. Vous êtes même retournée dans votre chambre, dans votre lit.

— Après la quatrième jument, j'ai attendu. Il fallait que je reste auprès des chevaux pour prendre soin d'eux. Il s'est écoulé près de trois semaines entre la quatrième et la cinquième que j'ai volées, puis pareil jusqu'à la sixième. Après ça, je suis restée dans la grange. Elle se trouvait sur la propriété de Grand-Père et n'était plus utilisée depuis longtemps.

— Vous ne deviez pas être bien loin de là depuis le début. Vous avez une idée de la distance ?

— Je n'en suis pas sûre. Par la route, je dirais que ça fait un peu plus de trois kilomètres.

— Et vous n'aviez jamais vu cette Mrs Hobbs auparavant ?

Elle fit non de la tête.

— Les haras sont si éloignés qu'à moins d'être directement en affaires avec l'un d'eux…

Elle acheva sa phrase d'un haussement d'épaules et se remit à examiner le tapis. Ce dernier semblait être le dépositaire de toutes leurs pensées inexprimées.

— Le fait d'avoir été si proche, tout ce temps…

— Mais vous continuez à vous sentir coupable.

— Oui, dit-elle en relevant la tête. Pour celles que j'ai laissées derrière moi.

Jury la dévisagea depuis l'autre rive de cette mer de tapis gris, avec ses motifs de vagues à peine visibles qui semblaient déferler vers elle pour mourir à ses pieds. Il sentait un nœud glacé dans le creux de son ventre, comme s'il avait pataugé dans cette eau froide pour tenter de la rejoindre, en vain. Pour certaines personnes, il y avait toujours quelque chose de plus à faire, quelqu'un d'autre à sauver.

— Vous avez cru que vous pourriez sortir toutes les juments ?

Elle acquiesça.

— Oui, au début, sans doute. Si j'étais assez maligne. Assez courageuse.

Elle esquissa un faible sourire, comme si elle n'eût jamais dû s'attendre à être l'un ou l'autre.

Jury était sidéré. Ce qu'elle avait déjà accompli n'avait pas suffi à lui démontrer qu'elle était les deux. Devant un tel autodénigrement, il ne savait plus quoi dire. Il préféra revenir à des questions pratiques :

— L'homme qui vous a enlevée, vous le reconnaîtriez si vous le revoyiez ?

— Je ne crois pas, pas en le voyant. Peut-être que si je le touchais…

Elle s'interrompit si brusquement que Jury tiqua. Il pensa à son hésitation un peu plus tôt.

— Nell, qu'est-il arrivé d'autre ?

Il comprit quand elle croisa son regard puis le détourna aussitôt. Après quoi, elle regarda tout dans la pièce sauf lui.

— Cet homme, celui qui vous a enlevée, vous a-t-il fait quelque chose ?

Elle baissa la tête.

— Ce n'était pas lui.

Jury attendit.

— C'était un autre homme, mais je n'ai vu sa figure qu'une fois, et mal. Il venait la nuit et s'assurait que la pièce était toujours plongée dans le noir. Il me faisait m'allonger sur le ventre et se couchait sur moi.

Je ne voyais que ses mains, de chaque côté de mon visage.

Comme si Jury avait besoin d'une démonstration, elle écarta ses deux mains, la paume plate et ouverte.

— Rien que ses mains, répéta-t-elle.

Jury se pencha vers elle.

— C'est en partie la raison pour laquelle vous ne vouliez pas rentrer ?

Elle hocha la tête, en larmes.

— Après la deuxième fois j'ai cessé de me débattre, parce que j'ai compris que ça ne faisait que durer plus longtemps.

Jury vint s'asseoir sur le sofa et passa un bras autour de ses épaules.

— Rien de ceci n'est de votre faute, Nell. Rien.

— Mais vous ne devez le dire à personne. Je vous en supplie, ne dites rien. Vernon le tuerait s'il le retrouvait.

— Non, je ne dirai rien.

Il sortit un mouchoir de sa poche et le lui donna. Le visage toujours enfoui dans sa veste, elle le prit à tâtons. Il était intéressant de noter qu'elle avait choisi Vernon pour tuer le salaud, au lieu de son père ou son grand-père. Et si je mets la main dessus, c'est moi qui le tuerai, se dit Jury.

Elle s'était suffisamment ressaisie pour se redresser.

— Si Maman n'était pas morte…

Le *si* demeura en suspens. Mais les *si* ne restent-ils pas toujours ainsi ? Quant à la mort, elle n'excusait pas l'abandon. Elle ne l'avait jamais excusé et ne l'excuserait jamais. Telle est notre complète déraison face à la perte d'un être cher.

Était-ce ce blocage qui avait fait naître en elle un tel amour pour des créatures qui ne pouvaient communiquer que par des signes et des gestes ? Était-ce le reflet d'elle-même qu'elle voyait dans ces juments sans défense ? Était-ce pour cette raison qu'elle était déterminée à ne pas leur faire subir ce que sa mère lui avait fait subir ? Tout comme, finalement, son père et son grand-père, même s'ils étaient moins coupables que sa mère. Au moins, eux, ils étaient toujours là.

— Ma mère était une formidable cavalière, reprit Nell. Ce doit être d'elle que je tiens cette faculté.

Ça et quelques autres choses, pensa Jury en baissant à nouveau les yeux vers le tapis. La solitude, une impression permanente de déracinement, une nostalgie incurable. Quand Maman partait, elle emportait la maison avec elle.

— Mr Jury ?

Il redressa brusquement la tête.

— À quoi pensiez-vous ? Vous aviez soudain l'air si triste.

— Oh, je pensais à ma propre enfance. À ma propre mère. Mais je n'avais pas de cheval.

— C'est dommage. Vous auriez dû en avoir un.

Jury sourit. C'était comme si le monde était divisé entre les propriétaires de chevaux et les autres, comme si les chevaux pouvaient prendre la place des parents absents.

Son expression était profondément sérieuse et inquiète.

— Vous irez au haras Ryder demain ? lui demanda-t-il.

Un nuage passa sur son visage.

— Oui.

Puis elle le prit par surprise en suggérant :

— Vous pourriez venir avec nous. Vous voulez bien ?

— Euh… oui, si vous y tenez. J'en serai ravi.

Ils se tournèrent tous les deux en entendant la porte s'ouvrir. Vernon entra avec un grand sac qui émettait un cliquetis de bouteilles.

— Désolé d'avoir mis tant de temps.

— Le marchand d'alcool vous a fait un exposé détaillé sur les coteaux de Bourgogne ?

— Non, je suis tombé sur un vieux copain et on a pris un verre.

Il déposa le sac sur le sol près du bar. Jury n'en croyait pas un mot. Il avait attendu une demi-heure pour laisser à Nell le temps de raconter son histoire plus librement.

— Vous avez tous les deux l'air d'avoir grand besoin d'un verre.

Il tenait une bouteille de whisky et une autre de vin rouge.

— Ça vous dit ?

Ils hochèrent la tête et il s'occupa de les servir. Jury se tourna à nouveau vers Nell.

— Parlez-moi de l'endroit où vous étiez.

— C'était un haras assez ordinaire. Avec moins de terres que le nôtre. Les juments étaient gardées à une certaine distance des bâtiments principaux.

Elle décrivit les granges, les stalles étroites, la façon dont l'urine était recueillie, dont les juments étaient entravées, de manière à ne pas pouvoir bouger de plus de quelques centimètres. Elle racontait tout en détail, comme pour imprimer l'image dans sa mémoire. En revanche, elle parla peu du reste du haras. Sa chambre, la cuisine, le bureau fermé à clef.

— C'est là que j'ai trouvé les informations sur leurs activités.

Vernon lui tendit une boisson gazeuse vivement colorée que Wiggins aurait sûrement appréciée en lui demandant :

— Tu veux parler de la doc que tu m'as montrée ?

— Oui. Un jour, j'ai eu l'occasion de jeter un coup d'œil dans ses registres. Il y avait des stud-books mais il s'agissait surtout des juments. Attendez un instant…

Elle se leva et fila dans sa chambre au fond du couloir.

Jury en profita pour dire à Rice qu'elle lui avait demandé de venir avec eux le lendemain au haras.

— Qu'est-ce que vous en pensez ? Vous êtes d'accord ?

— Absolument. D'ailleurs, on pourrait…

Nell était de retour avec un des dépliants Premarin et des photos qu'elle tendit à Jury.

— Là, c'est Valerie Hobbs.

Jury examina deux clichés montrant une femme tenant les rênes d'un cheval et un troisième avec cc qu'il présuma être les juments. Il se tourna vers la brochure.

— Ça a l'air si inoffensif quand on lit ce qu'ils écrivent là-dedans…

Jury lut le passage sur le médicament.

— Je remarque qu'on ne montre aucun haras. Comment réagiraient les femmes si elles savaient comment les juments sont traitées ?

— Certaines cesseraient de prendre l'hormone, dit Nell. Non… Je pense que beaucoup arrêteraient. D'autres continueraient comme si de rien n'était. Je ne peux pas le leur reprocher, même si c'est égoïste et inhumain. Il y a tant de choses qui vous rendent la vie insupportable, il n'est pas facile de renoncer à un produit qui vous soulage, même un peu.

Jury reposa la brochure sur la table.

— C'est terrible. Mais vous n'avez rien trouvé d'autre ?

— Je ne savais pas quoi chercher. Il y a un registre dans lequel elle recense toutes les juments, les quantités d'urine qu'elles produisent et le nombre de mises bas.

Jury reprit une des photos de Valerie Hobbs.

— Ça vous ennuie si je la garde un moment ?

— Non, prenez-la.

Il glissa le cliché dans sa poche, puis reprit :

— À propos de cette fameuse nuit et des murs…

— On les appelle les murs d'Hadrien.

Elle semblait aimer cette appellation. Elle lui adressa un sourire presque radieux. Il le lui retourna.

— Et les garçons d'écurie, les entraîneurs ? Je cherche quelqu'un qui soit assez bon cavalier pour sauter par-dessus ces murs.

— Il faut un bon sauteur, un spécialiste de steeple-chase par exemple. Il était assez petit pour être jockey, je crois. Avec le bon cheval, Maurice pourrait sans doute le faire.

— Maurice ? Je ne savais pas qu'il était si bon cavalier.

— C'est parce qu'il n'en parle jamais. Il a toujours voulu suivre les traces de son père et, naturellement, il n'est pas aussi bon. Il avait largement dépassé le mètre soixante-dix quand je… suis partie. Il a probablement encore grandi depuis. En tout cas, s'il ne peut pas être aussi bon que son père, il préfère ne rien faire du tout. J'ai toujours essayé de lui faire dépasser cette idée, mais sans succès.

Jury la dévisagea encore un moment puis se leva.

— Il est temps que je regagne mes pénates. À quelle heure voulez-vous partir demain ?

Nell se tourna vers Vernon.

— Dix heures, ça vous va ? proposa-t-il.

— Parfait.

Jury se tourna vers Nell.

— Merci de m'avoir parlé.

Alors qu'il tournait les talons, Vernon lui dit :

— Je vous raccompagne à la porte.

Une fois sur le palier, il reprit :

— Vous savez quoi ? Je crois qu'il serait préférable pour Arthur et Roger qu'ils ne sachent pas qu'elle est d'abord venue me voir. On ne peut pas dire qu'on l'a retrouvée ?

Jury réfléchit un moment.

— Je comprends ce que vous voulez dire. Dites que *vous* l'avez retrouvée. Inventez une histoire et mettez-vous d'accord avec Nell.

Jury marqua une brève pause avant d'ajouter :

— Vous savez, pour quelqu'un qui passe son temps à manipuler des gros sous, vous êtes un gars plutôt sensible. Mais Dieu seul sait pourquoi elle veut que je vienne avec vous.

Ce fut au tour de Vernon de sourire.

— Oui, c'est ça.

Commc si Dieu pouvait le savoir.

44

Ce fut Arthur qui ouvrit la porte, surpris de les voir tous les deux.

— Vernon !

Il prit un air grave.

— Tu as un mandat d'arrêt ?

— Demande-lui, répondit Vernon. C'est lui le flic, pas moi.

Arthur serra la main de Jury.

— Je suppose qu'on vous a mis au courant au sujet de la femme retrouvée assassinée ? Simone Ryder ?

— Oui, on m'a prévenu.

Arthur Ryder poussa un soupir.

— Je ne sais pas si ça rend cette histoire encore plus déconcertante ou pas.

Son regard alla de l'un à l'autre.

— Du coup, j'ose à peine vous le demander, mais… vous avez du nouveau ?

Ils se tenaient encore dans l'entrée près de la porte ouverte et, tout en disant cela, il lança un regard par-dessus l'épaule de Vernon, vers sa BMW argentée.

— Vous êtes avec un de vos hommes, commissaire ? Pourquoi ne pas lui dire d'entrer au lieu de rester à attendre dans votre voiture ?

— En fait, Arthur, nous avons du nouveau…, commença Vernon.

— Oh, *non* ! Elle est morte, c'est ça ?

Son cri du cœur était à la fois angoissé et résigné devant le malheur. Jury trouva sa réaction intéressante. Vernon Rice n'aurait jamais pensé cela. Il avait toujours été convaincu que Nell était en vie. Il l'avait toujours *su*.

— Non, Arthur. Elle n'est pas morte. Elle est vivante.

— Tu veux dire que… tu l'as vue ? Qu'est-ce que…

Il bondit soudain et traversa la pièce en flèche comme s'il comptait atteindre la porte par le plus court chemin possible. Il surgit à l'extérieur.

— Art ! l'appela Vernon.

Quand Nell le vit, elle se précipita hors de la voiture et courut à sa rencontre. Ils se rejoignirent au milieu de la cour et elle se jeta dans ses bras, se blottissant comme si elle cherchait à se fondre en lui.

Vernon les observa en soupirant.

— Elle ne m'a pas fait ça quand elle m'a retrouvé.

Jury ne put s'empêcher de rire et lui donna une tape amicale sur le haut du crâne.

— Quoi ? *Quoi ?*

Arthur et Nell, riant et pleurant, rentrèrent dans la maison.

— Je n'arrive pas à y croire, dit-il en relâchant son étreinte. Où l'avez-vous trouvée ? *Comment* l'avez-vous trouvée ?

Présumant que c'était l'œuvre de la police, il adressait ses questions à Jury.

— Je n'ai rien fait, c'est Vernon.

— Un pur hasard, expliqua celui-ci. Je rentrais de Cambridge et mon instinct m'a dit de prendre cette vieille route qui passe près de ces enclos que tu n'utilises plus, tu sais, la vieille grange pour les chevaux, le manège…

Arthur se tourna vers Nell.

— C'est *là-bas* que tu étais ?

— Pas pendant ces deux dernières années, Grand-Père. Juste depuis quelques… jours.

Jury trouvait que Vernon avait eu raison de ne pas dire à Arthur que Nell était d'abord venue le voir à Londres. Vernon ne le prenait pas comme le signe que Nell le préférait mais uniquement comme le fait qu'il était le plus à même de l'aider. Quant à savoir pourquoi il n'en concluait pas qu'on appelait généralement au secours la personne qu'on préférait, c'était un autre mystère.

Arthur la tenait toujours par la main, réticent à perdre ce contact physique comme si elle risquait de disparaître à nouveau s'il ne la retenait pas.

— Il faut que je prévienne Roger. À moins que vous ne l'ayez déjà appelé ?

— Non, répondit Vernon. On est d'abord venus ici. Où est Maurice ? Il faut qu'il sache.

— Je ne sais pas, répondit Arthur d'un air absent. Dehors, probablement dans les écuries.

— Je vais aller le chercher, dit Jury.

Il voulait parler à Maurice seul à seul.

À l'extérieur, Jury tomba sur un des garçons d'écurie, qui le dirigea vers le terrain d'entraînement. Il suivit un sentier qui traversait un petit bois de chênes et d'ormes et le trouva de l'autre côté. Sur la piste, les rubans jaunes protégeant l'endroit où le cadavre avait été retrouvé avaient disparu, et Jury se demanda s'ils avaient été retirés par la police de Cambridge ou par Maurice.

Tout au bout de la ligne droite, il aperçut l'adolescent sur un cheval qu'il reconnut comme étant Samarkand.

Un cheval galopant à cette vitesse à son âge, Jury aurait aimé le voir à trois ans. Il ne devait même pas toucher le sol, l'incarnation même du vent.

Quant à Maurice, couché sur l'encolure du pur-sang, il aurait pu faire un sacré jockey. Continuer à grandir ainsi avait dû être pour lui une profonde désillusion. Jury se demanda s'il haïssait son corps et mit cette question de côté dans ses archives mentales pour y réfléchir à tête reposée.

Maurice aperçut Jury au moment où il négociait son second virage. Il se dressa sur ses étriers et fit ralentir Samarkand. Ils sortirent de la piste et le garçon sauta à terre.

— Maurice, dit Jury en lui tendant la main.

Maurice la serra, rejetant sa mèche brune sur le côté d'un mouvement de tête qui rappela à Jury celui de Samarkand agitant sa crinière.

— Ça a dû être frustrant pour vous de grandir autant. Ça vous a éliminé d'office de la course.

— Oui, en effet. Qu'est-ce que vous faites là ? Il s'est passé quelque chose ?

L'angoisse avait fait monter sa voix d'un cran.

Jury décida qu'il pouvait encore attendre cinq minutes avant de lui apprendre la nouvelle.

— Vous m'aviez dit que vous n'étiez pas un grand cavalier. Vous jouiez les modestes.

Il lui sourit.

— Vous savez, je m'interroge encore au sujet d'Aqueduc…

Il n'en dit pas plus et attendit.

— Vous vous demandez quoi ?

— À quel point il était malade, ce soir-là. Vous m'avez dit avoir rapporté à votre grand-père qu'il toussait, qu'il avait ce que vous appelez… euh… une toux due au foin ?

— Oui. C'est une sorte d'allergie. Probablement une réaction aux poussières dans le foin ou la paille.

— Et vous en avez également parlé à Nell.

Maurice acquiesça.

— En sachant qu'elle veillerait le cheval, comme elle le faisait souvent.

Maurice ne dit mot. Son teint, déjà pâle, pâlit encore plus.

Jury attendit encore, mais l'adolescent n'avait apparemment pas l'intention d'en dire plus.

— Nell a dit qu'elle n'avait pas constaté de toux.

Maurice s'apprêta à répondre à l'accusation, puis se figea.

— Elle *a dit* ? Comment cela ?

— Nell est revenue. Elle est à la maison.

Jury allait dire autre chose, mais Maurice avait déjà sauté sur Samarkand (visiblement à la grande consternation du pur-sang) et filait. Marcher jusqu'à la maison ne lui aurait pris que trois ou quatre minutes, mais c'était déjà trop long pour lui. La réunion de famille allait être un sacré spectacle. Jury aurait aimé y assister, mais il resta sur la piste.

Le lieu du crime.

45

— Être propriétaire de ce cheval te permettra de t'inscrire pour la chasse, décréta Agatha en étalant la confiture d'orange sur son scone.

Melrose reposa son livre, but une gorgée de thé et répondit :

— Agatha, s'il y a bien une chose qui ne figure pas dans mon programme, c'est participer à une chasse à courre.

Ayant englouti son scone en un clin d'œil, elle s'essuya les doigts.

— Tu as tort. Tu devrais adopter un comportement plus approprié à ton rang social.

— Pourquoi adopterais-je un comportement conforme à mon rang social puisque, ici, il n'y a pas de société ?

— Oh, cesse de faire le malin, Plant, cela ne…

Elle lança un regard vers la fenêtre, ouvrit grand la bouche et poussa un cri strident :

— Aaaaaa-rrrr-aaaaah !

— Mon Dieu, Agatha, qu'est-ce qu'il y a ?

Elle pointa le doigt vers la longue fenêtre au sud du salon. Melrose eut tout juste le temps d'apercevoir la tignasse hirsute de Mr Bramwell disparaissant à l'angle. Il était temps qu'il mérite son salaire d'ermite, celui-là. Devant la réaction d'Agatha, plus violente que tout ce qu'il avait pu imaginer, Melrose avait un mal fou à se maîtriser. Elle avait le teint crayeux, les yeux exorbités. Elle gardait toujours l'index pointé, incapable de bouger.

— Mais enfin, Agatha, ce n'est que l'ermite.

Il reprit son livre comme si de rien n'était.

— Le *quoi* ? Qu'est-ce que tu racontes ? Tu es devenu fou ? Tu es endêvé ?

Tiens, un nouveau mot, pensa Melrose.

— Tu ne te souviens pas de ce livre que je lisais l'autre jour ? On a discuté des ermites d'ornement…

C'était encore mieux que dans ses espoirs les plus fous car elle rassemblait déjà ses affaires (et quelques-unes de Melrose, à en juger par ce petit cheval de jade).

— Les ermites décoratifs sont un peu comme ces massifs ornementaux…

— Cette fois, c'en est trop, Plant ! J'en ai assez ! *Assez !* C'est fini ! Je n'en peux plus de toi et de tes folies !

Soulevant son volumineux fourre-tout, elle se leva.

— Tu as perdu la boule, voilà la vérité ! Cette… cette…

Elle pointait à nouveau le doigt vers la fenêtre.

— … *créature* a apparemment été autorisée à errer librement dans ton domaine. Tu crois qu'on peut encore être en sécurité dans le parc avec ce type rôdant dans les parages ! C'est probablement un obsédé sexuel par-dessus le marché !

— Je n'en sais rien, mais je le lui demanderai.

— *Oh !* Et quand je pense à tout le mal que je me suis donné pour m'assurer qu'Ardry End était géré convenablement. C'est ton ermite ou moi !

Melrose s'enfonça dans son fauteuil et fixa le plafond, réfléchissant à une dizaine de répliques possibles mais les rejetant les unes après les autres – aucune ne lui paraissait à la hauteur de la situation. La vie offrait parfois de ces moments délicieux, des moments aussi voluptueux que le porto de son père, un nectar vieux d'un siècle conservé à la cave. Il décida finalement qu'aucun mot ne serait digne de l'occasion. Une réponse à « ton ermite ou moi » devait être formulée avec des gemmes, des paroles serties qu'on jetterait sur la table telle une bourse en velours remplie de rubis.

Il opta donc pour :

— Nous avons signé un contrat. C'est que les ermites ont leur syndicat, tu sais, tout comme les conducteurs de bus. Si bien que...

Il haussa légèrement les épaules, les yeux brillants – du moins avait-il l'impression qu'ils brillaient, car il se sentait brillant. Il remarqua que, dans sa profonde consternation, elle n'avait toujours pas lâché le cheval en jade.

— Très bien. Puisque c'est comme ça, tu n'es pas près de me revoir.

— Non, mais j'espère bien revoir mon petit cheval de jade.

Un peu plus tard, au Jack and Hammer, Melrose offrit un pot à Diane et à Trueblood pour les remercier du mal qu'ils s'étaient donné.

— Interviewer tout un tas d'hommes comme ce Bramwell n'a pas dû être très folichon.

— Oh, ce n'était pas si dramatique, dit Trueblood. Ça m'a aidé à aiguiser mes talents d'investigation, mon instinct de détective.

Il alluma une de ses cigarettes couleur de coucher de soleil puis reprit :

— Par exemple, celui qui voulait savoir quel journal on lui livrerait a été éliminé d'office. Tout de même, on ne peut pas faire confiance à un ermite qui lit le *Times*, non ? Idem pour celui qui a demandé quels étaient les pubs du coin. Tous ceux-là ont été expédiés vite fait. Et puis il y avait ceux qui réclamaient des journées de repos, des nuits de congé, même des demi-journées et des heures de fermeture. Je leur ai dit : « On ne vous demande pas de tenir une boutique d'ermite ! Ce n'est pas comme si vous deviez vendre des souvenirs érémitiques ! » Ils me demandaient : « Ouais mais alors, c'est quoi qu'il fait vot' ermite ? » J'ai écarté sur-le-champ tous ceux qui demandaient quelles étaient les responsabilités d'un ermite. Il y en a qui sont incroyables. C'est à croire qu'ils n'ont jamais vu un ermite de leur vie !

Il fit tomber la cendre du bout de sa cigarette corail.

— Ils n'en ont jamais vu, dit Diane.

Elle passa un doigt au-dessus de son verre pour signaler à Dick Scroggs qu'il serait bientôt vide.

— Le problème, à présent, c'est comment m'en débarrasser…, demanda Melrose.

— C'est pourtant simple, tu lui dis que ses services ne sont plus requis.

— Tu veux dire, qu'il est viré.

— Oui, ou je ne sais pas, invoque un licenciement économique. Dis-lui que la guerre est terminée.

Diane arqua un sourcil.

— Dites-lui simplement que vous en avez terminé avec lui. Vous n'avez pas à vous expliquer ni à vous justifier.

— Mais vous savez bien que je suis incapable de congédier quelqu'un. Momaday en est la preuve vivante.

— Oui mais Momaday, au moins, fait semblant d'être utile. Sa fonction de gardien de parc est potentiellement nécessaire.

— Attendez ! Attendez ! J'ai trouvé !

Dans son excitation, Trueblood manqua de renverser les verres. Diane saisit son martini des deux mains pour éviter une catastrophe.

— *Stronzo !*

Depuis que Melrose était rentré de Florence, elle aimait lâcher un mot italien de temps en temps. Elle ne le parlait pas mais son accent était impeccable. Ce qui avait le don d'horripiler Melrose.

— Je sais comment te débarrasser de Bramwell : Theo Wrenn Browne. Tu as remarqué le panneau qu'il a mis en vitrine récemment ? « Postes à pourvoir » ! Il se prend pour une grande chaîne. Si on la joue finement, on peut s'arranger pour que Theo engage Bramwell.

Melrose fronça les sourcils, réfléchissant, puis son visage s'illumina.

— Excellent ! Comment ?

— Il n'y a qu'une seule méthode…

Trueblood alluma cette fois une cigarette vert jade.

— Fais-lui croire que *je* veux engager Bramwell. Il lui sautera dessus.

— Ce lait est infect, mon vieux, il a tourné, déclara Bramwell à Melrose.

Il souleva la cruche du plateau de petit déjeuner que Martha lui avait préparé. Il se faisait servir comme un pacha.

— Mr Bramwell, vous n'êtes pas vraiment fait pour la vie d'ermite.

— J'aurais pu vous le dire depuis le début, mais le salaire est bon.

— Je vous ai trouvé un bien meilleur poste. Naturellement, vous devez passer un entretien.

— Qu'est-ce que ça paye ? Faut pas que ça m'empêche de toucher mon chômedu, n'oubliez pas.

Melrose écarta une branche qui lui pendait devant la figure. Il ne tenait pas à savoir comment son employé arnaquait le gouvernement.

— J'ignore quel est exactement le salaire, mais il est probablement au moins équivalent à ce que je vous verse.

— Je suis preneur.

— Vous ne savez même pas de quoi il s'agit.

— Ça ne peut pas être pire que de pieuter dans ce trou.

Il agita un bras en direction de l'ermitage.

— Si vous habitez à Sidbury, vous pourrez aisément faire le déplacement tous les jours. Il y a un bus entre Sidbury et Little Blunt.

Melrose n'avait jamais vu ce bus (il n'avait jamais vu Little Blunt non plus) mais il en avait entendu parler, comme on entend parler d'une étoile distante dans une autre galaxie. Il sortit un petit calepin (celui qui ressemblait beaucoup à celui de Jury, sauf qu'il était en cuir alors que celui de Jury était en plastique), écrivit l'adresse de Wrenn's Nest, arracha la page et la tendit à Bramwell.

— Vous pourrez rencontrer Mr Browne demain. Oh, un petit conseil, évitez de l'appeler « mon vieux », il a beaucoup moins d'humour que moi.

Bramwell émit un bruit sifflant censé exprimer la conclusion d'un rire hystérique.

— Croyez-moi, évitez. Demain après-midi. Mais d'abord, faites un saut chez l'antiquaire pour parler à Mr Trueblood.

Si Theo ne voyait pas Bramwell entrer dans la boutique de Trueblood, il les verrait certainement aller ensemble au Jack and Hammer. Browne passait la moitié de la journée derrière sa vitrine pour voir ce qu'il se passait chez les autres.

La perplexité déformait les traits de Bramwell.

— Mais qu'est-ce que vous voulez que j'aille faire dans cette boutique d'antiquailles ? Pourquoi que je lui parlerais, à ce type ?

— Parce qu'il cherche quelqu'un lui aussi. Vous pourrez comparer leurs offres.

— J'y connais que dalle dans ces vieilleries.

— Vous ne connaissez rien au métier d'ermite non plus. Passez le voir, ça ne mange pas de pain. Sa boutique est juste en face du Wrenn's Nest. Je suis sûr qu'il vous offrira un verre au pub d'à côté.

Ça, pensa Melrose, c'était un coup de génie.

Apparemment, Bramwell était du même avis car son front se déplissa.

— Ouais, ma foi, pourquoi pas ? Bon, c'est pas tout, ça, mais c'est l'heure de mon déjeuner.

Il allait mettre le plateau dans les mains de Melrose quand un taxi s'arrêta devant la porte d'entrée d'Ardry End. Il était trop loin pour distinguer le visage de l'homme qui en descendit mais il était grand.

Jury ! Ce n'était pas trop tôt. Melrose s'élança au petit trop à travers la pelouse.

— Hé ! Et mon déjeuner, alors ?

Melrose lança par-dessus son épaule :

— Vous n'avez qu'à demander à vos gens de prendre contact avec mon bureau.

— Après qui tu brailles comme ça ?

Jury regardait au loin, une main en visière.

— Rien, c'est juste l'ermite. Entre !

Mais Jury ne bougea pas, méditant sa réponse.

— Tu comptes m'expliquer ou… ?

— Quoi ? L'ermite ?

Melrose lui fit un bref résumé de la saga Bramwell.

— Tu es vraiment cinglé, conclut Jury. Présente-moi à ton ermite.

Ils retraversaient la pelouse en direction de l'ermitage. Melrose s'arrêta net.

— Comment ça, « cinglé » ? *Cinglé ?* Regarde autour de toi, tu vois l'ombre d'Agatha quelque part ?

Il écarta les bras d'un geste qui englobait Ardry End, sa tour, ses jardins, ses arbres, ses sentiers, son ermitage.

Jury se mit à rire.

— Effectivement, sur ce point tu n'as pas tort.

Ruthven apparut sur le perron de la maison, appelant Melrose. Celui-ci s'arrêta à nouveau et Jury l'imita.

— Non, non, lui dit Melrose. Continue, monsieur l'expert en ermites, je vous rejoins.

Jury reprit sa route.

Quand Melrose les rejoignit, quelques minutes plus tard, Bramwell composait un numéro sur un téléphone portable.

— Un portable, Mr Bramwell ?

— Faut que j'appelle mon bookmaker. Mr Jury vient de me filer un bon tuyau pour la cinquième de Newmarket.

Tandis que l'ermite leur tournait le dos, Melrose lança un regard torve à Jury.

— Celle-là, c'est la meilleure.

Il pouvait entendre Bramwell marmonner ses instructions au bookmaker. Puis il se tourna à nouveau vers eux, refermant son téléphone dans un petit claquement sec.

— Et voilà ! Merci, mon vieux.

Il s'était immédiatement pris d'amitié pour Jury.

Melrose le tira par la manche.

— Allez, viens !

Tout en l'entraînant vers la maison, il lui raconta le plan échafaudé pour se débarrasser de Bramwell.

Jury secoua la tête.

— Tu ne pouvais pas faire les choses simplement, pour une fois ? Comme le flanquer à la porte, lui dire d'aller se faire voir en lui donnant une enveloppe ? Non, tu parles ! Toi et tes acolytes, il a fallu que vous inventiez un plan fumeux qui a toutes les chances de partir en eau de boudin. Si je l'arrêtais ?

Jury tourna les talons. Melrose le rattrapa par le bras et le traîna de force.

— Non ! Non ! Tu ne peux pas te débarrasser d'un ermite d'une manière conventionnelle. Un ermite doit être éloigné par la ruse. Sinon…

— Sinon ?

— Ça porte malheur. Et puis, depuis quand te donnes-tu ces grands airs ? Il me semble me souvenir d'un certain calepin avec lequel tu as pris la poudre d'escampette. Les mémoires de Franco Giappino ? Ses aventures en Transylvanie ? Ses nombreuses épouses ?

Parvenu sur le perron, Jury écarta ces souvenirs d'un geste impatient de la main.

— Ah, ça.

Ruthven les attendait à l'intérieur.

— Monsieur le commissaire, je me réjouis de vous revoir parmi nous.

Il aida Jury à ôter son manteau.

— Parle-moi de Nell Ryder, demanda Melrose. Qu'est-ce qui s'est passé ?

— Si tu me laisses enlever l'autre manche… Ah, merci, Ruthven.

Le majordome esquissa une légère courbette.

— Voulez-vous du thé, commissaire ?

— Oui, volontiers.

Jury marcha droit vers le canapé.

— Au cas où j'aurais besoin de m'allonger, expliqua-t-il à Melrose.

Il s'enfonça dans les coussins mous.

— Avant tout, j'ai parlé à Barry – le commandant Greene, tu te souviens de lui ? Il semblerait que la morte soit la seconde épouse de Ryder.

Melrose haussa les sourcils.

— Qu'est-ce que tu en penses ?

— Pour le moment, rien.

Melrose s'assit sur le rebord de la bergère.

— Allez ! Allez ! Raconte-moi ce qui s'est passé avec Nell Ryder. Tu as dit qu'elle s'était présentée au bureau de Vernon Rice. Comme tombée du ciel.

— Oui, tombée du ciel, c'est ça.

Pendant qu'ils buvaient leur thé, Jury lui raconta la réapparition de la jeune fille.

Melrose ne disait rien, s'émerveillant de cette histoire qui aurait pu commencer, pensait-il, par « Il était une fois… ».

— Maurice ? s'exclama-t-il enfin, stupéfait. Mais pourquoi aurait-il… Il a été, ou semblait être, si affecté par la disparition de Nell !

— Il avait d'autant plus de raisons d'être profondément affecté s'il a eu quelque chose à voir avec son enlèvement.

— Comme quoi ?

Jury fit une moue d'incertitude.

Melrose saisit un petit sandwich du plat qu'Agatha n'était pas là pour mettre à sac, poursuivant :

— Pendant près de deux ans, il n'aurait rien dit ? Mmh… J'ai du mal à avaler ça.

— Avec le temps, c'est devenu de plus en plus difficile d'en parler à quelqu'un. Après avoir laissé tout le monde s'arracher les cheveux pendant une semaine, un mois, puis six mois, un an…

Jury haussa les épaules, but une gorgée de thé, mordit dans un sandwich au saumon fumé, puis demanda :

— Qu'est-ce qu'on a pour le dîner ? Je meurs de faim.

— Je ne sais pas. Une grosse tranche de vache ou un canard mort ?

Jury sourit et ils restèrent assis en silence un moment. Puis Jury demanda :

— Tu imagines la patience qu'il a fallu à Nell Ryder pour faire ce qu'elle a fait ? Sans parler de son courage ?

— Je ne sais pas si « patience » est le mot juste. « Détermination » serait plus exact. Ou, non : « obstination ». Elle ne voyait plus que ces juments, tout le reste n'existait plus ; elle a élagué à la machette tout ce qui la gênait pour avancer vers ce seul but. Si son esprit avait été fixé sur une lumière au loin, elle aurait traversé à la nage une rivière infestée de crocodiles. Ce genre de personne ne peut marcher qu'au pas qu'elle s'impose elle-même, c'est certain.

Au menu il y avait effectivement, en termes médico-légaux, un cadavre de canard, mais, plus spécifiquement, sauté dans un vinaigre aux figues et au marsala. L'aigreur et la douceur rivalisaient en une essence délicieusement sirupeuse d'où se dégageait un arrière-goût de vin. Il était accompagné de haricots verts dans une vinaigrette à l'huile de noix et d'une purée parfumée au bourbon.

— Tu ne me demandes rien au sujet de mon expédition galloise ? s'étonna Jury.

— Non, pourquoi ? Ah oui, avec tout ce qui s'est passé, j'avais oublié le pays de Galles. Alors ?

Jury lui parla de Sara Hunt.

— Tu penses qu'elle fait une fixation sur Dan Ryder ? Ou la faisait ?

— Elle est toujours folle de lui. Cette flamme ne s'est pas encore éteinte.

Ils mangèrent et burent en silence pendant quelques minutes, puis Melrose releva les yeux vers Jury.

— Qu'est-ce que tu as à ricaner comme ça ?

— Je me demande comment réagirait un alcoolique repenti devant ces plats mijotés. Vernon Rice a monté un site web baptisé Ça-ne-tient-qu'à-toi.com.

— Un site pour quoi faire ?

Jury se servit un autre morceau de canard imbibé de marsala.

— Rien de particulier, pour compatir.

— Qu'est-ce qu'il vend alors ?

— « Coup de pouce. »

— Pardon ?

— C'est le nom de la lettre d'information qu'il vend. Elle s'intitule « Coup de pouce ». On y parle d'expériences personnelles. Le but du site est d'aider les alcooliques repentis à ne pas rechuter.

— Tu pourrais penser qu'un homme adulte, un courtier adulte, un capitaliste et opérateur boursier adulte aurait autre chose à faire de son temps, non ?

— Ne joue pas les saints, ricana encore Jury. J'aimerais qu'il en lance un autre sur la cigarette. J'aurais bien besoin d'un peu de compassion dans ce domaine-là.

— Mais ça fait deux ans que tu as arrêté de fumer !

Jury lui lança un regard noir.

— C'est ton jour de débilité ou quoi ? Fumer est une question complexe. Tu fumes combien de paquets, toi ?

— Rien qu'un. Je me limite à un seul pour ne pas développer de dépendance.

Ruthven entra.

— Si on reprenait un peu de cette incroyable purée et une bouteille de quelque chose ?

— Un hermitage ?

— Parfait.

Ruthven se retira.

— Quel est cet endroit où ils l'ont emmenée ? demanda Melrose.

— Un haras à environ trois kilomètres de chez Ryder. Pendant tout ce temps, elle était à côté !

— Ils n'avaient pas peur qu'on la reconnaisse ?

— Apparemment pas.

Jury songea aux murs d'Hadrien.

— Si tu es un bon cavalier, le chemin est plus direct en sautant par-dessus ces murs. Or, celui qui a enlevé Nell était un excellent cavalier. Elle pense que ce pourrait être un jockey.

Ruthven revint avec la purée et en servit une grande louchée à Melrose.

— Ce truc est en train de me rendre complètement saoul.

— Ce ne serait pas plutôt la bouteille de vin qu'on vient de siffler ?

Ruthven émit un petit gloussement de rire en s'approchant pour servir Jury.

— Mais non, impossible, répondit Melrose. C'est le vin que je bois tous les jours et il ne me fait rien du tout.

— Serez-vous prêt pour le dessert dans quinze minutes ? demanda Ruthven. C'est le temps qu'il faut au soufflé.

— Oui, merci.

Ruthven sortit avec son plateau.

— Miam, du soufflé. À quoi ?

— Au chocolat. Avec des biscuits de fée.

— Ça existe vraiment ?

— Bien sûr que les fées existent. En l'occurrence, il s'agit de petits gâteaux avec des ailes.

Ils avaient vidé leurs assiettes et Jury se cala contre son dossier avec un soupir.

— Ah, que c'est bon de se faire servir ! De boire du bon whisky, du bon vin, de manger du délicieux canard.

— Ah oui ?

— Tu ne trouves pas ?

— J'ai l'habitude. Ça t'ennuie si je fume ?

— C'est mal élevé de fumer entre les repas.

Melrose sortit une cigarette d'une boîte en porcelaine et l'alluma avec son Zippo.

— Je ne sais toujours pas ce que faisait la seconde Mrs Ryder étendue morte sur la piste du haras.

— Peut-être une blague, dit Jury.

— Oh, c'est vrai que c'est très comique. « Figure-toi que l'autre jour, j'ai vu une chose à mourir de rire : un cadavre sur un champ de courses. »

— Non, pas ce genre de blague. Ou du moins, « blague » n'est pas le bon mot.

— En tout cas, celui qui a placé le corps là a dû être ravi du remue-ménage qu'il a causé.

— Oui, c'est l'autre aspect…

Ruthven venait de réapparaître avec le soufflé, servi avec un coulis de framboises qui dessinait de délicates arabesques rouges.

— Ça m'a l'air délicieux. Martha s'est surpassée aujourd'hui.

Ils mangèrent en silence, savourant le mélange du chocolat et de la framboise.

Jury redressa brusquement la tête, tenant sa fourchette comme une lance miniature.

— À moins que…

— Oui ? À moins que quoi ?

Jury secoua la tête.

— Non, c'est un peu trop tiré par les cheveux.

— À Ardry End, tu es au pays du tiré par les cheveux, crois-moi.

— J'allais dire que ça me rappelle la manière dont est mort Dan Ryder : éjecté de son cheval.

— Mmh… intéressant. Mais cette femme, qu'est-ce qu'on sait d'elle ? Ton inspecteur de Cambridge, qu'est-ce qu'il a trouvé ?

— Simone Ryder ? Apparemment, elle était venue pour discuter avec un expert en assurances.

— Mais la mort de son mari était accidentelle, non ? Ça fait quoi, deux ans ? Elle n'a toujours pas touché l'assurance ?

— Non. Il y avait une clause de double garantie dans la police d'assurance.

— Aha ! fit Melrose. Je sens venir une intrigue à la Barbara Stanwyck et Fred MacMurray.

— Qu'est-ce que tu racontes ?

— Ne me dis pas que tu ne connais pas *Assurance sur la mort*, un classique du film noir. Les amants assassinent le mari après avoir pris une assurance comportant une de ces fameuses clauses. En cas de mort accidentelle, la prime est doublée.

Jury était en train de dessiner un motif dans le coulis de framboises du bout de sa fourchette.

— Tu ne crois pas que ce serait difficile pour Mrs Ryder et son jules d'assassiner son mari en le faisant tomber de cheval en pleine course ?

— Oh, je ne sais pas. Quand on veut assassiner quelqu'un, on trouve toujours le moyen.

— Donc, elle se serait assurée que la police d'assurance de son mari comportait une clause de double indemnité puis aurait organisé cet accident avec son amant, avec la complicité du cheval ? Mmh…

— C'est alors qu'Edward G. Robinson flaire quelque chose de louche.

— Qu'est-ce qu'il vient faire là-dedans ?

— C'est l'enquêteur de la compagnie d'assurances. Un de ces limiers qui traquent toutes les fraudes et ne lâchent plus leur proie une fois qu'ils l'ont trouvée.

— Dans le film, comment meurt le mari de Barbara Stanwyck ?

— Il tombe d'un train. C'était à l'époque où il y avait une plate-forme à l'arrière des trains américains pour pouvoir fumer.

Melrose contempla sa propre cigarette et demanda d'un air songeur :

— Qu'est-ce qu'elle faisait au Grave Maurice ? Ce n'est pas franchement un pub qui mérite le détour, ni un endroit où une femme comme elle donnerait rendez-vous à quelqu'un. Je suppose qu'elle était là parce que c'était pratique, qu'elle sorte de l'hôpital ou qu'elle s'apprête à y entrer. Je ne pense pas qu'elle soit venue voir Roger Ryder, car il était dans le pub quand je suis entré. Il est parti peu après.

— Elle ne l'aurait pas reconnu, de toute façon. Je doute qu'elle ait porté sur elle une photo du bon docteur. N'oublie pas que les Ryder n'ont jamais rencontré cette femme.

— Qu'ils disent.

— Qu'ils disent, en effet.

Ils burent leur café en réfléchissant chacun dans leur coin. Puis Jury demanda :

— Quel genre de courses de chevaux y a-t-il au pays de Galles ?

— Le steeple-chase champêtre, ils en sont friands là-bas. Tu penses que Dan Ryder y serait allé à cause de cette Sara Hunt ? Ce genre de courses est principalement réservé aux amateurs, mais il arrive que des professionnels concourent aussi.

Jury hocha la tête.

— Oui, je pensais à eux. Je me demande comment ils faisaient pour se voir.

— Tu sembles convaincu qu'ils étaient amants.

— J'en suis certain. Tu aurais dû voir sa réaction quand je l'ai interrogée sur Ryder. Elle a dû quitter la pièce.

Jury revit Sara seule dans cette magnifique demeure délabrée, au milieu de ses jardins en friches et de ses statues qui s'effritaient. Il ressentit une nostalgie qu'il ne pouvait associer à aucune de ses propres expériences. Quoi que ce soit, il avait envie d'y retourner. Qu'est-ce qui l'avait séduit ? La femme ? La maison ? Le passé ?

— D'après ce qu'on sait de Dan Ryder, dit Melrose, toute femme relativement séduisante qui admettrait l'avoir approché peut tout aussi bien cracher le morceau et avouer qu'elle a couché avec lui.

— C'est aussi ce que je pense.

— Peut-être qu'elle ne voulait pas être considérée comme une parmi tant d'autres.

— À moins que…

— À moins que quoi ? C'est une manie, chez toi, de ne pas finir tes phrases !

Jury reprit sa fourchette et en traîna les dents dans les vestiges de coulis.

— Oui, c'est une manie.

Il reposa sa fourchette.

— Je crois qu'il faut que je retourne à Cardiff demain.

— Quoi, encore le pays de Galles ?

Melrose soupira.

— Dans ce cas, tu devras repasser par Londres. Je te conduirai.

— Merci.

46

En reprenant le siège qu'il avait occupé deux jours plus tôt en rentrant à Londres, Jury se dit qu'il avait peut-être trouvé la solution du voyage dans le temps, qu'il remontait vraiment vers le passé. Mais si pouvoir le faire était un fantasme sentimental, vouloir le faire trahissait un manque de sang-froid, même s'il n'aurait su dire ni comment ni pourquoi. S'il ne se surveillait pas, il se laisserait entraîner dans un de ces ennuyeux débats intérieurs qui le laissaient en partie irrité, en partie plein de suffisance, et perdant dans tous les cas.

Il repensa au garçon au lecteur de CD et aux écouteurs et, quand le train s'arrêta dans la gare où il était descendu, il le chercha des yeux sur le quai. Sans savoir pourquoi, il aurait voulu revivre la scène, et il se demanda si ce n'était pas toujours à cause de ce désir de retrouver son passé qui l'affligeait régulièrement.

Pourtant, cette fois, la rencontre ne se situait pas dans le passé – du moins pas encore – mais dans le futur. Il se sentait beaucoup plus ambivalent que pour son premier rendez-vous avec Sara Hunt et pressentait que l'avenir pouvait lui réserver une déception déchirante.

Il appuya sa nuque contre le dossier, regrettant une fois de plus l'absence du garçon qui écoutait Door Jam.

Cette fois, quand elle ouvrit la porte, elle semblait plus à son aise, pensant (Jury le supposa) que si quelque chose avait dû mal tourner entre eux, cela se serait produit lors de leur première rencontre. Il se demanda pourquoi, dans la mesure où, généralement, la police ne revenait pas une deuxième fois, à moins qu'il n'y eût un problème.

— Je suis flattée que vous m'ayez trouvée digne d'une seconde visite.

— Oh, je trouve que vous valez tout un tas de visites.

Elle rit.

— Tout un tas de visites. J'aime bien cette expression.

Ils se tenaient dans le grand hall au sol en damier de marbre. Il la trouva belle dans sa tenue toute simple, une longue jupe noire et un petit pull bleu cendré à manches courtes, probablement en cachemire. Ses yeux marron, sa chevelure caramel, d'une couleur qu'on avait envie de toucher. Il se retint.

— J'espère que je ne suis pas trop envahissant.

— En venant me voir ? Pensez-vous. Vous imaginez le nombre de visiteurs que je reçois ?

Il sourit.

— Non.

— Précisément.

Elle accrocha son manteau sur un cintre et ils passèrent au salon. La périphérie de celui-ci était toujours aussi froide. Une poche de chaleur enveloppait les fauteuils et le canapé placés devant la cheminée, comme séparés du reste par cette frontière invisible.

— Votre timing est impeccable, je viens juste de faire du thé.

Comme dans le train, il se rassit au même endroit que deux jours plus tôt, et elle prit place dans le canapé. Pendant qu'elle servait le thé, il balaya la pièce du regard. La sensation de vide venait en grande partie du peu de meubles et de l'immense fenêtre gothique en fer forgé, privée de lumière par un arbre gigantesque.

— C'est si grand et isolé, ici, dit-il. Vous devez vous sentir seule parfois.

Oh là là ! C'était d'un banal.

Peut-être en raison de cette banalité, elle prit un air légèrement condescendant. Il l'avait cherché.

— Je ne pense pas que la solitude ait un rapport avec la taille du lieu et son isolement.

— Avec quoi, alors ?

— Oh, s'il vous plaît, commissaire, vous recommencez. Vous essayez de me piéger.

Il fut surpris, car cela n'avait pas été son intention. Il gardait ses tactiques pour plus tard. Il avait été parfaitement sincère.

— Pourquoi chercherais-je à vous piéger ?

Elle reposa sa tasse.

— À cause de quelque chose que vous avez vu ou entendu quand vous êtes venu la dernière fois. Vous voulez quelque chose, j'ignore quoi. Sans doute une information.

Elle semblait détachée, comme si cela ne la troublait pas. En bref, elle semblait innocente, sans aucun lien avec ce qui se passait chez les Ryder. Il entendit un craquement sec et releva la tête. Elle venait de mordre dans un biscuit et lui sourit.

— Oui, je veux vous dire quelque chose. Deux choses. D'abord, Nell, la petite Ryder, est de retour.

Sara écarquilla les yeux.

— Mais c'est formidable ! Que s'est-il passé ? Quelqu'un l'a ramenée ?

Jury lui donna une version abrégée du retour de Nell, omettant des détails de-ci de-là car il ignorait ce qui la concernait ou pas.

— Son père doit être fou de joie. Je ne peux pas imaginer, vraiment pas, ce qu'on doit ressentir quand une chose pareille arrive à votre enfant.

Elle laissa tomber un morceau de sucre de plus dans son thé, comme si la douceur du retour de la jeune fille en appelait une autre.

— Quelle est la seconde chose ?

— La femme retrouvée morte sur le terrain d'entraînement est la seconde épouse de Dan Ryder.

La tasse qu'elle portait à ses lèvres s'arrêta à mi-course puis resta en suspens à quelques centimètres de sa bouche.

— Mais c'est… eh bien… C'est vraiment étrange, non ? Que faisait-elle là ?

Elle reposa sa tasse avant de demander :

— C'est un des Ryder qui l'aurait tuée ?

— Je ne sais pas.

Ils burent leur thé et contemplèrent le feu en silence. Le regard de Jury se posa sur le cadre en argent contenant la photo de l'homme qui avait probablement été son ex-mari. Il se leva, s'approcha du bureau et la prit.

— Votre mari ?

— *Ex*-mari.

— Vous ne devez pas être en si mauvais termes si vous…

Il lui montra la photo. Elle s'était tournée vers la grande fenêtre, contemplant quelque chose au loin. Jury ne voyait qu'un mur nu.

— … si vous gardez sa photo bien en évidence près de vous.

— J'ai toujours aimé ce portrait.

Elle se leva brusquement.

— Allons marcher dans mes jardins dissolus.

Elle lui tendit la main et il la prit.

Il avait neigé au cours des deux derniers jours mais il n'en était pas resté grand-chose, juste de quoi rendre le paysage encore plus spectral. De petits paquets de neige s'accrochaient dans la chevelure de pierre et au creux du coude de la jeune fille déversant de l'eau de sa cruche, ainsi que dans les gueules ouvertes des poissons à ses pieds. Il y avait de la glace sur les marches du sentier qui descendait entre les érables. Elle formait une croûte à la surface de la fontaine. De fines fleurs sculptées, brunes et noires, s'étaient parées de poches de neige et de givre, revêtant un aspect éthéré, hérissé, telles des plantes ourlées de blanc à la surface vérolée d'une de ces étoiles tout là-haut qu'il pouvait vaguement deviner dans le demi-jour de cette fin d'après-midi.

— J'aime le parc en hiver, annonça Sara. Je ne devrais sans doute pas le dire, mais je le préfère en cette saison plutôt qu'au printemps ou en été. Il me paraît plus proche des choses telles qu'elles sont. De la vérité, peut-être.

— Vous trouvez que la vérité est froide et incolore ?

— Je l'ai rarement trouvée chaleureuse et accueillante.

Elle se tourna vers lui.

— Je suppose que dans votre métier vous devez faire le même constat.

— Oui, mais je pars généralement de quelque chose de froid et de peu accueillant. Les homicides le sont généralement.

— Cependant, je vous aurais cru plus blasé que moi.

Mais il ne l'était pas.

— Non. Déçu, en colère, triste… Tout ça, oui, mais pas cynique, qui est sans doute un synonyme de blasé.

— Mais vous devez être constamment confronté aux mensonges, à la mauvaise foi, à la trahison. Vous devez voir ça tout le temps.

Jury songea à Mickey Haggerty. Puis il revit Gemma Trimm, Benny et Sparky. Il sourit.

— Oui, mais il y a d'autres choses pour contrebalancer tout ça. Ce sont encore les gentils qui gagnent.

Elle était stupéfaite.

— Comment ? Pourquoi ? Parce qu'ils sont plus nombreux ?

— Non, parce qu'ils sont gentils.

Elle secoua la tête en souriant.

— Ça me dépasse.

Elle s'arrêta pour faire tomber la neige d'un buisson.

— Vous ne m'avez toujours pas dit pourquoi vous êtes revenu.

Il observa son visage.

— Pour en apprendre plus sur Dan Ryder.

— Mais je vous ai déjà tout dit.

— Non, je ne crois pas.

Elle contempla le bassin vide. Sans le regarder, elle répondit :

— Je ne vois pas ce qui vous fait dire ça. On dirait que vous ne me croyez pas.

— Je ne vous crois pas.

Elle ne s'y était pas attendue.

— Pourquoi ?

— Quand je vous ai demandé ce que vous trouviez attirant chez Dan Ryder, vous avez quitté la pièce. En parler vous était insupportable.

Elle fit un geste impatient de la main.

— Ridicule.

— On peut réessayer, si vous voulez, dit-il en plaisantant à moitié.

Elle lui lança un regard aigre.

— Vous êtes partie parce que vous ne supportiez pas de penser à lui, à sa personne physique. Vous avez eu une liaison avec lui, n'est-ce pas ?

Elle ne répondit pas.

— Il devait avoir un sacré charme. D'après ce que j'ai entendu, il lui suffisait d'un clin d'œil pour que les femmes lui tombent dans les bras. Comme je ne l'ai vu qu'en photo, j'ai du mal à comprendre. D'accord, il est assez séduisant, mais pas assez beau pour compenser sa petite taille. C'était un petit gabarit, un mètre soixante-sept, ce qui est déjà grand pour un jockey.

Sara se prit la tête entre les mains.

— Mon Dieu, mais quel macho ! Vous, naturellement, vous n'êtes pas un « petit gabarit ». Je suppose que vous constituez la norme.

Jury sourit.

— Quelque chose dans ce goût-là.

— Quelle vanité !

— Oui, c'est vrai, mais revenons-en à Ryder…

— Pourquoi vous accrochez-vous tant à cette idée que je connaissais Dan Ryder ? Pourquoi ?

Ils étaient arrivés près d'un banc de pierre sur lequel elle s'assit.

— Parce que vous étiez plus liée à Dan Ryder que vous ne l'admettez.

Elle poussa un soupir.

— Et puis merde, d'accord. Mais ça ne vous avancera pas à grand-chose. Ce n'est pas ce que vous croyez. Appelez ça une passion secrète. C'était complètement adolescent.

Elle esquissa un sourire triste.

— Tout le monde connaît ce genre de sentiments, répondit-il.

— Oui, quand on a treize ou quatorze ans, peut-être. Pas trente ou quarante.

— Cesse-t-on jamais d'avoir treize ou quatorze ans ? Ou six ou sept ? Je crois qu'on porte tous ces âges en nous ; avec la pratique, on apprend juste à mieux les cacher.

— C'était… une obsession. Pendant deux ans, j'ai été comme ces midinettes qui suivent les rock-stars. Comment les appelle-t-on, déjà ?

— Les groupies ?

— Je suis une groupie du turf. Ou je l'étais. Chaque fois que je le pouvais, j'allais à Cheltenham, Newmarket ou Epsom Downs. C'est là que je l'ai vu pour la dernière fois, pour le derby. Après ça, il est allé en France. Partout où il courait, j'allais. Naturellement, je ne pouvais pas vraiment le voir, pas parmi une douzaine de chevaux et de cavaliers au galop. Mais je connaissais ses couleurs et le numéro de sa casaque. Compte tenu de la manière dont les jockeys se tiennent en selle, on ne voit pas vraiment leur visage. J'avais des jumelles. C'était aussi l'excitation de la course. Elle a quelque chose de romantique. Parfois, je l'apercevais à la télé dans le cercle du vainqueur. Mais en chair et en os ? Je ne l'ai vu que deux fois, dont une au haras Ryder. Vernon Rice m'y avait emmenée parce que je lui avais dit que je m'intéressais à la syndication des chevaux.

Elle releva les yeux vers Jury.

— Je ne sais même pas ce que ça veut dire. Il me l'a expliqué en long et en large mais je n'écoutais pas. C'était avant tout un prétexte pour m'approcher de Dan.

— Il n'a donc rien fait pour alimenter cette obsession ?

— Absolument rien.

Elle avait l'air honteuse.

En la regardant parler, Jury trouva qu'elle rajeunissait progressivement, montrant des versions d'elle-même moins hautaines et évasives. Il songea à Carole-Anne, qui semblait avoir conservé toute son adolescence intacte. Elle s'épanouissait et se refermait sans cesse, tels les pétales délicats d'une fleur d'hibiscus, s'enroulant et se déroulant entre la nuit et le jour. Il devrait peut-être interroger Carole-Anne sur sa définition de l'obsession.

La nuit commençait à tomber, l'air devenait plus bleu et plus froid. Sans cesser de parler, Sara se frotta les bras. Jury ôta sa veste et la lui passa autour des épaules.

— Oh, merci.

Son sourire était parfaitement sincère, vulnérable.

— Je ne voulais pas vous interrompre.

Il se rassit auprès d'elle.

— Je suis contente que vous m'ayez poussée. Vous êtes doué pour ce genre de chose, vous savez.

Il se mit à rire.

— Doué pour quoi ?

— Ça. Faire parler les gens. Pendant un moment, j'avais même oublié que vous étiez là. C'était comme si je me parlais à moi-même. Je devais avoir envie de parler de Danny.

— Sans doute.

— C'est difficile à expliquer.

Elle regarda ses pieds, tournant les chevilles vers l'intérieur puis l'extérieur comme une petite fille. Elle soupira et haussa les épaules.

— Voici toute la somme de mes rapports avec Dan Ryder.

— Quand vous avez appris sa mort, cela a dû être horrible pour vous.

— Oh oui. Oui.

Elle posa une main sur son front et, l'espace d'un instant, il crut qu'elle allait pleurer, mais elle n'en fit rien. Elle répéta simplement :

— Oh oui.

Il faisait presque nuit, ce no man's land violet avant l'obscurité.

— Rentrons, proposa-t-il.

Comme elle l'avait fait plus tôt, elle se leva et lui tendit la main. Le geste lui plut ; c'était comme si, pour une fois, on voulait veiller sur lui. Il en profita. Il saisit sa main, l'attira rapidement à lui et l'embrassa, fougueusement. Cela ne dura que quelques secondes.

— Venez, dit-elle en le tirant. Allons poursuivre cette conversation à l'intérieur. Qu'est-ce qui vous fait rire ?

— Je suis en arrêt maladie. Je suis censé me détendre.

— Et alors ? Détendons-nous ensemble.

Une fois à l'intérieur, elle l'entraîna dans la cuisine, également grande, également froide. Elle ouvrit un placard et en descendit une bouteille de vin rouge à l'étiquette rongée par le temps.

— C'est pour les occasions spéciales. Puligny-montrachet. Une des meilleures années. Très vieux, très rare, très détendant.

— J'y compte bien.

Tenant le vin contre sa taille, elle se pressa contre lui et l'embrassa légèrement.

— Et si le vin n'y fait rien, il y a toujours…

Elle rit.

— … vous savez quoi.

— Oh, je compte beaucoup là-dessus aussi.

Ils grimpèrent l'escalier de service qui reliait la cuisine aux chambres du premier étage. Elle le tenait toujours par la main.

La chambre dans laquelle elle le conduisit, manifestement la sienne, possédait une grande fenêtre qui donnait sur la partie du jardin où ils avaient été assis. Jury vit le banc et eut l'impression de regarder un autre lui lointain, celui qui l'avait conduit jusqu'ici, celui qui ne rentrerait pas à Londres avec lui.

Tu n'as pas besoin de ça, se dit-il. Vraiment pas. Cette femme est prisonnière d'un rêve et elle ne va pas se réveiller parce que tu es génial. Tu sais que quelque chose cloche…

Va te faire foutre, vieux.

Il goûta le vin. Délicieux. Mais il aurait trouvé divin même de la piquette.

Sara posa sa tête contre son torse. Il glissa une main dans ses cheveux. Oui, ils étaient vraiment caramel. Il s'écarta, reposa son verre et elle l'attira à nouveau à elle, déboutonnant sa chemise. Il glissa les mains derrière sa taille et ouvrit la fermeture Éclair de sa jupe, qui tomba au sol comme une flaque noire. Leur déshabillage ne semblait nécessiter aucun effort. C'était comme si leurs vêtements étaient si légers qu'ils s'envolaient d'eux-mêmes.

Au lit, ses lèvres entrouvertes touchant à peine les siennes, il demanda :

— Est-ce mieux qu'un rêve ? Qu'est-ce que vous en pensez ?

— *C'est* un rêve, murmura-t-elle.

Il lança un regard vers la fenêtre froide. Un rêve dans un rêve. Il n'était pas sûr d'apprécier.

— C'est plus fort que moi, dit-elle encore.

Jury roula sur le côté, l'entraînant avec lui.

— Elles disent toutes ça.

47

Elle aurait aimé qu'il passe la nuit avec elle mais il n'avait pas voulu, prétextant la nécessité de rentrer à Londres. Il l'avait promis à Nell Ryder. Elle lui avait fait valoir, mais sans véhémence, que ce n'était pas son enquête.

« Je crois que je l'ai faite mienne.

— Vous êtes censé vous reposer. C'est ce que vous avez dit. »

Il s'était mis à rire.

« Vous appelez ce qu'on vient de faire prendre du repos, vous ? »

Ainsi, il était une fois de plus dans le train, trouvant désormais sa familiarité réconfortante. Il aurait aimé dormir, non pas parce qu'il était fatigué mais pour ne pas penser. La vie comportait trop de moments insensés pour ne pas savourer au mieux les instants de plénitude que ces dernières heures lui avaient offerts.

Dans le kiosque à journaux de la gare, il acheta le *Telegraph* et *The Sporting Life*. Au cours de son existence, Jury avait lu *Ulysse* plus souvent qu'il n'avait consulté un bulletin de courses, et le style de Joyce lui paraissait limpide à côté du jargon du tiercé.

Sara avait dit quelque chose qui l'avait fait tiquer mais il n'arrivait pas à se souvenir de ce que c'était, hormis le fait que cela avait un rapport avec les courses. Cheltenham, Newmarket, Doncaster… c'étaient des endroits qu'elle avait cités et où elle avait suivi Dan Ryder. Il la croyait, car quel homme ou quelle femme avouerait une telle obsession, au risque de passer pour un sociopathe ? Ce gamin qui avait persécuté Jodie Foster, le fou qui avait tiré sur John Lennon… L'obsession était rarement bénigne et inoffensive. Mais quel était donc le détail qui le mettait, à présent, si mal à l'aise ?

Le même employé passa avec son chariot bringuebalant. Comme la dernière fois, Jury lui acheta un sandwich au fromage ainsi qu'un thé dans un gobelet en plastique. Il n'avait pas mangé l'autre sandwich et ne mangerait pas celui-ci, mais il y avait si peu de voyageurs qu'il devait être décourageant de ne rien vendre. Il le donnerait à Carole-Anne, il venait de se souvenir qu'elle aimait les sandwichs au fromage. Le premier, il l'avait jeté dans une poubelle en arrivant à la gare.

Jury avait téléphoné à Plant pour lui dire qu'il passerait la nuit chez lui à Islington et tenterait de rentrer à Ardry End le lendemain. Ce qu'il y avait de bien avec Plant, c'est qu'il ne posait pas de questions au-delà de : « Tu vas bien ? »

Il but quelques gorgées de thé. Il commençait à être pire que Wiggins, qui aurait bu tout le stock pour que l'employé ne croie pas que son thé était mauvais. Wiggins était aussi de ces rares personnes qui regardent toujours le personnel de cabine faire la démonstration des mesures d'urgence dans les avions. Le thé était le même que celui qu'il avait bu au cours de ses autres voyages. Pourquoi le thé dans les trains avait-il toujours cette mousse blanchâtre en surface, comme si ses ingrédients refusaient de s'unir ?

Il reprit ses méditations sur Sara Hunt. Il ouvrit les pages noires de signes de *The Sporting Life* et parcourut en diagonale les différents types de courses : steeple-chase, handicap, cross-country – et les chevaux inscrits. Rien ne vint toquer à la porte de sa mémoire. C'était peut-être autre chose, quelqu'un d'autre…

Davison ! George Davison, l'entraîneur de Ryder. L'après-midi où ils s'étaient tenus avec Wiggins et Neil Epp devant la stalle de Mauvais Genre. Le derby d'Epsom… voilà ce dont avait parlé Sara. La dernière fois qu'elle avait vu Dan Ryder avant sa défection vers la France quelques semaines plus tard, c'était à l'occasion du derby, alors qu'il montait Mauvais Genre. Davison avait lui aussi fait allusion à cette course : « La seule fois où je me suis emporté contre le Jockey Club, c'était à cause de cette limite de poids dans le derby… Ils ont décrété que Mauvais Genre devait porter sept kilos de handicap… Du coup, je l'ai retiré de la compétition. »

Davison avait retiré le cheval pratiquement à la dernière minute. Mauvais Genre avait été sorti du terrain ; ni lui ni son jockey n'avaient participé à la course.

Pourquoi Sara lui avait-elle dit qu'elle avait vu la course ? Cela semblait être un mensonge tellement inutile ! D'une manière ou d'une autre, il n'en aurait rien pensé. La seule chose qui posait problème, c'était que George Davison avait retiré son cheval. Ce que Sara avait dit n'avait pas de sens. Il s'enfonça dans son siège et ferma les yeux.

Avait-elle été *avec* Ryder ce jour-là ? Mais, dans ce cas, elle aurait su qu'il n'avait pas couru à Epsom. Elle pouvait présumer que Jury ne saurait pas que son cheval avait été retiré (il lui avait dit que le monde des courses lui était complètement étranger). Il avait mal à la tête, sans doute une réaction de solidarité avec son flanc qui l'élançait. Le docteur Ryder lui passerait un savon s'il savait qu'il n'obéissait pas à ses instructions. Tout comme Wiggins. Et Carole-Anne. Il vérifia que le sandwich au fromage était toujours dans sa poche ; cela permettrait peut-être de l'amadouer un temps.

Mais vraiment pas longtemps. Carole-Anne, toute vêtue d'émeraude, avait jeté le papier gras dans la poubelle et ramassait à présent les miettes sur sa superbe poitrine verte.

— Tu es en train de me dire que tu as fait tout le chemin jusqu'au pays de Galles ?

— Et j'en suis revenu. Deux fois. Et je suis toujours vivant.

Les yeux qui le fixaient auraient été glacials s'ils n'avaient pas été de cette foutue couleur turquoise. Un turquoise éclatant, pour ne rien arranger. Elle se tenait à présent les mains sur les hanches.

— Tu te souviens d'avoir promis à ton médecin de ne pas faire d'effort ? De ne pas traîner dans les pubs ? De rester au lit le plus possible…

— J'ai menti.

Elle en resta sans voix. Elle rassembla ses forces pour passer à la vitesse supérieure, ce qui, naturellement, exigeait un interlocuteur. Jury ne jouait pas le jeu. Il se contentait de sourire.

Carole-Anne dut chercher une autre approche.

Ah ! La carte de la considération !

— C'est juste que je ne trouve pas ça gentil de ta part. Mrs W. et moi, on se fait du souci toute la journée, on se demande où tu es, si tu vas bien, si tu n'es pas mort seul dans un trou perdu quelque part. Comme au pays de Galles, par exemple.

— Mais tu me croyais dans le Northamptonshire, chez Melrose Plant !

— Oui, mais tu n'y étais pas ! Tu étais au pays de Galles !

Le fait qu'elle ne voie aucune faille dans ce raisonnement était l'une des raisons pour lesquelles Jury l'aimait tant. Il se leva et la prit dans ses bras.

— Excuse-moi.

Il n'entendit pas sa réponse car elle avait enfoui son visage contre son torse.

Il songea au jardin battu par la pluie, balayé par la neige, à son odeur d'hiver étrangement aromatique. Carole-Anne dégageait le même parfum. Elle regagna le canapé. Momentanément à court d'arguments.

— Mais qu'est-ce que tu es allé faire au pays de Galles ? Personne ne va jamais là-bas.

Elle déboucha son flacon de vernis à ongles.

— Apparemment, personne sauf moi.

— À quoi elle ressemble, cette personne ?

— Tu m'as déjà posé la question.

— Je sais, mais je n'ai pas dû faire attention à la réponse.

Très peu probable. Jury décida de bichonner un peu sa description et passa en revue les visages de plusieurs stars de cinéma, les rejetant les uns après les autres comme n'étant pas assez belles pour attiser les flammes de sa jalousie. Judi Dench ou Helen Mirren captureraient-elles son imagination ? (Elles enflammaient bien la sienne.) Non. Pour le moment, elle tapotait du pied, ce qui n'était pas très bon signe, d'autant plus qu'elle était pieds nus.

— Eh bien ! S'il te faut autant de temps pour la décrire, attaqua-t-elle en posant ses pieds sur le bord de la table basse, c'est qu'elle n'a pas dû te laisser une grande impression.

— Juliette Binoche, déclara-t-il.

Une femme si éloignée de Sara que lui-même trouva cela inquiétant.

— Oh, elle.

Imperturbable, elle plongea la minuscule brosse dans le flacon rose fluo puis la laissa suspendue au-dessus de son pied comme si elle évaluait sa taille pour la pantoufle de vair.

— Dois-je comprendre que tu ne trouves pas que Mlle Binoche a le teint le plus charmant du monde ? Que dis-je, de tout l'univers ? Sa peau est absolument lumineuse.

Même si vanter la luminosité du teint d'une autre alors qu'on avait Carole-Anne devant soi était comme de porter de l'eau à la rivière.

Elle posa son menton sur son genou fléchi et commença à étaler le vernis sur l'ongle de son petit orteil.

— Elle est française.

Jury avait toujours pris un plaisir secret aux illogismes de Carole-Anne mais là, il était pour le moins perplexe.

— Quoi, le fait qu'elle soit française la met hors jeu ?

— Je dirais plutôt que c'est toi que ça met hors jeu. Elle vit en France.

Ah ! C'était ça ! Juliette était inaccessible. Or, dans la logique fluide de Carole-Anne, le pays de Galles finissait là où Paris commençait.

— Certes, elle vit probablement en France, mais un homme pourrait très bien avoir une maîtresse là-bas. Avec le tunnel sous la Manche, c'est très pratique désormais.

— Tu es claustrophobe.

— Ah oui ?

Elle hocha la tête.

— Tu ne tiendrais pas cinq minutes sous le tunnel.

Elle posa un pied par terre, mit l'autre sur la table.

— Mais enfin, c'est ridicule. D'où tu sors cette idée ?

— Comme tu voudras.

Son corps tout entier rejetait son déni comme une pure sottise. Même ses orteils marquèrent leur mépris.

— Je prends l'ascenseur. L'avion.

— Je te parle du tunnel sous la Manche. Il n'y a que là que tu es claustrophobe. Tu n'as pas une claustrophobie généralisée.

— Dans ce cas, je prendrai l'avion.

— Tu n'en as pas les moyens. L'aller-retour Paris-Londres coûte une fortune.

— Soit, disons que j'ai la claustrophobie du tunnel. Tout ce que je peux dire c'est que, quoi qu'il en soit, Juliette Binoche vaudrait la peine de braver ma peur.

— Si tu es prêt à courir le risque.

Le temps qu'elle en soit à agiter ses orteils pour les sécher, Jury était pratiquement sûr d'être amoureux de Juliette Binoche.

Zut, mais avait-elle vraiment besoin de vivre à Paris ?

48

— Ardry End est débarrassé de lui ! Ça mérite un toast !

Melrose leva sa tasse de thé.

— Tu as réussi à virer Bramwell ? demanda Jury.

— Pas tout à fait. Il s'agit plutôt d'une reconversion.

— C'est-à-dire ?

— Il est parti travailler au Wrenn's Nest.

— Quoi ?

Jury éclata de rire.

— Comment as-tu réussi à le refiler à Theo Browne ?

— En lui faisant croire que Trueblood envisageait de l'engager. Tu sais que Browne serait prêt à sauter sur n'importe quoi pour en priver Trueblood, même un sac de vipères, un verre de strychnine… Peu importe s'il meurt empoisonné, c'est toujours un poison que Trueblood n'aura pas.

— Qui a conçu ce plan machiavélique ?

— Trueblood.

— Je le reconnais bien là.

Jury en rit encore entre deux gorgées de thé.

— J'ai pensé qu'on pourrait faire un saut au pub avant le dîner. Histoire de rire un bon coup. Raconte-moi ce qui s'est passé avec cette femme au pays de Galles.

Omettant la fin de sa rencontre, Jury lui narra sa visite, concluant par ses doutes sur ce que lui avait dit Sara Hunt au sujet du derby avant le départ de Dan Ryder pour la France.

— Ce que je veux savoir, c'est pourquoi elle a inventé cette histoire.

Melrose réfléchit un moment puis déclara :

— Avoir assisté à cette course ne peut pas lui servir d'alibi.

— Non, je ne vois pas pourquoi elle aurait besoin d'un alibi.

— Bien sûr que non. Ça fait juste partie de cette histoire d'obsession pour Dan Ryder.

— Tu parais sceptique.

— Je le suis. Ce mensonge au sujet du derby n'a aucun sens. On dirait qu'elle a menti pour le plaisir de mentir. Peut-être que le fait de duper un commissaire de Scotland Yard lui donne une sensation de pouvoir ou de contrôle. À mon avis, la question n'est pas de savoir pourquoi elle a menti au sujet du derby, mais pourquoi elle a menti sur toute la ligne.

Jury se pencha en avant pour se resservir du thé.

— Je ne te suis pas.

— Oh allez, Richard ! Est-ce qu'elle t'a ensorcelé à ce point… ? Inutile de répondre, ça saute aux yeux. Es-tu sûr de m'avoir tout dit ?

Melrose lui adressa un sourire malicieux.

— Peu importe. Qu'est-ce qui te fait dire que toute son histoire est fausse ?

— Je la soupçonne d'avoir inventé cette obsession pour en cacher une autre.

Jury le regarda sans comprendre.

— Ah ! Cette femme t'a vraiment emberlificoté ! Écoute, ce n'est pas que je ne croie pas à l'obsession – c'est peut-être la seule expérience émotionnelle qui en vaille la peine –, mais je ne crois pas aux sornettes qu'elle t'a servies. Si Dan Ryder exerçait un tel pouvoir de fascination sur elle, pourquoi ne s'est-elle pas mise en travers de son chemin en jouant la carte familiale, puisqu'elle connaissait Arthur Ryder et Vernon Rice ? Sara Hunt est une parente. Elle n'était pas obligée de garder ses distances. Elle aurait très bien pu se faire inviter à dîner, pour ainsi dire.

— Mais une obsession suit-elle une logique aussi rationnelle ?

— Je n'en ai aucune idée. Ma seule obsession, c'est de me débarrasser d'Agatha.

— On dirait que Sara Hunt prend ça comme un jeu.

Melrose acquiesça.

— Tu te souviens de cette suspecte qui se faisait appeler Dana ?

Jury ne répondit pas. C'était un sujet qu'il n'aimait pas aborder.

— Elle t'avait complètement bluffé.

— Merci de me le rappeler. Tu veux dire que cette histoire de derby, c'est la même chose ?

— C'est possible. T'envoyer sur une fausse piste n'est pas facile. Tu devais toucher au but.

— Oui, mais quel but ? Découvrir qu'elle couchait avec Dan Ryder ? Comme beaucoup d'autres femmes, et après ? Pourquoi cette ruse ? Tu dis que c'est pour masquer une autre obsession. Je ne comprends toujours pas.

— Moi non plus, même si je l'ai dit.

Melrose vida sa tasse.

— Allez, viens. Allons au pub.

Vivian se leva d'un bond et l'embrassa ; Diane reposa son martini après y avoir à peine trempé les lèvres ; Trueblood se leva et lui tapa dans le dos.

— Vous m'avez vu il y a à peine deux jours ! s'étonna Jury. Non que je ne n'apprécie pas ces marques d'affection.

— Vous n'arrêtez pas de courir à droite et à gauche alors que vous êtes supposé vous reposer, lui reprocha Vivian.

Diane exhala une volute de fumée.

— Juste au moment où Uranus est au coude à coude avec Saturne.

Melrose se tourna vers Vivian.

— Jury aimerait savoir ce qu'est devenu Giappino.

Vivian feignit l'étonnement.

— Comment, vous ne savez pas ? Franco m'a purement et simplement plaquée. Si vous n'êtes pas au courant, vous êtes bien le seul.

Elle leur adressa à tous un sourire narquois. Melrose et Trueblood regardaient ailleurs.

Jury balaya le groupe du regard.

— Alors, comment vous y êtes-vous pris pour le faire fuir ?

Tripotant une cigarette, Trueblood répondit :

— Il n'est pas impossible qu'on ait donné une fausse impression au comte Dracula…

— Ça, c'est le moins qu'on puisse dire ! s'exclama Vivian. Je ne vous l'avais pas dit, mais Franco m'a écrit une lettre. Il y explique que, ses frères étant tous alcooliques, il n'est pas encore prêt à affronter ce problème chez sa femme ; qu'il est désolé de ne pas avoir les capitaux suffisants pour m'aider avec la saisie de ma maison, ou je ne sais plus comment on appelle ça en Italie, sans doute rouer son débiteur de coups de bâton ; et qu'il est sincèrement navré pour la démence de ma mère, mais qu'il ne peut courir le risque que j'en aie hérité et que je la transmette à « ses » enfants. J'ai beaucoup aimé le « ses ». Mais ce qui m'a encore plus sidérée, c'est que *vous*, appuya-t-elle, son regard englobant tous ceux assis autour de la table, soyez parvenus à lui faire avaler tout ça. La tête lui en tourne sûrement encore.

Jury sourit, car il savait comme les autres que Vivian, incapable d'annuler le mariage elle-même, avait été très soulagée.

— Vivian, si ce genre de broutilles l'ont découragé, vous devriez être contente de vous en être aperçue à temps.

— Parfaitement, renchérit Trueblood. Mais la prochaine fois, jouez franc jeu, prévenez tout de suite le malheureux de ce qui l'attend.

Elle le frappa avec le coussin de la banquette.

— Vous n'en avez pas assez de mettre le binz dans la vie des autres ? leur demanda Jury.

Diane fit une moue dégoûtée.

— Je ne vois vraiment pas où est le mal, de révéler les véritables intentions d'un partenaire potentiel. Pour ma part, j'aime savoir à quoi m'en tenir. C'est assez amusant, ne croyez pas… Oh, à la bonne heure !…

Diane, qui avait une vue dégagée sur la fenêtre, laissa tomber le comte comme une vieille chaussette et pointa le doigt.

— Regardez ! Theo traverse.

À l'entendre, on aurait dit que la rue principale du village était le Styx.

Theo Wrenn Browne, toujours au fait des exigences de la mode (à l'en croire, en tout cas), portait un costume vert en tweed dont Hugo Boss ne se serait jamais remis. Il était également délibérément mal rasé. Toutefois, ne satisfaisant pas tout à fait aux exigences de la masculinité, il lui fallait une bonne semaine pour développer une barbe virile et branchée de trois jours. Seul le premier bouton de la veste de son costume était fermé. L'ensemble du look hurlait : « L'année dernière ! L'année dernière ! »

Diane, qui aurait préféré mourir plutôt que mettre le bout de ses souliers griffés dehors parée des collections de l'année précédente, se délectait toujours des suicides vestimentaires de Theo. Quand il fut près de leur table, elle s'exclama :

— Quel joli costume ! Ce doit être difficile à trouver, ce ton de vert. C'est quoi au juste, courgette ?

Theo plissa les yeux et promena sur eux un regard las, tel le Kid de Cincinnati jaugeant une table de flambeurs dans quelque saloon. Malheureusement, il n'avait pas le savoir-faire du Kid et ne parvint qu'à avoir l'air acariâtre. Il se tenait là avec son verre de bière, attendant qu'on l'invite à s'asseoir. D'ordinaire, il pouvait toujours se brosser mais, ce jour-là, ils avaient trop envie de savoir comment il s'en sortait avec Bramwell.

Trueblood approcha une chaise vide prise à une autre table et la tapota.

— Mais asseyez-vous donc et parlez-nous de votre nouvel assistant.

Theo s'assit prudemment.

— Ce n'est pas vraiment un assistant, plutôt un manutentionnaire. C'est que c'est un métier qui s'apprend.

Il tourna son irritation sur Trueblood.

— Dommage que vous l'ayez laissé vous échapper. Il faut croire que Freddie préfère les livres aux antiquités.

Freddie ? s'étonna Melrose intérieurement. D'un autre côté, il fallait bien qu'il ait un prénom.

— À moins que vous ne vous soyez pas entendus, poursuivit Theo.

Son sourire était vaguement malveillant. Il ne savait pas trop comment ou sur qui défouler sa colère, si bien qu'il la maintenait tournoyant dans l'air comme une assiette chinoise.

— À moins que vous ne lui ayez offert un salaire plus intéressant, répondit Trueblood.

Il était clair que Theo se demandait s'il le payait *beaucoup* plus.

— Je dois dire que j'admire votre ouverture d'esprit..., assena Trueblood.

Le sourire de Theo resta suspendu. Il se demandait ce qui allait suivre.

— C'est généreux de votre part de ne pas tenir compte de son casier judiciaire.

Trueblood alluma une cigarette et éteignit l'allumette d'un petit mouvement du poignet.

— Pardon ?

Ce pauvre Theo gobait n'importe quoi, ce qui était d'autant plus regrettable pour lui qu'il était assis en face de l'homme qui avait inventé le bluff.

— Ah, il ne vous a rien dit au sujet de son petit séjour derrière les barreaux ?

Les sourcils de Trueblood remontèrent au milieu de son front qui se dégarnissait lentement.

— Il a dû craindre que vous ne renonciez à l'engager. Oui, Freddie est le surnom que son gang lui a donné.

— Son gang ? Vous voulez dire que Freddie a appartenu à un gang de malfaiteurs ?

Melrose donna un discret coup de pied dans le tibia de Trueblood. S'il continuait dans cette veine, il allait se retrouver de nouveau avec Freddie l'ermite sur les bras. Theo Wrenn Browne le flanquerait à la porte – car Theo, lui, pouvait virer les gens sans sourciller et à longueur de journée.

— Tu exagères ! Je n'ai pas eu le moindre problème avec lui.

— Forcément. Il n'est jamais entré à l'intérieur de la maison. Il était confiné à l'ermitage, pas vrai ?

Trueblood se tourna à nouveau vers Theo.

— Il vous a dit quel était son dernier emploi ?

— Critique littéraire pour le journal de Sidbury.

Diane s'étrangla sur son martini et Vivian lui tapa dans le dos.

— Il n'y a pas de critique littéraire dans ce journal. Aucun des collaborateurs n'a son certificat d'études, moi la première.

Diane était toujours généreuse dans ses attaques.

— Il m'a dit qu'il était free-lance. Il ne publiait que de temps en temps, ce qui explique que je n'aie jamais rien lu de lui…

Seigneur ! pensa Jury. Ce Bramwell aurait dû travailler pour les services secrets.

— Manutentionnaire…, dit Vivian, songeuse. C'est une sacrée rétrogradation pour un critique littéraire.

— Peut-être, mais je lui ai dit qu'il devait d'abord apprendre les ficelles du métier.

— C'est un bosseur ? demanda Trueblood. En passant devant votre librairie tout à l'heure, je l'ai aperçu en train de lire dans le fauteuil près de la vitrine.

Cela lui valut un autre coup de pied de la part de Melrose.

Cette information fit enrager Theo mais il se devait de défendre Freddie, puisqu'il l'avait choisi.

— C'est que, quand vous êtes entouré de littérature toute la journée, il est terriblement dur de résister aux joies de la lecture.

— Oui, surtout de la lecture du pronostic des courses. Il doit aussi aimer jouer au tiercé de temps en temps, non ?

Theo se raccrocha à son verre vide et vira au rouge vif.

— Vous devez sûrement vous tromper. Il devait lire une feuille d'inventaire.

— Oui, c'est possible, si votre inventaire donne Faisons un Rêve gagnant dans la sixième à Doncaster.

Trueblood esquiva une nouvelle attaque sous la table.

Theo, comme chaque fois qu'il perdait (c'est-à-dire toujours), tenta de passer à l'offensive. Il se tourna vers Melrose et déclara, tout miel :

— En parlant de courses, comment va votre cheval, Mr Plant ? Votre « canasson », comme l'appelle Freddie.

— Chagriné ? Mais très bien, merci. Son galop ne cesse de s'améliorer. J'envisage de l'inscrire pour le 2000 Guineas. Vous verrez, je suis sûr qu'il vous surprendra.

— Il va mettre le feu au champ de courses, prophétisa Diane derrière un nuage de fumée.

— Comment s'appelait ce cheval, déjà... Shergar ? Celui qui a été kidnappé par l'IRA qui réclamait une rançon ? Personne n'a payé. On ne l'a jamais retrouvé.

Jury songea à Nell.

Diane puisa dans ce qui semblait être un puits sans fond d'anecdotes hippiques.

— Il y avait ce cheval aux États-Unis, appelé Pari Spectaculaire, qui était si extraordinaire qu'il fut un des très rares à faire un walk-over.

Tout le monde la regarda d'un air neutre.

— Un walk-over, c'est quand tous les autres chevaux sont retirés de la course par leurs entraîneurs qui pensent qu'ils se feront battre par ce champion. Il fait alors un tour de piste au galop tout seul.

Jury aimait bien cette image d'un cheval galopant sur un champ de courses vide sous les acclamations de la foule.

— Diane, dit Melrose, depuis quand êtes-vous devenue une encyclopédie vivante du monde mystérieux du turf ? Je ne vous avais jamais vue si savante.

— Un de mes fans – si on peut les appeler ainsi, ces pauvres crédules ! – m'a demandé – plus exactement, il a demandé aux étoiles – qui je voyais le lendemain dans la septième de Newmarket. Il m'a lu la liste des chevaux en lice. J'ai simplement choisi celui dont le nom me plaisait le plus. Figurez-vous que ce foutu cheval a gagné et, depuis, l'autre crétin n'arrête pas de me harceler pour que je le tuyaute. Le pire, c'est que je lui ai redonné le cheval gagnant. Je commence à me demander si je n'ai pas un don. Il y a des gens qui font ça régulièrement…

— Ça s'appelle des bookmakers.

— … du coup, j'ai commencé à m'y intéresser. J'ai lu un livre.

La nouvelle fit l'effet d'un krach boursier.

— Ainsi, pour en revenir à Pari Spectaculaire, il y a une charmante anecdote à son sujet. Son jockey discutait avec un journaliste qui lui a demandé : « Si vous mouriez et reveniez sur terre, aimeriez-vous revenir sur Pari Spectaculaire ? » Ce à quoi il a répondu : « Non, je voudrais revenir *en* Pari Spectaculaire. »

Ils rirent tous, y compris Jury. Puis il cessa soudain de rire. Son esprit venait de trébucher sur ce qu'elle venait de dire. Il réfléchit, son verre encore plein dans la main.

Mais comment auraient-ils pu être sûrs que ça marcherait ? Réponse : *Ils ne le pouvaient pas.*

Il resta avachi sur sa chaise, essayant de comprendre ce qui avait pu se passer. Il regarda autour de lui comme si le vide pouvait l'aider à trouver ce qu'il cherchait.

Puis il demanda :

— On peut se procurer *Le Monde* dans le coin ?

Ils le regardèrent tous avec des yeux ronds, comme si personne n'avait jamais posé une question aussi frivole.

Theo, se considérant comme le spécialiste local en matière de culture, déclara :

— J'envisage de faire venir plusieurs journaux européens, vous savez, pour ceux qui veulent être informés.

— Comme qui ? demanda Diane.

Là-dessus, elle se replongea dans son sujet favori du moment, les courses :

— Ma préférée, c'est cette pouliche américaine, Va Chercher la Baguette.

Trueblood arqua un sourcil lustré.

— Va chercher quoi ?

— La baguette, c'est son nom. Va Chercher la Baguette.

On pouvait faire confiance à Diane pour éplucher l'histoire du turf américain et trouver un nom qu'aucun d'eux n'avait jamais entendu, ni même rêvé.

— En voilà un drôle de nom. Vous venez de l'inventer ?

Diane soupira.

— Bien sûr que non. C'est un nom inspiré d'une vieille superstition jamaïcaine. Quand on croise un esprit malin susceptible de vous jeter un sort, il faut courir chez soi chercher une baguette pour le chasser.

Melrose plissa le front.

— C'est la pure vérité. Vous savez bien que je n'ai pas assez d'imagination pour inventer un truc pareil.

— Non, je l'ignorais. Vous trouvez bien le moyen de réinventer le système solaire chaque semaine.

Diane ne releva pas, continuant sur sa lancée :

— Elle excellait dans la boue.

— Momaday aussi.

— Elle battait presque Secrétariat. Elle n'était qu'à deux cinquièmes de seconde de son record. Vous imaginez, même pas une seconde, non, une fraction de seconde peut faire la différence entre la victoire et la défaite.

Elle soupira.

— Comme c'est épuisant. Quoi qu'il en soit, sa dernière course fut la Breeders Cup. Dans l'avant-dernière ligne droite, elle a trébuché, projeté son jockey au loin, s'est brisé la patte, est tombée, s'est relevée et a continué la course. *Avec une patte brisée, elle a continué la course !* Dans la dernière ligne droite, elle s'est effondrée. Ils ont dû l'achever sur place. Je n'ai jamais eu d'admiration pour la détermination – trop fatigant – mais vous imaginez ? Galoper avec une patte brisée ? Il est bon à savoir que, dans cette vie de dur labeur et de larmes… et heureusement de vodka, fit-elle en levant son verre, il y a des animaux qui ne capitulent jamais.

Jury songea à Nell.

— Et des gens aussi.

Il leva son verre à son tour.

— À votre pouliche !

— Va Chercher la Baguette a mis le feu au champ de courses, dit Diane tristement. Le feu.

49

En entrant dans son bureau à huit heures le lendemain matin, Vernon Rice trouva Bobby et Daphne à leur poste. Il les entendit avant même de passer devant la porte de leur antre. Ils se chamaillaient comme d'habitude. Ils n'étaient jamais d'accord sur les titres, les OPA, les fonds de spéculation, le Dow Jones ou le Nasdaq. C'était comme une sorte de querelle permanente et primordiale qui assurait, outre la bonne circulation des informations, leur principal divertissement.

Après s'être débarrassé de son manteau et de son ordinateur portable, Vernon revint vers le bureau de ses deux assistants. Les écrans des ordinateurs constituaient la seule source de lumière. Celle-ci vacillait, formant des ombres mouvantes. Il songea à la caverne de Platon (les gens étaient toujours surpris d'apprendre qu'à Oxford Vernon avait commencé par faire une licence de philo). La lueur bleutée de leurs écrans respectifs baignait les visages de Daphne et de Bobby, les submergeant. Trois autres ordinateurs allumés, connectés à différents réseaux, différentes sources d'informations boursières, étaient alignés sur une longue table pour qu'ils puissent les consulter à tout moment. Vernon se demandait toujours comment ils pouvaient cohabiter dans ce petit bureau plein à craquer sans péter les plombs. Sans doute la nature de leur travail était-elle déjà si démente qu'elle pouvait s'accommoder de leur propre folie sans qu'ils s'en rendent compte.

Vernon lança les brochures de Nell sur le bureau de Bobby.

— J'aimerais que tu jettes un coup d'œil là-dessus, que tu te renseignes sur ce médicament et les actions de la société.

Bobby s'arracha à son écran. On entendit presque un bruit de déchirure, comme celui d'une bande Velcro. Même en parlant, il ne cessait de lancer des regards vers l'ordinateur.

— Wyeth ? Le labo américain ? Wyeth-Ayerst Labs… Oui, c'est celui qui produisait ces produits amaigrissants appelés Fen-phen que le ministère de la Santé a décidé de retirer du marché. Ça leur a coûté cher, très cher.

— J'ai une amie qui est dingue de chevaux. Elle est tombée sur ce médicament commercialisé par Wyeth.

Il indiqua le dossier d'un signe du menton.

— Ils l'obtiennent à partir de l'urine de juments gestantes. Ça s'appelle le Premarin.

Daphne fit la grimace.

— De l'urine de jument ?

— Je suis sûr que les juments ne sont pas plus enthousiastes que toi. Malheureusement, on ne leur demande pas leur avis.

Daphne fit pivoter son fauteuil.

— Attends une minute, j'ai déjà entendu parler de ça. C'est un médicament pour les femmes ménopausées. N'est-ce pas une sorte d'œstrogène, une hormone de substitution ?

— Bravo, dit Vernon. Tu en sais des choses pour une fille de vingt-cinq ans !

Bobby se pencha en avant, le front plissé.

— Ça doit nécessiter des quantités énormes de chevaux !

Vernon le confirma, et leur décrivit comment l'urine était collectée.

— Mais c'est horrible ! dit Daphne.

— Attends, ce n'est encore rien. La plupart des poulains sont envoyés à l'abattoir. Ils ne gardent que quelques femelles pour remplacer les juments qui meurent.

— C'est horrible ! répéta Daphne. Les femmes à qui on prescrit ce médicament sont-elles au courant ?

— Ça m'étonnerait, autrement elles en changeraient. Il y en a d'autres sur le marché, aussi efficaces et moins discutables.

Bobby inclina la tête sur le côté.

— On dirait que tu as déjà bien étudié la question.

— En effet. C'est pourquoi je voudrais à présent que vous trouviez un moyen de compliquer l'existence de ce laboratoire pharmaceutique. Je reviens dans quelques minutes.

Déjà replongés dans leur écran, ils lui adressèrent un vague salut de la main.

Vernon ouvrit son ordinateur portable, se cala confortablement dans son fauteuil et pensa à Nell. Il pensait sans cesse à Nell.

Il regarda son écran et pensa à Nell. Il se concentra sur le sort de Ça-ne-tient-qu'à-toi.com, réfléchit à la possibilité de l'introduire sur le marché public. Il pensait encore à Nell.

Samantha passa la tête dans l'entrebâillement de la porte et frappa.

— Je descends au café chercher les petits déjeuners. Qu'est-ce que je vous remonte ?

— Oh. Un pâté en croûte et une assiette de fromage avec des pickles.

Il pensa à Nell.

— Ça, ce n'est pas un petit déjeuner, Vernon.
— Pardon ?
Elle leva les yeux au ciel.
— C'est un déjeuner, pas un petit déjeuner.
— Ah.
Il se frotta le crâne, puis commanda un sandwich aux œufs et au bacon et un café. Et il pensa à Nell. Il lança un regard à Samantha.
— Ça ira comme petit déjeuner ?
— Oui, ça, c'est un petit déjeuner.

Quand Vernon revint les voir un peu plus tard, Bobby annonça :
— Un modèle de réussite. L'équipe de relations publiques de ce labo est vraiment très forte. Tu commercialises le Premarin en vendant d'abord la ménopause aux Américaines comme une maladie, puis en leur faisant croire qu'elles ne peuvent pas se passer d'un traitement de substitution hormonale. Ensuite, tu assures à tout le monde que les fermes qui élèvent les juments satisfont aux « directives » (il dessina des guillemets dans l'air avec deux doigts crochus). Sauf qu'il ne s'agit pas de directives du gouvernement, mais de celles instaurées par la firme Wyeth elle-même qui, bien entendu, emploie ses propres inspecteurs chargés de veiller à ce qu'elles soient respectées. Enfin, tu écrases toute concurrence, notamment toute tentative de lancer un produit générique. Naturellement, tu as préalablement bloqué ton brevet pour un demi-siècle. Et voilà comment, en suivant cette recette toute simple, tu te retrouves le *seul* fabricant d'un médicament rapportant un milliard et demi par an. Tu imagines : ce n'est pas un produit qu'on prend par intermittence en cas de maladie, mais une substance administrée à long terme. Autrement dit, à vie.

Daphne fixait son écran en mâchant un chewing-gum.

— Je n'en crois pas mes yeux. Comment cette boîte peut-elle s'en tirer comme ça ? Ils ont déposé le brevet en 1942 et n'ont aucune concurrence. Ces pauvres chevaux…

Elle s'écarta pour que Vernon puisse voir son écran.

— Ils sont attachés de façon à ne pouvoir ni bouger ni se coucher. Même les veaux dans leurs caisses sont relativement mieux lotis. Ces juments sont enceintes, tu te rends compte ? Et elles ne peuvent même pas bouger. On est revenu au Moyen Âge, ou quoi ?

Vernon contempla les images sur l'écran, l'état pitoyable des poulinières, leurs box minuscules. Il hocha la tête.

— On ne l'a peut-être jamais quitté.

— Où as-tu trouvé cette documentation ?

— C'est la fille qui était dans mon bureau l'autre jour qui me l'a apportée. Vous l'avez rencontrée. Elle a trouvé les brochures chez un éleveur du Cambridgeshire. Il semblerait que quelqu'un essaie d'implanter ce produit au Royaume-Uni.

— Ça ne marchera jamais, dit Daphne. Aux États-Unis, ils peuvent peut-être se permettre de garder soixante-quinze mille chevaux dans des conditions aussi déplorables, mais pas ici…

— Quoi ? dit Bobby. Tu veux dire que les Américains sont plus cruels que nous ?

— Non, bêta. Je veux dire que les États-Unis sont beaucoup plus grands.

Elle roula une feuille de papier en boule et la lui lança à la figure. Puis elle se tourna à nouveau vers son écran, pianota quelques commandes sur son clavier et annonça :

— Le site web de Premarin.

La page montrait un visage de femme souriant.

— Qu'est-ce qu'elle a à sourire comme ça ? Regardez un peu les effets secondaires : nausées, augmentation du risque d'accidents thrombo-emboliques et de cancer utérin…

Elle fit défiler plusieurs pages.

— Ah, voilà : « substance dérivée de l'urine de juments gestantes ». On ne peut pas dire qu'on n'est pas informé. Sauf que c'est écrit en tout petit, on dirait des pattes de mouche. Qui peut lire ça sans une loupe ?

Bobby, perdu dans ses propres méditations boursières, ne semblait pas l'entendre.

— On pourrait essayer de vendre à découvert.

Daphne s'approcha pour regarder son écran et fit la moue.

— Mmh… Je n'aime pas trop le potentiel de baisse.

Elle remonta ses lunettes sur son nez.

— Il n'y a pas de plafond. Bobby aime ça, pas moi.

Vernon se pencha pour regarder par-dessus l'épaule de Bobby.

— Je n'en attendais pas moins de vous deux.

Bobby adorait tout ce qui était risqué. Il examinait l'inventaire des stock-options de la compagnie pharmaceutique.

Daphne avait affiché le même tableau sur son écran. Elle secoua la tête en faisant claquer ses lèvres comme une institutrice pincée.

— Ils sont trop forts, Bobby. Ça ne sert à rien de vendre à découvert.

— Oui, je sais, je sais, grogna Bobby.

Il se tourna vers Vernon.

— On pourrait publier quelque chose sur le Net. Une rumeur par-ci, une rumeur par-là…

Il tendit la main, pouce vers le bas, la direction que prendraient les valeurs de la firme. Vernon lui lança un regard noir. Le jeune homme haussa les épaules.

— Bah, c'était juste une idée comme ça.

— Ce type est un pirate, dit Daphne à Vernon. Un de ces jours, on va tous se retrouver en taule à cause de lui.

Elle se tourna à nouveau vers son collègue.

— On ne peut pas vendre à découvert, Bobby.

Vernon savait que Daphne aimait ce genre de chasse au renard. Il lui avait dit un jour : « Tu vendrais ta grand-mère pour quelques titres bien juteux. » Il regarda son écran. Les valeurs continuaient de grimper, lentement mais sûrement, puis se stabilisaient.

Les doigts de Bobby dansaient sur son clavier.

— Tiens, voilà quelque chose d'intéressant…

Business World, un magazine financier sérieux, annonçait qu'une autre hormone de substitution allait bientôt être lancée sur le marché.

— Comment est-ce possible, puisque c'est ce laboratoire qui détient le brevet ? demanda Daphne.

Bobby haussa les épaules.

— Ce qui les inquiète le plus, c'est qu'on lance un médicament générique. Regardez.

Il descendit en bas de la page.

— Une alternative synthétique aux œstrogènes va bientôt être commercialisée. Elle s'appellera Evista.

Entre-temps, Daphne avait trouvé un autre article.

— Écoutez ça ! Je cite : « Un de ses antidiabétiques, qui provoquait des vertiges, une faiblesse généralisée, des problèmes d'élocution et d'autres symptômes, fera presque certainement l'objet d'une réévaluation. » Un rapport va bientôt être publié.

— Quand ? demanda Vernon.

— D'ici quelques jours, apparemment.

— Demandez à Hodges de se pencher dessus.

Hodges était un médecin à la retraite que Vernon employait souvent en tant que consultant pour tout ce qui concernait le secteur médical.

— Puis demandez à Mike West de s'en procurer un exemplaire dès qu'il paraîtra.

West était un avocat basé aux États-Unis, également employé par la société d'investissement de Vernon.

— Essayez aussi de trouver tout ce que vous pouvez sur cet autre produit… Evista ?

— OK.

Vernon pressa l'épaule de Bobby.

— Ouvre bien l'œil, mon biquet.

Daphne avait la bouche entrouverte, comme toujours quand elle fixait son écran.

— Pardon, *mes* biquets.

50

— Vous auriez pu appeler la police de Cambridge, non ? Vous n'aviez pas vraiment besoin de vous rendre sur place en personne ?

Wiggins conduisait.

— Ça vous ennuierait de regarder la route devant vous ? On a failli emplafonner ce camion. Depuis que je me suis trouvé sur le chemin d'une balle, vous n'arrêtez pas de me dire ce dont j'ai besoin, ce que je dois ou ne dois pas faire, où je devrais aller ou pas. J'aimerais bien que vous changiez de disque.

— Je m'inquiète pour votre santé, c'est tout.

Wiggins parlait prudemment, comme s'il tentait de calmer un enfant caractériel.

Il essayait de s'engager sur un rond-point, sans beaucoup de succès. Devant eux, une Cortina semblait ne pas avoir de conducteur. Non, Jury aperçut une touffe grise au-dessus du dossier du chauffeur.

— Pourquoi laissent-ils ces gens prendre le volant ? Ils sont aussi dangereux que les chauffards qui font des excès de vitesse. Regardez-moi ça, il roule à trente à l'heure !

Wiggins pressa sur le klaxon. La voiture devant fit une embardée, manqua de caler, puis repartit au pas.

— Il doit rouler en première !

Pendant que Wiggins poursuivait sa diatribe, Jury tenta de le calmer :

— On est à Cambridge, Wiggins, pas dans le dixième cercle de l'enfer.

— L'interroger ne vous servira pas à grand-chose, déclara l'inspecteur Styles. Son avocat lui a recommandé de ne pas dire un mot en son absence.

— Je m'y attendais, inspecteur. Surtout compte tenu des charges qui pèsent contre elle. Cela dit, même si elle ne répond pas, je peux toujours lui poser des questions.

— Comme vous voudrez mais, à mon avis, vous perdez votre temps.

Ce qu'il voulait vraiment dire par là, c'était que les hommes de Scotland Yard n'avaient rien à faire ici. Mais Jury étant un ami personnel de l'inspecteur divisionnaire chargé de l'enquête, on ne lui mettrait probablement pas de bâtons dans les roues.

— Je n'ai aucune intention de gêner votre enquête. Je sais parfaitement que cette affaire relève de votre seule compétence. Je ne veux la voir que quelques minutes.

Cette tentative pour caresser Styles dans le sens du poil sembla porter ses fruits.

— Comme vous voudrez, répéta-t-il.

Quand on amena Valerie Hobbs dans la salle d'interrogatoire, Jury était assis derrière la table sur une des quatre chaises en métal gris qui semblaient avoir été empruntées à un internat. Il se souleva de quelques centimètres à peine et fit un léger signe de tête à la femme agent qui avait escorté la prisonnière pour lui indiquer qu'elle pouvait se retirer. Hobbs devait mesurer entre un mètre cinquante-huit et un mètre soixante. Il ne s'était pas levé pour ne pas la dominer de sa taille et risquer de l'intimider.

Il observa une réaction dans ses yeux marron clair. Ses cheveux soyeux brillaient. Elle avait une petite fossette au menton et une bouche dont les commissures étaient incurvées vers le haut même quand elle ne souriait pas, ce qui, en l'occurrence, était vraiment le cas. Toutefois, son expression dure s'adoucit légèrement quand elle regarda Jury, qui se présenta.

Elle croisa les bras sur sa poitrine.

— Qu'est-ce que vient faire Scotland Yard là-dedans ? C'est parce qu'il y a eu un kidnapping ? Dont, soit dit en passant, je suis innocente. J'aimerais une cigarette, si vous en avez.

C'était le cas. Bien qu'il eût cessé de fumer – ô jour funeste ! –, il était passé au tabac acheter un paquet de Silk Cut. Il le déposa sur la table.

— Gardez-le, si vous voulez.

Elle en sortit une et il craqua une allumette. En la voyant inhaler et exhaler, les yeux fermés, il lui envia ce flash que peut donner une cigarette quand on en a été privé pendant un moment.

— Je n'ai pas enlevé cette fille, dit-elle à nouveau.

Sa voix se situait entre le râpeux et le sexy. Pour une femme qui refusait de parler, elle était plutôt loquace.

— Mais vous savez qui l'a enlevée.

Elle aspirait de longues bouffées de tabac.

— Non, je l'ignore.

— Quelqu'un a bien dû la conduire chez vous. Si ce n'est pas vous-même, qui alors ?

Avec un froncement de sourcils interrogateur mais bienveillant, il se pencha en avant pour voir son visage car elle avait la tête baissée.

— Je n'étais pas là.

C'était une excuse si minable qu'il se demanda comment elle osait la donner. Il décida de ne pas insister sur ce point pour le moment et dit :

— Vous avez fini par bien connaître cette jeune fille, Nell.

— Pas tant que ça.

— Elle a quand même vécu dans votre ferme pendant près de deux ans.

— Une fille comme elle, elle aurait pu rester vingt ans qu'on n'en saurait guère plus.

Elle semblait assez satisfaite d'elle-même. Elle prenait plaisir à contrecarrer ses questions.

Mais sa réponse ne désarçonna pas Jury. Il était simplement un peu surpris par son jugement sur Nell.

— Une fille comme elle ? En quoi était-elle différente ?

Valerie réfléchit un moment, comme si elle tenait à trouver les mots justes.

— Déterminée, assez braquée si l'on peut dire.

Jury se redressa. Voilà qui était intéressant.

— « Braquée » ? Je ne suis pas sûr de comprendre ce que vous voulez dire.

Elle inspira une autre longue bouffée, l'expira lentement.

— Comme une arme. Son attention tout entière était braquée sur une seule cible.

Jury laissa passer un temps avant de demander :

— À votre avis, pourquoi n'a-t-elle pas essayé de s'enfuir plus tôt ? Apparemment, elle jouissait d'une certaine liberté.

Valerie examina un ongle au vernis écaillé.

— Je suppose que c'est à cause des chevaux. Je dois reconnaître que j'avais menacé de tuer son pur-sang si elle tentait quelque chose. Il suffit de voir le marché qu'elle m'a proposé après qu'on m'a amenée ici : si je libère les juments, elle témoignera en ma faveur. Je dois bien lui reconnaître une qualité : elle n'est pas rancunière.

Jury eut du mal à garder son sérieux devant cette manière de présenter les choses. Vingt mois de captivité réduits à une simple rancune.

— Oui, en effet. À moins que son emprisonnement ne lui ait pas été si intolérable.

— C'est bizarre, non ? Elle avait été enlevée et avait l'air de s'en fiche. Bien sûr, au début, elle a tambouriné contre la porte et crié qu'on la laisse sortir. Mais elle a rapidement arrêté, comme si elle savait que ça ne changerait rien. Pour ça, elle était très maligne. Ça me changeait, croyez-moi.

Jury la regarda droit dans les yeux.

— Franchement, je suis surpris qu'elle ait été épargnée. Elle représentait pour vous une menace constante. La preuve, vous êtes inculpée pour complicité.

Il se pencha plus près d'elle.

— Valerie, vous savez ce qui va vous arriver si vous ne coopérez pas avec le juge d'instruction.

— Non, je ne sais pas. Elle ne témoignera pas contre moi. Elle me l'a dit et je la connais. Vous ne la ferez pas changer d'avis.

De nouveau surpris, Jury se redressa. Convaincre cette femme qui l'avait si longtemps retenue prisonnière qu'elle prendrait sa défense était, de la part de Nell Ryder, une prouesse de persuasion qui aurait de quoi épater même Vernon Rice. Ce qui était encore plus étonnant, c'était que Valerie Hobbs ne se trompait pas sur le compte de Nell.

— Son témoignage réduira probablement votre peine, mais il ne vous évitera pas la prison, Valerie.

Elle avait sorti une autre cigarette du paquet et Jury approcha une allumette. Cette fois, quand elle se pencha vers la flamme, elle lui toucha les doigts, puis le regarda à travers un écran de fumée.

— Le jury ne va pas apprécier la manière dont ces juments sont traitées. Les défenseurs des droits des animaux vont s'en donner à cœur joie. Le moins qu'on puisse dire, c'est que vous n'allez pas être populaire…

Tout en l'écoutant, elle faisait non de la tête.

— Il n'en sera pas question. Mon avocat dit que cela influencerait le jury contre moi et que ça n'a aucun rapport avec l'enlèvement. Quand bien même, notre activité avec ces juments n'a rien d'illégal, et si l'accusation s'en sert, on n'aura qu'à inonder le tribunal de photos des énormes élevages de juments gestantes dans le Manitoba, à côté desquels le mien ressemble au Ritz. Quoi qu'il en soit, ça ne dépend pas de moi. On me paie juste pour m'en occuper.

— De qui ça dépend, alors ?

Elle détourna la tête.

— Je ne dirai rien de plus sans la présence de mon avocat.

Il était bien temps d'y songer, pensa Jury. Il glissa une main dans sa poche et en extirpa des photos. Il se mit à les examiner lentement, relevant sans cesse les yeux vers elle.

— Combien mesurez-vous ? Un mètre… euh… cinquante-huit ?

Elle fut un moment prise de court. Puis :

— Qu'est-ce que ça peut bien faire ?

— Je vous trouve extrêmement séduisante.

Elle lui adressa un sourire factice et répondit sur ton sirupeux :

— Je suis trop petite pour vous, je ne fais qu'un mètre soixante.

Elle le regarda de haut en bas comme il l'avait fait lui-même, du moins autant qu'elle le put avec la table entre eux.

— Vous dépassez de loin le mètre quatre-vingts.

— Oui, de quinze centimètres.

— Vous n'êtes pas mal vous-même.

— Merci.

Jury était fasciné. En dépit du témoignage de Nell, Valerie Hobbs allait probablement tomber seule pour enlèvement et séquestration. Pourtant, elle était là, tranquille, suffisamment sûre d'elle pour lui faire du gringue. D'où tenait-elle son assurance ? Comment avait-on pu la mener en bateau à ce point ? Qui lui avait fait croire qu'elle échapperait à la prison en dépit de la gravité du délit ? Une personne jouissant d'une grande influence avait dû lui assurer qu'elle s'en tirerait facilement.

Jury choisit une des photos qu'il avait prises chez Sara, la déposa sur la table et la poussa vers elle.

— Voici une autre femme menue et très séduisante. Vous la connaissez ?

— Non. Qui est-ce ?

Elle la repoussa vers lui.

— Devrais-je la connaître ?

Jury la dévisagea sans répondre. Elle fit tomber sa cendre au sol et émit un petit rire.

— C'est censé m'intimider ?

— Non, pas vraiment. J'ai l'impression que ce serait difficile. Vous avez des nerfs d'acier, Valerie.

Il était de nouveau penché vers elle, ses mains pliées sur la table, s'efforçant de faire croire qu'il trouvait les nerfs d'acier érotiques. Il poursuivit, de sa voix la plus douce :

— Je ne serais pas étonné que vous soyez capable de tenir tête à n'importe quel homme, même à un homme de taille à affronter n'importe quelle femme.

Elle parut décontenancée un instant et laissa échapper un petit rire crispé.

— Vous parlez de vous, je suppose ?

Jury renversa la tête en arrière et éclata de rire.

— De moi ? Grands dieux, non ! Je suis bien trop crédule !

Valerie esquissa une moue ironique.

— Ça, ça m'étonnerait.

— Peut-être, mais…

Il se pencha à nouveau vers elle, la fixant d'un regard qui en disait long mais qu'elle ne pouvait qu'interpréter de travers.

— Il a donc une telle emprise sur vous, pour que vous refusiez de renoncer à lui ?

Sa cigarette s'arrêta à mi-chemin de ses lèvres.

— Qui ça ?

— Celui que vous protégez.

Une fois de plus, ce petit rire forcé.

— Vous êtes cinglé, commissaire.

Jury choisit une autre photo qu'il poussa vers elle.

— Même femme, mais cette fois…

Valerie Hobbs la saisit. Son regard alla du cliché à Jury puis revint sur la photo. Elle se remit à rire.

— Vous voulez parler de l'homme à côté d'elle ? Oui, je le connais. C'est Dan Ryder. Non ? Il est mort. M-O-R-T. Vous êtes vraiment largué, n'est-ce pas ?

Ce n'était pas du tout la réaction qu'il avait espérée.

Elle avait raison. Il était complètement largué.

51

Il faisait noir. C'était le milieu de la nuit. Maurice sortit Aqueduc de son box, le sella puis galopa vers les prés lointains et les murs d'Hadrien. Il savait qu'Aqueduc pouvait le faire. Restait à savoir s'il pouvait le faire avec lui en selle.

L'air était comme du cristal, clair et tranchant. Aqueduc était le genre de cheval dans lequel on pouvait se fondre, comme si la monture et son cavalier ne faisaient plus qu'une entité insécable. C'était une sensation agréable mais également dangereuse. On risquait de relâcher sa vigilance, s'imaginant que le cheval pensait pour deux.

Depuis le retour de Nell, Maurice avait du mal à se concentrer sur quoi que ce soit. Il était lui aussi comme l'air cristallin : transparent, cassant. L'immense soulagement qu'il avait ressenti en la retrouvant avait cédé la place à un poids mort. Nell avait failli disparaître de la surface de la terre. Maurice ne voulait plus y penser.

Le sol – dur, glacé et mouillé – devint bientôt boueux et glissant. Les trois premiers murs avaient été relativement faciles. Ils approchaient à présent du quatrième, qui était plus haut que les cinquième et sixième. S'il parvenait à le franchir, il pourrait sans doute tous les sauter.

C'était ce mur, le quatrième, qui avait arrêté Mauvais Genre (mais ce n'était pas un sauteur). Il sembla se dresser subitement devant lui. Maurice se souleva légèrement de selle, la tête pratiquement sur la bride, puis Aqueduc décolla, s'élançant dans l'air glacé de la nuit. Du moins, ce fut ce que l'adolescent ressentit durant l'envol mais, au moment de la descente, une des pattes arrière du cheval heurta une pierre au sommet du mur et ils s'écrasèrent comme un coup de tonnerre.

Alors qu'il était projeté à une vitesse foudroyante contre le mur, Maurice sut dans un éclair qu'il allait enfin être libéré de ce fardeau : celui du traître trahi.

52

Quand Jury revint de Cambridge, il trouva Carole-Anne scintillant dans son appartement dans une petite robe noire à paillettes qui lui arrivait à mi-cuisse, faisant toutes sortes de choses qu'elle imaginait qu'une infirmière se devait de faire : tapotant les oreillers, alignant les souliers, préparant du thé, dont une tasse fumante était posée sur le guéridon près du fauteuil.

Qu'elle vienne dans son appartement quand il n'y était pas ne le dérangeait pas ; parfois, il aurait aimé qu'elle y soit plus souvent quand il était là. Il s'émerveilla de ce qu'ils étaient toujours là tous les trois (tous les quatre, en comptant Stan Keeler, qui était souvent absent). Naturellement, rien n'aurait pu arracher Mrs Wasserman à son « rez-de-jardin » (à savoir, à son appartement en sous-sol). Mais il était surpris que Carole-Anne n'ait jamais cherché à déménager depuis toutes ces années. Il ne s'interrogeait pas sur sa vie sentimentale, du moins pas souvent, car le simple fait d'y penser lui paraissait indiscret…

Mets-la en sourdine, mon vieux !

… même s'il ne se gênait pas pour l'observer chaque fois qu'elle était en présence de Stan.

— Pardon ?

Carole-Anne se tenait les mains sur les hanches, une attitude qu'il aimait bien parce qu'elle mettait en valeur sa taille et qu'en outre, ce soir, elle portait des paillettes.

— Rien, je m'interrogeais sur ta robe. Où tu vas, ce soir ? À un autre rassemblement de ton association pour les sentiers publics ?

Jury était en train d'ôter ses souliers, avec l'impression que ses pieds avaient déjà participé à la manifestation.

L'air dubitatif, elle lissa des deux mains le devant de sa petite robe noire.

— Qu'est-ce qu'elle a, ma robe ? Stan l'aime bien, lui.

— Je suis sûr que Stone l'aime aussi, mais ça n'est pas pour autant que tu dois la promener en laisse.

Elle releva la tête, perplexe.

— Qu'est-ce que ça veut dire ?

Jury n'en savait rien lui-même. Cela lui était venu d'on ne sait où.

— Elle n'a rien qui cloche, ta robe, crois-moi. Elle est *Oho !* et *Mmm*... Si tu te promènes sur un sentier public là-dedans, lord Stickwicket ne se posera même pas la question de savoir si le sentier est à lui ou à toi.

Carole-Anne lui lança un regard réprobateur.

— Commissaire, pourquoi te faut-il toujours autant de temps pour dire quelque chose ?

Jury sourit. C'était exactement ce qu'il avait dit à Melrose Plant.

Elle fit un geste de dédain du poignet.

— Oh, et puis laisse tomber.

Elle remit de l'ordre dans les magazines sur la table basse en cerisier.

— Carole-Anne, ces revues ont dix ans, elles n'ont plus besoin d'être triées.

Elle soupira.

— Je vais au Nine-One-Nine. Dommage que tu sois en convalescence, tu aurais pu m'accompagner.

Prenant une voix haut perchée, Jury répéta :

— « Dommage que tu sois en convalescence, tu aurais pu m'accompagner. » Je suis parfaitement capable de venir au Nine-One-Nine. Il n'est jamais que…

Il consulta sa montre.

— … dix heures du soir.

— Tu es vraiment bizarre, ces derniers temps. Je me demande bien ce qui a pu altérer autant ton comportement.

Il sourit.

— Trois fois rien, juste quelques balles.

Il ne ratait pas une occasion de jouer la carte du grand blessé. C'était assez lamentable.

Carole-Anne fut aussitôt prise de remords. Avant de partir, elle posa une main sur son front pour prendre sa température (à moins que ce ne fût pour vérifier la présence d'un cerveau). Il se servit alors une autre tasse de thé et se rassit. Ce n'était pas par fatigue ou parce qu'il était « en convalescence » qu'il ne l'avait pas accompagnée. Il avait besoin de réfléchir. Il ferma les yeux et renversa la tête en arrière. Ses pensées étaient floues.

Valerie Hobbs. Une femme têtue. Têtue et sérieusement fourvoyée. Il n'avait pas vraiment espéré tirer d'elle plus que ce qu'il avait obtenu. Valerie maîtrisait ses impulsions, si bien que sa réaction à la photo de Dan Ryder – son rire et son « Vous êtes vraiment largué » – lui indiquait qu'il s'était trompé à son sujet. Mais cela ne voulait pas dire qu'il se trompait sur Sara Hunt.

Sara Hunt. Elle n'avait pas grand-chose à perdre. Ces deux femmes n'hésiteraient pas à monter au créneau pour l'homme qu'elles aimaient. Les femmes aimaient-elles le danger ? Le trouvaient-elles romantique ?

Soudain, Jury pensa à Maurice et se redressa. Ce gamin avait besoin de confier à quelqu'un ce qu'il avait fait.

Le combiné coincé entre l'oreille et l'épaule, Jury feuilleta rapidement son carnet d'adresses, trouva le numéro de Ryder et le composa. Le téléphone sonna plusieurs fois avant que quelqu'un réponde.

La voix, Jury en était presque certain, était celle de Vernon Rice.

— Richard Jury à l'appareil. Je suis désolé, je sais qu'il est tard, mais c'est important. Je voulais juste toucher deux mots à Maurice s'il est dans les parages.

À l'autre bout du fil, un silence de mort.

— Vernon ?

— Oui, je suis là. Désolé.

Il s'éclaircit la gorge comme s'il cherchait à retrouver sa voix.

— J'ai bien peur que…

Il n'acheva pas sa phrase. Il avait dû se passer quelque chose de grave.

— Nell ? Il lui est arrivé quelque chose ?

— Non, ce n'est pas Nell.

Vernon se racla à nouveau la gorge.

— C'est Maurice. Il a eu un accident… Il est mort.

Jury crut qu'on venait de lui assener un coup de matraque sur le crâne. Il se leva, sentit la tête lui tourner, se laissa retomber dans le fauteuil. Il ne trouvait rien à dire et secouait la tête de droite à gauche comme si Vernon Rice pouvait le voir et constater qu'il réagissait à la nouvelle. Il ne trouvait pas la force de demander ce qui s'était passé. Il restait là, fixant le tableau de guingois, celui avec les chevaux derrière la clôture blanche.

Vernon pensa que Jury éprouvait quelques difficultés d'élocution et lui raconta brièvement ce qui était arrivé.

— Maurice est sorti avec Aqueduc pour sauter par-dessus ces murs – vous savez, les murs d'Hadrien – et Aqueduc… euh… qui sait ce qui s'est vraiment passé ? Maurice a fait une chute, il a dû être catapulté contre le mur. Nell a trouvé la stalle d'Aqueduc vide et s'est mise à sa recherche. Elle l'a retrouvé, indemne. Puis elle a découvert Maurice.

Jury ferma les yeux. Pourquoi fallait-il que ce soit elle qui le trouve ?

— Vous voulez lui parler ?

— Non, pas maintenant. Demain peut-être. Pauvre garçon.

— Oui. Il est parti exactement comme son père. Putain !

Jury garda le combiné à la main longtemps après que Vernon eut raccroché. Puis il se leva, s'approcha du tableau et le redressa. Il ne serait probablement jamais capable de s'expliquer pourquoi. Où avait-il trouvé ce paysage si doux ? Une main de chaque côté du cadre, soit pour l'emprisonner, soit pour la protéger, il se pencha vers le mur et contempla l'aquarelle. Aussi loin qu'il pouvait se souvenir, il l'avait toujours eue. Il appuya son front contre son poing fermé, son visage si près du verre qu'il ne voyait plus que des taches blanches, brunes et noires. Il se demanda s'il y avait jamais vraiment prêté attention avant ce soir et ressentit ce sentiment de perte dû à ce qu'on a négligé de faire : ce coup de fil qu'on n'a pas passé ; ce livre qu'on n'a pas lu ; cette femme qu'on n'a pas embrassée. Pourquoi trouvait-il ce pré si infiniment désirable et pourtant si inaccessible ? Représentait-il la liberté ?

Maurice, à moins qu'il ne l'ait découvert tout à la fin, ne le saurait jamais.

Jury se tourna et regarda la table près de la fenêtre où étaient posés son vieux tourne-disque et ses vinyles. Il se sentait sangloter mais ses sanglots semblaient être ceux d'un autre. Le bras qui envoya soudain valdinguer d'un geste rageur les magazines, les clefs, le lourd cendrier, était le bras d'un autre. Il ramassa le cendrier et le projeta contre la bibliothèque sur laquelle il rebondit pour atterrir sur le tapis.

La porte s'ouvrit en grand.

— Commissaire !

Carole-Anne se précipita vers lui et le prit dans ses bras comme pour contenir sa fureur. Puis elle le poussa vers le canapé sans desserrer son étreinte de peur que, privé de son soutien, il n'explose.

Stone s'assit à ses pieds en gémissant, ce qui, de sa part, était une perte de maîtrise absolue. Jury posa une main sur la tête du labrador.

— Excuse-moi, vieux.

— Oh, Stone s'en fiche bien. Il est habitué aux crises de rage de Stan.

Stan Keeler piquant une crise de rage ?

— J'aurais dû descendre avec toi. Sa guitare m'aurait donné un bon coup de fouet.

— Pour le moment, il faudra te contenter d'une bonne tasse de thé.

Elle hésitait, ne voulant pas ôter son bras. Elle recula la tête pour mieux le dévisager d'un air interrogateur.

— Ça va, je vais bien.

Elle lui donna une tape sur l'épaule et se dirigea vers la cuisine, s'arrêtant en chemin devant le tourne-disque et la pile de disques. Elle les parcourut, en choisit un, le fit glisser hors de sa pochette et le mit sur la platine. Willie Nelson se mit à chanter de sa voix nasillarde l'éloge de toutes les filles qu'il avait aimées dans sa vie.

Un bruit de casseroles dans la cuisine lui indiqua qu'il n'y avait pas que de l'eau sur le feu. Bientôt, il entendit le grésillement de la friture.

Willie Nelson. Il venait de se souvenir où il avait dégoté cet album. Carole-Anne était apparue avec dans l'appartement un jour que son ancienne fiancée, Susan, s'y trouvait. Elle l'avait mis en déclarant à Susan que c'était « leur » chanson. Carole-Anne dans une robe chinoise en soie rouge associée à « leur » chanson représentait une force à ne pas prendre à la légère, et Susan n'avait pas eu le dessus. Il écouta le vacarme dans la cuisine et la voix qui chantait avec Willie Nelson.

Elle réapparut avec une assiette et une tasse.

— Qu'est-ce qui te fait rire comme ça ?

Elle semblait immensément soulagée. Il avait vraiment dû avoir l'air d'un fou.

— Je pensais à mon ancienne fiancée, Susan.

— Ne gaspille pas ton temps avec des ex-petites amies. Tiens, bois plutôt ça et mange.

Elle déposa devant lui une assiette contenant des œufs, des saucisses et une tranche de pain frits, puis s'assit dans le fauteuil en face de lui et sourit.

Jury remarqua qu'elle lui avait demandé pourquoi il avait ri mais pas pourquoi il avait pleuré. Il savait qu'elle mourait d'envie de le savoir mais ne lui poserait pas la question.

Il leva son assiette vers elle comme pour lui porter un toast et déclara :

— C'est encore mieux que chez Little Chief.

53

— Il est mort comme son père.

Nell était assise mollement dans un des fauteuils hérissés de pointes métalliques de Vernon, comme si elle avait besoin de se mortifier davantage pour ne pas avoir empêché Maurice de sauter par-dessus les murs.

Vernon lui tendit un verre d'eau minérale et servit un whisky à Jury.

— Est-ce que…, commença-t-il.

Il s'interrompit.

— Quoi ?

Le regard de Nell implorait Vernon de trouver les mots justes.

Comme s'il y avait quelque chose de juste à dire, pensa Jury.

— Rien.

Ils plongèrent tous le nez dans leur verre. Personne ne parlait. Après une bonne minute de silence, Jury posa à Nell la question que Vernon avait sans doute commencé à lui poser avant de se raviser, de peur de paraître insensible.

— Est-ce que ça vous tracasse, cette similitude ? Maurice savait qu'il n'aurait pas dû sauter ces murs de nuit, mettant en danger non seulement lui-même mais également le cheval.

— Bien sûr que ça me tracasse. Maurice savait très bien qu'il ne devait pas le faire. Il était devenu tellement… comment dire ?… morose. Il n'était pas comme ça il y a deux ans. Son geste est lié à son père. Il lui manquait horriblement. Sa mère étant absente, il n'avait plus que Grand-Père et moi.

— Ce n'était pas si mal, dit Jury.

Vernon arpentait la pièce, s'arrêtant devant la fenêtre pour contempler la grisaille au-dessus de la City, son ciel crépusculaire alors qu'il n'était que midi, sa bruine et ses rues parcourues d'ombres bleues.

— Je me souviens du chagrin de Maurice après la mort de Dan. Mais il s'en est remis, du moins autant qu'on peut se remettre de la mort d'un père. Cette fois, c'était autre chose… Je ne sais pas comment le dire.

— Mais si, vous le dites très bien, répondit Jury. Vous ne trouvez pas, Nell ?

Elle déposa son verre sur la moquette et lança un regard interrogateur à Jury.

Elle s'essuya les mains sur son jean.

— Autrefois, on était si proches. On partageait la même situation. On pouvait discuter durant des heures. Mais depuis que je suis rentrée, il m'a paru tellement changé.

— Vous a-t-il demandé ce qui s'était passé au cours de ces vingt derniers mois ?

— Non, c'était comme s'il ne voulait pas savoir. Papa et Grand-Père me harcelaient pour que je leur donne tous les détails. Eux voulaient tout savoir. Pas Maurice. J'ai pensé que c'était trop douloureux à entendre pour lui.

— Ça l'était sûrement.

— Mes sentiments pour Maurice n'avaient pas changé.

— Je n'en doute pas.

— Mais vous semblez penser que c'est à cause de moi.

— Je crois que Maurice se sentait responsable de ce qui vous est arrivé.

— À moi ? C'est ridicule. Il n'y était absolument pour rien. Pourquoi aurait-il cru une chose pareille ?

Jury se pencha vers elle.

— Nell, comment l'homme qui vous a enlevée savait-il qu'il vous trouverait dans la stalle d'Aqueduc ?

Le regard perplexe de Nell alla de Vernon à Jury.

— Il ne le savait pas. C'est juste une coïncidence si je me trouvais là.

Jury fit non de la tête.

— C'est vous qu'il est venu chercher, Nell.

— Quoi ? Qui voudrait de moi ?

Vernon manqua de s'étrangler.

Quelqu'un avait suffisamment voulu d'elle pour aller la trouver dans sa chambre une douzaine de fois. Mais l'intuition de Jury lui disait que le sexe n'était pas la raison en soi.

— Comment savait-il que vous y seriez ?

Elle ne répondit pas.

— N'avez-vous pas déclaré que le cheval ne vous a pas semblé malade ? Pourtant, vous êtes restée auprès de lui.

— Juste au cas où. Maurice est très fort pour détecter les premiers signes de maladie chez les chevaux…

Elle n'acheva pas sa phrase. Elle secoua la tête.

— Non, reprit-elle. Je vois où vous voulez en venir. C'est absolument faux. Maurice n'aurait jamais fait ça. Jamais. Rien ni personne sur terre n'aurait pu lui faire faire ça. Personne.

— Je ne pense pas que Maurice savait ce qui allait arriver. Mais je crois qu'il l'a fait exprès. Ça expliquerait son attitude à votre égard depuis votre retour, non ?

Jury n'ajouta pas : « Est-ce que ça n'explique pas aussi son accident ? »

Nell ne pouvait se résoudre à l'admettre. Elle répéta :
— Rien ni personne n'aurait pu lui faire faire ça.
Elle lança à Jury un regard de défi.
— Qui alors ?
Il détourna les yeux, secouant la tête.
— Je ne sais pas.

54

Mais il savait.

Tard le lendemain matin, Jury commanda un taxi qui le conduisit à Cardiff, chez Sara Hunt. Cette fois, il n'avait pas annoncé sa visite.

Quand elle ouvrit la porte et le vit, elle se figea.

— Je ne savais pas que vous veniez.

Puis elle se ressaisit rapidement et sourit.

— Non, j'ai préféré vous faire la surprise. Jolie petite voiture ! C'est la vôtre ?

Il se tourna vers une Aston Martin garée près de l'allée circulaire.

— Non, c'est celle de ma femme de ménage, aussi invraisemblable que cela puisse paraître. Faut croire que ça rapporte. Entrez.

Il lança son manteau sur la rambarde de l'escalier et la suivit dans le salon.

— Qu'est-ce que je peux vous offrir ? Un café ? Un thé ?

— Rien, merci. Je ne resterai pas longtemps.

Elle prit place dans la bergère, ou plutôt s'y percha, s'asseyant presque au bord. Elle faisait penser à une enfant. Il se demanda ce qui l'avait attiré sexuellement chez elle, ce qui avait excité son désir, et ne fut pas très fier de lui-même en constatant que celui-ci s'était évanoui.

— Quelque chose ne va pas ? Vous avez l'air si… officiel.

Son sourire était hésitant.

Jury se contenta de la dévisager, la regardant droit dans les yeux jusqu'à ce que, comme il s'y attendait, elle détourne la tête. Quand elle se tourna à nouveau vers lui, il la fixait toujours.

— Enfin, Richard ! Qu'est-ce que vous avez à me regarder comme ça ?

Ses petits gestes brusques – repoussant une mèche de son visage, tripotant la chaîne en or autour de son cou, faisant coulisser une bague avec son pouce – trahissaient sa nervosité.

Jury posa une cheville sur son genou.

— Vous êtes jolie. Ce n'est pas une raison suffisante ?

Elle ne savait trop comment le prendre. Elle sourit, puis cessa de sourire.

Il y eut le bruit sourd d'un objet lourd tombant sur le parquet dans une des chambres au-dessus de leur tête.

— Oh, zut ! Il faut que j'aille voir ce qu'elle trafique encore là-haut. Il y a des jours où je la tuerais.

Jury sourit.

— Je vous attends.

Quand elle sortit, son rire – qui n'en était pas un – s'interrompit abruptement.

Jury reposa sa nuque contre le dossier du fauteuil, regardant vers le haut comme si un plafond de verre pouvait lui permettre de voir ce qui se passait à l'étage. Il n'entendait que des voix indistinctes. Heureusement, il ne semblait pas y avoir de meurtre.

Puis Sara redescendit.

— Pas trop de dégâts…

— En parlant de dégâts… Vous ne le connaissiez sans doute pas, à moins que vous ne l'ayez aperçu aux courses, mais Maurice Ryder – le fils de Dan – est mort.

— Oh, mon Dieu !

Elle pressa une main contre sa bouche. Ses yeux à peine visibles se remplirent de larmes. Elle se releva et s'approcha d'un pas chancelant de la fenêtre, cherchant à reprendre le contrôle d'elle-même.

— Ah, vous le connaissiez donc ? demanda Jury. Je ne pensais pas, vu que vous n'avez fréquenté les Ryder que brièvement.

Elle se retourna vers lui et, avec un air faussement ingénu, il répéta :

— Alors, vous le connaissiez ?

Il lui fallut un certain temps pour s'éclaircir la gorge.

— Juste comme ça.

Jury prit un air perplexe.

— Vous semblez très affectée… pour quelqu'un que vous connaissiez juste comme ça.

Elle était toujours debout, ce qui ne dérangeait pas Jury. Il était à son aise. Il caressa le motif en losange bleu marine et gris de sa chaussette en soie, puis tira un peu dessus. Mais ce bref répit ne serait pas d'une grande utilité à Sara.

— Au fait, j'aimerais bien que vous jetiez un coup d'œil là-dessus, annonça-t-il.

Il sortit de sa poche intérieure la photo que Nell avait volée dans le bureau de Valerie Hobbs et la lui tendit sans se lever, la forçant à s'approcher.

— Vous la connaissez ? demanda-t-il.

Sara laissa échapper un soupir, sans doute de soulagement, en constatant que ce terrain-ci n'était pas miné.

— Non. Pourquoi ?

— Vous en êtes sûre ?

Elle lui lança un regard surpris puis examina à nouveau la photo.

— Oui, mais pourquoi me demandez-vous ça ?

Il sortit l'agrandissement de Dan Ryder.

— Uniquement parce que vous semblez toutes les deux le connaître.

Elle recula d'un pas.

— Comment… Où avez-vous trouvé ça ?

— J'ai un peu triché, mais là n'est pas la question…

— C'est *ma* question.

Elle se précipita vers le secrétaire et tourna la petite clef ornée d'un gland de passementerie. Elle fouilla le tiroir avec des doigts fébriles puis pivota vers lui.

Il pouvait presque sentir le mélange de fureur et de peur qui l'envahissait. Elle semblait chercher vainement une invective appropriée, puis opta finalement pour un « Comment avez-vous osé ? » étrangement guindé.

Elle attendit une réaction de sa part puis, ne voyant rien venir, elle referma le tiroir d'un coup sec en demandant :

— Il vous faut un mandat de perquisition pour ça, n'est-ce pas ?

— Je ne suis pas ici à titre officiel. Je suis juste un petit curieux, un chapardeur.

Jury savait que cela pourrait lui attirer des ennuis si elle décidait de porter plainte, mais elle allait avoir suffisamment de pain sur la planche pour ne pas s'embarrasser d'une éventuelle « irrégularité d'enquête ».

— Le problème, c'est que vous connaissez Dan Ryder mieux que vous ne le prétendez. Beaucoup mieux, apparemment. Pourquoi tant de secrets, Sara ? Jusqu'à nouvel ordre, être amoureuse n'est pas un délit. Pourquoi avez-vous menti ?

Il l'observa tandis qu'elle se creusait les méninges pour trouver une explication plausible.

— Parce que vous me plaisiez et que je ne voulais pas que vous pensiez…

— Que quelqu'un d'autre vous plaisait encore plus. Sara…

Il ne put s'empêcher de rire.

— Je dois reconnaître que vous ne manquez pas d'originalité. C'est la première fois, la toute première fois qu'on me sert une telle excuse pour mentir…

— Je n'ai pas menti.

— Mais je ne suis pas vraiment convaincu que vous ne me preniez pas pour une poire et que je sois l'homme de votre vie. Alors pourquoi tant de secrets ? Dan Ryder n'était pas vraiment un moine trappiste. Sa réputation auprès des femmes est connue.

Jury lui tendit la photo de Valerie Hobbs.

— Tenez, par exemple…

— Puisque je vous dis que je ne l'ai jamais vue !

Elle tenta de se calmer :

— Pourquoi vous intéressez-vous à elle ?

— Elle ne le connaît pas non plus. Enfin, c'est ce qu'elle dit. Et puis il y a aussi celle-ci…

Il lui tendit une photo de Simone Ryder prise à la morgue.

Elle lui lança un regard si glacial qu'il sentit un courant d'air traverser la pièce.

— Je ne l'ai jamais vue de ma vie.

Jury retourna la photo vers lui pour la regarder.

— Vous en êtes bien sûre ?

— Et puis, ça suffit comme ça. Je n'ai pas à me prêter à ça !

— Mais si. Asseyez-vous donc.

— C'est pour ça que vous vous êtes glissé dans mon lit ?

— Non. Ça n'a rien à voir. Rien du tout.

Tout en disant cela, il se demanda si c'était la vérité et se sentit vaguement honteux.

— Ne me faites pas le numéro de la femme dupée, vous êtes tout sauf une victime. Je ne cherchais pas à vous extorquer quoi que ce soit. Asseyez-vous.

Au ton de sa voix, elle cessa d'arpenter la pièce, tripotant des objets au passage – les franges d'un abat-jour, un presse-papiers en verre –, et se rassit.

Il étala les trois photos sur la table basse comme s'il abattait son jeu au poker.

— C'est une histoire intéressante. Restez tranquille un moment et je vais vous la raconter.

— Je crois que je saurais la raconter encore mieux.

La voix était venue de derrière Jury. Il se retourna et esquissa un sourire patelin.

— Bonjour, Dan.

— Dis donc, je vois que le petit flic n'a pas chômé !

Jury apprécia le « petit flic ». Il devina que Dan Ryder utilisait toujours cet adjectif ou ses synonymes pour décrire les autres hommes.

Lui-même était petit – petites mains, petits pieds, petits os, petit tour de taille – néanmoins plutôt grand pour un jockey, ce qui devait être pour lui une inépuisable source de satisfaction. Jury ignorait ce qu'il comptait faire avec le revolver qu'il braquait sur lui, mais il était tout à fait prêt à laisser le film se dérouler sous ses yeux.

— Danny ! dit Sara. Qu'est-ce que tu…

— Calme-toi, fifille, rassieds-toi.

Ce n'était peut-être pas judicieux, mais Jury posa ses pieds sur la table basse et se cala confortablement dans le fauteuil. Il espérait seulement que son attitude soigneusement étudiée lui donnait l'air sûr de lui et non pas trop imprudent.

Dan Ryder se mit à rire.

— On peut dire que vous n'avez pas froid aux yeux !

Jury agita la main, lui faisant signe de venir s'asseoir. Le plus étrange fut que Dan s'exécuta, prenant place sur le canapé près de Sara.

— Tout d'abord, dit Jury, je ne doute pas que vous l'utiliseriez. C'est un vingt-deux millimètres, ce qui est intéressant.

Dan regarda son arme comme s'il la découvrait.

— Mais frôler la mort, comme cela m'est arrivé récemment, poursuivit Jury, ça émousse considérablement notre capacité à être effrayé. Il en faut beaucoup pour me faire peur, désormais.

Dan rit à nouveau.

— Vous devez savoir ça mieux que personne, Dan. Vous qui mettez constamment votre vie en jeu. Je suppose que cela fait partie de l'excitation que vous ressentez quand vous montez un des superbes cracks de votre père.

Dan se tourna vers Sara.

— Va nous chercher une bière, chérie. Par « nous », je veux dire « moi ».

Sara, tendue comme une corde de piano, se leva et disparut vers la cuisine.

Dan se pencha vers les photos posées sur la table basse.

— C'est une intéressante collection que vous avez là.

— Oui, Sara meurt d'envie de savoir qui est cette femme châtain.

— Où avez-vous trouvé sa photo ?

— Celle de Valerie Hobbs ? Mais chez elle !

— Ah oui ? Et qu'est-ce qu'elle vous a montré d'autre ?

— Rien. Je dois vous tirer mon chapeau, Dan. Vous tenez vos femmes d'une main de fer. Rien ne pourrait les faire vous trahir. Nell Ryder s'est enfuie, je suppose que vous le savez déjà ?

Dan resta silencieux un moment, se contentant de dévisager Jury. Puis il dit :

— Navré de vous décevoir, mais vous vous fourrez le doigt dans l'œil si vous croyez que j'ai quelque chose à voir avec l'enlèvement de Nell. J'ai beau ne pas être très clean sur certains points, je ne suis pas un salaud fini.

— Vous voulez dire que vous n'étiez pas dans le coup avec Valerie Hobbs ?

Sara revint avec la bière. Dan lui prit la bouteille des mains sans commentaire. Elle se rassit sur le bord du canapé à ses côtés.

— C'est exactement ce que je suis en train de vous dire. Quant à Valerie Hobbs, on se croisait parfois sur cet ancien champ de courses à la sortie de Newmarket. Vous savez, Blaydon. Une brave fille, cette Val. On a bu quelques verres, rigolé un peu, voilà tout.

— Parlez-moi de votre femme, votre prétendue veuve, aujourd'hui décédée. Je suppose qu'on vous a mis au courant.

Jury était sûr qu'il ne savait pas encore pour son fils, et il ne tenait pas à être celui qui lui apprendrait la nouvelle. Comme Dan ne répondait pas tout de suite, il insista :

— Sara vous en a parlé, non ? Ou vous avez dû le lire dans le journal ? Vous n'avez pas l'air bouleversé.

Le revolver semblait devenu un accessoire superflu. Dan le posa sur la table basse en répondant :

— Je n'avais pas vu Simone depuis plus d'un an. La seule chose qui subsistait entre nous, c'était l'argent, la prime d'assurance. Elle était venue la toucher.

— Vous l'avez tuée parce qu'elle était votre complice.

— *Je* l'ai tuée ?

Il éclata d'un rire presque enjoué.

— Pourquoi aurais-je fait une chose pareille ? Ça ne tient pas debout. Elle n'était pas la seule à savoir que ce n'était pas moi qui avais cassé ma pipe dans cette course.

Il pointa un pouce vers Sara.

— Par quel tour de passe-passe vous êtes-vous débrouillé pour simuler l'accident ?

— Le mérite ne m'en revient pas, c'est surtout le destin qui s'en est chargé. On nous a mal placés avec un autre jockey, Delacroix, lors de la composition de la ligne de départ. Ce cheval, Nuit Blanche, c'était le mien. Lui, il était censé monter Bright Angel. Un coup de pot.

— Pas pour Delacroix. Et sa famille, sa femme, sa mère ? Personne ne s'est demandé ce qui lui était arrivé ? Personne ne vous a reconnu ? On connaît votre visage…

— En Grande-Bretagne, pas en France. Je n'ai jamais couru là-bas quand je montais pour l'écurie Ryder. Dans une course, tous les jockeys se ressemblent. Ils sont couchés sur leur monture, le visage pratiquement écrasé contre le cou du cheval. Quand Nuit Blanche est tombé, c'était la cohue. Tout le monde a paniqué et s'est mis à courir dans tous les sens. Je ne savais plus où j'étais, et encore moins où étaient les autres. Et qui sait ? Peut-être qu'il n'était pas marié ? Je me souviens qu'il y a eu quelques lignes dans le journal sur le fait que Delacroix ne s'était pas présenté à la pesée de la huitième course. Mais qui allait remettre en question l'identité du corps ? Ma propre femme m'a reconnu tout de suite. Si bien que s'il y avait des parents ou des amis de Delacroix dans l'assistance, pourquoi se seraient-ils inquiétés ? Pour autant qu'ils le savaient, il ne lui était rien arrivé, jusqu'à sa course suivante, comme je viens de le dire. Là, il s'était envolé. Ce ne serait pas la première fois que ça arrive, si ? Vous vous imaginez vraiment que j'aurais pu orchestrer tout ça ? Ce cheval s'est brisé la patte, triple fracture. Il a fallu l'abattre sur le champ de courses. Vous croyez que je ferais ça à un cheval ?

Il reprit le revolver sur la table et l'arma. C'était à croire qu'il se fichait pas mal que Jury l'envoie derrière les barreaux, mais qu'il ne supporterait pas qu'on laisse entendre qu'il était capable de faire du mal à un cheval. Jury aurait trouvé sa réaction risible s'il n'avait pas su qu'il était sérieux.

— Désolé, Dan, mais j'ai du mal à croire à votre dévotion équine en sachant que vous êtes capable de laisser maltraiter ainsi ces soixante juments.

— De quoi parle-t-il ? demanda Sara.

Dan parut totalement perplexe.

— Qu'est-ce que vous racontez ? Qu'est-ce que je viens faire là-dedans ?

— Ces juments ne représentent donc rien pour vous ? Le jockey qui pouvait faire sauter un cheval par-dessus la lune sans jamais utiliser une cravache ? Vous vous êtes rendu célèbre pour votre relation quasi magique avec les chevaux, Dan. Je suis sidéré que vous ayez toléré ce qui se passe dans ces granges.

— Je n'ai aucune idée de ce dont vous parlez.

Jury comprit qu'il s'était trompé sur la moitié de la ligne. Il n'en était pas moins fasciné.

— Vous voulez dire que vous n'êtes pas derrière cette affaire de juments gestantes qu'élevait Valerie Hobbs ?

L'amour des chevaux était le talon d'Achille de Dan Ryder. Apparemment, ce pouvait être aussi son détonateur, l'allumette qui mettrait le feu aux poudres. Étrangement, cette vraie passion devait également être la clef de son succès auprès des femmes. Celles-ci devaient prendre pour elles cette intensité intérieure. En fait, Jury était persuadé qu'il se fichait pas mal d'elles.

— Je ne sais pas ce que trafique Valerie Hobbs, mais je n'ai rien à voir là-dedans.

Il ne niait pas parce que Sara Hunt était présente mais parce que c'était la vérité. Cela ne faisait aucun doute.

Il reprit :

— Si vous pensez que j'ai tué Simone, vous devez croire que j'ai aussi l'intention de descendre Sara, puisqu'elle sait que je suis en vie ?

— Peut-être pas. Mais ce n'était pas la seule raison pour laquelle vous pourriez avoir souhaité la mort de votre femme. Après tout, il y a l'argent. Vous vouliez peut-être tout empocher. Vous avez attendu de toucher la prime, ou que Simone la touche puisqu'il n'y avait qu'elle qui le pouvait. Après quoi, vous l'avez abattue.

Jury marqua une pause avant de reprendre :

— Mais pourquoi sur le terrain du haras Ryder ? Pourquoi avoir retrouvé Simone là-bas ? À moins qu'elle n'ait décidé de rencontrer votre père…

Dan commençait sérieusement à s'échauffer. Mais pas encore assez pour braquer son arme sur Jury.

— Oh, et puis vous me faites chier ! Vous êtes vraiment à côté de la plaque, mon vieux !

C'était la deuxième personne à lui dire ça en vingt-quatre heures. Il ne put s'empêcher de sourire.

— Si ce n'est pas vous, alors qui ?

— Qu'est-ce que j'en sais ? Ça pourrait être tout le Jockey Club ! Simone n'était pas connue pour sa discrétion.

— C'est ça, alors ? Vous saviez qu'elle allait vous trahir tôt ou tard ?

Dan poussa un soupir exaspéré, reposa brutalement sa bouteille de bière vide sur la table et dit à Sara :

— Va me chercher un autre verre, chérie, un vrai cette fois.

Sara se leva et se dirigea vers le bar où elle lui prépara un verre sans quitter les deux hommes des yeux, comme si elle craignait que l'un ou l'autre ne file vers la porte pendant qu'elle avait les mains occupées.

Jury se rendit compte à quel point il s'était également trompé sur ce point. Après tout, pourquoi Dan aurait-il tué Simone ? Il risquait déjà de se faire dénoncer par Sara Hunt. Mais qui d'autre avait pu tuer cette femme ?

Dan s'était mis à parler de Nell.

— J'ai toujours eu un faible pour cette petite. J'ai honte de l'avouer, mais c'est ainsi. Toujours eu un faible pour elle.

Sara posa un whisky devant lui.

— Il y a une femme sur cette terre pour laquelle tu n'as pas « un faible » ?

Incroyable, pensa Jury. Son amant est un menteur, un escroc et peut-être un assassin, mais tout ce qui la fait réagir, c'est qu'il admette un intérêt pour une autre. Ryder était comme un charmeur de serpents : cette vipère-ci, du moins, semblait totalement hypnotisée.

— Elle n'avait que treize ou quatorze ans la dernière fois que je l'ai vue.

— La dernière fois que vous l'avez vue, elle avait dix-sept ans. Elle les a toujours.

Dan arrêta son verre à mi-chemin.

— C'est quoi encore, cette histoire ?

— Celle de l'enlèvement de Nell, Dan.

— Quoi ? Vous croyez que c'est moi ?

Il rit et s'enfonça dans le canapé, tenant toujours son whisky.

— Ça fait déjà deux fois que vous vous plantez ! Jamais deux sans trois, comme on dit.

— Qui alors ?

— Vous devriez me trouver un job à Scotland Yard. Je croyais que le flic, c'était vous.

— Maurice…

Jury s'interrompit et lança un regard vers Sara. Elle détourna la tête. Il ne voulait pas lui annoncer que Maurice était mort, il laissait ce soin à Sara. Pourtant, Dan n'avait-il pas tiré un trait sur son fils en se prêtant à cette mascarade ? Au fond, n'avait-il pas tiré un trait sur *tout* – notamment sa carrière de jockey, ses chers chevaux ?

— Oui, Maurice, et alors ?

— Je suis sûr qu'il a attiré sciemment Nell dans l'écurie ce soir-là avec Aqueduc. Je ne vois pas pour qui d'autre que vous il aurait pu le faire.

— Alors c'est qu'il ne l'a pas fait. Parce que je n'ai pas enlevé la petite. Dieu sait que je n'ai jamais kidnappé Aqueduc.

Jury sourit malgré lui. Enlever Aqueduc lui paraissait apparemment encore plus invraisemblable.

— Pourtant, c'était Maurice. C'est la seule chose qui explique son comportement.

— Quel comportement ?

— Sa culpabilité. Vous vous imaginez vivre dans cette maison en sachant que vous êtes responsable de la disparition de Nell ?

— Vous rêvez, mon vieux.

Jury ne dit pas la suite : « Pour quelle autre raison Maurice aurait-il pris le risque de sauter ces murs infranchissables en pleine nuit ? » Dans l'obscurité, ce parcours ne pouvait être effectué que par quelqu'un de très entraîné. Quelqu'un comme celui qui avait enlevé Nell. Un jockey de steeple-chase.

— Vous êtes déjà allé chez Valerie Hobbs ?

— Oui, j'y suis allé, mais pas plus d'une demi-douzaine de fois depuis que je suis rentré.

— Vous êtes donc allé la voir ?

Dan hocha la tête.

— Qui est cette femme ? demanda à nouveau Sara.

Jury lui tendit la photo de Valerie Hobbs sans plus d'explications.

Sara quitta sa place sur le sofa et s'approcha de la cheminée, leur tournant le dos. Jury eut presque de la peine pour elle. Elle avait dû s'imaginer qu'elle avait enfin son homme pour elle toute seule. Il remarqua que Dan avait au moins l'élégance de paraître légèrement inquiet.

Il observa Dan Ryder silencieux, assis dans une position détendue, enfoncé dans les coussins, un pied sur le rebord de la table basse, vêtu d'un pantalon en flanelle et d'un pull en cachemire noir. Jury était prêt à parier que ce dernier était un cadeau de Sara. Elle lui avait offert beaucoup de présents : sa maison, son lit, sa loyauté à toute épreuve, menacée à présent par la présence d'une autre femme. Le charme de Dan était lui aussi le don d'un dieu qui avait le sens de l'humour. Son attitude était désarmante. Même Jury ne parvenait pas à le trouver complètement antipathique, ressentant pour lui une certaine compassion qui l'avait retenu de lui balancer au visage la mort de son fils. Il y avait un autre Dan en coulisses, qui n'avait rien à voir avec la dissimulation. Jury ne doutait pas qu'il cachait un tas de choses, mais elles n'étaient pas liées à l'enlèvement de Nell ni au meurtre de Simone.

— Dans ce cas, Dan, qui a enlevé Nell ? Si je dis à la police que vous avez aidé cette enquête, cela pourrait considérablement réduire votre peine.

— Vous êtes donc si sûr que je finirai derrière les barreaux ?

— Ça ne fait pas un pli.

Dan se mit à rire comme si cette éventualité ne le concernait en rien.

— Sur quelle base ? Vous allez leur dire que vous passiez ici par hasard et, tiens ! regardez qui va là ? Le jockey, celui qui était mort ?

— Oui, c'est plus ou moins ce que je vais leur raconter.

Dan plongea en avant, saisit le revolver sur la table et le braqua des deux mains sur Jury.

Sara se retourna brusquement.

— Danny !

— Vous ne tirerez pas, Dan, dit Jury. Vous êtes retors comme il n'est pas permis, mais vous n'êtes pas un assassin. Je n'ai aucun mal à croire ce que vous m'avez dit sur ce qui s'est passé à Paris. Mais sur le plan émotionnel, vous êtes un paresseux. Même le danger d'être démasqué ne vous inciterait pas à commettre un meurtre. Vous laissez le hasard diriger votre vie, Dan. C'est votre religion. La seule chose que vous ne laissiez pas au hasard, c'est la course.

Pour une raison ou une autre, ce dernier argument fit tiquer Dan plus qu'autre chose.

— Parce que vous croyez peut-être que je ne prends aucun risque pendant les courses ?

— Si, bien sûr, vous êtes bien obligé. Mais ce n'est pas ce que je veux dire. Vous connaissez par cœur le moindre battement de sabot sur ces pistes, vous savez exactement ce que votre cheval est en train de faire, ce qu'il a fait et ce qu'il fera. C'est avec les chevaux que vous ne laissez rien au hasard. Vos femmes sont des femmes de hasard, rencontrées par hasard, avec lesquelles vous couchez par hasard, peut-être même que vous épousez par hasard.

Tout en regardant Dan dans les yeux, il sentit Sara sortir de sa torpeur. Elle s'approcha de lui en quelques enjambées et lui lança le contenu de son verre au visage.

Dan éclata de rire et reposa l'arme sur la table.

Le visage de Sara était rouge de fureur.

Jury sortit un mouchoir et s'essuya.

— Dommage de gaspiller un si bon whisky.

Dan rit à nouveau et Sara le fusilla du regard.

— Comment peux-tu le laisser parler ainsi sans réagir ? Tu trouves peut-être ça très drôle. Pas moi !

En un éclair, elle avait bondi sur le revolver et le pointait vers Jury.

— En effet, je vois que ça ne vous fait pas rire du tout, dit celui-ci.

Dan tendit les mains vers elle.

— Calme-toi, chérie. Tu ne vois pas qu'il te cherche ? Il veut te faire craquer, au cas où ça lui apprendrait quelque chose.

Ce qui venait d'être le cas.

— Vous, en revanche, dit Jury à Sara, vous êtes parfaitement capable de tirer. C'est nettement plus votre genre que celui de Dan, parce que vous êtes tout sauf paresseuse sur le plan affectif. Je dirais même que vos émotions sont explosives.

Il y eut un long silence, puis Jury demanda :

— Comment vous êtes-vous débrouillée pour attirer Simone au haras Ryder ?

Dan tourna vers Sara des yeux ahuris.

— Sara ? Qu'est-ce que ça…

Elle lui lança un regard froid, puis se tourna à nouveau vers Jury.

— Je ne sais pas de quoi vous parlez.

Jury ne chercha pas à revenir sur cette affirmation.

— Valerie Hobbs aurait pu, elle aussi, tuer Simone, d'autant plus que sa ferme se trouve près du haras Ryder. Mais je ne crois pas qu'elle soit d'une jalousie meurtrière. Elle est juste jalouse. Personne n'aurait lié le meurtre à Dan, puisque tout le monde le croit mort. Pourtant, vous avez fait tout le voyage jusque dans le Cambridgeshire pour la tuer. Je n'arrive pas encore à bien cerner cette partie de l'affaire. Vous ne la connaissiez pas. Je me demande bien comment vous avez combiné tout ça.

Dan semblait captivé. Il se leva et prit le revolver des mains de Sara.

Jury continua :

— Est-ce que vous saviez seulement que sa femme était *ici* ? Est-ce qu'il vous avait dit que c'était Simone qui était chargée de toucher la prime d'assurance ? Enfin… de toute manière, me tuer serait une perte de temps, puisque je ne peux rien prouver.

Il les regarda l'un après l'autre, puis se pencha sur la table basse et rassembla les photos.

— Dommage pour la prime, Dan. Dommage que Simone n'ait pas vécu assez longtemps pour la toucher. Mais je me demande si ça ne vaut pas mieux, après tout. Vous n'auriez jamais pu réintégrer la seule vie qui compte pour vous. C'est donc un tel obstacle, cette commission des courses, le Jockey Club ? Vous êtes malin, je suis sûr que vous saurez concocter une histoire en disant que c'est Simone qui a eu l'idée, que vous avez été forcé de vous exiler… quelque chose dans ce goût-là. Après tout, Simone est allée seule voir les experts de l'assurance. Mais je n'arrive pas à vous imaginer renonçant à la course. Non, vraiment pas.

Il y eut un bruit de pneus sur le gravier et ils se tournèrent vers la fenêtre.

— Ne vous inquiétez pas, ce n'est pas la police, dit Jury. J'avais demandé au taxi de repasser me prendre au bout d'une heure.

Il glissa les photos dans sa poche et se leva.

— Bon, ce n'est pas tout, mais il faut que je file. Je vous laisse régler tout ça entre vous.

55

— Au pays de Galles ? s'exclama Melrose, abasourdi.

Jury n'avait même pas encore eu le temps de tendre son manteau à Ruthven.

— Mais enfin, qu'est-ce que vous avez tous contre le pays de Galles ? Ça fait partie du Royaume-Uni, que je sache.

Melrose fit une grimace peu convaincue.

Mindy les précéda au salon où elle s'effondra devant la cheminée.

— Trois fois ? demanda Melrose.

Jury lui répondit indirectement :

— Ça t'étonnerait d'apprendre que Dan Ryder est toujours vivant ?

Melrose écarquilla les yeux.

— Quoi ! Tu l'as vu ?

— Oui, je me doutais un peu qu'il n'était pas mort.

— Comment as-tu deviné ?

— Grâce à plusieurs petites choses, en particulier cette anecdote que Diane a racontée l'autre jour. Celle à propos du jockey qui a déclaré qu'il aimerait revenir non pas sur le dos mais dans la peau de ce grand pursang américain… Comment s'appelait-il déjà ?

— Pari Spectaculaire.

— Cette « résurrection » du jockey m'a mis la puce à l'oreille. Et si Ryder n'était pas mort ? C'est que, tu vois, je ne pouvais pas imaginer ce qui aurait poussé Maurice à attirer Nell dans le box d'Aqueduc. La seule personne susceptible de le convaincre ne pouvait être que quelqu'un comptant encore plus pour lui que Nell.

— Je comprends, ça ne pouvait être que son père.

— Sauf que ce n'est pas lui qui a enlevé Nell.

— Ce n'est pas Dan Ryder ?… Je ne te suis plus. Tu viens de dire qu'il était le seul pour qui Maurice aurait fait une chose pareille.

Jury poussa un soupir.

— Ça me dépasse. La seule explication que je vois, c'est que quelqu'un lui a fait croire qu'il agissait pour son père.

Melrose se pencha et gratta le crâne de Mindy.

— Je suis curieux de savoir comment Ryder a réussi à mettre en scène sa propre mort en plein champ de courses…

— Ça s'est fait tout seul. Ce n'était pas lui qui montait le cheval qui est tombé.

Jury lui raconta ce qui s'était passé.

— Naturellement, cela n'aurait jamais marché si Simone Ryder ne l'avait pas identifié sur-le-champ.

— Sacré réflexe de la part de la dame !

— Tu peux le dire. Mais reste à savoir ce que vient faire Maurice dans tout ça. Dan affirme qu'il ne lui a rien demandé. Il n'était pas en contact avec lui.

— Tu ne le lui as pas dit ?

— Que Maurice était mort ? Non, j'ai laissé ce soin à Sara.

— Tu crois vraiment qu'il ne communiquait pas avec son fils ?

— Oui. Comme je te le disais, quelqu'un d'autre a dû se servir du père pour manipuler le fils.

— Mmh…

Melrose eut une moue songeuse. Il allait dire quelque chose quand Ruthven entra.

— Je vous demande pardon, milord. J'ai pensé que vous aimeriez savoir que Mr Bramwell est de retour.

— *Quoi ?*

Melrose bondit de son fauteuil.

— Où ?

— Mais… dans l'ermitage, milord. Il a demandé un bouillon de bœuf.

Jury crut discerner un soupçon de sourire au coin des lèvres du majordome.

— Un bouillon de bœuf ?

— Oui, milord. Il affirme avoir contracté un mauvais rhume dans l'établissement de Mr Browne.

— Bon sang ! Viens, Richard.

Melrose attrapa Jury par le bras et l'arracha à son fauteuil.

— Je vais lui en foutre, moi, du bouillon de bœuf !

Un bon petit feu brûlait dans le poêle en fonte de l'ermitage. Mr Bramwell était assis devant, les mains tendues vers la source de chaleur comme si sa vie en dépendait. Melrose n'eut même pas le temps d'ouvrir la bouche qu'il commençait déjà :

— Ce trou plein de bouquins où vous m'avez envoyé n'était même pas convenablement chauffé ! Je lui ai pourtant demandé d'allumer un feu, mais pensez-vous ! Il est tellement radin, ce type ! Il m'a rendu tout bronchitique.

En guise d'illustration, il se frappa la poitrine et se mit à tousser.

— « Convenablement chauffé » ! Mais, au moins, vous étiez à l'abri !

— Oui ben, on se serait cru en Sibérie, là-dedans. Et vous croyez que ce Browne m'aurait apporté une tasse de thé ! Tu parles !

Melrose approcha son visage aussi près de celui de Bramwell qu'il était possible de le faire sans risquer d'attraper quelque saleté.

— Mr Bramwell, puis-je vous rappeler que Theo Wrenn Browne n'était pas à votre service ? Vous étiez au sien.

— Encore pire pour moi !

Il ouvrit la petite porte du poêle avec un bout de bois qu'il utilisa ensuite pour remuer les braises rouges.

— Si c'est comme ça que vous traitez vos employés, faut pas vous étonner si vous avez du mal à les garder !

Il referma la porte d'un coup sec.

— Jusqu'à présent, nous n'avons pas eu trop de plaintes dans ce sens, répondit Melrose.

Dans son énervement, il se cogna la tête contre le linteau sculpté d'une tête de mort et de l'inscription *Memento Mori*. Une touffe de mousse lui tomba dans les cheveux.

Bramwell répéta sa quinte de toux grasse.

— Je devrais être au lit, au lieu de me les geler assis ici.

— On peut peut-être vous trouver un bon petit lit d'hôpital. J'ai entendu dire qu'ils avaient de la place à Sainte-Anne.

— Pas de docteur pour moi, merci, pas après ce qu'ils ont fait à ma Doris. Je vous ai déjà raconté ?...

— Votre Doris ? Oui...

Melrose se serait volontiers frappé à nouveau le crâne contre le linteau s'il n'avait pas craint de récolter encore plus de mousse dans les cheveux.

Le regard de Bramwell glissa vers Jury. En voilà un qui n'avait certainement pas encore entendu l'histoire.

— Ma Doris va à l'hôpital pour se faire soigner les ovaires et elle a même pas le temps de dire ouf que – vlan ! – ils lui enlèvent tout l'utérus. Ils lui font la totale, ces cons ! Alors je lui dis : « Putain, mais c'est pas possible ! Faut les attaquer en justice ! » Moi, ça m'écœure, ces toubibs qui vous charcutent sans même savoir ce qu'ils font.

Se tournant vers Melrose, il conclut :

— Je préfère encore dormir ici à la dure. Ce Theo Browne me fait penser à une fouine.

Il se cala confortablement contre la taie d'oreiller qui lui servait de baluchon.

Jury tira Melrose par la manche.

— Je peux te parler une seconde ?

Il l'entraîna à l'écart de l'entrée de l'ermitage.

— Qu'est-ce qu'il y a ? demanda Melrose.

— Tu ne sens pas quelque chose qui cloche ? La question n'est pas d'évaluer qui de toi ou de Theo est le meilleur employeur, mais de virer ce connard avant qu'il ne s'infiltre dans les moindres recoins d'Ardry End.

— C'est vrai qu'il est bon pour l'asile, dit Melrose avant de se répandre en imprécations inintelligibles : Mmh… Euh… Mmh…

— Mais fous-le-moi à la porte, bon sang !

Jury le poussa vers l'entrée de l'ermitage.

— Mr Bramwell !

Quand cela l'arrangeait, ce qui était le cas en ce moment, Bramwell pouvait avoir l'air très pitoyable et implorant (oh, il savait pertinemment ce que les deux autres mijotaient !). Il remonta son col et le serra contre son cou d'une main tremblante.

Melrose ouvrit la bouche, la referma, l'ouvrit à nouveau. On aurait dit un poisson. Heureusement, il fut momentanément sauvé par Ruthven qui, ayant revêtu un manteau et une écharpe, traversait les quelques arpents de parc séparant la maison de l'ermitage.

— Tiens, voici votre bouillon !

Bramwell abandonna aussitôt son interprétation de la petite Cosette prise dans une tempête et fléchit les doigts, se préparant à saisir tout ce qui se trouverait sur le plateau déposé par Ruthven sur la souche plate qui servait de table pour le petit déjeuner, le déjeuner et le dîner, ainsi que pour le café du milieu de la matinée et le goûter de quatre heures.

Melrose constata qu'il y avait bien plus que du bouillon de bœuf au menu : une généreuse pile de petits sandwichs au fromage, au poulet et au jambon de Parme. Ce dernier détail l'agaça particulièrement parce qu'il aimait le melon avec du jambon de Parme et qu'il n'en resterait probablement pas.

— Je vois que la fragilité de votre santé n'affecte pas votre appétit, Mr Bramwell.

— C'est qu'il faut que je garde mes forces. Merci, Mr Ruthven.

Ruthven venait de déployer une grande serviette blanche que l'ermite étala soigneusement sur son torse corpulent. Choisissant un sandwich au jambon, il déclara :

— Faut bien que je vous reconnaisse une qualité : vous, au moins, vous n'êtes pas chiche.

Il aurait pu s'adresser à Melrose, Jury, Ruthven ou Dieu.

Non, pensa Jury. Dieu est chiche.

Ils donnaient des carottes à Chagriné, tous deux aux aguets au cas où Momaday apparaîtrait.

— Je suis complètement dominé par mon personnel, se lamenta Melrose. Dominé.

— En tout cas, par ces deux-là.

— C'est pour ça que je n'emploie pas plus de gens.

Ce n'était pas la véritable raison. Il aimait juste s'apitoyer sur son sort.

Voyant une nouvelle carotte sortir de la poche de Jury, Chagriné lui poussa l'épaule du museau. Jury le poussa à son tour. Melrose, ne voyant pas leur chahut, continua sa complainte, énumérant les employés qu'il n'avait pas.

— Un chauffeur, une aide-cuisinière pour Martha…

— Qui ne le supporterait pas…

Jury donna un coup dans l'élégante encolure de Chagriné, en représailles d'un nouveau coup de museau dans la figure.

— … des palefreniers, un valet de pied, une femme de chambre, non, deux, dont une camériste.

Melrose aimait bien ce mot. Il le répéta :

— Une camériste.

— Il y a déjà eu autant de personnel à Ardry End ?

— Non, mais ça serait d'un chic !

Jury soupira :

— Ma foi, je crois que je vais aller faire une sieste.

— Ma foi, je crois que je vais aller me servir un verre.

Chacun ayant fait ce que sa foi lui dictait, ils se retrouvèrent pour une balade en voiture sur les petites routes étroites de campagne. Jury avait annoncé qu'il n'était pas encore d'attaque pour la « confusion vocale » du Jack and Hammer.

« Je l'avais entendu qualifier de multiples façons mais jamais encore de "vocalement confus" », avait dit Melrose.

La nuit commençait à tomber. Cela avait été une de ces journées d'hiver où les arbres et les maisons se détachaient avec une netteté tranchante et où l'air était parfaitement limpide. Jury regarda sur sa droite et aperçut une colline douce.

— Regarde, là-haut !

— Quoi ? Le pub ? C'est assez majestueux, la manière dont il est perché tout là-haut, dominant le village, non ?

Melrose avait déjà tourné sur la route encore plus étroite qui grimpait sur la colline.

— Allons voir à l'intérieur.

Déserté. Le terme évoquait des images de pièces vides, de rideaux à moitié arrachés, de traces plus claires sur les murs là où des tableaux avaient été accrochés autrefois. The Man with a Load of Mischief ne semblait pas tant abandonné que triste. N'étaient la poussière et les feuilles mortes, ou les appliques qui ne répondaient plus à aucun interrupteur, Jury n'aurait pas été surpris de voir le patron encore derrière le comptoir, un vieux serveur arthritique passant avec un plateau ou des clients éparpillés dans la salle autour des tables et sur les tabourets du bar.

Il ne faisait pas encore noir mais cela ne tarderait plus et des filaments de la maigre lumière hivernale parvenaient à filtrer à travers la crasse des fenêtres à croisillons, insufflant un semblant de vie à l'air captif. Melrose s'attarda dans le vestibule, contemplant les motifs de chasse à courre qui se répétaient dans une course absurde sur les murs. Même le papier peint avait échappé aux outrages du temps, alors qu'on se serait attendu à le voir en lambeaux. Jury l'appela dans la grande salle.

— Tout est là ! Le matériel au complet, ajouta-t-il en posant la main sur les manettes en porcelaine des pompes à bière. Les alcools, les verres…

Des bouteilles de whisky, de gin, de vodka et de sombres liqueurs sirupeuses étaient soigneusement alignées sur les étagères, dédoublées par le grand miroir derrière le bar.

— Je n'en reviens pas que cet endroit n'ait pas été vandalisé. Ça fait combien de temps… treize, quatorze ans ?

Melrose essuya un tabouret du plat de la main et s'assit.

— Il y a des vandales dans la région ? C'est-à-dire, à part Agatha ? Si tu te rappelles bien, cet endroit a été évacué à la hâte. C'est ici que j'ai trouvé Mindy, tu sais. Quand je pense qu'il y a des gens qui s'en vont en abandonnant leur chien… Pendant un temps, je l'amenais ici en promenade au cas où elle aurait le mal du pays et pour qu'elle coure après les fantômes. Elle adorait ça. Je devrais recommencer.

Il regarda les bouteilles en plissant les yeux.

— Dis donc, si ces bouteilles de Johnny Walker et de Bells sont encore là, qu'en est-il du cellier ?

La cave était elle aussi pleine de poussière et de feuilles mortes mais, d'un autre côté, on s'attendait à ce que… non, on *voulait* que les bouteilles de vin soient poussiéreuses, car cela semblait prouver une chose ou une autre. La pièce fraîche était tapissée de rayonnages remplis de vins de Bordeaux, de Toscane, d'Espagne ; des médocs, des cabernets, des puligny-montrachet grand cru, des chardonnays de Californie, des xérès d'Espagne, des sauternes… Quelqu'un ici s'y était connu en vin.

— Je n'avais pas remarqué tout ça, observa Jury.

Melrose faisait courir un doigt sur les bouteilles.

— Forcément, tu étais trop occupé avec le cadavre.

Il s'arrêta et sortit une bouteille de blanc.

— Attrape un rouge.

Jury prit une bouteille à son tour et ils remontèrent quatre à quatre dans la salle principale.

De nouveau derrière le bar, sur lequel il avait déposé des verres pour que Melrose les essuie, Jury vissa le tire-bouchon dans une bouteille et tira doucement.

— Fais attention avec ça. Ça vient de Campania.

— Quoi, tout à côté de Northampton ?

— Mais non, de Naples. Pompéi, ça te dit quelque chose ?

Il indiqua la bouteille d'un signe de tête.

— C'est un falerno. Pas facile à trouver, crois-moi.

— Si le temps s'est montré doux avec lui, je peux bien en faire autant.

Le bouchon sortit avec un agréable petit pop ! et Jury versa le vin dans les verres. Il leva le sien à la lumière.

— Sombre telle la mer lie-de-vin.

Ils goûtèrent.

— Mmm… mmm… *mmm !* fit Melrose en agitant simultanément la tête de droite à gauche et d'avant en arrière. Oh là là ! Je ne me souviens pas de la dernière fois où j'ai bu un vin pareil !

— C'est vrai qu'il est bon !

Melrose donna une tape sur le bar.

— Tu sais ce qu'on devrait faire ? Acheter cet endroit. C'est un miracle qu'une famille avec deux labradors et une grappe de marmots répugnants ne l'ait pas encore converti en maison de campagne.

— C'est à cause de son passé sinistre. Les gens viendraient peut-être y boire un verre en ignorant les mauvaises ondes, mais je doute qu'ils aient envie d'y vivre. Qu'est-ce que tu veux dire, « l'acheter » ?

— L'acheter.

— Toi peut-être. Pour ma part, tout ce que je possède, ce sont les vêtements que j'ai sur le dos. As-tu seulement une idée de ce que cela représente de diriger un restaurant ?

— Ça ne doit pas être bien sorcier.

Melrose poussa son verre vers la bouteille pour être resservi.

— Tout d'abord, dit Jury en s'exécutant, il faut du personnel. Pour quelqu'un qui ne peut même pas virer un ermite, ce projet me semble difficilement réalisable.

— Tu n'auras qu'à te charger de virer les gens. Voilà, déjà un problème de réglé.

Jury s'accrocha au rebord du bar, rassemblant ses forces.

— Tu es vraiment d'une naïveté incroyable, tu sais ? Un restaurateur doit affronter des frais fixes, loyer, équipement, entretien – les frais de blanchissage à eux seuls couleraient la plupart des soi-disant entrepreneurs –, et il doit faire face à un personnel instable, éphémère, sous ou surqualifié et toujours caractériel. Tu sais quel est le pourcentage de ces établissements qui s'en sortent ? Trente, à tout casser.

— Comment en sais-tu autant ?

Jury but une gorgée de son précieux vin.

— Danny Wu.

— C'est qui ?

— Un de ces restaurateurs dont je te parle. Il possède un restaurant à Soho appelé Ruiyi. Il exerce également quelques activités annexes. Du moins Racer en est-il persuadé.

— Et son restaurant marche ?

— Du feu de Dieu. Il faut presque être flic pour obtenir une table.

— Alors, tu vois ?

— Non, c'est toi qui ne vois pas. Tu te vois déjà te pavanant dans la salle à manger, recommandant un vin pour accompagner le lama braisé et le maïs sauté. Tu auras perdu une fortune dès la première soirée d'ouverture.

— Bah, une fortune, ça se refait.

— Tu sais quel est ton problème ? Tu as trop d'argent.

— Tu crois ?

Jury leva les yeux au ciel.

— Quoi qu'il en soit, reprit Melrose, ça, c'était pour la partie nourriture. Qu'est-ce qu'on pourrait faire pour la partie décor ? Ça ne devrait pas être trop difficile.

Jury se frappa le front de la main.

— Tu n'as aucune idée de la quantité de boulot que ce genre d'aventure implique !

— Du *boulot* ? Tu es malade ? Je n'ai aucune intention de travailler. C'est pour ça qu'on paye tout ce personnel instable et sous-qualifié. Du boulot ? *Pfff*...

Melrose prit une des petites serviettes en papier jaunissantes que Jury avait déposées sur le bar et sortit son stylo.

— Primo, il faudra probablement remplacer ces serviettes, tu ne crois pas ?

Jury but son vin et ferma les yeux. Il était encore meilleur quand il n'avait pas à regarder Melrose. Il aurait aimé avoir des écouteurs et un CD des Door Jam. Puis il sortit l'enveloppe de sa poche intérieure et trouva un vestige de crayon de bois dans une tasse sous le comptoir.

— Disons qu'il faut compter cent mille pour le premier mois d'approvisionnement.

Il écrivit le chiffre sur l'enveloppe. Dessous, il ajouta encore cent mille pour le matériel de cuisine. Quand il tourna l'enveloppe pour montrer l'addition absurde à Melrose, les photos glissèrent au sol.

— Qui c'est ? demanda Melrose en les ramassant.

— Nos suspects.

— Cette femme est bien Simone Ryder, dit Melrose. En tout cas, c'est la morte que j'ai vue à la morgue. Et celles-ci ?

Melrose retourna les photos de Valerie Hobbs et de Sara Hunt. Il examina celle de Sara un bon moment tout en allumant une cigarette.

— Tu dis que tu n'as rien qui lie cette Sara Hunt à Simone Ryder ?

— En effet, pas un soupçon de piste.

Melrose sourit.

— Maintenant, tu en as une.

56

Melrose lui tendit la photo.

— C'est la femme du Grave Maurice. L'autre femme, celle à qui parlait Simone Ryder.

Jury lui reprit la photo.

— Sara Hunt. Ça par exemple…

— Je ne faisais pas attention à elle. Elle ne faisait pratiquement qu'écouter. C'était Simone Ryder qui lui racontait son histoire.

— Parlant de son défunt mari ?

— Je suppose. Elle a dit quelque chose au sujet du frère de Roger. Puis elle a parlé d'« assurance » et a fait allusion à un climat plus chaud… euh… l'Amérique du Sud, je crois. C'est ironique, non ? Elle s'adressait sans le savoir à la seule femme qui sût que son mari était encore en vie.

— Sara a alors dû être persuadée que son Dan allait bientôt lui filer entre les doigts, qu'il allait partir en Amérique du Sud avec cette femme du pub. Je me demande ce que lui avait dit Ryder sur sa femme.

— Mais comment Sara Hunt et Simone se sont-elles retrouvées au haras Ryder ?

— Simone devait peut-être s'y rendre pour une raison ou une autre. Pour régler une question en suspens. Arthur Ryder a affirmé ne l'avoir jamais rencontrée, mais il connaissait Sara. Vernon l'avait amenée au haras. Au-delà de ça, je ne vois rien.

— Sara l'a peut-être suivie ?

— Elle l'a même peut-être accompagnée, pour autant qu'on le sache. Sara est une femme très déterminée, crois-moi.

Jury renfonça le bouchon dans le goulot de la bouteille.

— C'est un sacrilège de gaspiller un si bon vin, fit Melrose.

— Qui parle de gaspiller ? On l'emporte. Allez viens, il faut que je téléphone à Cambridge.

Ils enfilèrent leurs manteaux, Melrose glissant la bouteille dans une de ses immenses poches. Il la tapota affectueusement.

Au moment où ils sortaient, glissant à nouveau le morceau de bois sous la porte pour la caler, Jury déclara :

— Tu seras appelé à témoigner, tu sais, si elle est inculpée.

— Je m'en doute. Mais y a-t-il assez d'éléments contre elle pour l'arrêter ?

— Peut-être bien que oui, peut-être bien que non. Je vais informer Barry Greene, l'inspecteur divisionnaire à Cambridge, et il se mettra en contact avec son homologue à Cardiff. Avant, on n'avait aucune chance d'arrêter Sara Hunt ; au moins, maintenant, on en a une.

Après que Jury eut téléphoné et qu'ils eurent célébré l'avancée de leur enquête avec un autre verre de vin, ils décidèrent de sortir à nouveau et Melrose demanda à Martha de mettre leur dîner au chaud. Cette fois, ils optèrent pour le Jack and Hammer.

— À moins que tu ne te sentes toujours pas d'attaque pour la confusion vocale ?

— Non, non, je suis prêt. Et puis je crois que j'ai trouvé un moyen de résoudre la crise Bramwell…

— Non, pas question de l'emmener avec nous !

— Mais non, répondit Jury avec un petit sourire. On va faire un saut chez Theo Wrenn Browne.

Concernant Richard Jury, Theo Wrenn Browne était au mieux ambivalent, au pire atrocement jaloux. Dieu qu'il convoitait les regards admiratifs qu'attirait Jury ! Oui, il était jaloux de lui comme il l'était de Melrose Plant : ils avaient tous les deux tout ce que Theo désirait. Même si Jury n'avait pas une fortune à jeter par les fenêtres (contrairement à Plant), il compensait largement par son titre de commissaire de New Scotland Yard et par son pouvoir de vie et de mort. Il n'avait qu'à pointer l'index et un nid de vipères disparaissait (cette image envoya un agréable petit frisson dans son corps noueux, un frisson dont il préférait ne pas connaître l'origine).

— Mr Jury, quel plaisir de vous revoir ! S'agit-il d'une visite pour le travail ou pour le plaisir ?

— Les deux. Vous n'employez pas un certain Bramwell ? Frederick Edward Bramwell ?

Theo se raidit.

— J'ai effectivement eu un employé de ce nom, mais il n'est plus à mon service. Il est parti. Il m'a laissé entendre qu'il retournait chez Mr Plant.

Il gloussa.

Du moins Melrose, qui s'était posté près des présentoirs à journaux de façon à écouter sans en avoir l'air, l'interpréta-t-il comme un gloussement.

Prenant un air sombre, Jury dit :

— Voilà qui est bizarre. Bizarre, bizarre…

Melrose lui lança un regard. Qu'est-ce qui lui prenait ? Il se croyait au cinéma ou quoi ?

Theo ne savait plus s'il devait se réjouir ou pleurer. Puis, se rendant compte qu'il pouvait faire mieux que « Il est parti », il précisa :

— C'est que j'ai dû le congédier, voyez-vous.

— Ah, c'est trop con ! Ç'aurait été l'endroit idéal.

— Pardon ?

Theo le regardait sans comprendre.

— Oh, désolé, soupira Jury. C'est qu'on essaie de mettre la main au collet d'Eddie la Main Leste depuis des années.

« Mettre la main au collet ? » Jury avait-il vu trop de vieux films policiers à la télé ? Quant à « Eddie la Main Leste », Melrose avait déjà entendu ça quelque part. N'était-ce pas dans un film américain ? Il n'y avait que ces scénaristes américains pour trouver des noms pareils.

— Eddie la Main Leste ? Je ne vous suis pas, commissaire.

— C'est son surnom. Celui de Frederick Edward Bramwell. Il est spécialisé dans les livres rares, et je vous parle de *très* rares. Comme des éditions d'*Ulysse* des Pléiades. Ça ne court pas les rues, hein ?

Theo était submergé par son ignorance.

— Les éditions des Pléiades ? Euh… non, je ne vois pas…

Tu n'es pas le seul, pensa Melrose en feuilletant une bande dessinée de *The Beano*.

— C'est que…, reprit Theo, Mr Bramwell ne semblait rien connaître aux livres.

Jury s'esclaffa.

— Mais c'est justement son jeu, Mr Browne. Il se fait passer pour quasiment illettré, c'est le moins qu'on puisse dire.

Mais vraiment le moins du moins du moins.

Jury se pencha au-dessus du comptoir briqué qui séparait Theo du reste du monde et dit, en baissant la voix :

— Il noue tous ses contacts à travers des librairies.

Theo prit une grande inspiration sonore.

— Si Mr Plant parvenait à le convaincre de revenir chez vous, vous me rendriez un immense service.

Ainsi qu'au Yard, naturellement. Ce gus me pompe l'air depuis deux ans.

Melrose soupira, souhaitant que Jury cesse de parler comme un flic dans un mauvais polar.

Theo se pencha plus près de Jury, si bien que leurs nez se touchaient presque.

— Il n'est pas… euh… dangereux ?

— Oh, je ne pense pas, Mr Browne. Mais, naturellement, fit-il en reculant d'un pas et en agitant les mains devant lui, je ne veux pas vous demander de faire quelque chose qui vous mettrait mal à l'aise. Après tout, on ne peut pas tous être des héros.

Il lui fit son plus beau sourire héroïque.

Il n'en fallut pas plus pour convaincre Theo. Il ne pouvait résister à un appel à son héroïsme (non qu'un tel appel se fût jamais fait entendre jusque-là). Oui, il reprendrait Mr Bramwell à son service si cela pouvait aider la justice.

— Maintenant, il ne nous reste plus qu'à convaincre Bramwell de retourner au Wrenn's Nest.

Joanna Lewes, assise près de Jury au Jack and Hammer, demanda :

— Mais ce n'est pas illégal ou criminel ou quelque chose comme ça de se faire passer pour un officier de police ?

— Mais je *suis* un officier de police, lui rappela Jury.

— Je sais, mais vous avez inventé une fausse affaire.

Jury s'esclaffa.

— Vous n'imaginez pas le nombre de fois où la police doit « inventer ».

— C'est bien gentil, dit Melrose, mais comment vais-je le convaincre de retourner travailler là-bas ?

— Dis-lui que Theo est un bookmaker, suggéra Trueblood.

— Ah, mais c'est génial !

Trueblood alluma une cigarette rose.

— Tu manques vraiment d'imagination, tu sais.

Vivian se tourna vers Jury.

— Vous êtes censé vous reposer et, au lieu de cela, vous courez à droite et à gauche dans tout le pays à la recherche de…

Elle marqua un temps d'arrêt puis haussa les épaules.

— … je ne sais quoi. Vous allez vous retrouver de nouveau à l'hôpital avec cette horrible infirmière.

— Hannibal, dit Jury avec un sourire. Au fond, Hannibal était vraiment une accro à la mort. Rien ne lui procurait un plus grand frisson qu'une tentative avortée de ranimer un patient agonisant dans le bloc opératoire.

— Pense à « ma Doris » et estime-toi heureux qu'ils ne t'aient pas enlevé tous tes organes, lui dit Melrose.

Jury se mit à rire.

— Elle était toujours en train de…

Il s'interrompit, entendant la voix geignarde de Mrs Ball. « Dory. La pauvre petite Dory… une arythmie… et personne ne le savait… »

— Quelque chose ne va pas ? demanda Trueblood.

— Hein ? Oh, non, il faut juste que…

Jury se leva brusquement et se dirigea vers le bar derrière lequel Dick Scroggs lisait son journal.

— Dick, j'ai besoin de votre téléphone.

Jury se glissa derrière un membre du clan Withersby qui sirotait sa bière avec une mine sombre et sortit son carnet d'adresses. Il composa d'abord le numéro de l'hôpital et demanda au standard qu'on lui passe le service de chirurgie. Une voix pointue lui répondit, à laquelle il demanda à parler au docteur Ryder. On le mit en attente, naturellement. Il y eut un long silence, aussi sinistre que la tête du Withersby non loin de lui. (Comment faisaient-ils pour avoir tous la même tronche ? Ces traits vagues, cette mâchoire carrée, comme si leur croissance s'était arrêtée trop tôt.)

Il attendit. Cela pouvait durer une éternité, si l'infirmière revenait un jour à son poste. Il raccrocha, refit le numéro et demanda à nouveau le service de chirurgie, mais précisa cette fois qu'il voulait parler à l'infirmière King. Christine. Était-elle de service ? Oui, et elle était justement tout à côté.

Chrissie King prit le téléphone. Jury pouvait presque entendre la dévotion qui faisait trembler sa voix. Il lui demanda si elle pouvait trouver le docteur Ryder et lui faire passer un message.

— Il n'est pas à l'hôpital, mais je sais où il est, répondit-elle. Il est parti tard hier et a dit qu'il allait dans le Cambridgeshire. Il a parlé d'un enterrement.

Oh, merde ! Jury éloigna le combiné de son oreille et le pressa contre son front comme pour conjurer la mauvaise nouvelle. Maurice. Comment avait-il pu oublier ?

Replaçant le téléphone près de son oreille, il déclara :

— Chrissie, vous êtes un ange. Merci.

— Oh, mais de rien. Ça me fait vraiment plaisir...

À son ton, on aurait dit qu'il venait de l'inviter pour un dîner en amoureux.

Jury raccrocha, trouva le numéro des Ryder dans le Cambridgeshire et le composa. Pas de réponse. Il réfléchit un moment. Puis il retourna à la table et s'excusa : il devait partir.

— Et toi aussi, dit-il à Melrose en le hissant sur ses pieds. Viens.

Les autres les observèrent, plus qu'intrigués. Captivés.

— La vengeance. Nous n'avons pas vraiment exploré cette possibilité.

Au volant de la Bentley, Melrose enclencha la seconde et répondit :

— Mais si, on y a pensé.

— Oui, contre le haras et Arthur Ryder, mais on a totalement négligé Roger.

— C'est parce qu'on s'est concentrés sur le haras. C'est là que Nell vivait, après tout.

Bon sang ! pesta Jury intérieurement. Ses côtes l'élançaient impitoyablement.

57

Nell entra dans le bureau pour chercher le registre où elle inscrivait la naissance des poulains et le nom de leurs parents. C'était une tâche qui lui plaisait, elle donnait à la vie un semblant d'ordre qu'elle n'avait pas. Au moins, ces registres offraient l'illusion, l'apparence d'une progression ordonnée, ce qui méritait d'être préservé et respecté, à l'instar des chevaux eux-mêmes.

Elle venait de croiser Davison débitant un torrent de jurons dans sa barbe. Il se dirigeait vers le box de Monnaie de Singe en compagnie d'un homme dont le visage lui disait quelque chose. Ce dernier était petit, un jockey sans aucun doute, et devait travailler pour un des haras des environs. Il y en avait tellement. Elle avait arrêté Davison pour lui demander ce qui n'allait pas.

— Ah, ils veulent encore ajouter à Monnaie de Singe plus de charge qu'il ne peut en porter.

Nell lui avait rappelé (bien inutilement, car Davison était bien placé pour le savoir) que plus le pur-sang était puissant, plus son handicap devait être important, afin d'égaliser les chances des autres concurrents. Le petit homme avait acquiescé et ils s'étaient éloignés.

Halo, fils de Lucky Me, issu de Luckout, et de Yeux d'Ange, issue de Trésor. Elle se le répétait comme un mantra tout en cherchant le registre sous la pile de dossiers accumulés sur le bureau de son grand-père. À côté, elle aperçut son canif et un morceau de bois. Elle saisit ce dernier, le caressant du pouce en se demandant ce qu'il comptait sculpter dedans cette fois. Elle le reposa près du couteau.

Halo, fils de Lucky Me, issu de… Avec ça, le petit poulain maigrichon devrait connaître des débuts prometteurs. Sa mère, Yeux d'Ange, était une jument des écuries Anderson. Elle avait été saillie par Lucky Me lors de la saison de monte qu'Anderson avait achetée au haras Ryder. *Halo, fils de Lucky Me, issu de*…

Pendant quelques instants, cela lui permit de ne pas penser à Maurice. Elle serra le registre contre sa poitrine, posa son menton sur sa reliure élimée et ferma les yeux. *Maurice*. Après le désordre qu'avait été sa triste existence, la famille n'aurait pas dû s'étonner de sa fin tragique mais, naturellement, elle pouvait difficilement le dire à voix haute. Elle n'avait pas confié à son grand-père qu'elle pressentait quelque chose depuis longtemps, certainement pas ça, mais quelque chose. Tout le monde devait penser qu'il s'agissait d'un accident. Projeté d'un cheval contre un mur de pierres… Qu'est-ce que ça pouvait être d'autre ?

Cela pouvait être bien autre chose. Maurice cherchant à prouver qu'il était bien le fils de Dan Ryder. Toute sa vie, il avait rivalisé avec l'ombre de son père. Comment aurait-il pu en être autrement ? Maurice était un garçon intelligent : il était parfaitement conscient du danger qu'il y avait à sauter par-dessus les murs d'Hadrien dans le noir quand on n'était pas un excellent sauteur.

Elle avait bien aimé son oncle, en dépit du fait qu'il soit un père si lamentable. Elle l'avait apprécié pour son amour des chevaux. Elle avait du mal à comprendre comment un homme pouvait être aussi minable à certains égards, aussi destructeur à bien d'autres, tout en nourrissant une vraie passion. Sur ce point, ils se ressemblaient. L'idée que cela implique qu'ils pourraient se ressembler sous d'autres angles la mettait mal à l'aise. Parfois, elle se demandait si son amour des chevaux ne l'avait pas vidée de ses sentiments pour les humains. Il y avait pourtant des gens qu'elle aimait : son père, son grand-père, Vernon. Elle aimait Vernon d'une manière qu'elle savait sans espoir pour une fille de dix-sept ans. Et si elle devait choisir un jour entre Vernon et un cheval ? Elle pouffa de rire. *Ce que tu es bête. Bien sûr que tu choisirais Vernon.* Mais une autre petite voix en elle demandait : *Ça ne dépendrait pas du cheval ?*

Elle rit à nouveau, puis se ressaisit en se demandant comment elle pouvait rire alors que Maurice était mort. Un frisson glacé la parcourut et elle sentit son visage se vider de son sang. Maurice. Elle n'avait pas pleuré. Les larmes lui montaient parfois aux yeux mais ne coulaient pas. Elle se demanda une fois encore si, après tout, elle n'était pas un être froid. Quand avait-elle pleuré la dernière fois pour autre chose que les juments, ou piqué une crise de rage ? Elle ne s'en souvenait pas. Était-ce à cause de ces derniers mois chez Valerie Hobbs, à force de réprimer ses émotions pour garder l'esprit clair ? Ou simplement éviter de craquer ? *Ne sois pas si mélodramatique !* Pourtant, elle n'était pas du genre à dramatiser.

Pendant ces méditations, son regard se promenait dans la pièce, sur les livres, le mur d'images – *Je ressemble encore à cette fille sur les photos ?* –, puis il s'arrêta sur le portemanteau près de la porte. Des éclats de soie.

Elle se figea. La soie vert et argent était suspendue à un cintre. C'était une casaque, probablement celle du jockey qu'elle venait de croiser. Une silhouette surgit soudain de son inconscient comme une explosion de verre filmée à l'envers, les éclats se ressoudant en une forme reconnaissable. À cet instant, elle eut réellement l'impression d'être devenue une autre.

Elle pivota sur ses talons et attrapa le canif sur le bureau. Elle l'ouvrit d'un geste sec et se précipita vers le portemanteau, lacérant la chemise encore et encore jusqu'à ce qu'il n'en reste plus que des lambeaux. Puis elle laissa tomber le couteau au sol et sortit de la maison en courant, prenant la direction des écuries.

Quelques minutes plus tard, elle avait sellé Aqueduc et filé au galop.

58

Diane avait généreusement lancé son téléphone portable à Jury, tout en s'étonnant que Scotland Yard n'en distribue pas automatiquement à tous ses officiers. Melrose et lui venaient de quitter l'A45 pour l'A14, en direction de Cambridge.

— Ça ne passe pas, dit Jury en refermant le portable. Cet appareil a quelque chose qui cloche.

Melrose doubla un camion et répliqua :

— Ce qui cloche, c'est sans doute que Diane a oublié de racheter des unités. Tu n'as pas entendu une petite voix avec un message de ce genre ?

— Non, pas de voix.

Melrose s'engagea sur un rond-point près de Godmanchester.

— Ne t'en fais pas, Ryder y sera.

Il parlait de Roger.

— Il a dû décider de rester au haras jusqu'à l'enterrement du petit pour tenir compagnie à Arthur.

— Mais d'où il sort, ce connard ? s'énerva Jury.

— Lequel ? Il y en a tant !

— Celui qui conduit ce qui ressemble à une fourgonnette de vendeur de glaces. Tu sais, celles qui font drelin drelin et qui roulent à vingt à l'heure.

Il leur fallut encore une heure pour atteindre l'embranchement pour Cambridge, soit soixante minutes remplies des commentaires acerbes de Jury sur les autres conducteurs et des oui, oui, oui de Melrose. Ce dernier tenta de détourner son attention de l'incompétence des automobilistes britanniques (qui semblaient tous avoir mis le cap sur Cambridge cet après-midi-là) en le faisant parler de son enquête, mais Jury semblait inhabituellement taciturne.

— Tu sais, n'est-ce pas ?

— Je sais quoi ?

— Oh, ne fais pas le malin. Tu sais pourquoi ce qui est arrivé est arrivé.

— Double-moi ce con, se contenta de dire Jury.

— Je ne peux pas. Il y a une voiture qui arrive dans l'autre sens. Je ne sais pas si tu l'as remarqué, mais nous sommes sur une route à deux voies bordée de haies et avec un tas de virages sans visibilité.

Jury émit un grognement et se tourna vers la fenêtre, regardant défiler les haies, les prés et les vaches.

— Arrête de faire cette tête, on est presque arrivés.

Jury ne répondit pas.

— Tu sais que tu serais une catastrophe dans une réunion des Alcooliques Anonymes ?

Melrose savait que ce commentaire, qui n'avait rien à voir avec la conversation précédente, arracherait une réponse à son compagnon.

— Des Alcooliques Anonymes ? Quel rapport ?

— Aucun, pour toi. Le principe de ces réunions, c'est le partage. « Merci d'avoir partagé cette expérience avec nous », ils adorent dire ça.

— Ça, c'est bien une phrase que tu ne m'entendras jamais prononcer.

— Peut-être, mais tu n'es pas un alcoolique.

— Ça se discute.

— En tout cas, « Merci d'avoir partagé cette expérience avec nous », moi je trouve ça chaleureux et amical.

— Je t'en prie, ne répète pas cette phrase.

Melrose prit un air songeur.

— À mon avis, Long Piddleton est un lieu qui incite à l'alcoolisme. Il n'y a pas grand-chose d'autre à faire.

Les haies cédèrent la place à des cornouillers, des bouleaux et des fougères argentées. La chaussée s'élargit.

— Tu crois que Vernon Rice a un forum de discussion pour alcooliques sur son site web ? Je te parie que tu vois « Merci d'avoir partagé cette expérience avec nous » écrit partout.

— La seule chose que je veux partager, c'est dix pour cent de Microsoft.

— Merci d'avoir partagé ça avec moi.

Melrose tourna dans l'allée du haras Ryder.

Au loin, au-delà des clôtures blanches, des chevaux paissaient. Plusieurs d'entre eux relevèrent la tête pour regarder passer la Bentley et ses occupants. La voiture s'arrêta dans un crissement de gravier devant la porte d'entrée, qui fut ouverte presque simultanément par un Arthur Ryder hagard.

— J'ai vu la voiture approcher. Je vous ai reconnu.

Il salua Melrose d'un signe de tête, ne paraissant aucunement surpris de le voir avec Jury. C'était comme si toutes les questions qu'il aurait pu se poser avaient été annulées par la mort de son petit-fils.

Jury s'excusa pour son intrusion, ajoutant :

— Je ne vous aurais pas dérangé si ce n'était pas important.

— Non. Oui. Entrez.

Loin de paraître agacé par leur visite impromptue, Arthur Ryder semblait même légèrement soulagé par cette occasion de se concentrer sur autre chose que l'enterrement.

Se tenant près de la grande fenêtre du salon, Vernon Rice leur adressa un petit signe de tête puis se tourna de nouveau vers le paysage glacé à l'extérieur.

Roger Ryder s'approcha pour serrer la main de Jury et lui demanda des nouvelles de sa santé.

— Ça fait encore très mal ?

— Non, pas beaucoup, mentit Jury.

Roger savait qu'il n'en était rien et sourit.

— Vous vous épuisez. Vous devriez vous reposer…

(Un verbe que Jury aurait volontiers abattu à bout portant, avec « partager ».)

— … mais je vous suis quand même reconnaissant pour tout le temps et les efforts que vous avez consacrés à notre famille, commissaire.

— Je suis profondément désolé. Maurice était un bon garçon.

— C'est terrible, non ? dit Arthur Ryder. Nell revient et Maurice nous quitte. C'est comme s'il y avait eu un prix à payer pour son retour. J'ai l'impression que nous sommes maudits.

Ils étaient en train de boire du thé et Arthur leur demanda s'ils en voulaient une tasse bien chaude. Jury fit non de la tête, reprenant :

— Je comprends ce que vous ressentez, mais Maurice n'était pas le prix à payer pour Nell. Si vous vous mettez ça dans la tête, vous allez vous enfoncer dans un dédale de souffrance et de culpabilité. Ne faites pas ça.

Il se tourna vers Roger.

— Docteur, c'est à vous que je voulais parler. Vous permettez ?

— Oui, bien sûr.

Roger lança un regard à la ronde.

— Ici ?

Jury hocha la tête et ils s'assirent sur le sofa. Vernon se détourna de la fenêtre, les traits défaits. Personne ne ressentait les choses plus durement que lui. Il faisait autant partie de cette famille que tous ses autres membres.

— Quand j'étais à l'hôpital, commença Jury, soigné par l'excellente infirmière Mrs Ball…

Roger laissa échapper un petit rire.

— J'ai cru comprendre que ce n'était pas votre meilleure amie.

— En effet, mais, ceci dit, elle nous a peut-être rendu un grand service. Ou plutôt, son obsession morbide. Elle adore parler des échecs de la médecine. Quelque part dans sa galerie de patients qui n'ont pas survécu – et parmi lesquels, manifestement, elle semblait déjà me compter…

Roger sourit.

— … il y avait une petite fille qui était morte sur la table d'opération. Une de vos patientes. Dory, je crois.

— Oh, Seigneur.

Roger posa son front sur son poing.

— Ça fait plus de deux ans maintenant.

Il se pencha en avant, les avant-bras sur les genoux, la tête baissée dans une attitude de contrition.

— C'est ma faute. L'enfant était atteinte d'un trouble cardiaque, une arythmie. Ce n'est pas dangereux en soi, on peut le traiter avec des médicaments, mais personne n'était au courant, moi y compris, alors que j'aurais dû. Avant d'opérer, j'aurais dû…

Vernon Rice fronça les sourcils.

— Quelle enfant ?

— Ce n'était pas ta faute, dit Arthur.

Jury se tourna vers lui.

— Vous la connaissiez ?

— Bien sûr, nous la connaissions tous, c'était…

— *Putain de merde !*

Cette éruption provenait du bureau adjacent et fut répétée deux fois avant que son auteur, un petit homme avec une grosse colère, ne fasse irruption dans la pièce.

— Qu'est-ce que c'est que ce bordel, Arthur ?

Il brandissait une casaque en lambeaux.

— J'ai quatre putains de courses demain à Cheltenham ! Je vais avoir l'air fin, là-dedans !

— Billy, je ne comprends pas…, dit Arthur.

Le jockey agitait le cintre, ses tremblements faisant voler les morceaux de soie. Ils finirent néanmoins par retomber en formant un losange vert et argent.

Melrose sursauta.

— Vous êtes un des jockeys de Roy Diamond ?

Billy hocha la tête sans cesser de marmonner des imprécations.

— Il m'a dit que sa fille était morte, dit Jury. C'était elle, la petite fille ?

Ce n'était pas tout à fait une question.

— Elle s'appelait Dorothy, confirma Arthur. Dorothy Diamond.

— C'était votre…

Jury s'interrompit avant de dire « patiente ». Il regarda à nouveau la casaque en lambeaux, puis demanda soudain :

— Où est Nell ?

Vernon le dévisagea une demi-seconde, puis bondit hors de la pièce.

Neil Epp, le palefrenier, tenait la délicieuse assiette de carottes et de fruits sous le museau de Mauvais Genre. Il se demanda ce qui se trafiquait encore dans la maison, car il voyait approcher Vernon Rice à grands pas. Celui-ci se dirigeait droit sur eux. Il lui cria de seller le cheval.

C'était le second assaut que subissait Neil, le premier ayant été celui de la jeune Nell qui avait surgi et sauté sur Aqueduc comme si sa vie en dépendait. Et voici que c'était le tour de Rice. Dressé par des années de « fais ce qu'on te dit et tais-toi » sous les ordres de Dan Ryder, il lança la selle qu'il portait sur son bras sur le dos de Mauvais Genre qui avait encore sa bride.

Il eut à peine le temps de serrer la sangle que l'autre avait déjà enfourché le pur-sang après un des bonds les plus efficaces que Neil ait jamais vus.

Rice fit pivoter le cheval et fila en direction du pré et des murs.

Neil Epp courut derrière lui en criant :

— Hé, Vernon ! Mauvais Genre ne sait pas sauter les obstacles !

(*C'est ce qu'on verra !*)

En ajoutant à cela la voiture qui venait de s'arrêter dans l'allée en gravier et dont était descendu cet inspecteur de police qui était venu l'interroger un jour, Neil se dit que c'était la journée la plus agitée qu'il avait vécue au haras depuis que les saisons de monte de Samarkand avaient été mises sur le marché.

Au groupe d'hommes à l'air inquiet qui venaient de sortir de la maison au pas de course, il expliqua :

— Nell est partie y a pas quinze minutes. Elle est arrivée en courant, a sellé Aqueduc et est partie en flèche comme Mauvais Genre sur une piste rapide. Maintenant, il est parti lui aussi, Mauvais Genre. Avec Mr Rice dessus. Nell devrait faire du steeple-chase, à la manière dont elle saute ces murs, elle pourrait même être jockey. Elle est vraiment géniale…

Jury interrompit les plans de carrière de Neil.

— Où est le haras Diamond ?

Tandis que Neil lui indiquait la direction, Roger se tourna vers lui, incrédule.

— Vous ne pensez tout de même pas que…

— Wiggins, emmenez-les dans votre voiture, fit-il en indiquant Roger et Arthur. Moi, je monte avec toi, dit-il à Melrose.

Ils coururent vers les deux véhicules.

Malheureusement, le chemin le plus court pour se rendre au haras Diamond n'était pas la route mais les murs d'Hadrien, à vol d'oiseau… ou de cheval.

Va Chercher la Baguette

59

Roy Diamond montait Ravage, son cheval préféré, sur sa piste d'entraînement de deux kilomètres cinq, essayant de battre son record de la veille.

Il l'ignorait, mais il allait bientôt passer quatre très mauvais moments.

Il ne vit pas le cheval et son cavalier qui traversaient au galop son paddock, où plusieurs de ses pur-sang paissaient, et ne les vit pas non plus bondir au-dessus du dernier mur d'Hadrien comme si de rien n'était. Comme il galopait lui-même le long d'une courbe, sa vision périphérique le trompa et il prit le mouvement au loin pour celui de ses propres chevaux.

Une fois le virage franchi, Roy se rendit compte de sa méprise et, voyant Aqueduc bondir par-dessus la clôture qui encerclait la piste, il prit peur, une émotion rare pour lui qui se voulait toujours maître de la situation. La peur était un état de conscience négligeable, sans intérêt. Depuis la mort de sa fille, la plupart des émotions l'étaient.

Elle brandissait une cravache, visiblement avec la ferme intention de s'en servir. Nell Ryder, comme son oncle légendaire, ne frappait jamais un cheval. Si elle continuait à foncer droit sur lui, c'était que cette cravache lui était destinée, mais le plus terrifiant, c'était ce qu'elle pourrait lui faire avec son cheval. Nell parlait aux chevaux. Roy se voyait déjà subir le même sort que Dan Ryder.

Sa veste était posée sur la clôture et, tandis qu'il galopait autour de la piste avec elle derrière lui, il sut qu'il allait en avoir besoin. Parvenu à sa hauteur, il tira sur les rênes de Ravage, sauta à terre, attrapa le vêtement et sortit le revolver de sa poche.

Roy était un homme si apprécié qu'il ne sortait jamais sans son arme.

C'est alors que survint le deuxième moment désagréable : une Aston Martin rouge cerise se dirigeait à fond de train vers la piste. Deux clôtures blanches séparaient la route et le terrain d'entraînement. L'Aston Martin ne pouvant les sauter, elle opta pour l'autre solution : elle fonça droit dedans.

Roy aperçut alors un autre cheval traversant le pré à une centaine de mètres de là, juste au moment où Aqueduc arrivait sur lui, s'apprêtant à lui tomber dessus tel un mur de briques.

Roy tira. Dans la fraction de seconde séparant l'intention et l'exécution de cet acte, Nell sauta de sa monture et, tel un enfant jouant à saute-mouton, passa par-dessus la tête d'Aqueduc pour retomber devant lui. La première balle l'atteignit pendant sa chute, la seconde quand elle toucha le sol.

Puis Roy tira deux fois vers le conducteur – hallucinait-il ? – de l'Aston Martin. Danny Ryder venait de jaillir de la voiture et courait vers eux. Mauvais Genre bondit par-dessus la clôture et, sans même tirer sur ses rênes, Vernon Rice plongea de sa selle droit sur Roy Diamond en hurlant.

Dans un corps-à-corps, la peur ne fait pas le poids face à la fureur. Vernon lui arracha son arme et la lui colla contre la tempe. Personne ne saurait jamais s'il aurait tiré ou pas, car il n'en eut pas l'occasion. Dan Ryder se précipita sur lui, lui attrapa le poignet et lui arracha le revolver, qu'il lança le plus loin possible. Vernon se releva et courut vers Nell. Aqueduc se tenait près d'elle, promenant son museau sur son visage.

Doucement, Vernon glissa un bras sous ses épaules et la souleva comme un bouquet de lis brisés – ces cheveux pâles, cette peau translucide… Il sentit dans sa main le sang chaud.

— Nellie !

Elle entrouvrit les yeux et parvint à articuler deux syllabes :

— N'oublie…

Ce fut alors le quatrième mauvais moment de Roy Diamond. Déboulant en trombe, trop tard pour Nell mais largement assez tôt pour envoyer Roy en enfer, quatre hommes surgirent de la voiture de police banalisée et de la Bentley et se précipitèrent vers le groupe. En apercevant Dan, Arthur et Roger s'arrêtèrent net. Le jockey les vit et se détourna, s'effondrant en larmes.

— Oh non ! souffla Wiggins.

Jury s'agenouilla près de Vernon et plaça deux doigts dans le cou de Nell, là où il aurait dû y avoir un pouls. Puis il se leva et avança tel un glacier vers Diamond.

Celui-ci s'écria, d'une voix brisée non par le remords mais par la peur :

— Ce n'est pas elle que je visais !

Jury ramassa le revolver au sol et lui attrapa le bras. Wiggins agrippa l'autre bras et ils l'entraînèrent vers la maison. Roy ne se montrait pas très coopératif.

— Je voulais juste empêcher cette saloperie de cheval de me piétiner… J'y peux rien si elle s'est jetée devant son foutu canasson !

Ils se dirigeaient vers la porte de service de la maison. Melrose et Dan Ryder les suivaient.

— Pourquoi elle a fait ça ? hurla Roy. Pourquoi elle s'est jetée… putain ! Mais ce n'est qu'un foutu cheval !

C'en fut trop pour Wiggins. Il referma la porte derrière eux d'un coup de pied, la claquant au nez de Melrose, puis envoya son genou dans le bas-ventre de Roy, lui faisant pousser un humpfff ! qui ressemblait à un long râle d'agonie.

— Wiggins, dit Jury.

Wiggins retira son genou et Roy glissa lentement le long du mur.

Jury le rattrapa par le col de sa chemise, le hissa debout et le projeta contre le mur.

— Monsieur…, commença Wiggins.

— Chacun son tour, rétorqua Jury par-dessus son épaule.

Puis il approcha son visage de celui de Roy, si près qu'ils respiraient chacun le souffle de l'autre.

— Écoute-moi bien, espèce de gros tas de merde…

— Monsieur…

— Il ne me faudrait qu'une seconde pour te faire bien plus mal que ce cheval.

En guise de démonstration, il lui écarta la tête du mur et la repoussa assez brutalement pour craqueler le plâtre.

— Je suis flic, mais je ne suis pas en service. J'en fais une affaire personnelle, et rien ne me ferait plus plaisir que de te descendre là, tout de suite…

Wiggins retint son bras.

— Mr Jury ! Vous ne pouvez…

Jury se libéra et, tout en pressant le revolver contre la tempe de Diamond, poursuivit d'une voix sifflante :

— L'inspecteur est inquiet à cause de la procédure judiciaire, mais je m'en tape, moi, de la procédure.

Il attira Diamond vers lui puis le projeta à nouveau contre le mur.

— Tu sais ce qui me retient de te faire exploser la cervelle, *Roy* ? Là, tout de suite ? Ta fille. C'est tout. Ta fille morte.

Il le tira à nouveau et le poussa vers Wiggins.

— Inculpez-le et conduisez-le à la voiture.

— Quel chef d'accusation ? demanda Wiggins.

Jury avait déjà tourné les talons. Il lança par-dessus son épaule :

— Rébellion.

En sortant de la maison, il entendit la sirène bitonale d'une voiture de police au loin. Quelqu'un, probablement Melrose, avait eu la présence d'esprit d'appeler le commissariat central de Cambridge.

Les autres semblaient s'être éparpillés comme aux quatre vents. Melrose Plant était adossé à un arbre, fumant une cigarette en regardant Jury. Dan Ryder était accoudé au toit de sa voiture. Quand Jury s'approcha de lui, il ne put que secouer la tête, disant :

— Bon sang. Je suis désolé. Sara m'a appris ce qui était arrivé à Maurice ce matin. J'ai sauté dans ma voiture et j'ai foncé droit jusque chez Papa. Quand je suis arrivé, Neil Epp m'a raconté ce qui s'était passé et comment vous vous étiez tous précipités ici. J'ai tout de suite compris qu'il se passait quelque chose de grave. Ce ne pouvait être que cette ordure de Diamond, celui que vous recherchiez.

Il se passa une main sur le visage.

— Une minute… si j'étais arrivé une minute plus tôt…

— Une minute de plus ou de moins n'aurait rien changé. Vous ne pouviez rien faire. Vous avez déjà empêché Vernon Rice de commettre un meurtre en tuant ce salaud.

Puis il revint sur la piste d'entraînement. Arthur et Roger étaient adossés à la clôture, fixant le sol à une dizaine de mètres de là, où Vernon tenait toujours Nell dans ses bras. La profondeur de leur désespoir les paralysait. Ils semblaient incapables de s'approcher du corps de la jeune fille. Jury ne trouva rien à dire. Rien. Il chercha en lui quelques mots de consolation, ne trouva rien. À quoi servait ce foutu langage s'il vous laissait tomber dans les moments les plus importants ? Lançant un regard vers Aqueduc, qui était parfaitement immobile, comme cloué sur place, près de la clôture, il pensa : Pour moi aussi c'est dur, mon vieux.

Il s'approcha de là où gisait Nell, s'accroupit et posa une main sur l'épaule de Vernon. Celui-ci leva vers lui des yeux qui semblaient s'être consumés de l'intérieur.

Les sirènes étaient tout près, à présent. Il y en avait plusieurs.

Vernon déglutit péniblement.

— Tout ce qu'elle a eu le temps de me dire, c'est « N'oublie pas ».

Voilà, pensa Jury. C'était le mot qu'il cherchait.

60

Toujours en manteau, Jury était adossé au mur de l'une des salles d'interrogatoire du commissariat de Cambridge, fixant Roy Diamond. L'inspecteur divisionnaire Greene était assis en face de Diamond, de l'autre côté de la table.

— Six témoins. On vous tient pour meurtre et tentative de meurtre. Ne vous faites pas d'illusion, votre bagout ne vous servira à rien.

Diamond avait retrouvé son sang-froid.

— Dans ce cas, qu'est-ce qu'on fait là puisqu'il ne sert à rien de parler ?

Greene inclina sa chaise en arrière et regarda Jury. C'était lui qui avait proposé à son collègue de Scotland Yard d'assister à l'interrogatoire. Le calme de Diamond horripilait Jury, mais il ne dit rien.

— Vous pouvez être sûr d'une chose, inspecteur, reprit Diamond. Je vais porter plainte auprès du préfet de police pour mauvais traitements.

Il indiqua Jury d'un signe de tête.

— Bonne idée, dit Greene d'une voix blanche.

— Et le commissaire divisionnaire est un ami.

Jury se dit que s'il cherchait à leur faire peur avec ses relations, c'était qu'il n'était pas aussi sûr de son argument d'autodéfense qu'il voulait le leur faire croire. Il s'écarta du mur et s'approcha de la table. Diamond se pencha inconsciemment en arrière.

— Qu'est-ce qu'on fait là ? C'est bien ça, votre question ?

Jury posa les mains sur la table, se pencha vers Diamond et poursuivit, d'une voix la plus posée possible :

— On est là parce qu'on veut savoir la suite.

Roy Diamond écarquilla les yeux en feignant la surprise.

— Je vous ai déjà dit tout ce que je savais, c'est-à-dire ce qui s'est passé il y a deux heures. Nell Ryder a sauté par-dessus la clôture de ma piste d'entraînement et a galopé dans ma direction. Son cheval fonçait droit sur moi comme un train express. Puis j'ai vu une voiture foncer aussi sur moi, *puis* un second cheval. Qu'est-ce que vous vouliez que je fasse ? Tout ce que je peux dire, c'est que j'ai eu de la chance d'avoir mon arme avec moi. J'ai été bien obligé de me défendre.

Jury émit un rire qui ressemblait davantage à un aboiement. Naturellement, c'était la ligne que suivrait son avocat, à moins qu'il n'opte pour la responsabilité atténuée.

— On est en train d'interroger Billy, à côté, déclara Greene. Il ne va pas tarder à cracher le morceau. C'est du tout cuit.

— Vous pouvez lui faire cracher ce que vous voulez, vous n'avez aucune preuve.

— On en aura, promit Jury. Autre chose, qu'est-ce que vous avez à dire au sujet de votre activité annexe : les juments que Valerie Hobbs gardait dans son haras ? Parce que c'est bien *votre* opération, n'est-ce pas ?

— Oui. L'opération n'a rien d'illégal, comme vous le savez pertinemment. Ces juments m'appartiennent, commissaire. Elles sont ma propriété.

— Elles l'étaient. Oh, ne vous inquiétez pas, vous serez dédommagé. Mais j'aimerais savoir ce que vous comptiez faire avec ? J'ai cru comprendre qu'un grand laboratoire du nom de Wyeth possédait le brevet de cet œstrogène à base d'urine de jument…

— Pas indéfiniment. Leur brevet doit expirer autour de 2001 ou 2002. Pour le moment, mon opération est expérimentale. J'essaie de voir s'il est possible de produire ce médicament sans passer par les centaines d'étapes nécessaires actuellement. Afin qu'il soit meilleur marché.

— Comment ? Comment allez-vous… alliez-vous… procéder ?

— J'ai une équipe de chercheurs. Un petit laboratoire dans les îles Marquises. C'est provisoire, naturellement. J'emploie trois chimistes, un comptable, un banquier et un avocat qui travaillent exclusivement sur ce projet. Pour remporter une part du marché, il faudrait des milliers de chevaux, comme dans ces fermes au Canada. Je peux difficilement monter une opération pareille ici, n'est-ce pas ? Certainement pas sur mes terres. Il faut un endroit très isolé.

— Un comptable, un banquier, un avocat : c'est un vrai petit paradis, cette île, ironisa Barry Greene.

— Quel genre d'épée tenez-vous au-dessus de la tête de ces gens, Roy ? Qu'est-ce que vous avez sur Valerie Hobbs pour qu'elle se soit mouillée à ce point pour vous ?

Roy souffla un mince nuage de fumée.

— Tout ce qu'il faut.

Wiggins avait été envoyé avec l'expert en empreintes de la police scientifique pour réexaminer la chambre en haut des escaliers où Nell avait été enfermée.

« Ils ont tout passé au peigne fin quand Valerie Hobbs a été arrêtée, avait dit Wiggins. Ils ont certainement relevé toutes les empreintes.

— Je sais, avait répondu Jury. J'ai lu les rapports. Mais je m'intéresse tout particulièrement au lit. Ils ont relevé les empreintes sur le sommier et la tête de lit. Mais c'est un vieux lit en laiton avec des barreaux. Je ne crois pas qu'ils les aient examinés. Ce qu'il me faut, ce n'est pas une, mais toute une série d'empreintes, et je crois que c'est là que vous allez les trouver. »

Il y avait une heure que Wiggins et l'expert étaient partis.

Jury aurait aimé en griller une. Tout ce qu'il avait dans les poches, c'était un paquet de chewing-gum. Il revint se placer le dos au mur (tout en étant conscient de la pertinence de cette métaphore), écoutant Roy Diamond répondre avec aisance aux questions de Barry Greene. Où était son avocat ? Diamond n'avait-il pas déclaré qu'il ne répondrait à aucune question hors de sa présence ? Cet homme était si sûr de pouvoir filer entre les doigts de la police qu'il continuait à parler :

— Billy Finn ne sait rien. C'est mon meilleur jockey. Qu'est-ce que vous l'accusez d'avoir fait ?

— D'avoir enlevé Nell Ryder il y a vingt mois, puis de l'avoir déposée chez Valerie Hobbs.

Diamond ricana.

— C'est ridicule.

Jury s'excusa et sortit.

Roy Diamond annonça qu'il ne répondrait plus à aucune question.

Quand Jury lui demanda s'il pouvait parler à Billy Finn, l'inspecteur Styles, légèrement moins glacial compte tenu des événements de l'après-midi, haussa les épaules et répondit :

— Si Greene est d'accord, faites donc. Moi, je n'ai rien pu en tirer. Je vais me chercher une tasse de thé.

Jury avait observé le jockey quand on l'avait arrêté dans la foulée de l'inculpation de Diamond. Il avait suivi son interrogatoire et ne pensait pas qu'il avait enlevé Nell cette fameuse nuit de mai.

Comme il n'avait pas de cigarettes, il se contenta de lui offrir un chewing-gum. Billy l'accepta.

— Écoutez, Billy, personne ne pourrait se souvenir de ce qu'il ou elle faisait une nuit de mai il y a vingt mois. Je me fiche de votre alibi. Ce qui vous vaut d'être ici, c'est cette casaque en soie aux couleurs du haras Diamond que Nell Ryder a lacérée à coups de couteau.

Billy, indigné, se souleva à moitié de sa chaise, mais Jury lui fit signe de se rasseoir.

— Je sais… Il y a sans doute une demi-douzaine de jockeys qui ont porté cette casaque quand ils couraient pour Diamond. Ce n'est pas nécessairement la casaque elle-même, mais le motif de losange vert et argent qui a fait disjoncter Nell. Il a dû lui rappeler un souvenir enfoui, réveiller quelque chose en elle. Il y a deux détails dont elle était certaine : l'homme qui l'a enlevée était petit et il a franchi avec elle les murs d'Hadrien. Vous ne pratiquez que la course de plat, n'est-ce pas ?

Billy acquiesça, intrigué malgré lui. La manière d'agir de Jury avait un effet suffisamment apaisant pour qu'il oublie un moment pourquoi il était ici et s'intéresse à l'affaire.

— Ce qu'il vous faut, c'est un jockey de steeple-chase. Ces murs ne sont pas à la portée de n'importe qui. Je ne crois pas qu'un cavalier choisirait de passer par là à moins d'être sûr d'être un sacré bon sauteur.

— En fait, ce n'est pas obligatoirement quelqu'un qui court pour Diamond, mais c'est plus probable. Pour réduire encore la fourchette, je dirais que ce doit être un type assez voyou pour enlever une jeune fille pour de l'argent, ou quelqu'un qui serait sous la coupe de Diamond. Quelqu'un qui lui doit beaucoup d'argent, par exemple.

Billy acquiesça, mâchouillant furieusement son chewing-gum.

— Y a ce mec, un jockey, Trevor… Trevor comment, déjà ?… Merde, je ne m'en souviens plus. Il a monté Dusty Answer pour le Grand National l'année dernière… Gwyne ! C'est ça, Trevor Gwyne. Jamais pu l'encaisser, celui-là. Il est connu pour essayer de désarçonner les autres jockeys. Je crois qu'il est passé devant le Jockey Club à plusieurs reprises et s'est même fait suspendre pendant un an. Quoi qu'il en soit, je sais qu'il est accro au jeu et que Roy l'a sorti d'affaire une ou deux fois. Pour beaucoup d'argent. Vous devriez aller lui parler, si vous voyez ce que je veux dire.

Jury, qui s'était assis à côté de lui derrière la table, se leva.

— Parfaitement. Merci, Billy.

— Dites, je vais pouvoir partir ? Ce soir ?

— Ça ne m'étonnerait pas. Je vais en toucher deux mots à mes collègues.

Cette fois, Billy se détendit presque.

En sortant de la salle, Jury vit Wiggins qui revenait. En l'apercevant, l'inspecteur agita une enveloppe dans sa direction.

— Vous aviez raison !

— Par ici, Wiggins.

Ils entrèrent dans une salle vide qui, comme les autres, ne contenait qu'une table et quelques chaises pliantes. Wiggins déposa les cartes de relevés d'empreintes.

— Vous aviez vu juste : ils n'avaient pas effectué de relevés sur les barreaux du lit. Tenez, ce sont bien celles de Roy Diamond. La configuration montre qu'il s'est agrippé aux barreaux. Regardez là…

Wiggins lui montra les traces de quatre doigts, le quatrième, l'auriculaire, étant légèrement flou. Ils étaient alignés verticalement, indiquant que la main avait été enroulée autour du barreau. Le second cliché était pris sous un angle légèrement différent.

— Ce sont bien les siennes, pas de doute possible.

Il n'y avait pas de trace du pouce, mais c'était probablement parce qu'il chevauchait l'index quand la main serrait le barreau.

— C'est bien, Wiggins. Très bien.

Barry Greene venait de sortir de la salle où se trouvait toujours Roy Diamond. Il ordonna à un agent en uniforme de monter la garde à l'intérieur puis rejoignit Jury et Wiggins.

— Tu parles d'un fumier !

Jury lui montra les clichés.

— C'est parfait. Bien sûr, tu sais ce que son avocat va en faire.

— Oui, mais il n'est pas encore arrivé et Diamond est si sûr de lui… Ça vaut peut-être la peine d'essayer.

Ils retournèrent dans la salle d'interrogatoire. Greene déclara à l'agent qu'il pouvait sortir, puis il étala les photos devant Diamond.

— Il semblerait que ce lit vous soit familier, Roy. C'est celui de Nell Ryder. Mais vous vous en souvenez certainement. Apparemment, dans le feu de la passion, vous vous êtes agrippé aux barreaux.

Roy Diamond regarda les clichés et son teint se marbra de rouge avant de virer lentement au blanc.

Touché ! pensa Jury.

Roy ouvrit la bouche et allait parler quand la porte s'ouvrit en grand.

— C'est bien, messieurs, dit une voix féminine derrière Jury. Je suis l'avouée chargée de représenter Mr Diamond. Encore un mot et je vais être obligée de sortir ma règle en fer pour vous taper sur les doigts.

Jury connaissait cette voix. Il se retourna. Charly Moss. *Non !*

Et si.

— Commissaire Jury ! Richard Jury ! Vous voyez, je n'ai pas oublié !

Elle lui tendit une main alerte et froide qu'il serra dans la sienne, plus chaude.

— Bonsoir, Charly.

— Ça fait un bail. La dernière fois, c'était au cours de ce procès dans le Lincolnshire, vous vous rappelez ?

Comme s'il pouvait l'oublier.

Elle le dévisagea pourtant comme si c'était le cas.

— Bon, au boulot !

Elle balança son attaché-case sur la table, leur manifestant son assurance que les éléments qu'elle détenait étaient forcément meilleurs que les leurs. Elle retroussa littéralement les manches de son pull roux brun, exactement de la même couleur que ses cheveux.

— Que s'est-il dit ici exactement depuis que mon client a réclamé la présence d'un avocat ?

— Très peu, répondit Greene.

— Tant mieux, ce sera toujours ça de moins à déclarer irrecevable devant la cour, n'est-ce pas ?

Elle baissa les yeux.

— Tiens, des empreintes ! Quel dommage qu'elles ne puissent être retenues.

— Mais ce sont…

— Taisez-vous, Roy.

Elle se tourna vers Barry, fit un geste vers les clichés et lui adressa un regard signifiant « Ayez la bonté d'expliquer ».

— Votre client est accusé de kidnapping, de viol et de meurtre, entre autres choses, répondit-il.

Il tapota du doigt les photos.

— Ces empreintes iront au dossier de l'acte d'accusation pour viol.

— Je vois.

Charly se pencha un peu plus sur les photos.

— Mmh… Le lit fatal, c'est ça ?

Jury, tentant de maîtriser sa colère, rétorqua :

— Il l'a été pour elle.

La fixant d'un regard de pierre, il poussa vers elle une photo du cadavre de Nell Ryder.

— C'est terrible, la pauvre, dit Charly d'un air abattu.

Jury savait qu'il n'avait aucune raison de douter de sa sincérité, mais la sincérité et le dossier à défendre ne faisaient pas bon ménage dans cette affaire.

— Ceci dit, cela ne prouve absolument pas que Mr Diamond ait partagé ce lit avec elle. Rien que comme ça, sans même réfléchir, je peux vous donner d'autres explications possibles : il s'est trouvé dans ce lit à un moment ou un autre, soit seul, soit en compagnie de…

Charly fit claquer les fermoirs argentés de son attaché-case qui s'ouvrit comme un piège à ressort. Elle en sortit un carnet qu'elle consulta en faisant courir un doigt sur la page.

— … la séduisante Valerie Hobbs.

Charly Moss avait pris le temps d'apprendre ses leçons avant de venir.

— … à moins qu'il n'ait cherché à récupérer un objet tombé derrière la tête de lit…

Elle étira un bras en avant, son autre main se refermant sur un barreau imaginaire.

— Je pourrais continuer longtemps comme ça…

C'est bon, c'est bon, n'en rajoute pas, pensa Jury. Un courant d'air glacé lui parcourut l'échine.

Le regard de Charly passa de Greene à Jury.

— C'est ça, vos pièces à conviction ?

— Pour le moment, oui, répondit Greene. On n'a pas fini de rassembler les preuves. Naturellement, on a aussi des témoins des coups de feu.

— Naturellement. À présent, si ça ne vous fait rien, j'aimerais parler à mon client en tête à tête.

Elle leur adressa un sourire.

Jury s'était laissé embobiner par ce sourire la première fois qu'il l'avait rencontrée. Un des meilleurs souvenirs qu'il gardait d'elle était Melrose et elle perchés sur des tabourets dans ce pub de Lincoln, sérieusement éméchés et chantant un duo. Ce soir-là, il avait été de mauvais poil.

— Bien, on se recontactera, dit Greene.

Jury ne dit mot.

Une fois dehors, Greene lui demanda :

— J'ai eu comme l'impression qu'elle te rendait neveux, ce qui ne doit pas t'arriver tous les jours. Tu l'as déjà vue à l'œuvre ?

— Pour ne rien te cacher, Barry, ce n'est pas tant Charly Moss qui m'inquiète que la personne à qui elle va confier l'affaire. Non pas qu'elle ne soit pas capable de nous rouler dans la farine toute seule.

Barry Greene fronça les sourcils.

— Tu veux parler de l'avocat qui va défendre cette ordure au tribunal ?

Jury acquiesça.

En apprenant la nouvelle, le visage de Melrose s'illumina.

— Charly Moss ! Comment…

Son sourire s'évanouit.

— Oh non ! Tu crois qu'elle va faire appel à Pete Apted ?

Ils étaient assis dans la Bentley. Jury s'enfonça dans le siège.

— Je n'ai même pas osé le lui demander.

— Ce n'est pas obligé, tu sais. Elle pourrait très bien décider d'aller elle-même devant la cour. De plus en plus d'avoués le font. Elle est assez bonne pour se débrouiller toute seule.

Jury fit une moue dubitative.

— D'un autre côté, rien ne dit qu'Apted acceptera de défendre ce type. D'ailleurs, tu ne sais même pas si elle va le recommander. Des avocats avec une conscience, ça existe.

— Ah bon ?

Melrose se mit à rire et guida la Bentley dans le flot de la circulation nocturne.

61

Nell fut enterrée à côté de Maurice dans un petit cimetière situé à environ un kilomètre du haras. En dehors de la famille, il y avait très peu de gens : George Davison, Neil Epp et quelques valets d'écurie.

La cérémonie eut lieu une semaine après le décès de Nell, ce délai étant dû à l'autopsie obligatoire pour toute mort violente. Jury ne pouvait supporter l'idée que la famille Ryder ait à attendre plus longtemps, contrainte de regarder pendant des jours une fosse vide, vivotant dans ces limbes de la douleur qui ne semblaient pas avoir de fond. Leur chagrin ne connaîtrait pas de fin, mais au moins le rituel aiderait-il à le circonscrire.

Le problème était que le médecin légiste avait tout simplement trop de travail pour effectuer les examens post mortem immédiatement. Jury demanda alors à Barry Greene s'il pouvait faire venir une connaissance de la police de Londres et Greene lui obtint l'autorisation nécessaire.

Quand Jury appela le docteur Nancy pour lui expliquer la situation, il déclara :

— Écoutez, je sais que vous entendez ça tous les jours, mais c'est vraiment trop insupportable pour la famille de devoir attendre…

— Vous avez raison, j'entends ça à longueur de journée.

Elle marqua une pause avant d'ajouter :

— … à juste titre. Je peux me libérer demain après-midi, vers seize heures. Ça vous va ?

— Je ne sais pas comment vous remercier…

— Ce n'est rien, Richard. Je ne suis pas si occupée que ça.

Ce qui était un gros mensonge.

— Mais après, vous pourrez m'offrir un verre.

— Phyllis, je suis prêt à vous offrir le pub tout entier.

— Oh, super, je vais enfin pouvoir démissionner et me recycler.

Le docteur Nancy arriva pile à l'heure le lendemain. Phyllis Nancy était légendaire pour sa ponctualité (entre autres choses, dont sa chevelure flamboyante), une qualité rare à la Met, la police de Londres, tout simplement parce que les flics ne pouvaient compter leur temps comme tout un chacun. Mais si le docteur Nancy disait seize heures, elle était là à seize heures. Dans le monde nécessairement chaotique du travail policier, elle incarnait un répit, un havre même. Elle avait raconté un jour à Jury que, des années plus tôt, elle s'était présentée sur un lieu du crime avec une heure de retard. L'inspecteur chargé de l'enquête, auquel elle présentait ses excuses, lui avait déclaré : « Vous bilez pas comme ça. Les morts peuvent attendre. » Ce à quoi elle avait répondu : « Qu'en savez-vous ? »

Ils se retrouvèrent – Jury, Barry Greene et Phyllis Nancy – dans la salle glaciale où régnait en permanence une odeur qui résistait à tous les détergents. Un employé des pompes funèbres se tenait près du corps de Nell Ryder enveloppé dans un sac en plastique. Le docteur Nancy, vêtue d'une blouse et d'un tablier en Nylon, baissa les yeux et secoua la tête.

— Pauvre enfant. Quel terrible gâchis.

Puis elle alluma le dictaphone dans lequel elle enregistrerait son rapport.

Barry Greene resta, Jury sortit. Il avait déjà observé bon nombre d'autopsies, mais rien ni personne n'aurait pu l'obliger à assister à celle-ci. Il attendit dans le couloir silencieux. Moins d'une heure plus tard, le docteur Nancy l'appela à l'intérieur. Barry Greene, le teint bilieux, lui adressa un sourire contrit et s'éclipsa.

Nancy annonça à Jury qu'elle n'avait rien trouvé qui puisse le surprendre. Une balle était entrée par l'abdomen, avait traversé le foie, ricoché contre l'os iliaque, transpercé l'estomac et percuté une vertèbre avant d'arrêter sa course dans un muscle abdominal. La seconde balle avait suivi une trajectoire moins compliquée : elle avait perforé la poitrine, traversé un poumon, éraflé l'œsophage, et était ressortie par le dos.

— Elle a dû mourir presque instantanément. La balle, un calibre trente-huit millimètres – mais vous le savez déjà –, a fait beaucoup de dégâts sur son passage.

Jury ne dit rien.

— Je suis désolée, Richard.

Elle sembla penser qu'il en attendait plus d'elle et poursuivit :

— Le coup est parti en diagonale, de bas en haut. Vous m'avez dit que la fille était sur un cheval et qu'elle bougeait ? Ce qui explique le parcours irrégulier de la balle. Le cheval courait-il, ou elle ?

— Non, pas au moment du tir.

— Mais elle était en mouvement.

— Oui.

— Sautant du cheval ?

— Oui.

Phyllis fronça les sourcils.

— Ça ne ressemble pas à un mouvement latéral, vous savez, comme quand on descend de selle…

— Elle n'est pas vraiment descendue de selle normalement. Elle a sauté par-dessus la tête du cheval.

— Mais ça l'a mise directement sur le parcours de la balle, en plein dans le champ du tireur.

— Si elle n'avait pas sauté, la balle aurait atteint le cheval, le tuant probablement.

Le docteur Nancy lui lança un regard perplexe.

— Il s'appelle Aqueduc.

Cela ressemblait à des présentations. Phyllis sourit.

— Aqueduc est un cheval très chanceux.

— Et encore, si vous saviez toute l'histoire !

Ôtant son tablier comme une ménagère ayant fini de faire sa cuisine, elle répondit :

— Où est ce pub que vous allez m'acheter ? Je suis curieuse de l'entendre, cette histoire.

Ils sortirent et se rendirent au Cricketer's Arms, un peu plus bas dans la rue.

Là, Jury lui raconta tout depuis le début.

Ils avaient assisté à la mise en terre du cercueil sous un ciel qui aurait dû être de plomb, assez lourd pour leur tomber sur la tête et les écraser tous. Au lieu de cela, il était d'un bleu froid et traître. Une fois la brève cérémonie achevée, tout le monde se dispersa, chacun regagnant son véhicule.

Wiggins annonça qu'il attendrait dans la voiture puis se ravisa et décida d'aller boire une tasse de thé à l'insistance d'Arthur. Jury vit Vernon Rice prendre la direction du grand pré, probablement pour aller s'occuper des juments.

Il commença par le suivre puis s'arrêta près des écuries en apercevant Dan Ryder.

Ce dernier se tenait devant le box de Beau Rêveur.

— Je suis passé voir Sara, dit-il. Elle n'est pas au mieux de sa forme.

— Je ne le serais pas non plus si je risquais une peine de vingt ans.

Il y avait eu des négociations entre le procureur et l'avocat de Sara. Ce dernier avait brièvement tenté d'invoquer le crime passionnel, un argument aussi vite rejeté. Ils étaient finalement tombés d'accord sur « meurtre au second degré », ce qui, dans ce cas précis, s'accompagnait d'une peine de vingt ans. Ce n'était pas cher payé dans la mesure où le meurtre de Simone Ryder avait été prémédité – quoique peu de temps auparavant – et perpétré de sang-froid.

Dan laissa échapper un petit rire aigre.

— Rappelez-moi d'engager le même avocat si je prends un jour la même direction.

Jury esquissa un sourire. Ils s'étaient déplacés et se trouvaient à présent devant le box de Mauvais Genre. Jury se demanda si, dans le métier de Dan, les chevaux offraient vraiment un réconfort.

— Et quelle direction prenez-vous au juste, Dan ?

L'assurance n'ayant pas eu à verser la prime colossale, il n'avait pas été inculpé pour fraude. Son avocat avait prétexté une amnésie partielle (*C'est la meilleure, celle-là !*) et la compagnie avait été facilement convaincue de ne pas porter plainte.

— Je me demande bien ce que Simone voulait à Papa, dit-il à Jury. En sortant du pub en face de l'hôpital, elle a annoncé à Sara son intention d'aller le trouver. Elle comptait louer une voiture et se rendre dans le Cambridgeshire où elle espérait trouver le haras. Il y en a tant ! Sara lui a alors dit qu'elle serait ravie de revoir Arthur, cela faisait si longtemps. En outre, elle connaissait l'adresse.

— Elle a utilisé le vingt-deux millimètres avec lequel vous faisiez joujou l'autre jour ?

Dan prit un air penaud.

— Oui, désolé. Il y a une vieille route juste avant l'allée qui mène au haras. Nos visiteurs qui viennent pour la première fois la prennent parfois par erreur et se retrouvent dans une impasse, non loin de la piste d'entraînement.

— Sans parler de savoir pourquoi elle l'a tuée, pourquoi l'a-t-elle tuée *là-bas ?*

— Elle pouvait difficilement l'abattre au Grave Maurice, pas vrai ? Quoi qu'il en soit, je crois qu'elle l'a tuée sur la piste aussi par rancœur. Pour emmerder les Ryder. Elle prétend qu'ils l'ont toujours snobée. Sara est extrêmement susceptible sur ce point. Pour ne pas dire complètement parano. Elle cherchait également à me transmettre un message... Vous savez, comme j'étais soi-disant mort sur la piste de l'hippodrome d'Auteuil...

— Revenons-en à Simone. Vous croyez qu'elle voulait simplement se présenter à votre père ? Ils ne s'étaient jamais rencontrés.

— Peut-être. Sauf qu'elle n'était pas franchement connue pour avoir l'esprit de famille. Parfois, je me demandais même si elle se souvenait que j'étais encore en vie.

Dan se tourna vers Jury et le regarda dans les yeux.

— Nell meurt et je ressuscite. Ils n'y gagnent vraiment pas au change, les pauvres.

— Vous avez essayé de lui sauver la vie, Dan.

— Essayer, ça ne vaut rien si on ne réussit pas.

Étrangement, c'était une phrase que Nell aurait pu dire, elle qui estimait qu'elle n'en faisait jamais assez.

— Faire son possible, c'est déjà beaucoup.

Dan soupira.

— Je vais rentrer retrouver Papa et Roger. Ils ont eu leur lot de chocs au cours des dernières semaines.

Il hésita un instant, puis reprit :

— Vous m'avez demandé ce que j'allais faire, tout à l'heure. Je vais essayer de reprendre la course, si je parviens à convaincre le Jockey Club que je sors d'un coma de deux ans. Je pourrais peut-être exploiter « l'amnésie partielle » de mon avocat. Ces deux dernières années n'ont pas été folichonnes, c'est le moins qu'on puisse dire. Sauf pour la période où j'étais aux États-Unis.

Il sourit.

— Je ne pouvais pas trop me promener librement dans Paris et je n'avais pas vraiment envie de m'exiler à Dubaï. Mais j'avais toujours voulu aller dans le Kentucky, en Floride… le Derby, le Preakness, le Triple Crown… J'adore les courses là-bas.

Son sourire s'évanouit.

— Je suis sincèrement navré pour Maurice, Dan.

Dan détourna le regard puis leva la tête vers le ciel d'un bleu impossible. Il esquissa un petit salut en portant deux doigts à sa tempe puis s'éloigna sans se retourner.

Maurice. Jury croyait de moins en moins que sa mort avait été purement accidentelle, surtout depuis l'arrestation de Trevor Gwyne par Barry Greene. Jury avait pensé que, en apprenant que Roy Diamond était retenu par la police de Cambridge, le jockey se planquerait, mais Barry l'avait trouvé dînant tranquillement chez lui.

De retour dans la salle d'interrogatoire, Jury avait repris sa place, le dos au mur, tandis que Greene allumait le magnéto.

Trevor Gwyne, qui était soit plus malin que les autres, soit complètement idiot, décida que coopérer était plus dans son intérêt que proclamer son innocence. Cela surprit Jury dans la mesure où les seules personnes susceptibles de l'incriminer étaient Roy Diamond et Valerie Hobbs, et où il était peu probable que l'un ou l'autre avoue quoi que ce soit dans un futur proche. Sans doute le pouvoir de persuasion de

Greene lui avait-il fait voir la lumière. Ce dernier lui avait fait miroiter l'éventualité d'un marché avec le procureur s'il les aidait à coincer Roy Diamond.

— Vous voulez savoir ce que je pense, « Trev » ? lui susurra Barry de sa voix la plus douce. Je pense que Roy Diamond vous a manipulé en utilisant quelque chose contre vous. Il ne vous a pas payé pour enlever Nell Ryder, il vous a fait chanter pour vous contraindre à le faire.

— Oui, mais c'était même pas un vrai kidnapping, hein ? dit Trevor.

Jury apprécia.

— Roy m'a dit qu'il voulait juste lui parler, rien de plus. Il m'a dit de lui vaporiser un truc dans les yeux pour qu'elle ne me reconnaisse pas. Elle a été tellement surprise qu'elle ne s'est même pas débattue. Faut dire qu'elle venait de se réveiller. J'imagine que je lui ai flanqué une sacrée trouille.

C'était peu dire. Jury s'écarta du mur. Il n'avait qu'une envie, donner quelques baffes à ce crétin. Mais il n'en fit rien. Il était là grâce à Barry Greene. Et Barry était bon, très bon.

Barry Greene adressa à Trevor un sourire aigre.

— Est-ce qu'on enlève tous les gens à qui on veut « juste parler » ?

Pas de réponse.

— Vous êtes un jockey de steeple-chase, Trev, n'est-ce pas ?

Trevor acquiesça.

— Vous me demandez ça à cause de ces murs au beau milieu des champs ? Pour moi, c'est pas la mer à boire. J'ai vu pire à Cheltenham. En plus, avec ce cheval, Aqueduc, c'était du gâteau. Les doigts dans le nez, je vous jure. Ça, c'est un cheval !

— Pourquoi Valerie Hobbs a-t-elle accepté d'accueillir Nell Ryder chez elle ? Cela faisait d'elle une complice au premier degré.

Trevor haussa les épaules.

— J'en sais rien. Mais je vous parie que Roy Diamond la faisait chanter tout comme moi. C'est sa manière de faire.

La main de Trevor rampa vers le paquet de Marlboro de Greene. Celui-ci lui fit signe de se servir puis il lança un regard vers Jury, lui demandant tacitement s'il avait des questions à poser.

— Trevor..., commença Jury. Qu'est-ce que Maurice avait à voir dans tout ça ?

— Pauvre gosse. J'espère que c'est pas ça qui l'a...

Il ne finit pas sa phrase, rougissant de ce que Jury présuma être de la honte. En dépit de ses défauts, de ses erreurs de jugement, de ses faiblesses, de son égoïsme, cette honte le démarquait de Roy Diamond, qui en semblait incapable.

— Ne vous faites pas d'illusions, Trevor. Je suis presque certain que le fait d'avoir servi d'intermédiaire n'est pas étranger à la mort du garçon. En tout cas, son sentiment de culpabilité l'a anéanti. Il aimait Nell Ryder. Il ne lui aurait jamais fait le moindre mal. Il n'y a qu'une seule personne pour qui il peut avoir agi ainsi... son père.

Trevor acquiesça et aspira une autre bouffée de tabac.

— Vous avez vu juste sur ce point. J'ai dit au gamin que c'était son père qui voulait parler à Nell mais qu'il ne pouvait pas le faire au haras.

— Oui, mais personne ne savait alors que Dan Ryder était encore en vie.

— Roy le savait.

Jury prit une chaise et s'assit, se penchant en avant, les coudes sur les genoux.

— Continuez.

— Disons plutôt que si ce n'était pas Dan, c'était son frère jumeau.

— Pardon ?

— Sur les photos. Un ami américain de Roy lui a envoyé une vingtaine de photos prises sur un champ de courses en Floride, à Hialeah Park. Sur trois d'entre elles, on voyait Dan accoudé à la barrière, suivant la course.

— Les photos auraient pu avoir été prises n'importe quand.

— Oui, sauf que Dan n'était jamais allé en Floride. Mais il n'y a pas que ça, on ne pouvait pas se tromper sur la date des photos.

— Comment ça ?

— C'est à cause de la course elle-même. Vous savez ce que c'est qu'un walk-over ?

— J'en ai déjà entendu parler.

Trevor semblait avoir oublié le pétrin dans lequel il se trouvait et prenait plaisir à apprendre à ces deux péquenauds les us et coutumes de la course.

— Un walk-over, c'est une course où il n'y a qu'un concurrent en lice. Ça n'arrive que quand un cheval est jugé imbattable par les entraîneurs, si bien que personne ne veut engager son canasson contre lui.

Il leur adressa un large sourire.

— À votre avis, ça arrive tous les combien ? Pas souvent, c'est moi qui vous le dis. Mais c'est arrivé il y a un peu moins de deux ans à Hialeah, avec un cheval appelé Affirmation. On l'a baptisé comme ça sans doute pour rappeler Affirmed aux turfistes. Ah, j'aurais bien aimé voir ça ! Vous imaginez un cheval qui galope seul tout autour de la piste sous les acclamations d'une foule en délire ! En tout cas, c'étaient des photos de la course en question. Le premier walk-over dont j'aie entendu parler depuis celui de Pari Spectaculaire dans les années quatre-vingt. Cette course a eu lieu trois mois après la prétendue mort de Dan.

— Vous voulez dire que Roy Diamond était au courant pratiquement depuis le début et qu'il n'a rien dit ?

— À quoi ça lui aurait servi de cracher le morceau ? D'aller tout raconter à vous autres ? Peuh, autant cafarder à ma grand-mère ! Non, il a tout de suite compris que ces photos lui seraient utiles un jour ou l'autre.

— Vous en avez montré une à Maurice ?

— Deux. Roy ne voulait pas se séparer des trois à la fois. C'était juste quelques jours avant que j'embarque la fille. Tôt le matin, juste après l'aube, le gamin allait galoper sur la piste d'entraînement. C'est Roy qui me l'avait dit. Je me suis posté dans un coin et je l'ai observé aux jumelles. Il montait Samarkand. Quelle bête magnifique ! J'aurais bien aimé le monter, il y a dix ans ! Quand Maurice s'est arrêté, je me suis approché et je l'ai abordé près de la clôture. Je lui ai dit que son père avait besoin de voir Nell. Bien sûr, il ne m'a pas cru, il m'a pris pour un dingue. Il s'est même fâché, jusqu'à ce que je lui montre les photos.

— Et là, il vous a cru ?

— Oui, il en avait tellement envie ! Je lui ai montré les clichés du cheval faisant le tour de la piste de Hialeah et ceux de son père, derrière la barrière.

Oui, pensa Jury de retour dans l'écurie, Maurice aurait certainement voulu croire Trevor Gwyne. Puis, quand Nell avait disparu, cette nuit-là, il s'était rendu compte que quelque chose avait horriblement mal tourné et s'était dit qu'il en était responsable. Les jours qui avaient suivi avaient dû être atroces. Pour ce qu'il en savait, Nell était peut-être morte.

Jury resta près du box de Mauvais Genre, caressant son front noir. Plus noir que noir. C'était probablement ainsi que Maurice s'était senti. Était-il de ces gens qui se nourrissent de leur culpabilité ? Tel un héros mythologique condamné à dévorer éternellement son propre cœur ?

Pour une raison quelconque, Jury repensa au garçon du train Cardiff-Londres. L'ange de l'hiver. L'antipode de Maurice. Il pouvait draper sa musique sur ses épaules comme une cape.

Jury fouilla dans sa poche, où il restait plusieurs sucres de sa dernière razzia chez Little Chief. Il les déballa et les tendit vers le pur-sang. Mauvais Genre était moins bien élevé que Chagriné. Jury faillit y laisser la main. Mais c'était sans doute la loi quand on était entassés à plusieurs dans une écurie : manger d'abord, discuter ensuite. Il sourit et repartit.

Vernon avait fait sortir trente des juments dans le pré et les contemplait, adossé à une barrière en bois, un talon posé sur la poutre la plus basse. En voyant Jury approcher, il déclara :

— Je croyais que j'allais devoir les rassembler à cheval, tel un cow-boy, mais elles se sont sagement suivies à la queue leu leu dans le pré.

Il en montra une du doigt.

— Ça, c'est Daisy et son poulain. Nellie a dit…

Il s'interrompit et s'éclaircit la gorge.

— Nell a dit que Daisy était plus ou moins la meneuse. Mais regardez-les. Elles restent toutes plantées là, sans bouger.

Il se tourna vers Jury.

— Vous croyez que c'est parce qu'elles sont restées si longtemps entravées dans ces box minuscules ? J'aurais cru qu'elles se souviendraient de leur vie d'avant…

Les juments se tenaient en demi-cercle, baissant parfois la tête pour brouter, ou pour lécher un poulain – il y en avait déjà trois –, mais la plupart parfaitement immobiles, comme si elles avaient été alignées là et attachées.

— Elles ont probablement besoin d'un peu de temps pour s'habituer à la liberté, conclut Vernon.

Il semblait avoir un besoin désespéré de s'expliquer cette étrange inertie.

— Vous avez raison, dit Jury, on se fait parfois difficilement à la liberté.

Vernon regarda vers le haut.

— Et le ciel est si bleu.

Jury ne comprit pas s'il voulait dire par là que la journée offrait le cadre idéal à un grand galop exutoire, ou s'il estimait que la nature avait rompu un pacte en se montrant si radieuse.

Ils restèrent côte à côte en silence un long moment. Puis Jury vit un des poulains sortir du rang et courir sur quelques mètres, bientôt imité par un autre, puis par une des juments. Après quoi, ce fut comme un glissement de terrain, un glacier fondant et se déversant dans la mer.

Du moins la scène parut-elle extraordinaire à Jury. C'était comme si quelqu'un avait agité une baguette magique et brisé le sortilège, les extirpant de leur sommeil triste et angoissé. D'abord une, puis deux, puis trois… Les juments couraient, leurs crinières et leurs queues volant au vent. Elles couraient certainement de joie, poussant la course à ses limites.

Il y aurait toujours une pouliche comme Va Chercher la Baguette ; il y aurait toujours une fille pour la monter.

Ensemble, elles mettraient le feu au champ de courses.

62

La porte de Tynedale Lodge s'ouvrit sur la jolie Sarah, qui écarquilla ses yeux déjà grands en le voyant sur le perron. Il distingua son propre reflet dans les pupilles de la femme de chambre et il se vit presque instantanément métamorphosé en héros, ce qui le fit se sentir encore plus ridicule. Après tout, qu'avait-il fait pour les Tynedale ?

— Bonjour, Sarah. Je ne suis pas en visite officielle, je suis juste passé prendre des nouvelles de Gemma. Elle est dans les parages ?

Sarah remit de l'ordre dans ses cheveux.

— Oh oui, m'sieur. Enfin, je crois bien. Elle doit encore être dans le jardin.

— Merci. Je connais le chemin.

Il traversa la salle à manger puis la bibliothèque et sortit par une des portes-fenêtres. Sur la gauche du patio se trouvait une longue promenade, flanquée de colonnes blanches. Il l'aperçut, comme la première fois, dans la même allée qui menait à un bassin dominé par une statue déversant de l'eau de sa cruche en marbre. L'allée était parallèle à la colonnade et bordée de cyprès. Comme la première fois, tandis qu'ils marchaient tous les deux, il eut l'impression qu'ils appartenaient à un même motif, comme s'ils étaient tissés dans un même tissu. Il se sentait ici chez lui ; tout ce qu'il voyait – enfant, statue, colonnes, arbres, lui-même – était à sa place.

Ils arrivèrent chacun au bout de leur allée et, comme elle ne l'avait toujours pas vu, il appela :

— Gemma !

Elle ne se tourna pas mais vira vers lui, à la manière d'une voiture faisant une embardée pour éviter une collision. Puis elle resta pétrifiée, telle la statue de la fontaine.

— Gemma…

Il avança vers elle, s'accroupit et l'embrassa sur la joue.

Elle tenait sa poupée d'une main et posa l'autre sur l'endroit qu'il venait d'embrasser.

— On vous a tiré dessus.

— Oui.

— Vous n'êtes pas mort.

— Non. Personne ne t'a mise au courant ?

Elle fit non de la tête.

— Tu me croyais mort ?

Très lentement, sans lâcher sa joue, elle acquiesça.

— Viens, allons nous asseoir.

Assis sur le banc (la poupée Richard entre eux), Jury avait du mal à croire que personne ne lui ait dit qu'il s'en était sorti. Était-ce parce qu'elle n'avait rien demandé ? Cela lui ressemblait bien. Elle était de ces enfants si dangereusement sensibles qu'ils ne parvenaient à survivre qu'en feignant l'indifférence.

C'était le cas en ce moment. Elle ajustait le bonnet de sa poupée comme si cela lui importait plus que la vie ou la mort de Jury.

— Qu'est-il arrivé aux habits noirs de Richard ? demanda-t-il. Je le trouvais très chic avec sa veste et son chapeau.

— Il est puni !

Sa voix était montée d'un décibel, trahissant sa nervosité.

— Ah bon ? Mais qu'est-ce qu'il a fait ?

— Il vous a frappé et vous a crié dessus. Vous avez oublié ?

— Non.

C'était elle qui avait utilisé Richard comme une matraque pour le frapper parce qu'il l'avait abandonnée.

— S'il avait été gentil, on ne vous aurait pas tiré dessus.

Jury observa son petit visage solennel, chargé de remords, dont le menton commençait à trembler. Tel un caillou jeté dans une mare. Aucune petite fille ne devrait faire un effort aussi violent pour se retenir de pleurer, pensa Jury. Toutefois, du point de vue de Gemma, les émotions puissantes pouvaient tuer. La dernière fois qu'elle s'était laissée aller – elle avait pleuré et crié –, Jury avait failli mourir.

Jury réfléchit puis prit la poupée et soupira profondément.

— Pauvre Richard. Personne n'a compris, pas vrai ?

Les larmes imminentes de Gemma furent provisoirement suspendues par ce nouveau rebondissement. Elle posa une main sur le bras de Jury.

— Compris quoi ?

— Eh bien, que Richard a aidé à me sauver, pardi !

— Quoi ? Mais il n'était même pas là !

Le remords cédait déjà le pas à l'irritabilité.

— Pas la nuit où j'y étais, moi, c'est vrai. Mais il était là la nuit précédente, quand lui et Sparky t'ont sauvée.

Ça n'allait pas marcher aussi facilement.

— C'est moi qui ai fait presque tout le travail !

— Je sais mais, tu vois, Sparky y est retourné…

— La nuit de Noël.

— … parce que, comme c'est là qu'il vous avait trouvés une fois, Richard et toi, il a pensé que c'était un endroit qu'il fallait surveiller. Richard, lui, il l'avait bien compris.

Son front se plissa encore un peu plus. Un chien et une poupée. Jury pouvait presque entendre les mots qui se pourchassaient dans sa tête. Un chien et une poupée suffisaient-ils pour empêcher qu'on vous tire dessus ? Et sinon, si elle s'était réellement sauvée elle-même, pourquoi n'avait-elle pas pu sauver Jury ?

Non : il valait mieux s'en tenir à la version du chien et de la poupée.

— C'est vrai qu'il a pu aider, même sans être là. Il a peut-être envoyé des messages à Sparky. Il n'est pas comme nous.

— Ah non ? demanda Jury avec un sourire.

Gemma se tourna vers la poupée Richard.

— Excuse-moi, j'aurais dû comprendre.

Elle baissa brusquement le bonnet sur les yeux de la poupée, pas tout à fait satisfaite de la solution de Jury car elle la mettait légèrement en faute. Cependant, l'instant suivant, son visage avait retrouvé une expression sereine.

— Tu vas lui remettre ses habits noirs ? demanda Jury.

— Oui, soupira-t-elle. Mais c'est qu'il n'arrête pas de donner des ordres quand il les porte.

Relevant le bonnet pour que la poupée puisse voir à nouveau, elle hésita.

— Vous aussi, vous vous appelez Richard. Mais vous ne donnez pas des ordres tout le temps. J'aimerais bien qu'il soit plus comme vous.

Elle lança un bref regard vers Jury pour s'assurer qu'il appréciait le compliment.

— Merci, j'essaie de ne pas être trop autoritaire. Mais si on me donnait une nouvelle tenue toute noire, ça changerait peut-être.

— Non. Je parie que vous êtes gentil avec les criminels que vous attrapez. Vous ne leur avez probablement même pas donné d'ordres, à *elles*.

Il savait qui elle entendait par « elles ». Il scruta son visage à la recherche d'une émotion mais elle ne montrait aucune peur, même si elle refusait de les désigner par leur nom.

— Tu as sans doute raison. Je ne m'en souviens pas. J'étais trop bouleversé par ce qui vous était arrivé, à Benny et à toi.

— Benny ? Il ne lui est rien arrivé, à lui !

Elle n'était pas prête à partager le devant de la scène avec son ami. Agacée, elle renversa la poupée sur la tête.

— En tout cas, je suis désolée que vous ayez été bouleversé à cause de moi.

Elle le dit avec une autosatisfaction comme Jury en avait rarement vu, pinçant les lèvres telle une vieille dame, redressant Richard et remettant de l'ordre dans ses vêtements.

Une voix appela :

— Gemma !

Elle glissa du banc et saisit Richard.

— C'est l'heure d'aller faire la lecture à Mr Tynedale. Vous pouvez venir, si vous voulez.

— J'en serais ravi, mais je dois rentrer.

— À Scotland Yard ?

— Oui, au Yard.

— Je suis contente que vous soyez venu.

Là-dessus, elle s'éloigna. Elle s'arrêta au bout de quelques mètres, se retourna, puis revint en courant. Elle posa une main sur la joue que Jury avait embrassée, puis la pressa sur la sienne. Il devina que c'était pour elle ce qui se rapprochait le plus d'une vraie bise.

— Au revoir !

Il se leva et la regarda courir et sautiller, sautiller et courir, ses cheveux noirs luisant dans la lumière blafarde de l'hiver. Puis il regarda l'espace vide de sa présence.

Parce qu'elle me donne presque envie qu'elle disparaisse pour que je puisse la retrouver.

Elle était partie. L'instant suivant, il était parti, lui aussi.

Composé par Nord Compo
à Villeneuve-d'Ascq

Impression réalisée par

CPI
Brodard & Taupin

52283 – La Flèche (Sarthe), le 24-04-2009
Dépôt légal : janvier 2007
Suite du premier tirage : avril 2009

POCKET – 12, avenue d'Italie - 75627 Paris cedex 13

Imprimé en France